周邦彥
──宋代詞宗的風月餘痕

葉上初陽乾宿雨、水面清圓，一一風荷舉；
一笑相逢蓬海路，人間風月如塵土

吳俁陽 著

才情綺麗，寫不盡花前月下的幽婉深情
紅塵深處，留不住蘇堤柳下相思的纏綿夢影
曲終人散，只剩周邦彥詞中縈繞的千古幽怨

從西湖的淡妝濃抹到幽夜的燭影搖紅
他的風流才情如詞如畫，卻難逃宿命的離愁別恨

目錄

第一章　風・華正茂
　　1. 誰遣有情知事早 …………………… 006
　　2. 回頭猶認倚牆花 …………………… 017
　　3. 一窗燈影兩愁人 …………………… 029
　　4. 此恨自古銷不盡 …………………… 043
　　5. 對花惹起愁無數 …………………… 053
　　6. 空見說鬢怯瓊梳 …………………… 064

第二章　花・明玉秀
　　1. 芳草懷煙迷水曲 …………………… 076
　　2. 有蜀紙堪憑寄恨 …………………… 089
　　3. 輕舟夢入芙蓉浦 …………………… 103
　　4. 小窗深弄明未遍 …………………… 116
　　5. 兩點春山滿鏡愁 …………………… 127
　　6. 忍聽林表杜鵑啼 …………………… 141

第三章　雪・操冰心
　　1. 始信得庾信愁多 …………………… 152
　　2. 情似雨餘黏地絮 …………………… 164

目 錄

3. 愁凝佇楚歌聲苦 …………………………173

4. 一葉怨題今何處 …………………………183

5. 未歌先噎愁近觸 …………………………196

6. 捲簾應憐江上寒 …………………………209

第四章　月・滿西樓

1. 斷腸院落一簾絮 …………………………232

2. 但認取芳心一點 …………………………245

3. 舊衣猶有東門淚 …………………………257

4. 斜陽冉冉春無極 …………………………271

5. 寒凝茶煙是何鄉 …………………………286

6. 嘆事逐孤鴻盡去 …………………………297

第一章
風・華正茂

第一章　風・華正茂

1. 誰遣有情知事早

輕軟舞時腰。初學吹笙苦未調。誰遣有情知事早，相撩。暗舉羅巾遠見招。

痴騃一團嬌。自折長條撥燕巢。不道有人潛看著，從教。掉下鬢心與鳳翹。

—— 周邦彥《南鄉子》

「江南好，風景舊曾諳。日出江花紅勝火，春來江水綠如藍。能不憶江南？」

十二年，一個輪迴。江南，依舊煙雨樓臺中。

十二年前的夏天，我來過這裡 —— 杭州。落入我眼底的是一座人間天堂，她靜靜徜徉在草木蒼翠的青山綠水中，看江花爛漫，聽潮起潮落，任萬千浮華托著來來往往的遊人，驚豔著一個又一個色彩繽紛的幻夢。十二年後的夏天，我又來到這裡，看蓮花綻放，望綠意蔥蘢，默默感受著這裡煥然一新的風景，如果不是親身淌進她的世界，我根本無法知道眼前一切的美，都是緣自一種嬌媚的綠。

杭州的風景，無論是精心構築的亭臺樓閣，還是隨意點綴的山石流水，都像極了書中的小家碧玉，每一處都顯露著靈巧與纖柔，韻味十足，而其中最為璀璨耀眼的便是 —— 西湖「欲把西湖比西子，淡抹濃妝總相宜。」走在西子湖畔，放眼望去，那裡就是一片綠的世界，盡是芳草萋萋、岸柳成行，卻不知是依依楊柳撩動了萬頃碧波，還是碧波萬頃蕩漾了楊柳依依。

湖畔有著平湖秋月的清幽、曲院風荷的怡靜、花港觀魚的古韻、柳浪

1. 誰遣有情知事早

聞鶯的醇美，而這一切，無不是基於那一片，甚或是無處不在的綠意。不管是歡快著走動的還是欣喜著憩息的人，都會在愜意中被那層層疊疊燃燒起來的綠意所包圍，每到一處，無論是煙波浩渺的三潭印月，還是浮光掠影的雷峰夕照，綠，始終都在蓬勃地生長，無限地綿延，置身其中，你永遠都找不到它的盡頭，更不知道它究竟來自何處，又要去往何地。

綠得最具詩情畫意的自然要數那條風光旖旎的蘇堤。狹長的堤岸栽滿了枝葉婆娑的綠柳，柳樹下則是一眼望不到邊際的碧草，徜徉在草木蔥郁的堤岸上，便覺得那綠彷彿一個頑皮的孩童，總是嬉戲著追逐著人們的腳步，無論你走到哪裡，都會有大片賞心悅目的綠色相伴而行。更加令人心曠神怡的是，走了一段綠道後，不經意時，那滿眼的綠便會把你帶到一個個的大花壇前，凝眸處，各色鮮花都在綠色的襯托下爭奇鬥豔，紅的、紫的、粉的、白的、黃的，都想與綠一爭妍媸。

花的葉子是墨綠色的，與草坪和楊柳的翠綠形成鮮明的對比，更讓這迷人的綠多了層次美，長長的蘇堤便這樣被綠浸染著，格外惹人注目。說到這綠，就不得不提起北宋大文豪蘇東坡，據說他被貶杭州的時候，為防止水患發生，曾帶領當地百姓在西湖中間築起一道堤壩，並在堤壩上栽種下茂密的植被，久而久之，這堤壩便成了文人墨客吟風賞月和遊人駐足觀賞西湖的好去處，且有了一個好聽的名字——「蘇堤」。她宛若一條柔滑的綠色綢帶輕輕飄蕩在風光爛漫的西湖上，而「蘇堤春曉」的美景更是傾倒了古往今來大批南來北往的遊人，縱是看上千遍萬遍，亦是意猶未盡。

與其說西湖是一片碧綠的世界，不如說整座杭州城都被包裹在無盡的綠意蔥蘢裡。無論是極目遠眺，還是靜靜凝望，落入我眼底的杭州都彷彿一塊巨大的翡翠，綠得透明、綠得瑩亮、綠得潤澤、綠得熠熠生輝，繁華的都市浸染在這片綠中顯得格外恬靜浪漫，且又多了一份多愁善感的情

第一章　風・華正茂

韻。杭州的綠，從不言寂寞，那是一種喧囂的綠，不僅綠在西湖沿岸，而且綠在整座城市。

綠色遍布了杭州的每個角落，放眼望去，馬路邊、山道旁、街巷口、高樓上、亭子間、廊道裡，無處不是青蔥翠綠、鳥語花香，甚至連陽光、微風，以及腳步聲都是綠的。此時此刻，若要來上一杯新採的龍井茶，閒閒地躺在古老的籐椅上，雙目微閉，在一片綠色的包圍下盡情傾聽鳥兒的歡歌，豈不是逍遙勝神仙？

此綠只應天上有，人間能得幾回見？走在杭州的綠色裡，自是眼花撩亂，我心迷離。我知道，之所以戀上這座城市，不僅僅在於她風情萬種的綠，還因為她是名副其實的愛情聖地。化蝶雙飛的梁山伯與祝英台、痴情纏綿的白蛇與許仙、傾國傾城的名妓蘇小小、錦心繡口的才女李清照、悽美婉約的詞人朱淑真、英姿颯爽的抗金女將梁紅玉，隨手拈起哪段故事，都是一闋纏綿悱惻的香詞，讓人欲罷不能，久久沉浸其中，與之共歡樂、共傷感。

因為許仙和白娘子的美麗邂逅，任斷橋殘雪吹起西湖一片片漣漪；因為小橋流水、楊柳吐翠、鶯歌燕舞的絕勝美景；因為晚日照城郭、鐘聲徹天際的清幽；因為三潭印月山環水繞的雅韻；因為蘇東坡的行吟、西子的朦朧、悠悠的雨巷……這一切的一切，都成為我繼續徜徉在杭州城、暢遊在西子湖畔的理由，但無論只是西子羞澀的嫣然一笑，還只是湖上泛起的朦朧煙綠，都會令人流連忘返，不忍離去。

杭州，一叢綠色一片情。沐浴在杭州的湖光山色裡，此時此刻，我卻沒來由地想起了他，那位被後人譽為「詞家之冠」的周邦彥。周邦彥（西元1056年～1121年），字美成，號清真居士，錢塘（今浙江杭州）人，北宋末期著名詞人，歷官太學正、廬州教授、知溧水縣、徽猷閣待制、提舉

大晟府等。其精通音律，曾創作出大量新詞調，作品多寫閨情、羈旅、詠物，格律謹嚴、語言典麗精雅，長調尤善鋪敘，為後來格律派詞人所宗，有《清真集》傳世。

　　朦朧中，我彷彿看到，那一年的杭州，煙柳畫橋，菱歌泛夜，雲樹繞堤沙，尚有柳永筆下的三秋桂子、十里荷花。年少輕狂、玉樹臨風的他，放蕩不羈，鮮衣怒馬，正穿梭於燈紅酒綠的萬丈紅塵，以他不世的才華與生花的妙筆贏得江東士人的一陣陣喝采。

　　世人眼中，他滿腹經綸、學富五車，卻又恃才傲物、疏雋少檢，頗為自負，且終日沉湎於花街柳巷中倚紅偎翠，是名副其實的「花花公子」。然而，就在他不被鄉人推重之際，她，卻如一顆耀眼的天外流星，以絕美的風姿瞬間跌落他的眼眸，闖入他的心扉，驚豔了他那顆青春年少的心。

　　猶記那一年，楊柳生煙、涼風送爽，孤身一人的他攜著一瓣心香，不經意地誤入藕花深處，便發現那波光瀲灩的盈盈碧水中倒影著她一如芙蓉的淺淺笑顏。那時那刻，她柔軟纖長的指尖，在白皙中凝聚著一縷淺韻墨香，於他失神的目光中把流轉的年華吟哦成輕輕的低語，婉轉、低迴、柔美、雅致、禪意深深，只一個凝眸，便將遠近的山水凝潤成一曲山高水長的吳歌，轉瞬釀成他的詩情畫意。

　　望向她，他心懷幽望，兩頰緋紅，既驚又喜。何曾見過這般清麗出塵的女子？與之相比，他就是泥做的骨肉，連替她提鞋端茶都不配。他相形見絀，然而愛美之心人皆有之，雖不敢唐突輕薄之，那愛慕的心思又怎不讓他為之神魂顛倒？於是乎，悄然在水湄折下一枝青青的蓮葉，細心撐做一把相思的油紙傘，安安靜靜地藏身在一個隱蔽的角落，在最靠近她的距離，傾耳偷聽她絲絲詩語若大珠小珠在細碎輕柔的波影裡悠悠盪開。凝眸處，蓮影搖曳、蘭舟輕蕩，香屑飄旋、水鳥輕舞，她屹立水中央，一路歌

第一章　風・華正茂

吟，唱盡花開花落，細數塵緣如夢；而他，只以虔誠的姿態，在靜謐中遙望素衣素顏的她，看她把透明的恬靜時光，於他眼底緩緩鐫刻成詩經裡的雋永，烙成他永遠的傳奇。

關關雎鳩，在河之洲。窈窕淑女，君子好逑。她是來自靈河彼岸的那朵絕世傾城的蓮花嗎？嫋娜纖弱的女子，輕柔不盈一握，卻於世外褪去傾世的芳華，結草為廬，依水而居，只以一葉青萍緩緩托起心中的遠夢。

她說，她不戀繁華不慕紅塵，她只是靈山下一朵微不足道的青蓮，世間的繁奢於她而言只是冗長的負擔，唯有沉寂與無聞才是她永恆的追求；她說，她要把落寞的年華於孤寂中燃燒成璀璨的詩情畫意，哪怕只換來剎那的絢麗與爛漫，哪怕永遠無人欣賞、無人喝采；她說，她只想用如水的歌喉、寧靜的心緒，在天際流塗抹些許溫暖與純真，撫慰流年裡那些匆匆的過客。

他不知道他算不算她眼裡的過客，他只知道他是那麼那麼地喜歡她，那麼那麼地想把她擁入懷中，卻又不敢用輕浮唐突了這份美好，於是，只好一個人孤孤單單地守在這漫溢著清香的荷塘邊，看她把一個個風清月白的幽夢氤氳成淋漓的水墨，看她用一縷縷幽香把心底的憂傷散盡，把紅塵吟成一曲琉璃的詠嘆。

他為她心潮澎湃，他為她心旌蕩漾。低眉頷首處，玉樹臨風的他再也按捺不住心中的渴慕，輕輕劃一葉蘭舟，悄悄駛近她芙蓉沉醉的方向。她望向他淺笑入畫，那兩彎新月的娟好頓時便醉了他相思的眸，從此後，在每一個月上梢頭的夜晚，他纏綿悱惻的芬夢便於她溫婉沉靜的香閨深處翩躚起舞，而她，亦用蓮樣的柔情在微紅的笑靨裡為他輕輕開啟了一扇朦朧的月亮之門。於是，一縷月光、一枝蓮花、一縷詩心、一句相思、一個約定，便在搖曳的紅燭下馨香悠遠了他們所有的期待。

1. 誰遣有情知事早

他知道，從那一瞬開始，便無可救藥地愛上了她。於是，為她吟詩、為她作賦、為她清歌一曲，更為她寫下一闋闋綺豔濃情的長調小令，用自己不可一世的才華，一點點，俘獲著她靈動的芳心，並心甘情願地融入她醇美的幽雅世界，從此，不願再醒來看花落花開，更不願聽那夜鶯的歡唱。

輕軟舞時腰。初學吹笙苦未調。誰遣有情知事早，相撩。暗舉羅巾遠見招。

痴騃一團嬌。自折長條撥燕巢。不道有人潛看著，從教。掉下鬖心與鳳翹。

—— 周邦彥《南鄉子》

「輕軟舞時腰。初學吹笙苦未調。」當時，荳蔻年華、情竇初開的她，一點芳心似水般輕柔，滿面嬌羞勝卻芙蕖冶豔，尚未沾染世俗風塵，純潔得猶如一張素淨的白箋。低眉凝眸間，卻是柳腰婀娜人輕軟，一曲宮商，一闋驪歌，更是舞斷夢魂無數，只一頷首一轉身便讓他心動莫名。

她，容貌清麗，身姿窈窕，舉手投足間無不透著別樣的嬌憨可愛。猶記那年初學吹笙之時，曲調音律尚未熟記，便急於向心上的他炫耀，希冀博他歡顏一笑，卻又忙中出錯，以至於彈亂音符，羞紅雙頰。那時那刻，他是那樣貪戀著她窗外那一縷陽光的餘溫，眷戀著她樓下那一縷月光的寧謐，如同喜歡沉靜著看她向暖的微笑，在鮮豔欲滴的唇邊勾勒出無限的溫柔與嫵媚。

不可否認，遇見她後，他才覺得自己是那個世間最幸運的人。放眼望去，滿世界奼紫嫣紅、嫩綠鎖翠，而這一切皆緣於這世上有了那樣一個別具一格的她，要與他在水湄萋萋的芳草中執手相許一場地老天荒的前世和今生。因為有她，有她溫柔的低語、有她多情的凝望，他才有了足夠的勇

第一章　風‧華正茂

氣卸下所有的偽裝與堅強，拋卻所有的執念與放蕩，從此，只安心浸在緋色的相思裡，把滿腹纏綿的柔腸，把點滴歌吟的悲喜，盡情訴與她聽。

「誰遣有情知事早，相撩。暗舉羅巾遠見招。」楊柳月下，芙蓉堤上，每每遠遠望見他踩著清風的香豔款款而來，她便會按捺不住心中的萬般欣喜，躲在寂靜的角落裡偷偷揮動起手中的絲帕向他遙遙示意，滿臉的嬌痴與興奮，卻絲毫未曾覺察這般舉止，落在他眼裡，竟是那麼的撩情牽意，更不管旁人豔羨或是妒忌的目光。

「痴騃一團嬌。自折長條撥燕巢。」她的嬌痴、她的憨態、她的嫵媚、她的輕柔，恰如天邊那片潔白輕軟的白色羽毛，於不經意間翩然掠過了他凝望的眼神，在向暖的風聲裡毅然決然地輕輕撥動起他多情易感的心扉。於是，輕輕一個回眸、短短一句問候，便換了他長長的嘆息，而就在那短暫的凝睇裡，他方明白，那些暗暗滋生的情愫，往往都在懵懂未明之間，才最令人怦然心動、沉醉痴迷。

那一日，未脫稚氣的她在樹下久久地等候著他，卻是左等不見右等也不見。怎麼了這是？發生什麼事了嗎？到底是被瑣事耽擱了還是他們的幽會被人發現了？不願去想，也不敢去想，心中未免有些懊惱，卻又無可奈何，只好噘著小嘴頑皮地折下一段柳枝，百無聊賴地撥弄著一對相併臥於巢中的乳燕。燕兒成雙又成對，人兒卻是孤影不成雙，到底，他去向了何方，她又在為誰等待？

「不道有人潛看著，從教。掉下鬟心與鳳翹。」驀然回首，方驚覺不遠處那一抹長身玉立的身影，卻不知已於寂寞的水湄靜靜痴望了自己多久，那一雙痴情的眸仿若一眼便可以看到她心底最深處。剎那間，縱清純似水、不諳情事的她，亦在他灼熱的凝望中心生徬徨，只覺得胸中猶如鹿撞，心兒也跟著撲通跳個不停。慌亂中，嬌羞萬分的她匆忙舉起雙袖，輕

1. 誰遣有情知事早

輕掩著緋紅的眉眼，從他眼前狼狼逃開，任憑那垂下的柳絲拂亂了鬢髻頂心的一縷青絲，任憑那斜插於髮間的鳳釵悄然滑落。

於他眼裡，那時的她，便是那一橋風月，便是那半徑梅雪，便是那站在橋上看風景的窈窕倩影，那一縷嬌媚，那一份青澀，瞬間點亮了遠處有心人的一簾幽夢。這樣的女子，這樣的情景，又叫他如何不心神搖曳、情難自禁？單純嬌痴、涉世未深的簡單女子往往更易贏得世間男子的喜歡，只因那一份清純，輕易便能牽惹起他們心中的萬般憐愛之情。而他，亦不能例外，於是，更想珍而重之地將她捧在手心，親憐蜜愛。

便是那樣不管不顧地戀上了她。於是，那一年的夏天，年僅十五歲的他，在父親周原的安排下，於十里荷花蕩漾著滿堤清香的日子裡如願以償地娶了十四歲的她為妻。從此，才情並茂的他與美色無雙的她夫唱婦隨，花前月下，一尾琵琶彈盡了世間風流，一曲清歌唱盡了兩情繾綣，好不歡欣，好不自在。

原來想要的幸福竟是如此簡單，簡單到眉心與眼目的相映，都會在彼此執手的掌心裡開出宿命的繁花，簡單到一句簡短的問候，都會在相擁的溫暖裡綻出流年的光輝。婚後的他，感覺到世界變得更加敞亮、陽光變得更加明媚、月色變得更加柔和、花兒變得更加嫵媚、流水變得更加動聽，而他修長的指尖亦被溫暖乾淨的流光緊緊裹覆，在她不變的守候中，一一印證著歲月埋下的歡喜伏筆。

有她相伴，深藏在季節末尾的多情篇章，輕易便被如水般靜美的時光拉得冗長悠遠。燭影搖紅下，那一窗無聲的寂靜裡，她溫柔蝕骨的呼吸，她雋永纏綿的凝望，皆若波影中細碎的輕濤，一一徜徉在他心頭，彷彿瞬間便能擊穿世間所有的落寞與沉淪，給他永遠的溫暖、永恆的歡喜。他知道，儘管她與他寸步不離，但那份甜蜜而又痴纏的愛，在他心中，竟是從

第一章　風・華正茂

來未曾冷卻、未曾淡薄,總在最最不經意的時候以不動聲色的頑固與執著,驚起他瀰散的思緒,然後將光陰兩岸的流景,一筆一筆,都在她的輕柔裡描畫得風生水起。

寶合分時果,金盤弄賜冰。曉來階下按新聲。恰有一方明月、可中庭。

露下天如水,風來夜氣清。嬌羞不肯傍人行。揚下扇兒拍手、引流螢。

——周邦彥《南柯子》

「寶合分時果,金盤弄賜冰。」新婚後,雖為人妻,但嬌小玲瓏的她仍然未脫兒時的稚氣,無論是捧著珠玉裝飾的果盒與他分食時令水果,還是站在金盤前玩弄消暑的冰塊,渾身上下都洋溢著一股無法言述的嬌憨。那嬌憨,在他眼裡,自是一種美不勝收的風情,更讓他將她珍愛萬分。

「曉來階下按新聲。恰有一方明月、可中庭。」嫁作周家妻,她已熟稔地掌握了彈奏音樂的技巧,要不,又怎配得上以精通音律自負的他呢?為博取他的歡心,每日晨起梳洗過後,她便會坐在窗下一遍一遍將新學來的曲子彈給他聽,而那一輪還未西下的曉月則透過窗櫺,灑在那薄薄的衣衫上,更襯托得她宛若天仙臨塵,美豔絕倫。

「露下天如水,風來夜氣清。」夜幕降臨,露珠如水,輕風送爽,他和她,總是攜手坐在庭中石畔,低低傾訴心中萬般柔情。彷彿,一個不經意,便會讓彼此錯過這世間的點滴美豔,無法再追。他怎生捨得錯過如此良辰美景,她又如何捨得不沉醉在他的寵溺裡?他和她,恰似那雙飛的彩蝶,印入彼此眼中的都是對方生命中的最美。

「嬌羞不肯傍人行。揚下扇兒拍手、引流螢。」然而,青澀嬌羞的她卻是不肯偎著他同行,生怕引來公婆的取笑。可她畢竟還只是個天真無邪、

1. 誰遣有情知事早

未曾雕琢的懵懂少女，有著孩童頑皮的心性，每到夜深人靜之際，便會舉著羅扇，輕輕拍著手，歡樂無限地逗引著院裡的流螢，發出銀鈴般清脆的笑聲。

輕輕，追逐著她的笑聲，他抬頭，望夜色如洗、明月團圓，沒有飲酒，卻是已然醉了。在這一片美麗而朦朧的偎伴中，過往生活中存在的一切悲傷和不如意都悄然退場，只餘深深淺淺的恬淡柔和，婉轉至心房。

是啊，那些個日子裡，每每凝望她的那一瞬間，便覺得夏日的陽光灑滿他的眼角，淺淺的，像清水流過般明媚溫潤，哪裡還管得了鄉人對他的閒言碎語？他知道，因為他的不羈、因為他的自負、因為他的不拘小節，鄉人都很不推重他，甚至經常在背後對他指指戳戳，說一些令他心痛的話。遇見她之前，他曾經不止一次地為那些議論傷心徬徨，甚至困惑傷然。然而，遇見她後，他才感受到，原來所有的非議都不是那麼重要，重要的是，她為他帶來了明媚，帶來了溫暖，那麼，還有什麼值得他苦惱煩悶的？

遇見她，是上天賜予的福分。他願意就這樣，一輩子，都沉醉在她的溫柔鄉里，哪怕更不為鄉人推重。他周邦彥只是為自己活著，為他深愛的女子活著，又何懼人言物議？

放眼望去，靜謐的夜空下，月色恬淡，若她如水般溫柔的眸，正在滿塘的蓮荷中華麗盛放。緊緊攥著她白皙纖長的手，輕輕放入懷裡，他只想仰天祈求蒼天，且容他，用滿腹的歡喜與甜蜜洗盡滿身的浮華與自恃。然後，在一曲月光的歌聲裡愛慕著沉醉，用一顆輕柔的詩心蘸著絢爛與風流，為她寫下世間最最浪漫、最最深沉的愛與牽掛。

月光悠悠，只一個淺淺的凝眸，便照亮了她的風華絕代，照亮了他的玉樹臨風，也照亮了相守的人兒那兩顆冷暖相知的心。然而，這一彎如水的月色又哪裡知道，此時此刻，他只想與她花前月下，只想與她在喜悅的

第一章　風・華正茂

眉梢裡把盞共歡，輕輕唱一曲《長相守》，默默畫一幅《鳳求凰》，把那心間痴纏的萬般情意，通通透過她羞澀的眉眼，傳送至她若花般嬌柔的心底，永遠，永遠。

一千年後，站在物華阜美的夜色杭州裡，任浸著荷香的十里暖風輕輕柔柔地拂拭著周身，透過那一潭沉靜幽美的平湖秋月，恍惚裡，我彷彿看見那一對情投意合的小兒女，正手拉著手，纏綿悱惻地站在枝葉繁茂的柳樹下，弄花撲蝶，追月嬉戲，那一幀妙景，是任何畫師都畫不出的美，而那無法用言語表白的恬美意境，更是無時無刻不在我心底升騰纏繞。輕輕，吟著他為她寫下的《南鄉子》，心裡忽地湧起莫名的感動，一回眸間，不由得想起李清照筆下那個和羞走，倚門回首、卻把嗅青梅的少女：

蹴罷鞦韆，起來慵整纖纖手。露濃花瘦，薄汗輕衣透。

見客入來，襪剗金釵溜。和羞走。倚門回首，卻把青梅嗅。

—— 李清照《點絳唇》

春意盎然，奼紫嫣紅開遍的錦繡庭院中，一襲春衫、滿面紅潤的妙齡少女，正於無人的角落裡，捧著一把和煦的軟風，在盤曲的長青藤下隨起落的鞦韆肆無忌憚地歡快蕩漾著，以至香汗溼透輕衣，才慵懶著伸出纖長的手指緩緩整理起凌亂的雲鬢。

未承想，恰於此時，有客踩踏著柔暖的春風叩門來訪，正與鬢髮不整的女子打一照面，他俊美不凡，她嬌喘吁吁，只一眼便換了彼此的情深不悔。未經人事的韶秀女子哪裡見過陌生男子，不禁掩面和羞逃走，然而卻又心有不甘，那一份青春年少的好奇更引逗她倚門回首，一邊微紅著臉偷偷望向他，一邊裝模作樣地折下一枝青梅輕輕嗅著。

同是少女，一個是心悅君兮，便暗舉羅巾、自折柳枝，如此嬌憨天真；一個是心懷好奇，便襪剗金釵溜、回首青梅嗅，如此嬌羞活潑。然，

那一闋闋沾香含露的小詞卻都寫盡青澀女子的嬌俏與嫵媚，只是，他的她，是不是，無論世事如何變遷，無論滄海幾度桑田，每每於傾城的思念裡揭開塵封的記憶，都會於他心底纏繞著一種令人瞬間怦然心動的魔力？

2. 回頭猶認倚牆花

　　玉觴才掩朱弦悄。彈指壺天曉。回頭猶認倚牆花。只向小橋南畔、便天涯。

　　銀蟾依舊當窗滿。顧影魂先斷。悽風休颭半殘燈。擬倩今宵歸夢、到雲屏。

—— 周邦彥《虞美人》

　　煙雨江南，我一個人，靜靜穿行在柳浪疊翠的西子湖畔，於流光溢彩的萬千風景中，牽著素年錦時的清風，輕輕回眸，望向那些久遠的亭臺樓閣，以絕世的姿態，默默感受著這裡的靜美與繁奢。

　　這裡的江花，紅勝火；這裡的江水，綠如藍。這裡的楊柳依依，若仙子飄飛的長髮；這裡的煙雨濛濛，若麗人含笑的清淚；這裡的流水潺潺，若相思九曲迴環；這裡的月兒彎彎，若情意兩相纏綿。一切的一切，都是那樣的柔美，那樣的精緻，那樣的玲瓏，那樣的剔透。

　　看蘇堤春曉，在平湖秋月裡聽曲院風荷；望斷橋殘雪，在柳浪聞鶯裡覓三潭印月。風花雪月、六朝金粉的江南，煙雨裡醞釀著潮溼而又動情的故事，微風中滋潤著不老而又永恆的傳說，那一回眸、一轉身的唏噓裡，更承載著我溫柔而又不羈的浪漫。於我而言，杭州就是一幀世間最美的景，古老而又年輕、矜持而又活潑、典雅而又風流。到底，是哪一段塵封

第一章　風‧華正茂

了的舊事令我為之流連忘返，總是踟躕不前？

放眼望去，這一幅前世今生的水墨畫中，那些盪滌記憶的柔美、那些詩情畫意的韻致、那些纏綿悱惻的糾葛，無一例外地在歲月的煙塵裡輕輕浮起，以絢爛而又悽美的姿態，於湖光山色中盡情招展著世間的華奢與溫婉。過去了的，注定會被銘記，無論是在天涯，抑或是在海角；遠離了的，注定會被拉近，無論山有多高，抑或水有多長；而那些天青色在等待的煙雨，如詩、若畫，入夢，醉心，亦注定會被珍藏，無論是在天上，抑或是在人間。

那年那月，那些如花的日子裡，微薰的風中，他總是偎在薔薇花下，手捧一卷詩書，輕笑著望向紅妝綠鬢的她，悄然沉醉於她身畔的淡煙疏雨，每個角落的風景落入他眼底都是世間最美的圖畫。他愛她心靜似水的溫婉，她鍾情於他詩詞歌賦裡的山環水繞；他愛她婀娜多姿的柔軟，她鍾情於他玉樹臨風的風流倜儻。她清麗的容顏是他半生的清歡，他俊美的面龐是她永恆的宿醉；他迷人的微笑是她一生的溫暖，而她油光可鑑的三千青絲更是繞醉了他的江南夢、江南情。

懷想著他，思慕著她，千年後的我，擁著一縷淡淡的花香，在歲月的河畔，用瀲灩的光陰掬起一指似水的柔情，盈一袖微醉的清風，旁若無人地穿行在戴望舒筆下的丁香雨巷。輕輕地，不著邊際地，便走進了那一簾疏淡的江南煙雨，在舊日笙簫的纏綿繾綣裡，翹首期盼著一場盛世的邂逅。我在為誰等待，又在為誰守候？是在江南的婉約裡浣洗容顏的她，還是在杭州的暗香裡梳理情思的他？

微微地、淺淺地，溫柔的風兒在耳畔浪漫地蹁躚；輕輕地、低低地，美豔的花兒在眼前歡喜地招展。那一瞬，世間萬物都在江南濡溼的空氣裡揮灑著不盡的溫存與灑脫，一切的一切都沐浴在風花雪月的輪轉中起舞弄

2. 回頭猶認倚牆花

清影，於芳草萋萋的水湄撩起一片片綺麗的遐思，只一念，便醉了所有的心神。

傾耳處，楊柳隨風，卻是吹面不寒，凝眸處，杏花煙雨，只是沾衣欲溼。此時此刻，我陷入了一種夢幻般的沉思，一心期待著會有位在水一方的紅粉佳人撐著一把古舊的油紙傘，踏著那溫潤婉約的詩行緩緩走近我的守候，顰眉深鎖中將我悄然回眸，任那飛花入夢，沾染我白衣布衫的青春年華，讓我在江南的夢裡兀自沉醉，從此不願醒來。

只是，究竟是誰才會於那柳浪聞鶯中，牽著桃花的紅、梨花的白，緩緩向我走來？西泠橋畔，那把在煙雨樓臺中沉澱了經年的油紙傘，又會被誰在南屏晚鐘裡輕輕拾起，然後小心翼翼地珍藏在雷鋒夕照？還有那西湖斷橋上的悽美等待，那一級一級染了墨綠的青石板，又會為誰鋪出層層疊疊的眷念？

一個人，靜靜地走在杭州城千樹萬樹的花紅中，獨自品味著人生的靜美與寧謐，驀然回首，卻看到無數朵嫵媚嬌嫩的花兒一瓣一瓣落在了歲月柔軟的塵埃中，以絢麗的姿態旋在水湄的風中，輕舞飛揚，一瓣落在蒹葭蒼蒼的煙雨江南，一瓣落在我柔和易感的心上，只一眼便勾留了歲月的萬千芳華。

暮色裡、斜陽下，緩緩行走在水墨丹青的江南，輕輕揮一揮衣袖，於遙遠而又近在咫尺的琴聲裡，用心傾覆一場絕世的繁華，看和風吹皺那一池妖嬈的麗水，看湖水染綠那一方萬種的柔情，看蘭舟駛向那停靠了幾世輪迴的渡口。我只想，借幾縷楊柳絲的嫵媚，在舊時的胭脂裡研一池清波碧水，蘸一筆旖旎墨色，然後，和著柔風、和著細雨，拈筆作畫，在那一張叫做時光的素箋上，慢慢勾勒出清疏淡雅的江南。用心、用情，點潤那一抹清涼的煙雨。

第一章　風‧華正茂

　　流連在青磚黛瓦、紅牆粉壁的江南，看絲絲縷縷的日光沿著古色古香的廊簷緩緩滑向雕花的窗櫺，偎在牆根下賞花的我頓時變得心曠神怡。恍惚中，那一縷淡淡的暗香悠然襲來，更讓人宛臨仙境。那一瞬，繁瑣的心情得到了徹底的釋放，一切風景落入眼底，都變得如風一樣飄渺、如夢一般迷離，而就在此時，我又不由自主地想起了「詞家之冠」周邦彥。

　　依稀記得，我曾評說過，周邦彥的文字是我魂牽夢縈的江南，美豔、精緻、清新、綺麗；而我對江南的情結，就如他對長調小令的偏愛一樣，總是會在瘦弱的筆下宣洩得淋漓盡致，且如詩一般婉約、迷醉。

　　年少時，每每品讀他的文字，總感覺那些香豔潮溼、婉約靈動的字句裡，深藏著一個遺世而獨立的出塵女子，著一襲淡淡的素衣，斜插一支碧玉簪，總是從菱花蕩中搖著一葉輕舟，乘十里荷風，從容不迫地溯江而去。注目時，只聽得，雲琴低鳴，素簫悠揚，欸乃一聲，便有清冽若水的歌聲慢隨蘭槳飄飛，只一眼，那些許的溫好便醉了青煙醉了明月。沒有人知道她是誰，更猜不出，然而我知道，那不是他心儀的女子，只是他一顆玲瓏剔透的錦世詩心。

　　那些年月的我，為了在江南與他相遇，轉山轉水，顛沛流離，哪怕身心疲憊，亦不捨遠去他桃紅柳綠的世界？然而，歡喜背後，有誰看見，西子湖畔，那白衣勝雪的男子，那一雙溫柔而孤獨的眼神，又有誰明白，那目光裡隱含了多少包容與留戀？

　　浮華散盡，雷峰塔下，歲月在那滿面憔悴的男子身上留下了亙古的荒蕪與永恆的風霜，然，那一份清寂與孤傷又有幾人能懂？回眸處，千里煙波，誰在燈紅酒綠裡撐一篙蒼白，於無盡的歡笑與冷寂後悽然獨去？

　　是他嗎？我不知道。恍惚裡，我又輕輕吟起了他的小詞，在柔情似水的浪漫裡，偷得幾縷煙雨朦朧的婉約，輕輕藏在那些令人唇齒生香的文字裡，

2. 回頭猶認倚牆花

而這一切都只為他千年前駐足的深情,可是,我真的能在這裡遇見他嗎?

斜風細雨下,我採著一捧芰荷的芬芳,打馬路過江南,也曾到過他字裡行間言說的彼岸,走過他路經的驛道,看過他曾經為之停留的亭臺樓閣,夢過他喜歡並深愛著的女子。往昔的流年,他多情的文字,我都曾極力地去深讀,就像我守在江南的煙雨裡,總是執著地索取著那一份內心的純淨與安寧。

然而,許多事我還是不明白,許多情我還是無法弄懂。粉白色的江南煙雨中,我曾在泛黃的古卷裡見過他恬淡的淺笑。那時的水湄,芳草萋萋、百花妖嬈,而他沉靜的容顏,就像是我路過的江南,那般柔軟、那般美好。只是,那些年,他等的她,那在水一方的窈窕佳人,又在哪裡?是躲在了那叢煙雨背後的輕霧裡嗎?

我無法想像她的美麗,更無法觸及她的靈魂。我只是在念著他的時候輕輕轉過身,於色彩斑斕的荷花池畔,採下一朵潔白的荷花,當做她當年為他盛開的容顏,並把那經久不散的芳香肆意塗抹成前世今生的詩意,祭奠她曾經的溫婉與美好。

寧靜的夜色中,疏疏幾柄荷葉,在寂靜中錯落有致地搖曳,幾朵含苞的荷花沐浴在清風裡悄然輕綻。一切的一切,皆以潑墨畫的散慢與才情,於我眼底盡情舒展著它們的清麗與明豔。只是,她又會隨了這飄散著絲絲縷縷清香的荷風,劃一葉蘭舟,披一簾星月,緩緩走進我的生命嗎?

靜謐的月光,透過溼漉漉的空氣,在香風裡悄悄地灑落,轉瞬便為這寂靜的荷塘披上了一層淡雅的薄紗。遠遠地望去,花與葉纖塵不染,依然散發著淡雅而馨香的芬芳,依然保持著清冷而孤傲的風姿。或許,這些清麗出塵的荷花就是往昔流連在他筆端的那些溫柔似水的女子,可為什麼她們就是不肯走出他的香詞,在水湄也為我舞一曲長相廝守?

第一章　風‧華正茂

　　靜靜沉浸在那些與他有關的故事裡，我總是小心翼翼地撥弄著光陰的迷霧，想要一探歷史的究竟。然而就在我於靜謐中將他心中的人兒默默等待之際，天際流那深深的雲影，卻兀自把那淺淺的月光隔於千里之外，舉目四望，無盡的寂靜裡，天幕上只餘下滿目寂寞的蒼白，淡淡地氤氳在心間，更惹起思緒無限。

　　凝眸處，香霧騰騰，水雲深處，荷花的影子正斜斜地躺在如夢似幻的墨色裡，剎那間便凝潤成一幀靜美的景。朦朧的雲影裡，我伸開慵懶的手指，借一縷淺灰的月色，細數著塘畔的落花，一瓣、兩瓣、三瓣、四瓣、五瓣、六瓣、七瓣，每一瓣都像極了他的溫柔她的美。傾城的思念裡，我偷偷藏起了那一瓣最柔最軟亦是最美的落花，將它捧在掌心，緩緩置入心間，想要一窺它絕世華美背後的寂寞與冶豔，然而，即便我付出了全部的努力與真心，亦未能讀出它的真諦。

　　輕輕，掬一抹芳華在手，冷了的指尖，卻於這夜涼如水的晚色裡沾染了一片淡薄香冷的墨，而憂鬱與哀愁便在這幽靜的墨色裡渲開了淺淺的彩，直沁心底。我知道，我又在追懷他筆下那一位妙不可言的曼妙女子。於是，在這場盛大的花事裡，我執著著把寂寞的顏色在水湄一一剖開，並將之輕輕放在落花做成的朱簾內，細心地呵護，溫柔地擁抱，就像我把自己埋在一徑花香下。然後，緩緩閉目，任一個人的影子醉在風中，只靜靜等待，等待那一場花開的季節。

　　因為荷花，因為那一徑荷塘月色，我開始蘸著陳舊的心事，將她輕輕寫在一紙花箋上，在那煙雨江南的深處。我總是迫不及待地要用那古色古香的筆墨紙硯去描摹她的美麗與輕柔，因為我怕她若芙蕖般美豔的容顏終會在我逐漸老去的記憶裡與時光失之交臂。

　　寫她的文字一如他當年在詞中對她的描繪，清澈、冷豔、若雪、似

2. 回頭猶認倚牆花

玉，卻又處處透著綠肥紅瘦的風情。只是因為，她是這人間不一樣的煙火，簡單的詞藻與字句根本無法描摹出她當初絕倫的風采。然而，卻又總是心生忐忑，生怕她手中那面古老的菱花鏡無法映照出她素淨的容顏，而她又美得那樣的清麗絕塵，所以每每寫到她，亦總會尋些活色生香的詞彙為她添上濃墨重彩的一筆。

若我不在，總有一天，她會凋謝在這一片靜謐的晚色中吧？就像他裹著一身的清風離去之後，她便以世間最純潔靜美的姿勢，無聲無息地走進那片永恆的空靈。素年錦時，盛夏光景，微微的風聲捲著蟬聲從水中央踏波而上。那一瞬，荷花的清香緩緩飄升，若凌波仙子冉冉而來，秀麗鮮明、裊裊娜娜、卓爾不群，又如一泓溫軟的泉水，清澈、絕塵、靈動、婉轉，像極了他舊時字句裡一筆一劃輕輕描摹的她。如果有一天，她不再隨著他的詩詞進入我的夢鄉，我是不是該徜徉在荷塘月色下，採一朵白荷，將她悄然等待？

當時的荷塘、雲影、月色，都在我眼前所呈現出一種輕柔、雅致的姿態。凝視著那一朵朵出水的芙蕖，品味並把玩著它們與生俱來的出塵與脫俗，一些深埋在骨子裡的江南情結，便隨同舊日裡的遐想與執念，在這純白聖潔的荷花前越發糾纏起來。分不清，什麼是花，什麼是他筆下、我心中永恆的憶念，於是，痴迷的眼神不斷在花間流連，心緒卻徜徉在夜的靜謐裡溫柔並驚豔著。

白色的荷花自有一番動人的風韻，素顏若雪、不施粉黛，只染著清透潔白的淡妝，著一襲碧綠的紗裙，輕輕屹立在水中央，宛若一位二八年華的亭亭少女，渾身上下都透著一股出塵的柔婉與典雅。清淺回眸間，那淺淺一笑的靈動，於風中緩緩凝聚成了心靈深處的一幀秀麗的水粉畫，恰似她絕世的風姿，瞬間便醉了我的柔腸，只是這錦繡人間，我又該去哪裡尋

第一章　風・華正茂

覓她的芳蹤？

萬籟俱寂中，朦朧的月色下，我輕輕攤開掌心，掬一瓣白荷的花魂，在眼前這畦幽深的荷塘畔。以荷香為韻、以素心為律，用雲的影子寫下了思念的旋律，並於深深的花海裡輕輕敲出了一行行素心若荷的音符，只為懷想她當初的嫋娜與靜好。歲月如歌，這荷韻迤邐的季節裡，我只想在心底為她默默地吟唱，然後，攜著純淨的念想，在水湄捧起一段舊了的時光，在泛黃的紙箋裡，安之若素地細細品啜，那些從靜水流深裡，絲絲縷縷流瀉出的淡淡清歡。

情不知所起，總是一往而深。不知何時，那朵朵白荷的情韻，皆隨著她的明豔，從他往昔生花的筆端逃離，漸漸墜落成今日我滿眼的花開蝶舞。念著他的詞句，想著她的容顏，心底，似有潺潺的溪水靜靜地流過，又似有白荷一朵，枕著雲朵的清歡，在微微的漣漪裡輕輕漾開。當時，滿腹的心事亦隨著這滿世界的月色花香在若影若現的燈影裡緩緩沉浮。

忽地，便忘卻了身在何處，更不復記得我是誰。長久的靜謐中，我又拈著一瓣白荷的聖潔，和著一縷淺淺的芬芳，在朦朧的月色裡純淨著我若花般嫵媚的素錦年華。恍惚裡，我又看到了她，看到挽著她手臂漫步在西子湖畔的他。只是，我夢裡的煙雨江南，有誰會在悠長的古巷裡將我輕輕呼喚？又有誰會婀娜多姿的水湄將我悄然守候？是玉樹臨風、俊美不凡的他？還是溫婉嫺靜、清麗出塵的她？

於我心底，她便是那不食人間煙火的荷花仙子，日夜守候在楊柳依依的水岸，總在為那個心上的人兒唱著動聽的歌。用她的心、用她的情，在那些個風清月白的絢美裡執著地寫下日日的期盼、夜夜的思念。頷首處，清風微拂，最是那一轉身的回眸，便迷了風月、傾了紅塵；凝睇時，花香輕曳，最是那一低頭的溫柔，便醉了我的心扉、疼了他的柔腸。然而，那

2. 回頭猶認倚牆花

桃花紅、梨花白的鳴煙女子，可是他曾心心繫念的她？

月色溫婉，沉睡的荷塘畔，花掩疏籬，卻是誰踩著香暖的晚風在柳煙裡低低淺淺地吟？又是誰捧著九曲柔腸在芳草萋萋的水湄臨風賦詞？蒹葭蒼蒼，在水一方。朦朧裡，我彷彿看到素衣淡妝的她，正吟著他新寫的《浣溪紗》，撐一葉蘭槁，在湖畔歡喜著採蓮。不遠處，坐在水岸石畔微笑著望向她的就是那白衣青衫的他。

他們的歡喜就是我的自在，那一彎淺淡風月中，我亦學著他的模樣，靜靜坐在塘畔的山石上，讓心徹徹底底地靜下來。然後，將指間拈著的那朵白荷的清芳納入口中，慢慢咀嚼、細細品味，而就在那一瞬，如歌的荷韻，更把我陷於塵世的心洗濯得纖塵不染、光明純潔。然，這一片琉璃的素淨中，過往的風塵可不可以給我一句最最瑰美的香詞，讓我為之回眸一生？從此，只為她一個最最使他心疼的眼神，心甘情願地，在這寧謐的角落安靜地守候等待。

花樣的年華裡，我在江南的錦繡夢裡四處遊走。然而又有幾人知悉，我只是靜靜守在他的文字裡，偷偷看她把自己的清顏變成一朵盛開的白荷？有味清歡、有顏素淡，正是她若荷花般清麗的容顏，亦是他筆下婉約柔美的詞句。這一切，都於風清月朗裡開出了我記憶裡的江南，只是，何時何地，我才能邂逅他的風情以及她的柔美？

我沒有什麼好誇耀的，我只是在錦瑟華年裡路過江南，路過江南的淡煙疏雨，路過若白荷般高潔芬芳的他和她。荷花是舊時與今日交會的媒介，正因如此，我的文字，也沾染糾纏了他們若荷的宿命，變得清雅、冷豔、孤立、絕塵。是啊，我的文字，於不經意中染上了白荷的香氣、染上了煙雨的旖旎，而這一切，都只因在最美的年華、在最美的江南，看到了她，遇見了他。

第一章　風‧華正茂

遇見他，就像是遇見一場煙雨的綺麗，就像是遇見一朵白荷的宿命，哪怕隔了千年的光陰，亦是一場注定不會擦肩而過的錯失。透過煙雨濛濛的江南，我看見，年僅十七歲的他，於西元1072年，宋神宗熙寧四年正月，躊躇滿志地告別了新婚不久的嬌妻嫣若，離開了他曾經捨不得離去的繁華錢塘，離開了她的溫柔鄉，毅然決然地踏上實現理想、一展抱負的漫長遊學旅途。

過了年，他便十七歲了。大丈夫志在四海，當建功立業。這是婚後，嫣若對他說過的話。儘管每次說起，她總是漫不經心，甚至說過後便偎在他懷裡，淺淺笑著為他彈一曲清歡，從不刻意要求他些什麼。然而，他明白，他已不是過去那個不羈的少年，縱是不為光宗耀祖，便是為了給她一份揚眉吐氣的生活，他也要努力改變里人對他的即定印象，要活出一個有聲有色、有滋有味的自己來給那些輕視他的人瞧一瞧。

玉觴才掩朱弦悄。彈指壺天曉。回頭猶認倚牆花。只向小橋南畔、便天涯。

銀蟾依舊當窗滿。顧影魂先斷。悽風休颭半殘燈。擬倩今宵歸夢、到雲屏。

──周邦彥《虞美人》

「玉觴才掩朱弦悄。彈指壺天曉。」朦朦月色，月白風清，看天階夜色涼如水，人間情事，恰如詩若夢。庭院中、涼亭下，梅花映水翩翩。精緻的盤中，盛放著各色新鮮的果脯糕點，杯中斟滿散發出甘美芳香的花雕佳釀，醇厚濃郁。一對年少新人，正你儂我儂。她輕盈臂腕舒、腰身綽約碧漪漾，與他攜手向花間，欲借小飲對眉山，共把幽情敘。

如水的月光下，她素手輕捻，為他，將相思歌謠一曲曲，彈奏得纏綿悱惻、繾綣難盡。他知道，她捨不得放他走，可又不願他就這樣沉浸於溫

2. 回頭猶認倚牆花

柔鄉裡無法自拔，從而貽誤了性情。可知，那時那刻，他心裡也滿裹著千般的苦、萬般的痛？新婚才年餘，便要離她而去，怎不惹他心傷難禁？

恍惚間，一曲終了，亭外已是天色微白。她幽幽回首，含羞淺笑望向他，那臉上的一抹酡紅，卻醉了他風情無限，迷了他癡情一片。情正濃時，乍輕別。一壺玉觴，入得愁腸，俱化作點點相思淚，只是暗湧在心頭，默默難訴。千萬恨，只緣從今後，人各天涯。

「回頭猶認倚牆花。只向小橋南畔、便天涯。」還記得，新婚不久後的日子裡，她總是因害羞，不肯與他並肩而行，卻因忽見流螢飛舞，剎那間便又滿心歡喜到忘乎所以。那一瞬，她拋卻了以往的羞澀與矜持，彷彿變了個人，當著他的面不管不顧地拋下手中的羅扇，前去追逐撲拍流螢，那一副嬌憨姿態，只怕縱有江淹才情，也難以描摹一二。

然而，此時此刻，舞低楊柳、歌罷桃花，一彈指間，便真的到了要離開她的時候了，叫他如何捨得輕易別離？恨，從今後，不知何時，才能再見到她暗舉羅巾遠遠望向他招手的嬌羞癡態，再聽她調笙弄弦輕攏慢捻的婉轉歌喉，只是心痛欲裂。

不忍他的離去，臨別時，她語重情切，反覆殷殷囑咐，莫忘此後縱身在天涯，見芳草如見卿，務請多多憐惜。只是，她又哪裡知道，多情的他，又何須嬌妻的殷切囑咐，尚猶自依戀不捨。

他一步一回首，身影漸行漸遠。才過小橋南畔，便已覺恍若咫尺天涯遙，一任分別的悲傷哽咽在喉間。嫣若啊嫣若，無論如何，請相信，哪怕天涯海角、滄海桑田，今後每一次的駐足回眸，風雨中，那憑欄眺望、無悔等待的癡情女子，便猶如庭中倚牆而立的那株梅花，永遠開在他離人相思的心上。

「銀蟾依舊當窗滿。顧影魂先斷。」驛館的夜，月如舊，灑滿窗櫺。轉

027

第一章　風・華正茂

朱閣、低綺戶，照人無眠。攬衣起徘徊，回望冰涼地上的煢煢身影，唯有孤寂落寞相伴。想必，此刻獨守香閨的她，也會如自己一般，無心睡眠，輾轉翻側地飽受著相思的煎熬吧！

一地相思，兩處斷魂。情至此處，怎不叫人顧影自憐，黯然神傷？

「悽風休颭半殘燈。擬倩今宵歸夢、到雲屏。」窗外凜冽的寒風啊，就請你憐惜有情人這痴心一片，千萬不要吹進她的羅幃繡幕，將床前那一盞欲滅未滅的微弱燭火搖晃。唯有這樣，才好為遊子照亮歸家的路，看清燈下她的愁容。

此去千里，重逢漫漫，更不知歸期何處。今宵，亦唯有將一腔情意託付於點點清夢，讓夢魂飛躍山水重重，到她身邊，相依相伴慰相思。只是，遠去了她的世界，那飄渺的魂羽又果真能飛抵相思的窗前一窺她如舊的容顏嗎？

他不知道，他走後，她一直守著門前那一泓西湖水。默默，默默偎著那一樓寂寞的相思，悄然盼著他的歸期。蒼蒼暮色、茫茫雲水，煙波浩淼連天際，望潮平兩岸闊，一葉孤帆順水而去，究竟承載著多少離別的惆悵，漸漸隱沒在地平線後？

萋萋芳草一望千里，綿延不絕，似去路迢迢。離恨恰如春草，漸行漸遠還生。斷鴻聲裡立盡殘陽，人去終難留。雁唳此起彼伏，劃破長空，迴盪不絕。淚眼潸然裡，終於，他還是走了。然，痴心的女子，猶自在門前佇立良久，在蕭瑟的寒風中，直到再也望不見心上人的身影，卻留下一片愛的夢魂，腸斷在這望不到盡頭的煙水兩茫茫。

一朝別離，再相逢，卻不知在何年何月。恨不能夢魂隨他而去，天涯海角，永不分離。現實卻是，月華如練、香冷金猊；孤枕獨臥，薄衾不耐夜寒；人無眠、淚偷零。

江淹《別賦》曰：「黯然銷魂者，唯別而已矣。」情到好處，便如花開正豔、濃烈如酒。恨不能你中有我、我中有你，永不分離才好；更恨不能「死生契闊，與子成悅；執子之手，與子偕老。」

只是，斗轉星移，塵世幾多變遷，滄海尚能夠變成桑田，又哪有什麼海枯石爛、天荒地老永不更改的愛情？再美好的情感也禁不起長久的遺忘，再悲傷的難過也抵不過時間的流逝，到頭來，不過是「只見新人笑，哪聞舊人哭」。最終，相看兩不厭的，恐怕也就唯有西湖與孤山。那麼，他和她，兩兩相望後，等來的，又是怎樣的情感？是雋永纏綿？還是兩兩相忘？

3. 一窗燈影兩愁人

廉纖小雨池塘遍，細點看萍面。一雙燕子守朱門，比似尋常時候、易黃昏。

宜城酒泛浮香絮，細作更闌語。相將羈思亂如雲，又是一窗燈影、兩愁人。

—— 周邦彥《虞美人》

三月，暮春。

不經意間，輕輕一個回眸，客居荊州求學的他便又看到她從蒹葭蒼蒼的傳說中朝著他的方向款款走來。那是三月的一天，正是草長鶯飛的暮春時候。

三月，在他眼裡，是一個美好而又浪漫的季節。那會兒，白色的梔子已開，輕風一吹，庭院裡、亭臺邊、籬笆牆的角落裡，到處都瀰漫著撩人

第一章　風‧華正茂

的花香。那香氣氤氳的景象，讓人感覺春天的溫暖瞬間從心底冉冉升起，滿心裡漾起的都是歡喜與明媚。

放眼望去，那些被風輕輕吹起的花瓣兒，尋尋覓覓的，在空中打著轉，似乎在找尋著自己最後的落腳點。它們是不是以為只要趟過了忘憂河、喝過了孟婆湯，就不再會回憶起憂傷或是悲哀的前塵往事，就會以全新的姿態去迎接全新的絕勝風光？

靜靜地，看著那些花瓣在眼前飛去又飛來，看它們旋起、落下、再旋起，心中忽地湧起無限的惆悵與落寞。花落了還會再開，來年的春天映入眼簾的又會是無盡的桃花紅、梨花白。只是，這一幅勝景下何時才能與她相擁著嬉戲覓歡？

站在三月的空靈裡，他始終在水湄保持著一種仰望的姿態，傾心聆聽著花飛花舞的聲音，只因那些花兒，正嬌豔著在他柔軟的心底，娓娓述說著世間最溫情最隱祕的話語。他和她也曾這樣親密著竊竊私語，說盡人生的歡喜與甜蜜，沒有憂傷，更沒有惆悵。然而，他已離得她很遠很遠，這暮春的繁華裡，他又該如何擁著她的清芬香豔重溫舊夢？

聽，那瓣瓣落花的心聲，恰似他和她分別時的小語，他是那麼那麼地捨不得離她而去，她依戀的神色更令他難以邁開離去的腳步。西子湖畔，碼頭上，千言萬語化作了一行行相思清淚，所有的不捨與不忍都在瞬間凝成了九霄雲外一首哽咽的香詞。落花如人人似花，梔子的潔白像極了她往昔的柔軟與溫潤，此時此刻，他只想再為她雕花窗下理一次雲鬢，只想再聽她橫一支玉笛為他吹響戀慕的曲，只想再擁著她的溫暖與她共唱一闋鳳棲梧。

花，依舊在他眼前飛舞；風，依舊在他耳畔縈繞。幾度相思的笙簫裡，她，他思念了許久的嫣若，便又在恍惚裡隨了旖旎的花香如期而至，他的

3. 一窗燈影兩愁人

世界也於轉瞬間變得靚麗起來。而那些與她有關的畫面，清新的、嫵媚的、芬芳的、柔暖的，亦都隨著她的素衣綠鬢同時抵達，緩緩落入他思念了幾個季節的心扉。

凝眸處，風，偶爾撩起素色的窗簾，牽著芳草的氣息悄悄路過他寂寞的窗前，彷彿為著她絢美的到來輕輕地做著鋪陳。到底，她會穿著藕荷色的衣裙，施著淡淡的素粉，還是會穿著錦繡紅裳，抹著濃豔的胭脂出現在他面前？

於他而言，她的美有千種萬種，濃妝淡抹總相宜。落入他眼簾的亦總是令他魂牽夢縈的千嬌百媚，無論是哪一種，他都會把她放在心尖上千憐萬愛。想著她、念著她，散落滿天的銀輝於不經意中把整個宇宙都燃燒了起來，世間萬物在他眼前陡地呈現出千萬種色彩。而那一瞬極致的光亮，更彷彿於剎那間穿越了千萬年的黑暗，愣是將那些塵封已久的心事倏忽照亮，纖毫畢現，一覽無遺。只是，這千萬種色彩裡哪一種才是她對他的不捨、他對她的珍愛？

寂靜的大地在默然中被迅速鍍上了一層淡淡的銀色，花兒淡淡的香氣依然肆無忌憚地縈繞在身邊，那醉人的芬芳，悠然飄灑在濡溼的空氣裡。嗅一嗅，像極了她妝盒裡胭脂的味道，怎不讓他思念成災？沉浸在她往日的音容笑貌裡，那一點點的芳香總是和著她素淡的體香，將他慢慢地陶醉，更讓他無法不思慕起西子湖畔那座古色古香的庭院。

靜靜坐書案邊，百無聊賴地翻開一本詩書，卻是怎麼也看不下去。他在追憶家鄉的田園，深切地懷想那座由她親手栽下百花的美麗庭院。新婚燕爾的日子裡，她在庭院裡撒下了各種花籽，含羞答答地望著他說，來年就可以與他相偎著春看桃李芬芳、夏嗅荷香滿塘、秋賞木樨金菊、冬品梅花倚雪。然，他離去後的日子，這份歡喜她又怎能獨自承受？

第一章　風・華正茂

　　想必，她早已在櫻樹的等待下霜白了豔麗的裙裳、早已在滿院的杏花中哭紅了雙眼、早已在荷塘月色裡飲盡了孤獨、早已在菱花池中採擷了滿懷的憂傷、早已在桂花的清香裡品出了人生的寂寞與種種不得已，亦早已在梅花傲雪的酷寒中讀懂了離別的哀愁。該如何，才能撫慰她那顆受傷的心？儘管他思念的心亦已千瘡百孔，這花香曳城的暮春季節裡，他又怎能不去體會她的痛、憐惜她的傷？

　　就這樣，長長久久地任由各種凌亂的思緒緊緊纏著他的寂寞，心裡湧起的仍是往日裡淡淡的歡喜與淺淺的憂愁。定睛，窗前一株古老的藤蔓已經牽著一抹明豔的墨綠，歡快地攀爬著蜿蜒到了他的眼前，似乎一轉眼便可以把所有糾結過的心事都纏繞在藤與蔓之間，只把喜悅與明媚擱淺在他窗前。他叫不出藤蔓的名字，更不知道媽若有沒有在他們的窗下栽植同樣的新綠，然而他知道，如果要叫他把她拋於九霄雲外去換取而今的歡喜，那麼他寧願緊攥著心底的糾結，繼續憂傷並哀愁下去。

　　書屋不算寬大的空間，猶如一個天然的屏障，把孤寂中的他與外面世界的喧囂暫時過渡、分割。而那窗外的縷縷花香亦總是在他最最相思的時候，攜著一輪皎潔溫柔的月色，執著地出現在他的門前，在一低頭的嘆息聲裡更牽扯出許許多多前塵往事的記憶。於是，回眸或是轉身間，時間的行囊裡到處都寫滿了他和她曾經相擁著書寫的祕密。那些祕密，再也無法在燈光下的互相凝望裡兩兩分享，在這樣孤單的月夜裡，他注定只能偎著一身的清涼，獨自感受她的氣息。

　　那些曾經的深情與蒼茫，和著梔子的香味，時時刻刻繚繞在他的左右，這種感覺既憂傷又甜蜜。痴情的目光緩緩透過窗紗，那些若有所思的念想，都在刻骨的相思裡瞬間游離在這個有風的春日，於他周身飄渺著環繞。一個人，捧一杯清茶，在溫婉的月光下獨自回憶起那些來自遙遠的記

3. 一窗燈影兩愁人

憶，一切的一切，都顯得那麼真實，甚至真實得可以聽到他們當初發出的呢喃與嘆息，仿如他們從來都不曾分離。

回眸裡，輕輕地嘆息、靜靜地想她，卻不知道有什麼理由能讓他狠下心來離她而去。她是那麼溫柔，那麼善解人意，難道，只是為了功名二字，他便忍心將她一個人留在那冷清的庭院，任她在四季的花海裡獨自品嘗長久的孤寂？

想她，淚珠不自覺地從眼角滑落，平淡的歲月染指著年華的寂寞，輕輕緩緩地劃過他憂傷的臉龐，更惹他相思難禁。自與她分別，他已憶不起曾經歷經過多少個孤獨淒冷的夜晚，只記得時常會在這夜深人靜的時刻，獨自一人，抬頭望向這片同樣孤寂的天空，憂傷著看幾多黯淡的夜色在冷寂中歸於永恆的落寞。每每這個時候，落入他眼底的都不會是滿天璀璨的星辰和恬淡溫婉的月色，只有寂寞默默伴隨著他，任撕心裂肺的痛久久地折磨著他。

長長的嘆息聲裡，思念的心，又隨著夜的悽迷迅速沉了下去。沉睡的童話在迷幻的夢魘裡漸漸甦醒，於陳舊的紙箋中緩緩開啟了有風吹過的那一頁，而衣衫不整的他，便含著滿眼不捨的淚花，於昏暗的燭光裡，狼狽不堪地站在了她素衣含霜的窗前。想她、念她，回憶與她共同走過的日子裡，他們之間有過太多的感動、有過太多莫名的傷感，也有過太多的張望，為什麼只一個轉身，留給他的便只剩下了那些長長短短、永遠不落的嘆息？

輕輕一個凝眸，花紅柳綠的春日裡，那些泛黃的被塵埃打封的時光，依然在他年輕的生命年輪裡，真實而遙遠地存在著。回想中，她還是那麼美麗，那麼青春，那麼柔軟，那麼嬌媚，卻為何，那些清晰而又模糊的記憶裡，總有著他淡淡的惆悵與淺淺的疼痛，亦有著他生命的期盼與張望？

第一章　風・華正茂

他知道，他始終都在深深眷戀著她，只是，離開她後，他盼來盼去的究竟又是什麼？

聽，遠處緩緩湧動的江潮，正輕輕親吻著漫長而又幽深的江岸。那一聲聲浪花的喧鬧陡地便讓他於瞬間變得悵然若失，而那顆等待了許久的心卻依然猶如沙岸上無人問津的貝殼，始終安靜地沉睡中靜謐的風中。默默地期盼著奇蹟發生，期盼著江浪會把他帶走，帶他去向一個遙遠的地方，那裡有夢一樣的世界，那裡的一切都曾在他的夢裡出現過無數次。他知道，美麗的楚江，一定會把他帶走。

總是，喜歡隨著江水的湧動，緩緩地徘徊在江風飄緲的江邊，一個人孤寂著釋放出所有的情緒，讓喜悅與惆悵、希望與失落通通遺忘在江水深處一個難以找尋的地方。真的很想，把所有的悲傷與哀愁都拋向九霄雲外的天地裡，只與她微笑著走在春花秋月的爛漫與溫柔裡，然，歷經千山萬水後，她依然不在身邊，又讓他如何不傷不痛？

寂夜裡，懷抱著這份纖塵不染的靜謐，安安靜靜地傾聽著江潮的聲音，那水湄的角落裡卻又是誰在拍著浪花的衣袂，輕輕淺淺地嘆息著？是她嗎，是他思念了無數個日日夜夜的嫣若嗎？他知道，那條奔流不息的江水就是她的化身，波波江潮便是她要傳遞給他的知心話語。每一朵浪花、每一滴春水，都在執著著重複述說著他和她的故事，一遍又一遍。只是，此時此刻，萬般相思中，他又要對她說些什麼？

當江水夾著梔子的芬芳在窗外泛起層層波瀾之際，那些曾經你儂我儂、溫柔鄉裡聽簫撫琴的畫面便在他腦海中烙下了永恆的記憶，經久不衰。而那些夢境便又輕輕沉入他思念的心底，更讓他的惆悵在不盡的寂寞中蕩起了片片憂傷的漣漪。

這樣的夜裡，很想手捧一把清香回錢塘去看一看她，看望他心中的那

3. 一窗燈影兩愁人

條朝夕澎湃的江水，聽聽那江潮聲是否依舊？看看他是否還可以依偎在她溫柔的懷抱裡，靜靜聽她的呼吸、輕輕感知她的脈搏？看看他是否依然可以親密地坐在她身旁，一邊看她燈下挑花，一邊默默傾聽她古老的心事？

愛她、想她，無處可逃。在這個月華如水、萬籟俱靜的夜晚，心事總是起起伏伏。此時此刻，她又在做些什麼？是藉著窗外的月色一遍遍地整理他留下來的詩詞文稿，還是藉著微弱的燈火於案邊一針針替他縫製新衣？

思念就像柔韌的琴弦，被他周而復始地拈起又放下。隨著音律的跳動，他在飄渺的琴聲中一點一點地靠近她，在她溫香軟玉的懷裡繾綣，如夢囈般地與她輕輕呢喃著。然而，遠方的她此刻是否聽到了他急切的腳步？是否聽到了他怦然的心跳？是否聽到了他顫抖的渴望與欣喜？

迷離的夜色中，他每一頷首、每一凝眸，都感受到了她的款款深情。恍惚中，他聽到了來自遙遠的江潮帶來了她心中升騰起的渴望，還有那聲來自江底的深深嘆息。他知道，她在等他，一直在等他，無論白天黑夜、無論酷暑寒冬。聽，她在輕輕地喚他的名字，那一聲痴絕的呼喚，每一字、每一句，都沾染著她無盡的等待與斑斑的血淚。他走了多久她就痛了多久、盼了多久，每一個獨守的日夜，她都裹著寂寞，如他期待著她的降臨一樣期盼著他的回歸，這樣情深不悔的女子，他又怎生捨得輕易丟開她的手？

想起她的無助與孤寂，他悔恨的淚不禁悄然滑落，每一滴都落在了她不捨的懷裡，溶入了她無悔的心裡。他恨自己，恨自己一心只想求取功名，恨自己將新婚不久的妻子丟在一邊不聞不問，更恨自己總是找著各式各樣的藉口來原諒自己當初的別離。好想好想回去看她，卻又總是行動遲緩，總是任由自己流浪在青春的田野裡肆意放縱自己，總是寬容自己所做的種種無情的決定，總是因為顧及當初離家的顏面而不肯奔赴那個有她的方向。

第一章　風・華正茂

　　他已經習慣了流浪，習慣了在混亂的思緒裡哭泣著想她、念她。他並不喜歡流浪，更不喜歡一個人蹉跎在路上，可這一切彷彿都由不得他做主，那些青春的軌跡已然深深烙刻在求學的旅途中，他又怎能半途而廢，讓那些向來不看重他的鄉人人前人後地笑他、辱他？他不知道該怎麼做，不知道該回去還是留下。於是，前一秒，他的眼眸還在追隨著夢幻中的她輕顰淺笑；後一秒，他便成了那個哭得一枝梨花春帶雨的她。

　　罷了，罷了，離家一年有餘，也是時候回去看一看了，那些鄉人的恥笑與辱沒就都當不曾看見吧！於是，在那個暮春試酒時節，他終於裹著滿腹相思，隻身上馬。從荊州，千里迢迢趕回錢塘，只為赴一場與她的夢裡約定，只為在西湖水湄再攏著她一靦緋紅的嬌顏傾醉他如花似玉的玲瓏心緒。

　　她還是那樣嬌俏嫵媚，美得無處可藏、美得令他驚心動魄，與她執手相對的剎那，竟然疑在夢中。是在夢中嗎？是在夢中又將她明媚的顏、溫柔的笑靨繼續重溫著嗎？不，他回來了。他回到了錢塘，回到了家，回到了她身邊。那麼，何不與她花前月下，把盞盡歡？

　　放眼望去，柳浪疊雪、滿目翠綠，妊紫嫣紅搖曳著花樹下那一束水晶般美好純淨的情感，只任滿腔熱戀與深愛無聲地蕩漾在他的心間，自是歡喜無限。緊緊，擁著她的芬芳入懷，捧一綹柔軟的髮絲輕輕嗅著，才明白這世間所有的千嬌百媚永遠都無法與之媲美。無盡個孤衾難眠的日子後，她終究還是踩著香風翩然而至，在這思春的夜晚歡笑著掀開他的窗簾，悄然闖進他緋色的夢境，點亮了他灰暗已久的心空，喚醒了他沉睡互古的激情，任傾城的容顏瞬間滋潤了他孤寂已久的年華，濡溼了他臨空飛灑的筆墨。

　　他知道，緩緩走近他的是他的髮妻，嫣若。然，有誰知道，她是春天過後、夏日來臨之忻他邂逅的第一縷曦陽，那柔和的光亮瞬間便蒸融了他

3. 一窗燈影兩愁人

心中最後一縷哀愁？回眸裡，那些刻意壓抑的情緒終究在滿腹的相思裡化作了決堤的眷戀，在憂傷與歡喜的交替裡，頓時衝破了情感的堤岸，瀰散了山川、淹沒了整個湖岸。

緊緊攬著她的手，偎著她沾染著花香的身子，心中湧起千言萬語要對她說，卻又不知從何說起。她已等他等得太久太久，這數百個日日夜夜的孤寂與淒冷又豈是三兩句甜言蜜語可以相抵？如果可以，他寧願乞求時光倒流，只因唯有那樣他才不會負她。輕輕撫著她依然嬌美卻染了些許憔悴的面容，記憶的潮水又在不盡的自責與悔恨裡氾濫成災，然而再多的悔意亦不能換回她經年所受的苦、受的傷，凝望著她那一雙因思念而疲倦的雙眸，愈教他對她珍愛連連。

他是真的後悔了，如果記憶可以放他遠行，他願在情感的沙灘上留下最最真實的印跡，只為她珍藏到永遠，只為她流連在相思的角落。回首處，尋尋覓覓，覓覓尋尋，那些甩不盡的情思漫卷、開不敗的如蓮心事、望不透的遠山霧靄、撥不開的流嵐輕煙、奏不完的情意綿綿、飛不到的天涯海角，總是在最美的季節裡，任由他攜了滿腔熱忱。在山之巔、水之湄，只為她放飛思緒，只為她魂牽夢縈。

無數個淺笑回眸裡，她溫婉的容顏一如當初，她輕柔的話語依然溫暖著他那顆因飄泊而漸至擱淺的心。他在疑惑，她而今與他的相依是否只是一場鏡花水月的夢裡相依？是不是夢醒後他便又要退出她絢麗的世界，一個人守在他鄉的清涼裡獨品一盞淒冽的苦痛？不，這不是夢，時光正為她溢彩，生命在為她怒放，他的痴情亦只為她盡情地舒放在這幽美的庭園，他們的相遇又怎會是黃粱一夢？只是，她擁有的這一份柔情，還能渲染他眼前這個淺淺的夏日嗎？

可知，她是他生命裡一道絕色風光，秀麗的景色總是讓他流連忘返？

037

第一章　風・華正茂

　　為她，他那顆破碎了多時的心依然只想沉浸於她的衣香鬢影裡，在這個浮萍滿塘、蓮荷瀉香的日子，輕輕描摹一幅傾城的圖畫。心扉，在歡喜中悄悄為她開啟；心花，在愉悅中因她綻放異彩；情感，在愛慕中因她絢麗多姿。他只想緊緊攥著她的手，讓世間所有的美景都輪轉成他和她的相思。

　　於他而言，她就是那滿天璀璨的星子，他手捧的星光流瀉著她萬種的風情；她就是那世外桃源的一泓清流，他望穿的秋水捕捉著她嫣然的身姿；她就是那海中的一座樓閣，婀娜秀美的景緻亮麗了彼此前世今生的情緣。她的美讓他無時無刻地沉醉著，如果她是一朵傾城的花，他願意化身為蝶，終日徜徉在她身畔，如果她是一莖芳草，他願意化身為露，夜夜滋潤她的嬌綠。然，這樣的時刻還能持續多久？

　　相對的日子裡，她總是暖著他的暖、念著他的念、欣喜著他的欣喜、感動著他的感動。只要是他想做的事，她哪怕費盡心思，也要竭盡全力地成全他，不讓他感受到一點點的不快與煩憂。便是這樣一個玲瓏剔透的女子，怎能不讓他千憐萬愛？只是，纏綿過後，終還是不得不面對即將離別的現實，繼續西上荊州求學。

　　不求學，又怎能謀求到光明的前程，給嫣若一份愜意的生活？他知道，那時的朝廷裡，宰相王安石正積極推行著新法的實施，其中重要的一項便是科舉改革。西元 1069 年，宋神宗熙寧二年五月，認為應效仿古人從學校裡選拔人才，從而使「道德一於上，而習俗成於下」的王安石向神宗皇帝提出改革科舉的建議。要求朝廷恢復古代的人才選拔模式，廢罷詩賦、明經諸科，專以經義、論、策考試進士。王安石認為現行的科舉只能考校才藝，而士子的德行卻被忽略了，改革正好可以彌補這一缺陷。另外，更重要的一點，改革是為了提高當時的行政效率。那麼，朝廷的科舉改革又對周邦彥產生了怎樣的影響？

3. 一窗燈影兩愁人

王安石的科舉改制，是要透過科舉選拔具有一定才能的人才，由他們管理社會事務。王安石以經、義、論、策取士，要求闡釋經義與議論時事結合，在神宗的支持下，一系列措施得以先後發表。熙寧四年，朝廷廢除帖經和墨義的考試方法，正式罷詩賦而代之以經義，規定考生從《詩》、《書》、《易》、《周禮》、《禮記》中任選一種參考，稱為「本經」或「大經」，兼論《論語》、《孟子》，稱為「兼經」，並要求以前學習明經諸科的士子都必須改考進士科。

此外，熙寧四年三月，命諸州置學官、授學田，並置小學教授；同年十月，立太學生三舍法，此法規定，初入學的外舍生不限名額，以後經過考試合格升為內舍生，名額二百人；內舍生再經過考試，合格升為舍捨生，名額一百人。在太學設十名直講，每兩名直講共講一經，學員選學一經，就隨該經直講學習經義。上舍生出類拔萃的經過太學主管考核推薦，可由中書省核定直接任命為官。

王安石的一系列科舉改革措施，得到了大多數人的支持。就連反對新法的代表人物司馬光也說：「選拔人才制度的蔽壞，從古到今，沒有像近來這樣嚴重的。一個人如果不善於試賦論策，就算有顏回、閔子騫那樣的德行，也會遭到摒棄；相反，一個人即使像強盜一樣立身行事，他善於試賦論策，也能取高第，為美官。」所以，他也表示贊同以經義取士。

熙寧六年三月，王安石置經義局，主持修撰《三經新義》，詔進士諸科並試明法注官，又規定選人、任子必須試律令，進士自第三人以下試明法，繼續大刀闊斧地進行科舉改革。

可以說，朝廷的一系列改革，讓一慣放浪形骸的周邦彥看到了邁向仕途的希望。特別是熙寧四年頒布的太學生三舍法，更讓他看到了光明的前程。不是說上舍生出類拔萃者，只要經過太學主管考核推薦，便可由中書

第一章　風・華正茂

省核定直接任命為官嗎？對於參加科舉，周邦彥沒有必勝的把握，但如果能夠前往太學求學，憑自己的真才實學，想要得到主管官的推薦應該不是什麼難事吧？

可是，怎麼才能進入太學，成為一名太學生呢？他知道，宋初，八品以上官員的子弟若才華出眾者才可以進入太學。但是，隨著時間的推移，到神宗時，太學制度已逐漸完備，各地方政府官員可以直接推薦本府州學校生員，經由太學組織的考試後選其優秀者錄入；亦可學校升貢，這主要是由地方府州學校以一定名額充貢士貢入太學。另外，還可透過八行取士進入太學。所謂八行，指當時社會推崇的孝、悌、睦、姻、任、恤、忠、和八方面行為優異，「保明如令，不以時隨奏，貢入太學，免試為太學上舍」。

然而，周邦彥向來不為州里推重，想要透過本州的推薦直接進入太學，想必是阻力重重，那麼就捨近求遠，去荊州求學吧！只是，西去的路途遙遙，更不得不與新婚燕爾的妻子別離，怎不讓他惆悵莫名？

在杭州逗留的這段日子，他牽著她的手，走遍了那些曾經留下他們無數足跡的地方，錢塘江畔、西湖邊、雷峰塔下、斷橋上，無不留下了他們燦爛的笑容與依依的情懷。只是，以後的以後，孤身一人流落在外，又該怎樣才能感受到她那份深深淺淺的眷戀與思念？

廉纖小雨池塘遍，細點看萍面。一雙燕子守朱門，比似尋常時候、易黃昏。

宜城酒泛浮香絮，細作更闌語。相將羈思亂如雲，又是一窗燈影、兩愁人。

—— 周邦彥《虞美人》

「廉纖小雨池塘遍，細點看萍面。」回眸，夏雨濛濛，灑滿芙蕖綻遍的池塘，那圓圓的浮萍上，悠悠滾動著細細的雨珠，廊簷下，卻是不忍細

3. 一窗燈影兩愁人

看。這雨，一直從早上下到傍晚，淅瀝不停，可知，多少纏綿傷別之情正蘊藏在這微雨的意象中，怎不痛得他肝腸寸斷？

「一雙燕子守朱門，比似尋常時候、易黃昏。」放眼望去，院中的梧桐靜靜地立在微冷的風中，溼漉漉的，彷彿披著一身的傷淚；牆頭上的牽牛花，正耳鬢廝磨、竊竊私語，究竟是在議論眼前這下個不停的夏雨，還是在訴說昨夜旖旎的香夢？

雨，淅淅瀝瀝。一滴滴，滴在古老的屋簷上、滴在斑駁的牆壁上、滴在虯曲的樹枝上、滴在芬芳的泥地裡、滴在蜿蜒的青石板路上、滴在幽靜的巷道。滴答、滴答，恰如一雙纖弱的手敲打著一張張古老的琴。那嘈嘈切切的節奏，單調中卻有一種柔婉、親切的味道，點點滴滴，似真似幻。而煙雨裡的江南，卻在他疲倦的眼底露出蒼穹下青灰色矮房的輪廓線條，濛濛的，有一種古老的美，恰似她昨夜的溫婉沉靜。

微雨迷濛中，一雙小燕已在繡樓上呢喃作語，卻是守著誰人的寂寞、誰人的魂傷，嘰喳個不停？看，那夏雨脈脈可是西泠橋畔南朝名妓蘇小小幽怨的眼眸？一首哀傷的闋歌、一曲相慕的琴音、一張清秀的面龐、一闋香豔的詞藻，怎奈那嬌柔的身軀卻是挽不住攀龍附鳳的負心郎，怎不教人揪心？他會成為那樣的負心人嗎？外面的世界總是充滿各式各樣的誘惑，他真的不會有負於她嗎？

頻頻滑落的雨絲，像極了莫愁女筆墨裡記著的深深的愁怨，亦如冷冷的秋，轉瞬便在他不捨的目光中凋落了蓮花，只任那一湖香玉殘逝在天之盡頭。他不會讓她成為因情而死的蘇小小，也不會讓她成為日日悲歌的莫愁女，然，他又要與她分別在即，又能拿什麼來撫慰她那顆日漸憔悴的心？伸手，輕輕拾幾枚桐葉，但見那片片落葉寫滿了古今才女的婉約文章，卻是聲聲慢中獨上西樓。此情無計可消除，才下眉頭，又上心頭，眼見得露濃花瘦

第一章　風‧華正茂

　　點絳唇，一回眸、一轉身，那萬頃相思便濡溼了這一季雨潤的心情。

　　擁著她的嬌媚香軟，倚窗傾聽這寂寞中的萬千雨聲，那陣陣的雨滴彷彿青樓女子奏出的笙簫絃樂，有一種繁華落盡後孤絕的痛心的美。這痛心、這悲傷，都在她的頷首低眉裡釀成了他孤寂的傷，研成了江南水鄉的遺憾。纏綿悱惻而又悽婉哀絕的聲調，輕輕緩緩地飄蕩於西子湖畔的長街短巷、小橋阡陌，恰似他心尖沁出的殷紅心跡，只一凝眸，收入眼底的便只餘下黃昏深院、飛雨斷腸。

　　「宜城酒泛浮香絮，細作更闌語。」愛她、戀她，更無法走出她的世界。到底，該如何，才能忍下心來再次與她相別離？可是，不走又待如何？待荊州學成後，他還要繼續去東京求學，還要入東京的太學讀書，又怎能因為兒女私情貽誤了錦繡前程？

　　即將遠行，只好含著滿眼熱淚，緊緊攥著她的手，步上高樓，溫柔相望裡，欲與她飲盡一盞從荊州帶回的宜城好酒。注目，落花隨風輕輕落入酒杯，襯著她酡紅的面龐，說不清是人美還是花美，一回首間，只聞得撲鼻的酒香，卻是無奈復無奈。

　　嘆，落花有意，流水無情。不忍離別，終將分離。只得在夜深人靜時，仍偎著她溢香的嬌軀，滿飲一杯宜城美酒，更附在她的耳畔，細語悄言，願為她纏綿到老、悱惻至死。

　　「相將羈思亂如雲，又是一窗燈影、兩愁人。」凝眸處，天已拂曉，他知道，飲完手邊這杯酒便又要離她而去。只是，將要離別、遠行天涯之時，那亂如雲絮的羈旅情思更使人心煩意亂、神魂顛倒。回首，寂寞的窗下，燈影幢幢，兩人愁坐，卻是相對悽然。嘆，人生如浮萍，不是聚，便是散，只是這一句話，卻仍然難以讓他放下一切。到底，什麼時候，他才能與她永遠流連於花前月下，再看一幅江景如畫、情依西湖？

4. 此恨自古銷不盡

蒼蘚沿階，冷螢黏屋，庭樹望秋先隕。漸雨悽風迅。澹暮色，倍覺園林清潤。漢姬紈扇在，重吟玩、棄擲未忍。登山臨水，此恨自古，銷磨不盡。

牽引。記試酒歸時，映月同看雁陣。寶幄香縈，薰爐象尺，夜寒燈暈。誰念留滯故國，舊事勞方寸。唯丹青相伴，那更塵昏蠹損。

—— 周邦彥《丁香結》

西元 1074 年，宋神宗熙寧六年春。他一身白衣青衫，放馬北去，沿著荊州的江河，一路踏歌而行，來到了那座曾經流光溢彩，而今早已滿目滄桑的古城 —— 長安，繼續他的遊學生涯。

那時那刻，每晚擁著一身的寂寞，依窗獨坐曲江池畔。一邊凝望天邊的月圓月缺，一邊輕輕唸她的名字，已成了他想她的一種習慣。肆意沉浸在這種習慣裡，每一個月亮升起的夜晚，他都會靜靜地倚著書案，一任夜露打溼相思夢境，在念慕中慢慢聆聽心海深處淫淫的潮音，將她昔日的音容笑貌一一憶起。

月缺了還會再圓，花落了還會再開，那麼，轉身而過後，最初的愛是否也可以在彼此的珍重中重新回到最終的起點？長長久久的離別，已將他們隔得太遠太遠。幾經輾轉後，山高水長裡，逝水流年的華光，是否還可以將那些相偎依著在花前月下互訴衷腸的日子，以及那些手牽手歡喜著走過的歲月在他思念的眸前再次演繹？

那日，天高雲淡，花香飄渺，離別的渡口，輕輕地一揮手，她於西子湖畔轉身離去的背影便定格在他心中，早已屹立成一道永不褪色的風景。總是離得他那麼遙遠，卻又彷彿近在咫尺，一回眸間便能把她所有的美豔收入眼底。

第一章　風·華正茂

　　對她的思念宛若斷了線的風箏，不知道哪裡還能找到一根愛的紅線來縫合那些牽繫著的情緣；對她的懷想宛若滔滔東去的長江之水，永遠不知疲倦地流淌，沒有盡頭，更不知道終將要流到什麼地方。那思念，有時是憂愁、有時是快樂、有時是悲傷，有時是歡喜；那懷想，有時是哽咽、有時是微笑、有時是惆悵、有時是溫暖。或許，真愛就如同流水，愈到深處愈無聲，情深只是無言語，愛到深處唯有淚長流。

　　想著她、念著她，每個月亮冉冉升上柳梢頭的夜晚，他都願將放縱情感的野馬，將拴在心頭的思念置於百花的芬芳裡盡情地傾訴，讓封鎖在唇齒間的千言萬語盡情地表達他心中的刻骨相思。他知道，是前世的緣讓他們在今生相遇、相識、相知、相戀，於是，每一次的邂逅都讓他心生歡喜，每一次的擁抱都讓他心生感激。然，為什麼，他們的每一次聚首都是那樣的匆匆、匆匆，甚至都沒等他焐暖她的手足，彼此便又要相隔天涯？難道，是上輩子在佛的面前，他只求了遇見卻沒有求取永遠嗎？

　　愛她，只願化作她門前的清溪，日日欣賞她梳洗時的每一個舉手投足。愛她，只願化作她簷下的小燕，日日聆聽她思念時的每一聲喃喃自語。愛她，只願化作她窗外的蝴蝶，日日臨摹她清麗或是妖嬈的嫵媚。可知，每一次想她，每一次念她，心底便會有一縷愛的馨香在清淺的月色裡冉冉升起，向四周散發著沁人肺腑的芬芳，頓時便醉了他的柔腸？可知，每一次低聲喚她，每一次靜默中觀想她的容顏，即便她遠在天涯海角，他的靈魂也會歇息在她的心靈深處，與她一起歡笑、一起哭泣？

　　他堅信，只要心中有愛，縱使他們永遠都停留在獨處的寂寥中，縱使他們之間始終隔著山高水長的距離，他和她也能讀懂彼此眼中的感動。或許，這就是傳說中的心有靈犀一點通吧？深愛的人又豈能不知彼此心中雋永纏綿的愛意？

4. 此恨自古銷不盡

只有愛過，才會深知珍惜的分量；只有苦過，才會懂得滿足的甜蜜；只有累過，才會明白靠岸的安逸；只有離別過，才會理解重逢時的清歡；只有牽著她的手，才能體會到情的溫度。因為愛過、苦過、累過、離別過，那心靈深處的傷口，才會為她滲出殷殷的血珠。然而，也正因為情到深處，那縈繞在眼神揮之不去的憂傷才更加難以化解，莫非，這一生，他只能永遠為她含著兩行癡情的熱淚行至天涯、歷盡海角嗎？

除了這份深愛，他給不了她任何的溫暖與安逸，甚至無法撫平她眉間蹙起的哀愁。那麼，就讓他手捧一束芬芳馥郁的玫瑰，在這遙遠的遠方，在思念的水湄，用一份真心真情去撥動彼此愛的琴弦，讓它於互古的纏綿裡流淌出芳香的樂曲，美豔她清麗的容顏、歡喜她那顆在等待裡日漸憂傷與疲憊的心吧！

怎能不愛她？怎能不想她？愛她如花，即便遠在天涯、遠在海角，也無法不想她、不念她。長長久久的離別裡，傷心時終於明白，有緣牽手是一種莫大的幸福與歡喜，所以不管以後的以後會走得多遠，只要還有路可走，他們都要沿著愛的途徑，手牽手一直走下去，一起在春天裡放歌牧歡，一起在秋天裡收穫沉甸甸的愛情果實。可是，她不在他身邊，長安城裡，他又要到哪裡將她尋覓？再尋覓那一段曾經的濃情蜜意？

照水殘紅零亂，風喚去。盡日惻惻輕寒，簾底吹香霧。黃昏客枕無憀，細響噹窗雨。閒看兩兩相依燕新乳。

樓下水，漸淥遍、行舟浦。暮往朝來，心逐片帆輕舉。何日迎門，小檻朱籠報鸚鵡，共剪西窗蜜炬。

── 周邦彥《荔枝香近》

「照水殘紅零亂，風喚去。」冬日剛過，春寒猶自料峭。盡目處，一抹斜陽照水，陣陣寒風吹落殘英片片，卻留下一地落紅零亂，隨風而舞，輕

第一章　風・華正茂

輕、淺淺地，落入那緩緩的流水中。

「盡日惻惻輕寒，簾底吹香霧。」惻惻清寒剪剪風，攜著落花的芬芳，從簾底飄然而至，一眼望去，卻是滿室香霧迷離。只是，那撩人的香味，可曾帶來她吹氣如蘭的倩影？又可曾帶來她曼妙的歌聲和那嬌俏的調笙姿態？

「黃昏客枕無憀，細響噹窗雨。閒看兩兩相依燕新乳。」日落黃昏，最是引人惆悵無限。更何況此時此刻，孤身一人正遠離家鄉，遠離心愛的人兒，怎不讓他寂寞徬徨？從杭州到荊州，從荊州到長安，距離家鄉更加遙遠了。而他，那孤獨無依、客居他鄉的遊子，卻只能舉目四望，不料相逢處又盡是荒煙陌路！

百無聊賴間，便只好早早上床臥於枕上，靜靜傾聽著窗外，那濛濛飄灑的細雨，叮叮噹噹敲打著窗戶的聲響。驀然回首，卻忽見樑間一對乳燕，正親暱地相依相偎，是那麼的纏綿、那麼的甜蜜，怎不勾起他的思鄉情緒，又叫他情何以堪？

「樓下水，漸淥遍、行舟浦。」春風又綠江南岸，明月何時照我還？洶湧的思歸之情激盪在心頭，唯有倚樓獨立，憑欄眺望，看一江煙水蒼茫，自春來漸漸澄澈，恰似綠柳生煙。想著她，念著她，時間就這樣一點點地從指縫間、銅漏中緩緩流逝，望南來北往的船隻在眼前穿行不息，輕嘆聲中遍數那白帆片片，卻不知何時，才能夠等來一葉可以載著自己歸家的小舟，怎不讓人悵然若失？

「暮往朝來，心逐片帆輕舉。」此刻，想必遠在錢塘的她，定也因為難耐的相思而靜坐帳中任惆悵難遣，卻只能無言獨上高樓，盡數歸帆，默默盼取良人歸來。他知道，每個麗日明如洗的清晨，梳洗過後，她便會慵懶地倚樓獨望，望向有他的世界。然，望遍遼闊的江面，看千帆過盡，卻仍不見他歸來，深深的失望頓時好似一根根銀針，將她的心刺得千瘡百孔，

4. 此恨自古銷不盡

只任疼痛漫溢全身。

等啊等啊，孤守西湖畔的她，等來的唯有眼前脈脈斜暉、悠悠綠水、芳草離離、萍花搖曳。此情此景，又如何不叫人腸斷？是啊，遠在錢塘的她如是，身在長安的他又何嘗不是？可知他朝朝暮暮，都守著眼前這一泓曲江水，將她念了又念、思了又思？

「何日迎門，小檻朱籠報鸚鵡，共剪西窗蜜炬。」西北檻前掛鸚鵡，籠中報道李郎來。唐人蔣防的傳奇《霍小玉傳》裡寫道，當初李益來見霍小玉，庭間植四株櫻桃樹，西北懸一鸚鵡籠，鸚鵡每見李益進來，便會叫喚著：「有人入來，急下簾者」。料想自己歸去之時，玉人斜倚欄杆處，那硃紅色籠中豢養的鸚鵡也會若霍小玉把玩的那隻鸚鵡一樣，聲聲啼喚聲聲促，只為她急切報知他歸來的音訊吧？

到那時，燭影搖紅裡，相逢一笑，有情的人兒便又可以執手共剪西窗燭，細將別後衷腸訴。只是，那一天，還要讓他等待多久？羈旅之途漫漫，客行孤寂，心思比之平常更為細膩敏感，故哪怕一花一草、一聲鐘鳴、一陣霜風，都極易勾起他遠行人的思鄉念舊之情，而陪他度過這無數個漫漫長夜的，亦唯有心頭這抹綿綿無限的愁思。

轉眼間，又是一個秋涼時節。

抬頭，月色如水，花落殘紅舞。他仍然獨坐在窗前，於寂寞中沉思著遙望著她的方向。雖然彼此隔得很遠，遠在天涯、遠在海角，但他依舊可以從她的世界飄來的風裡，去感知她深深的愛意、暖暖的情懷。如果愛有來生，那麼，就讓他的這份感知始終牽著她纖弱的手，與她相約，走過每個春花秋月的季節，好嗎？

凝眸處，濃濃的相思漸漸湮滅了他深深淺淺的回憶，溼漉漉的深情終於溢位了想念的眼角，想要和她花前月下共盡一盞的心情亦已隨著風兒起

第一章　風・華正茂

飛遠去。靜默中，心花在搖曳的燭火裡含情綻放，緩緩飄逸著他淡淡的憂傷。那麼今夜，夢中的她，可否能夠接納他滿腹的酸酸楚楚？可否詮釋他心中的疙疙瘩瘩？又可否知道他的深情在為她日夜放縱？

望望那彎光華四射的新月，卻是心痛若裂。愛慕的靈魂深處，那一泓盈盈若水的情懷總是在瞬間漾起層層思念的漣漪，總是在最想念時任由那最真最純的呼喚在心底喊出，總是在最孤單時任由那最誠最摯的祈禱徜徉在心頭。只是，嫣若，他深愛的女子，這心靈的感動她到底能否讀懂？又可知在，在遠方，有一份溼漉漉的想念，有一份美麗的憂傷，正暗香盈盈，在風中為她低低傾訴著一份刻骨銘心的不了情？

輕輕，悵立在窗下淺唱一曲《長相思》，濡溼兩頰的淚花又令他遙想起當初與她青澀而又甜蜜的邂逅。那時的他，年少懵懂；那時的她，溫婉沉靜。青春的無邪令他們在各自靜默中不由自主地靠近對方，一種單純而豐饒的情愫在彼此兩兩相望的傾慕裡油然而生。那些個日子裡，她在柳浪疊雪裡對他駐足凝望；他在花香曳風中對她仰望如星辰，儘管未曾有過一言一語的交換，但彼此已在心中替對方留下了一塊愛的芳草地。

便那樣，他們彼此守在自己的天地裡靜靜地遙望，她不曾想過要試圖走近他花紅柳綠的世界，他也不曾想過要嘗試靠近她秋香深閨的角落。蒼茫大地中，兩個有心的人兒只是在靜謐中歡喜著相守一輪圓月的清輝、相守一份真誠的情誼，未曾心生他念。那時那刻，他和她只想一直都保持那份遠望帶來的單純的快樂與朦朧的幸福。然而，世事多變，一切情感的發展都由不得他們自己做主，只一個淺淡回眸，所有的故事便已在歷史的長卷中悄然轉換了方向。

在他最失意、最落魄、最不為鄉人推重的時候，是她收不住惻隱之心，用她的純真與無瑕輕輕撫慰著他那顆因不被理解而備受煎熬的心，不

4. 此恨自古銷不盡

斷給他溫暖、給他鼓勵、給他動力。為他，她毫無保留地將她擁有的一切全部獻出，她的柔情、她的蜜意，還有那一臉燦然的微笑；為他，她忘記了自己，試著用盡所有心思去欣賞他、理解他、尊重他，直至當初的欣賞全部轉化成男女之愛。

她的愛，比海闊、比天高、比江深，不管東風如何張狂、不管暴雨如何無情。每一天、每一夜，她心心念念想到的都是該如何把陽光植進他的心裡。那時的她，眼裡看到的全是他，心裡裝著的全是他，該如何才能讓他開心？該如何才能讓他走出困境？該如何才能讓他迎來新生？這種心情總是過於迫切，連她自己都不禁惶惑，為什麼，他的一喜一怒竟然就那般輕易地牽繫著她的心？

從此，他沉陷在了她給的溫柔裡，而她，亦沉醉在了他給的溫暖裡。輪迴在愛與不愛的模糊間，他唯一感到驚喜的就是看到她起初糾結的眉頭在他日漸恢復生氣的目光裡緩緩舒展開來，而僅此一點就已足夠讓他雀躍非常。他知道，她定然是愛上了他，否則又怎會因著他的哀愁而哀愁，因著他的歡喜而歡喜？

當早春的楊柳清風輕輕撩起她如瀑的長髮，她再也按捺不住地深情凝望著他年輕英俊的臉，那撲面而來的驚喜瞬間便暖了他涼涼的眸，暖了早春的微涼。此時無聲勝有聲，還有什麼不明白的呢？

於是，在心花絢爛綻放之際，他將滿腹的深情於歡喜明媚中潑墨，只想與她攜手相依，在歲月裡靜聽風吟、靜看月影、靜觀天高雲淡的柔和之美。如若可以，只願上天許他此生只與她舞盡春花秋月的嫵媚與溫婉，任他們在時光的流嵐裡，共剪一紙西窗燭影，共唱一曲愛的長相廝守。

蒼蘚沿階，冷螢黏屋，庭樹望秋先隕。漸雨悽風迅。澹暮色，倍覺園林清潤。漢姬紈扇在，重吟玩、棄擲未忍。登山臨水，此恨自古，銷磨不盡。

第一章　風・華正茂

> 牽引。記試酒歸時，映月同看雁陣。寶幄香纓，薰爐象尺，夜寒燈暈。誰念留滯故國，舊事勞方寸。唯丹青相伴，那更塵昏蠹損。
>
> ——周邦彥《丁香結》

「蒼蘚沿階，冷螢黏屋，庭樹望秋先隕。」一個人的旅途，總是格外寂寞淒涼。比起杭州和荊州，長安的四季似乎更加分明。回眸間，秋意漸濃，紅衰翠減，霜色一點點地染白草木，一切看起來都是那麼的蕭瑟、那麼的荒蕪，恰如羈旅之人此刻黯淡不明的心情。

初到長安的他，住在長安郊區一處偏僻的地方。這地方雖偏僻深遠，雖無崇山峻嶺之崔嵬、飛泉流水之潺湲，但環境尚算清幽雅致，自是蔬園禾畹、星羅棋布。放眼望去，深綠的青苔沿著門前的石階鋪出一條曲折的幽徑，恍惚中讓人宛臨仙境。或許是天氣涼了的緣故，那些怕冷的螢火蟲彷彿受不了秋日的寒氣，都緊緊貼在屋角的牆壁上，似乎這樣便可以吸收一些屋內的暖意。只是，那個愛在夜裡舉著羅扇撲螢的她，此刻又該如何取暖？

寂靜的庭院中，秋意初襲，樹葉開始片片凋落，轉眼間便已是枝乾枯零、滿地落葉堆積。這寒涼的季節，少了他在她身邊替她暖手，替她紅袖添香，一個人的她又該如何守著孤寂的閨房度過那漫漫寒夜？

「漸雨悽風迅。澹暮色，倍覺園林清潤。」暮色朦朧，一個人呆呆地站在窗下想她念她，不料門前漸漸天昏地暗，無情的天與地迅速醞釀下一場暴風驟雨。雨疾風狂，肆意摧殘著眼前的世界，更凌虐著他為相思憔悴的心。放眼望去，被風雨吹洗過的園林，在此刻看來讓人感覺到更加悽清冷潤的意境，又怎不讓他心傷難禁？

「漢姬紈扇在，重吟玩、棄擲未忍。」這樣的天氣裡，寒意已經十分濃烈，然卻不忍將臨別前她送他的紈扇拋擲一邊。猶記得，去年從荊州回到

4. 此恨自古銷不盡

錢塘的時節,炎炎夏日,嬌小玲瓏的她卻顧不得暑熱,每日都坐在烈日當頭照的窗下,為他思慮周到、事事關懷,特意用一方素絹,輕描細畫,一針一線,親手製作成紈扇一把,要他時常帶在身邊。

她說,紈扇不僅可以替他驅趕蚊蟲,替他避暑納涼,更重要的是它可以代替她與他作伴。只要他想起她時,拿出這面紈扇,便如她出現在他身邊一般。她的蕙質蘭心、良苦用心,他又怎會不明白?此時,一邊細細將紈扇把玩,一邊吟誦著西漢班婕妤的《怨歌行》,卻又愈發睹物思人。

漢成帝時,婕妤班氏失寵後,悲怨難抑,曾作《怨歌行》:「新裂齊紈素,鮮潔如霜雪。裁為合歡扇,團團似明月。出入君懷袖,動搖微風發。常恐秋節至,涼飈奪炎熱。捐棄篋笥中,恩情中道絕。」以遣心中愁悶,卻不知,此時此刻,遠在西子湖畔的她,走在寂寞的水湄,可否也為他唱起這悲傷的曲子?

想起往日裡她笑撲流螢、軟腰輕舞的旖旎光景,他又怎忍因天寒便將她所贈的紈扇輕易「捐棄篋笥中」,將彼此之間的恩愛稍事忘卻半分?他不能忘,時時刻刻、分分秒秒,都不能。

「登山臨水,此恨自古,銷磨不盡。」登山臨水處,總會惹起騷人一片思古之情。古往今來,文人墨客,一旦登山臨水,便極易勾起無限思舊之情。壯志難酬、羈旅之恨、懷人之痛,直須把酒臨風,揮毫灑墨,一書胸中塊壘,方才能稍慰半分愁情。而滿腹才情,且自視甚高、空有一腔抱負,卻又總是鬱鬱不得志的他,自然也不例外。

手把紈扇思佳人,無端牽餘悲。媽若啊媽若,妳可知?想妳的時候,心在不停地顫抖。妳可知?想妳的時候,淚水在悄悄地滑落。妳可知?想妳的時候,終於體會到什麼是寂寞什麼是悲涼。妳可知?想妳的時候,又有誰肯來聽我這周而復始總也沒個盡頭的深情訴說。此時此刻,亦唯有擁

第一章　風・華正茂

著一懷心傷沉溺於記憶的長河，在深秋的暮色裡，將往昔那些點點滴滴的溫存與甜蜜採擷幾多，細數那縷縷芬芳，於相思裡默默溫暖那顆日漸凋零的心。

「牽引。記試酒歸時，映月同看雁陣。」還記得，去歲，人間四月正芳菲，他在單衣試酒的時節裡歸來，與她在銀色的月光下共沐清輝，同看天氣回暖後北飛回來的雁陣。只可惜，別來迅景如梭，舊遊似夢，煙水程何限。念利名，憔悴長縈絆。追往事，空慘愁顏。

「寶幄香纓，薰爐象尺，夜寒燈暈。」凝眸，今宵，夜寒悽悽生涼意，月照離人伴孤眠。沉思往事，往昔那些「紅燭昏羅帳，鴛鴦交頸眠」的日子，那些裝飾著小巧香囊與精緻流蘇的華美的幃、那些散發出陣陣靜謐幽香的銅製的薰爐，轉瞬間便已都成雲煙。盼只盼，能與她早日鴛夢重溫，卻怕唯有夢裡才能覓得那一晌的歡愉，只是，夢中相見果真能慰他半世浮沉嗎？

「誰念留滯故國，舊事勞方寸。」八百里望不穿的三秦大地，盛不下他對她的一腔思念。嘆只嘆，年來年去的輾轉羈留，漂泊在外的遊子，縱是耗了心力、損了心神，終究都只是因相思難忘，都只是因情深不悔。

「唯丹青相伴，那更塵昏蠹損。」長長久久的寂寞裡，但願憑藉一紙丹青重識她的花容，卻不料，未曾開言早已腸斷淚痕溼。回眸裡，一燈如豆，幽幽，泛出昏黃的光暈，在離人心上開出寂寞的燭花，更讓人神魂悽迷。

於燈下，展丹青，將她的畫像細細摩挲、反覆觀賞，雖然畫卷已然塵昏蠹損，但畫中的她，依然眉眼如畫，若顰若笑間輕輕一個回眸，便讓人頓覺滿室生輝，瞬間驅走了周身的晦暗逼仄。只是，他真的便只憑藉一隻丹青妙筆、一箋活色生香的文字，便可窺得她的風華絕代嗎？

5. 對花惹起愁無數

葉底尋花春欲暮。折遍柔枝，滿手真珠露。不見舊人空舊處。對花惹起愁無數。

卻倚闌干吹柳絮。粉蝶多情，飛上釵頭住。若遣郎身如蝶羽。芳時爭肯拋人去。

——周邦彥《蝶戀花》

想她的時候，總覺得她就是陌上那朵最美麗的芍藥，年年開在緩緩流淌的小溪邊，即便芳華無限，亦未曾引以為傲。她只是悄悄綻放在枝頭，不與桃李爭豔，不與辛夷爭芬，在風中一如既往地招展著她出塵的風姿，卻又不肯輕易讓人偷窺她的美。

他知道，紫陌紅塵間，那朵朵驚豔的杏花、那片片嬌媚的梨花，都因為羨慕她的美貌，自愧不如，紛紛落下枝頭，不敢與她爭春，只參拜在她的繡花鞋下，甘願為她的奴為她的僕。這樣高貴脫俗的女子，他又該如何才能獲取她的青睞？

那年那月，想要成為親近她的那個他，幾乎沒有任何的希望，差點便成了永恆的絕望。她出自名門士族，慧質蘭心、才情並茂，而他只是一個不被鄉人推重的紈褲子弟，又拿什麼去贏取她一片芳心？他費盡心機，想要引起她的注意，而年少懵懂的她總是不曾將他放在心上。到底，是他不夠風流倜儻，還是她未解春情？

等啊等啊，盼啊盼啊。終於，她不經意的一次回眸、一個轉身，在他如火的慾念裡決定了命運的曲調，讓他開始有機會站在風中、站在水湄，只為她輕輕伴唱。那時那刻，他的心，早已不願意住在自己的胸膛，只願在她低低的凝望裡化成綿綿不絕的琴聲，分分秒秒，飛舞在她身旁，絢美

第一章　風・華正茂

她每一個風生水起的想像。

想她的時候，總覺得自己是那渡口終日流連不去的遊客，每一天都徘徊在柳蔭下向著碼頭張望，卻又總是在客舟駛去的時候望而卻步。他在等她，所以總是不忍離去，然，她又在哪裡？為何總是躲著不肯出來送行？他知道，她捨不得他走，可她明不明白，他從未曾想要遠離她的天地，如果不是這個世態炎涼的世界逼著他出外求學、博取功名，他又怎會輕易離她而去？

踟躕在喧囂繁忙的碼頭，看慣了從上游到下游的船隻如何去；看慣了從下游到上游的船隻如何來，更早已習慣了從熙熙攘攘、密密麻麻的人群中仔細搜尋她熟悉的身影，希望會有那麼一瞬間，能讓他看見她的嫣然一笑，看見她不經意的再一次回眸。然而，她還是沒來，她不忍不願就此放他而去，更無法面對送別的淒涼，而他亦只能抱著一懷惆悵，在茫茫的人海中將她尋來又覓去。

想她的時候，總是習慣端坐在靜謐的窗下，守著一身的寂寞，遙望月亮與雲朵肆無忌憚地相戀在遙遠的夜空。雲和月尚能相依相守，彼此深愛的他和她為什麼總是無法聚首，這無垠的宇宙為什麼偏偏盛不下他們的一腔摯愛？

看，月亮和雲朵是多麼的恩愛多麼的歡喜！有時月亮欣喜著穿過雲朵的長髮、有時雲朵愉快地遮住月亮的臉龐、有時月亮捧著一縷芬芳為雲朵輕輕歌唱、有時雲朵浸在無限的甜蜜裡為月亮起舞翩躚，自是愛得無以復加，想必即便天塌下來，也無法再將它們分開了。相愛的人兒總是那麼快樂、那麼無憂無慮，為何只有他彷若星星般，總是遠遠地站在天邊，默默無聞地觀望著她的美豔卻不能與她相守？

「雲想衣裳花想容，春風拂檻露華濃」。想去瑤臺見伊人，不知仙路在何方！舉一杯滴滿相思淚的苦酒，訴一懷遙遙無期的思念，此時此刻，相

5. 對花惹起愁無數

思成災的他亦只能請雲朵和月亮為他作證,無論以後的以後會有怎樣的際遇,他都將為她守候一場地老天荒的誓約!只是,這一份痴情她又可曾明白,又理解得了幾分?

想她的時候,總是看著她送他的紈扇偷偷發呆,一邊望著天高雲淡的天空,一邊輕輕地喃喃悵問,為什麼夏天還沒有來到?為什麼天氣還是這麼爽適愜意?他知道,炎熱的酷暑,他才好打開留有她餘香的紈扇在熱浪中緩緩行、低低吟。或許,便在那思緒萬千的剎那,她才會在不經意間躲到他的扇後,偷取一縷舒爽的涼風,也只有在那樣的情境下,她才會發現他的美、他的風度,才會將他永遠珍惜於心。

好想好想,在她需要他的時候,任由他牽著她纖若柔荑的手,撐一把避暑的油紙傘,喚幾縷絲絲飄緲的微雨祛除滾滾的熱浪。然後,慢悠悠行走在那撒滿花香的山徑,從唐詩宋詞的韻律中尋覓風花雪月的情調,輕輕叩響心靈深處的門環,緩緩開啟心靈深處的窗戶,悠悠走進心靈深處的愛巢,從此,在裡面甜甜蜜蜜地過一生,只羨鴛鴦,不羨仙。

想她的時候,總是一個人獨抱素琴,在書屋的角落裡一遍又一遍地彈著寂寞,任相思的血淚浸在記憶的風中,一次又一次地,幽幽長長地唱起那一曲思戀的歌謠。可知,他只想讓那想念的歌聲隨風飄揚,輕輕飛落到她柔弱的香肩上,在搖曳的燭火下向她低吟成一曲寂寞如霜的詠嘆調,然後,在花落雪飄的夜晚,任他不盡的情思執著地喚醒她想起昔日許諾的誓約,再與他品一壺花雕美酒,攜手入帷,曲盡綢繆。

然而,一切的一切,都只是他的痴心妄想罷了。而今,身在千里之外的長安城中,家鄉和她與他的距離卻是隔了山長水闊,縱有笙簫管絃,縱是花好月圓,又怎能在這黃土高原的客地與她重逢?

想她的時候,總會於百無聊賴中唉聲嘆氣地扳著手指,從早到晚地計

第一章　風‧華正茂

算著歸去的日子，生怕一個不小心便算錯了歸期，誤了花信。雖然心中早已定下歸期，但被思念糾纏了的數字卻總是數也數不清，究竟，還有多少個日子才能回到她溫香軟玉的世界，在她栽遍四季百花的庭院中看她與花兒爭豔、與蝴蝶爭春？

看哪，那和他一樣孤單、一樣寂寞的風兒，又攜著無盡的落寞與無聊來拜訪他了。破舊的窗簾在疲憊的眼前不停地擺動著，可是要帶著他滿腔的思念捎向有她的遙遠？風兒很冷，又有些潮溼，讓他周身都浸染著寒氣，但他還是希望它盡情地吹拂，最好把今昔吹成明朝，讓時間之沙迅速衝出沙漏的約束，在一瞬間滑落，變成他朝夕期盼的歸期。

葉底尋花春欲暮。折遍柔枝，滿手真珠露。不見舊人空舊處。對花惹起愁無數。

卻倚闌干吹柳絮。粉蝶多情，飛上釵頭住。若遣郎身如蝶羽。芳時爭肯拋人去。

—— 周邦彥《蝶戀花》

「葉底尋花春欲暮。折遍柔枝，滿手真珠露。」恍惚裡，他又看到了她。煙花三月的江南，萋萋芳草飛流鶯，亂紅朵朵舞蹁躚。裊晴絲閒閒吹來，一方庭院，恰被搖漾得春色如線。望窗外，陽光依舊明媚，久鎖深閨的女子，一顆沉寂的心終於被這春色撩逗得蠢蠢欲動。

於是，她當窗理雲鬢，對鏡貼花黃，裊裊娉婷出得香閨來。顧不得露水凝似珍珠顆顆，纖纖素手歡快地穿梭於奼紫嫣紅開遍的繁花中，折遍柔枝，在喜悅中採摘一把春意濃，自是美不勝收。

「不見舊人空舊處。對花惹起愁無數。」守著窗兒，本來的滿心歡喜，卻在不經意間的回眸裡，忽然變得意興闌珊，徒然間又換得惆悵萬分。而這一切，都只因，寂寞中又回想起那時與他花前月下攜手共度的光景，然

5. 對花惹起愁無數

而,現實裡,卻又無法與他吟詩作對、把酒共歡,怎不惹人落落寡歡?

去年今日此門中,人面桃花相映紅。那時的她,也是這般面若胭脂紅、人似花豔嬌,只因每一天、每一夜都有著他愛情的豐美滋潤。猶記得,他輕執了她柔若無骨的雙手,一同徜徉於花紅柳綠的庭院,賞良辰美景四月天,聽鶯歌燕語明如剪。她是那麼嬌羞,不肯依傍著與他同行,每每總是習慣等他回頭去牽她的手。而今,良辰美景依舊,只是人面不知何處去,唯有那不知人世悲喜的花花草草,猶自熱熱鬧鬧地歡喜綻放。嘆,萬水千山,無他處,縱遍賞十二亭臺,亦是枉然。

「卻倚闌干吹柳絮。粉蝶多情,飛上釵頭住。」閒倚繡簾吹柳絮,日高院深斷無人。也罷,且自歸去獨倚欄杆,感受那吹面不帶寒意的溫柔春風,帶著漫天飛舞的柳絮輕盈飄落在衣袂間,藉以消得些許愁煩與鬱悶。

誰料到,那空中翩躚起舞的蝴蝶竟也似有情,有意無意間總是飛落在她如瀑的髮間,閒閒地停留在他臨別時插在她鬢角的金釵上,又惹她一腔悽楚黯然。嘆只嘆,紅顏彈指老,剎那芳華轉瞬休,一個女人,一生中最美好的時光又有多久?到底,這樣的等待何時才是個頭,遠去的他何時才能歸來,於花下再為她簪一次髮釵?

「若遣郎身如蝶羽。芳時爭肯拋人去。」想蝴蝶尚且如此多情,若那人有蝴蝶這般多情,當初又怎會狠下心來,拋下如花美眷,在春天這個美好的節令,留她一個人獨守空閨,把青春年華虛擲?是他愛她愛得不夠多嗎,如若不是,她又該作何解釋?

她明白,相思之折磨人,就在於不是說想忘就能忘。更懂得,生離與死別,永遠是人生最無可奈何卻又無法逃避的主題。別離愈久,相見愈難,相思也就愈發熾烈,然,天涯海角,距離阻隔了一切,何時何地,她才能守候到他的歸期?

第一章　風・華正茂

　　　　酒熟微紅生眼尾。半額龍香，冉冉飄衣袂。雲壓寶釵撩不起。黃金心字雙垂耳。

　　　　愁入眉痕添秀美。無限柔情，分付西流水。忽被驚風吹別淚。只應天也知人意。

　　　　　　　　　　　　　　　　　　── 周邦彥《蝶戀花》

「熟微紅生眼尾。半額龍香，冉冉飄衣袂。」放眼望去，那奼紫嫣紅的春色甚是惱人意，雖不言不語，細細看，卻有一段傷春，靜靜凝在眉間，總是揮之不去。思君令人愁，思君令人老。何以解憂？唯有杜康。

既然坐愁相思了無益，空老了容顏，那麼與其憔悴自棄，不如借得薄酒一杯，今朝有酒今朝醉，暫把幽懷散。是啊，醉了才好，醉了便可以忘卻相思，醉了便可以飛躍山水重重與他夢魂相見，哪怕明日酒醒後，無人陪。

「寶釵撩不起。黃金心字雙垂耳。」綠螘新醅酒，佳釀自斟飲。百無聊賴的寂寞女子，只得和淚將萬分惆悵舉杯飲盡，然後，藉著微醺的醉意，肆無忌憚地沉溺到只屬於他和她兩個人的甜蜜回憶中。

此刻的她，紅暈兩朵浮雙頰，面若桃花豔、口脂生香、黛眉輕掃。細細看，濃密如雲的鬢髮斜插步搖，雙耳戴著心字形的金耳環，一縷青絲垂下在耳畔，自是步步生蓮花；靜靜觀，纖腰曳廣袖，飄飛的衣袂上散發出陣陣龍涎的香氣，比之平時更添了幾分楚楚風韻。這樣美豔嬌媚的女子，哪一個男人不想多看一眼？哪一個男人不會為之傾心若狂？

「愁入眉痕添秀美。無限柔情，分付西流水。」如此年輕嬌美的容顏，更因著眉痕上一抹若有若無的相思惆悵，愈發襯托出她的清秀美好。然而，這份嫵媚，少了他的相伴，卻有誰來欣賞誰來守護？

「被驚風吹別淚。只應天也知人意。」南風知我意，吹夢到西洲。沉浸

5. 對花惹起愁無數

在美好想像中的她,卻被一陣忽然刮過的疾風驚醒過來。她不禁痴痴地感懷,或許,這便是老天憐憫她情真一片,所以要借春風為她將相思的淚水,遠遠地吹到他身畔,以傳達她深深地思念之情,聊以慰藉。

只是,她的思她的念,遠在他鄉的他真的能懂?真的能知嗎?他和她隔著崇山峻嶺,何止千萬里路程!而今,一個在長安,一個在錢塘,又該藉助什麼來傳達彼此情深不悔的相思?是門前那條緩緩東去的江水嗎?或許,那一江東流之水,能夠載負著他的無限柔情,沿著長安一路東去,最終流向遙遠的錢塘江,將他滿腹的衷情向她輕輕地訴說,然而,目光所及之處,又有哪一處的流水能夠隨著山徑流向她守候的地方?

想著她、念著她、思著她、愛著她,總是輾轉難眠,總是黯然魂銷。在那個春風拂面、百花招展的季節,朦朧的相思裡,她一低眉,便可迅速觸及到他眼中的柔情,撩起他秋波無數,只是,這一泓靜水流深的痴情她又理解了幾分?

那一刻,寂寞生發出的光澤,讓眼前的塵埃也變得熠熠生輝,似萬千朵嫵媚的花兒朵朵盛開在他孤獨的年華裡,讓人更加清晰地記起那些過往的事,哪怕早已煙消雲散,也是記憶如昨。肆意沉浸在她往昔的音容笑貌裡,舉一把思念的琴撥緩緩撥開寂寞的琴弦,那些心酸的往事,便又在長長的嘆息聲中落滿了悲傷的痕跡。紈扇已舊,情還濃烈,轉瞬間,那寂寞的十指在相思裡彈奏出的音符,皆已變得滄桑荒蕪,頷首低眉裡,他的眼中已經沒有了淚水,有的只是無盡的沉重與淒涼。

想她,落入眼簾的景象,一切皆落寞如煙。心裡一片混沌,腦海裡一次次演繹著第一次與她相見的場景,她的美麗、她的嬌羞、她的青澀,以及那柳樹下遠遠對望的無邪,那麼溫柔、那麼驚豔,總是讓人感念不已。這就是他日思夜想的人兒,只是她當初眼中的明媚與歡喜已在他轉身而去

第一章　風・華正茂

後轉變成無盡的傷感與疼痛，怎不讓他悲傷難過？

想想她一個人孤單著守候他的不得已，以及自己毅然離去的冷漠，倏忽間，他的心彷若被什麼東西用力地絞著、擰著、撕著、扯著，剎那痛到鮮血淋漓。因痛苦而絕望，因絕望而無聲地哭泣，因哭泣而更加傷感。天知道他又多麼想她念她，卻為何這惱人的命運偏偏要與他作對，總是不肯讓他魂飛千里，不肯讓他回歸到她守候他的世界？

相思裡，所有的傷痛與不捨，最後都輾轉成心中的呼喚與吶喊，那久久忍住的淚水亦最終模糊了雙眼，漸漸地，再也看不到她當初溫婉明媚的容顏。到底，該如何才能像從前那樣，於燈下捧起她那張如花似玉的臉？

從家鄉寄來的信箋中，他知道，她已因操勞過度，漸至積勞成疾，臥床不起。怎麼會？她還那麼年輕，又那麼富有活力，怎麼會病倒了？莫不是那些長久積壓於心底的對他的思念才把她折磨得病體纏綿？他再也無心靜下心來唸書了，心裡想的念的都是她，只想插上一雙翅膀，借了雲端的輕風迅速飛回錢塘，去那百花爭艷的臨水庭園撫慰她的心疼。然而，她卻不間斷地寄來家信，勸他勿念，但一心唸書就好。

捧著一張張泛黃的信箋，他在心裡將她千千萬萬地珍重。雖然身在長安，心思卻無時無刻不在牽掛著千里之外的她。她的病到底好了沒有？是不是又強撐著病弱的身子倚在窗下為他趕製過冬的棉衣？她總是把對他的情意，一針一針緊緊縫在衣裳上；她總是把對他的思念，一朵一朵深深藏在棉絮裡。不管他在不在身邊，她想的最多的便是流浪在外的他吃不吃得飽、穿不穿得暖。而他這些年又為她做過些什麼？他又如何對得起她長久的等待與守候？

回憶起與她攜手並肩一起走過的那些逝去的情節，一切都恍惚如夢，曾經的歡喜與偎依早已煙消雲散，而今殘留在眼前的是僅有的細節和唯一

5. 對花惹起愁無數

的奢望。究竟,該如何才能回報她對他的這份情深意重,該如何才能在花前月下還她一份永恆的清歡?

她不讓他回去,他便只能以思念的文字來緬懷那段深入骨髓的記憶,慰籍他那顆日趨蒼涼的心。為她,在無限的惆悵與憂傷裡,他沉澱了所有的情感,將淚水一次次的放縱,只想讓淚水在悲傷裡摧垮所有的夢幻,只想在寂寞裡把她的清影納入心底永遠珍藏,只想在一個人的孤單裡慢慢咀嚼她在水一方的心疼,哪怕痛到撕心裂肺。

她是他的清歡、她是他的明媚、她是他所有快樂歡喜的泉源,她是他一輩子的惦念與永遠割捨不了的相思。無論如何,哪怕隔著天涯海角、山高水長的距離,他也要擁著她的溫暖或是冰涼,給她一份永不放棄的珍惜與疼愛。然,上天為何偏偏注定了他們長久的別離,難道是要考驗他們在彼此心中的分量究竟有多重?

太多的等待讓人難以承受,太多的悲傷讓人難以排遣,心中的鬱悶愈積愈多,終於在無盡的疼痛中明白。世事無常,人生浮泛,灼灼過往皆如幻夢一場,縱然肝腸寸斷,亦不能更改生命中所有既定的安排。想她,還是難以把往事輕易忘記,可是不忘記又能如何?遠在黃沙飛舞的長安城,縱相思成災,他又如何能在分分秒秒中飛逾關山,抵達她窗下的柔暖?

他會是她生命中的過客嗎?她會成為他永遠的思念嗎?日子在無盡的回憶裡一天天地漂浮著。而他,一個人,總是寂寞著躑躅地走在這心碎與未碎的邊緣,想要把她明媚的笑顏在風花雪月裡溫習個遍。然,愈是想她愈是心痛,那些泛黃的記憶想要去觸碰卻又不敢觸碰,只生怕一個不小心便陷入萬劫不復的輪迴,連愛她的勇氣都一點一點地喪失。

那麼,就讓這不滅的相思永遠若泥沙般沉積在心底吧,就讓她永遠沉睡在他疲憊的眼裡吧!然而,還是經常夢到她、想到她,無可逃避,亦無

第一章　風・華正茂

路可退。一不小心的觸碰，便又將那顆破碎的心攪得一團糟，亂成麻。於是，那些零碎的記憶，又在眼前來回縈繞盤旋，瞬時便麻木了神經，讓他找不到任何退避的藉口，而那些逐漸串聯起來的細節，悲傷的、歡喜的、溫柔的、或是悽婉的，卻都還在原地裡無依地遊蕩，任感情無以寄託。

回眸，春夜微涼，冷香無垠，枝頭的花朵朵豔冶。天之盡頭，流雲輕曳，卻是誰人在落寞裡獨守一衾輕寒，任孤寂放飛相思的紙鳶，在歲月的光華裡漸行漸遠？注目裡，星與月的碎影，在他憔悴的面容裡，緩緩喚醒了那些醞釀在過往年月的萬縷柔情。於是，落花般的記憶便如月光雨那般，隨遠處飄渺的琴音悄然而來，絲絲縷縷，撒落心間，只耐人尋味。

想著她寂寞的容顏，在風中仔細聆聽她霧靄深處的吟唱，那一抹戀戀不捨的深情，依然在寂靜的天地間默默延伸，只願隨流水輕輕淌到她翹首以待地錢塘江畔、西子湖邊。凝眸，夢的深處，那一輪明月攜著幾縷思念的花香，淺淺落在了曲江水中，輕輕蕩漾，卻不知誰人的甜言蜜語又在低低的呢喃聲中擱淺了他的悲傷。月光在水上淺吟低唱，花兒在月光裡嬉戲遊曳，明明滅滅的相思浮在花與月纏繞的水面上，那如花似玉的一簾幽夢卻又往深處去了。

一江的月色，在潸然的眼前淺淺地流瀉，頓時唱醉了千般相思，繞碎了萬般柔腸，怎不讓人歡喜讓人憂？歲月悠悠，時光荏苒，花紅柳綠，逝水東流。望江山如畫、紅塵多嬌，卻是世事多變，輾轉更迭，滾滾浮生裡，亦唯有她才是他心底那個永不老去的傳說。

久遠前的那一段傾城之戀，怎麼能忘？她年復一年的痴守與等待，怎不讓他心疼欲裂？芳草萋萋的水湄，柔腸一寸，相思無限，卻是誰人屹立在靈河彼岸的石畔遙望千年，用那永恆的守候沉澱著永遠不息的愛？月影下，每一片思念都沾滿了旖旎的月光，所有的傾心、所有的傾情，都於剎

5. 對花惹起愁無數

那間從遠古的夢中歸來。然,何時何地,他才能擁著她的清歡一起入夢?

海上生明月,天涯共此時。輕輕問,這世間究有多少流傳了千年的佳話依然縈繞在相愛之人的心頭,又有多少歡喜與悲傷的對望終究鑄就了永遠風化不了的情深不悔?那些情緣被有情的人兒輕吟了千年,被相思的人兒憧憬了千次萬次,為什麼,偏偏今生裡,這一個魂牽夢縈的期盼,始終擱淺在他生命的韻腳上?

輕輕,一個轉身,斟一盞恬淡的月光酒,沁入滿庭的花香,他只想在不滅的思慕裡為遠方的她捧出他珍藏的萬縷柔情、千般憐愛。任時光若流水般匆匆駛過,任青絲夾雜了霜白,靜靜的想念裡,他唯願花月入夢,與她夢裡雙雙對對、相偎相伴,他彈箏來她吹簫,他歡唱來她輕舞,天上人間共團圓,從此後,永不再離分。

深深的嘆息裡,他懷抱著滿腹思念,攬明月入懷,採花香染語,於那搖曳的燭火下,只與她低低地細語。不知道,月宮裡的嫦娥仙子是不是也和他一樣,在孤寂裡飽嘗著相思之苦?不知道,會不會有一首永遠的情歌從天上飄至人間,從不間斷地吟唱在他和她的耳畔?不知道,在水一方的她是否還記得昔年許下的海誓與山盟?不知道,何日才會千里共嬋娟,與她在花月下傾訴離情,共數那一徑芳華?

舉案齊眉的恩愛纏綿已離得太遠太遠,而今,一個人的世界裡,卻只能獨坐窗下,擷一縷清婉沉靜的銀輝,裝了滿滿的一懷幽情,把一生的守望繫在花枝上,把相思鎖在心頭,於靜謐中將她深深淺淺地想起、想起,再想起。

凝眸處,春花隨風送來淺淺的暗香,落滿了相思的衣襟。而他,依然靜坐在夜的中央,用素心為她彈奏起一曲悠揚清韻,用瘦削的指尖為她寫就一頁紅箋小字,讓溫暖如水的芬夢在字裡行間輕輕舞動,舞起繾綣的情

第一章　風・華正茂

懷、舞起良辰美景、舞起你儂我儂，舞起最簡單的幸福，只是，遠方的她又可知他此刻對她的眷戀之情？

遙遙相望，亙古的朗月，晶瑩剔透，圓了又缺，缺了又圓，卻是誰在銀河的碎影下為他織就了一方旖旎清夢，更惹他相思無度？長長久久的憶念裡，花月自是不曾閒，那愛慕至死的心又怎麼能醒？夢裡夢外，他俯伏在地，執著地撿拾著那些隔世的溫柔，任溫婉的月光牽著他的縷縷情絲，輕輕擦亮月滿西樓的渴望，只期盼，他那顆憐惜的心，在這個月圓的夜晚，長出如月光般潔白的翅膀，直接飛抵她給他的甜美。

注目，夜深露重，落入他眼裡月亮嫻靜的姿勢依然很美、很美。然，他的她是不是過了今夜，就會像從前那樣，依然輕盈嫋娜地採蓮在西子湖上，於瀲灩的波光裡唱響一曲又一曲思念的戀歌？

6. 空見說鬢怯瓊梳

水浴清蟾，葉喧涼吹，巷陌馬聲初斷。閒依露井，笑撲流螢，惹破畫羅輕扇。人靜夜久憑闌，愁不歸眠，立殘更箭。嘆年華一瞬，人今千里，夢沉書遠。

空見說、鬢怯瓊梳，容銷金鏡，漸懶趁時勻染。梅風地溽，虹雨苔滋，一架舞紅都變。誰信無聊為伊，才減江淹，情傷荀倩。但明河影下，還看稀星數點。

──周邦彥《過秦樓》

又遇梅雨季節。每每這個時候，我總是靜靜倚在窗下，探首望向窗外連綿不斷的雨絲，把自己置身於唐代詩人杜牧「南朝四百八十寺，多少樓

臺煙雨中」的情韻中，與它輕輕耳語，只浮想聯翩。

　　初夏的江南，淅瀝的梅雨總是那樣變幻莫測。來時匆匆，去時纏綿，不僅能滌蕩世間塵埃，更令人感受到別具一格的詩情畫意。我心裡的梅雨，總淅瀝在文人墨客的詩詞歌賦裡，無論是從十里荷花中走出的柳永，還是閒倚窗下彈琴的周邦彥，抑或是從雨巷裡走來的戴舒望，幾乎總是跟著梅雨一路走來，微雨中的身影個個都是那般的飄逸瀟灑。只要是走在曼妙濡溼的梅雨中，他們的詩文總能呈現出一種溫婉靈動的氣息，宛若在繪製一幅幅詩韻濃郁、墨色漸變中的朦朧之畫，而畫意卻又是那樣的純淨且遙遠。

　　初夏的江南，總與梅雨有著不解之緣。無論是潮溼的梅季，還是那一樹樹的梅子，總是與梅雨難捨難分，斷斷續續、黏黏糊糊、卿卿我我，彷彿誰也離不開誰。而我，也正因為鍾情於梅雨的纏綿，方會貪戀梅雨的多情，常常會痴痴地立在窗前聆聽梅雨與大地輕輕細細、甜甜蜜蜜的耳語，凝望梅雨飄飄灑灑、紛紛揚揚的裸舞，每每那時，都仿若有一股清澈無染的溪水正涓涓地流注我幾近乾枯的心海，灌溉著我似同荒灘的心田。

　　是梅雨啟用了我麻木的思維，還有那本已凝滯的筆墨。於我眼裡，它是甘露、是美酒，是一條從遠古時光裡緩緩流淌而來的河。我匍匐在它的腳下，盡情吮吸著它的甘甜與清芬，任它洗去我心中積澱已久的塵埃，臉上洋溢著無限的歡喜與甜蜜。是它，讓我回歸了本初的純真；是它，讓我擁有了滿心的喜悅；是它，讓我的筆端流瀉出如花似玉的文字；亦是它，讓我久久沉浸在文思泉湧的海中，任那些流動的字句在浪花裡串成前世今生裡所有悱惻的想像。

　　梅雨季節裡，我常常倚窗凝望，時淡時濃煙雨中那一幅幅氤氳的水墨山水。在我溼潤的眸中，梅雨有時是那麼的憂鬱深邃，有時卻又是那麼的

第一章　風・華正茂

溫馨細膩、那麼的溫文清秀，而且還有點窈窕多姿。記得余秋雨的《文化苦旅》中，寫從南京雨花臺到三月煙花行揚州的篇章裡，細細的梅雨總是那樣有奏有節地彈奏著大地，總能震撼人的心靈，字裡行間，不難讀出其繁衍而出的不僅僅是凝重與滄桑，更有難以釋懷的輕鬆與愉悅。

潺潺的江南雨溪，衝不走六朝金粉的婉約清靈，洗不淨來世今生的情緣蹤跡。那幽幽的思、靜靜的念、悠悠的情、久久的戀，在逶迤不盡的梅雨中緩緩結成了顆顆丁香的芬芳，把那迷漫中的幾分浪漫和憧憬中的絲絲希望，都輕輕灑在了曲折幽深的巷道裡，只耐人尋味。凝眸處，我看到了戴望舒筆下那個撐著油紙傘行走在梅雨中的多情姑娘，雖時隱時現，其愁腸百結，在蒼涼和憂鬱的底色中，卻依舊攜著曼妙的浪漫，總是能夠讓人讀出沉澱在深邃中的希望。

百感交集中，我的淚珠是不會甘心只在眸中彈跳的，終於順著濡溼的眼角滑落在江南煙雨的畫卷裡，隨風慢慢地洇散……放眼望去，那朦朧的雨霧裡，一朵朵濃濃淡淡的墨蓮悄然地綻放，與青石板鋪成的深深淺淺的雨巷糾葛纏繞，層層疊疊，錯落有致，瞬間便驚豔了觀雨的眸。如此詩情畫意，誰說不是唯有江南獨有的梅雨情？

然而，一千年前的那個梅雨季節，帶給身在錢塘的她，還有遠在長安的他的，是否也是這一場場充滿詩情畫意的多情雨絲？曾幾何時，他一直以為，梅雨是可以讓一個人心裡長滿無限遐思的，它會讓青澀的梅子熟透起來，會讓她乾澀的目光溼潤起來，會讓那些從春天裡蔓延過來的各式各樣、漫無邊際的膚淺的顏色都濃郁而深邃起來，並且，會讓一個季節的表情變得豐富而光澤鮮亮起來。

他甚至有足夠的理由思索著，梅雨是一個多麼浪漫的命名，它的名字裡蘊含著柔軟、溫潤、清新，或者還有著梅子黃透時的酸甜酸甜的味道和

6. 空見說鬢怯瓊梳

一樹清香的氣息，能夠使人忽略諸如泥濘、陰霾、晦暗之類灰色的詞語。只可惜，那一年，往日裡令他感到曼妙多情的梅雨卻又於他眼底演繹成了另一種哀傷情境。

晨起，推開窗，一股清新的雨氣瞬間撲面而來。放眼望去，遠處一片煙雨迷濛，原來是又下了一夜的小雨。他知道，每到梅子熟時，雨便成了這一季的主角，極盡纏綿地下著，一年一度的梅雨季節便在這時悄然降臨人間。雖遠在西北的長安，與江南的梅雨隔了千里之遙的距離，但透過這一場淅瀝小雨，他眼裡看到、心裡想到的卻仍是那一場落遍江南的綿綿淫雨。

不知怎的，那曾經酥軟霏霏的雨絲居然會在他的夢裡變得鋒利如刃，他從沒有過如此的記憶。在他的印象裡，江南的梅雨，有的是「一川菸草，滿城風絮，梅子黃時雨」裡的飄渺，和「黃梅時節家家雨，青草池塘處處蛙」裡的曼妙，以及「梅實迎時雨，蒼茫值晚春」裡的愉悅。

然而，遠在天涯的他，能夠想像得到的只是雨打花落、鳥過不留痕的淒涼景象。這滿目泥濘的梅雨季節，早就過了春花怒放的季節，就算是夏花，也正在逐漸凋謝中。他知道，辛夷花飄落了，一片又一片的淡淡粉紫，盤旋在細雨微風中，最終，悄然無力地墜落，惹起的，又豈只是杜安世那「曉來風雨，萬花飄落」的情懷？

現在，它或許正無情地鞭打著田野裡抽穗的稻子，冷酷地製造著一場驚心動魄的威脅。在它漠視生命的肆虐裡，他不知道，與其名字有關的那種叫做梅子的果實，此時此刻，在那細細的枝條上，是否又能承受得起它天昏地暗、沒日沒夜的折磨？受不了它折磨的何止是梅子，還有他的妻，他的嫣若，病體纏綿的她，又該如何熬過這一場場不再纏綿、不再瀟瀟，卻只能讓人傷情的淫雨？

第一章　風‧華正茂

　　水浴清蟾，葉喧涼吹，巷陌馬聲初斷。閒依露井，笑撲流螢，惹破畫羅輕扇。人靜夜久憑闌，愁不歸眠，立殘更箭。嘆年華一瞬，人今千里，夢沉書遠。

　　空見說、鬢怯瓊梳，容銷金鏡，漸懶趁時勻染。梅風地溽，虹雨苔滋，一架舞紅都變。誰信無聊為伊，才減江淹，情傷荀倩。但明河影下，還看稀星數點。

—— 周邦彥《過秦樓》

　　「水浴清蟾，葉喧涼吹，巷陌馬聲初斷。」長安的日子，每一天，都寫滿他對她的思念；每一夜，都烙下他的心聲淚痕。那個楓葉漸紅的季節裡，望著窗外日漸冷了的秋，念著她的病情，遠方的他總是想起當初與她相戀的場面，以及每一個與她攜手走過的細節。

　　還記得，那個明月皎潔、清雅幽靜的夏夜，他和她，一前一後漫步在西子湖畔，那時的她臉上寫滿嬌羞，就是不肯讓他牽著她的手並肩同行。那晚的月色很美，溫婉而沉靜，宛若剛從瀲灩的波光裡沐浴過，那麼晶瑩明澈、纖塵不染；那晚的涼風吹在枝葉上發出的沙沙聲響，把幽深的街巷襯托得更加寂靜，傾耳處，就連車馬走動的聲響都完全停歇了，一切的一切，都彷彿要給他們一個於靜謐中相偎相依的理由。

　　「閒依露井，笑撲流螢，惹破畫羅輕扇。」亦記得，從西湖漫步回來，他悠閒地斜靠在園中的井欄邊上，目光溫柔地看著她舉著一柄紈扇，在月光下嬉笑著滿園奔跑、追撲流螢的景象。

　　在他眼裡，她總是那麼嬌羞，總是那麼嫵媚，便連撲螢的姿態都美得無法用言語表述。而就在他仔細品賞她每一個動作的時候，她卻一個不小心，撲在了園中的花枝上，緊接著，便聽到「嗤」的一聲，那把紈扇已然被扯破了。

6. 空見說鬢怯瓊梳

不知道是離別得太久了，還是對她的思念與日俱增，總是在不經意裡想起她的每一個舉手投足。只是，那些曾經擁有的歡聲笑語、那些曾經的你儂我儂、那些曾經的耳鬢廝磨、那些曾經的執手相對，何時才能追回？

「人靜夜久憑闌，愁不歸眠，立殘更箭。」想著她、念著她，夜已深沉。然，不斷轉濃的相思，卻讓他只能獨自憑倚著小樓前的欄杆，在微涼的風中靜靜咀嚼著過往的美好，品嘗著而今分離的憂傷。

他已經悵立樓前多久了？從黃昏，到深夜，他始終神色慘淡，那刻骨的思念更使他無法入眠。凝眸處，漏壺中的水也將滴盡，天色將明，但他依然長久地望向遠方，想著離別已久的她，黯然神傷。雖然賢惠的嫣若總是在來信中對自己的病情輕描淡寫，但他心裡卻打了一個大大的問號。他不知道她的病到底怎樣了，難道真像是她信中所說的那樣，根本無足輕重嗎？

「嘆年華一瞬，人今千里，夢沉書遠。」嘆，人生韶華易逝，想不到與她分別的日子卻是愈來愈長，轉眼又是一年。而今，美貌溫柔的妻子遠在千里之外，想要將她千憐萬愛唯有夢中去尋，未曾料，近日來，竟連做夢也沒有夢見過她，難道連老天爺也不再憐憫他這份刻骨的相思情了嗎？

想要與她通封書信，兩地卻又隔得那麼遙遙，即使夜夜書香，也得數月的時間才能送達，那遲來的墨跡又怎能撫平他心底愈積愈深的傷和她眉間愈積愈深的愁？

「空見說、**鬢怯瓊梳**，容銷金鏡，漸懶趁時勻染。」恍惚裡，又見她神情憔悴、面容瘦損地出現在檀香裊裊的閨房中。彷彿剛起來不久，頭髮有點散亂，釵環都還沒有整理好，而且沒有塗抹脂粉，只是呆呆地坐著，一副心事重重的模樣，彷彿正思索著什麼。

想必她，早已因相思而至鬢髮脫落，那曾經如瀑的青絲日漸稀少。即

第一章　風・華正茂

使有美玉製作的髮梳,也不想用,只怕因梳理而使脫落的鬢髮更加稀少;想必她,更因相思而使美麗的容顏日漸衰老,縱使是對照菱花金鏡,亦無法顯現出昔日嬌俏的美豔。

「梅風地溽,虹雨苔滋,一架舞紅都變。」輕輕,唸著她名字,他彷彿又看到那熟悉的轆轤金井,那依舊芳草萋萋的庭院,還有那爬滿花枝的花架。景色依舊,想那舊時庭園,因初夏梅雨季節,陰多晴少、地面潮溼,風雨過後,院中定然是青苔滋生,而那爬滿花枝的花架,被風一吹,也定會花瓣紛落,零落得不成樣子。

「誰信無聊為伊,才減江淹,情傷荀倩。」因為相思的痛苦,他已如江淹那樣才華減退;因為相思的折磨,他已如荀粲那樣不言神傷。對她的相思是如此的深摯,卻又不能身生雙翅,悄然飛到她的身旁,去安慰她、憐惜她,又有誰人能相信他已為她相思成災?

「但明河影下,還看稀星數點。」天將破曉,在天際明亮的銀河下,依稀還能看得見幾顆稀疏的星星在一明一暗地閃爍著。只是,他對她這一份刻骨銘心的思念,她又能懂得幾分、猜透幾分?

終於,枕著對她那份無法排遣的相思,他於西元1075年,宋神宗熙寧七年仲秋時節,從長安回到了荊州。又於第二年,即西元1076年秋,由荊州匆匆返回錢塘。讓他插上翅膀飛回錢塘的不僅僅是妻子嫣若的病情,更因為父親周原日漸加重的病勢。他沒想到,平日裡生龍活虎的父親居然會一病不起,生為人子,又怎能久滯在外,置父親的生死於不顧?

從周邦彥留下的文字裡,我知道,少年放蕩不羈的他對父親周原很是敬重。據呂陶所撰的周原墓誌銘,可以看出周原在鄉里中口碑很好,「少居鄉黨自好,慈祥易感,勇於赴人之急」、「晚習導引之衛生之經,頗能察脈治病。人有疾,聞而藥之輒愈」、「嘗遭異人,得祕訣,以奇草化水銀

為銀，而諱之，焚其方，戒子孫不得學」。這一切，都顯示出周原德行的美好。

幫人治病，是周原「慈神易感，勇於赴人之急」的具體表現；焚毀騙人的鍊金祕方，並且告誡子孫不得學習，更可見其忠厚端正。周邦彥的《禱神文》亦曾對自己幼年生活有過這樣的描述：「子之幼時，髧髦垂帶，父仁母慈，弗鞭弗笞。常人所庸，乃獨舍之。」由此可見，周原在家裡也從來不忍鞭打孩子，對子女百般愛護，是個百裡挑一的慈父。

可以說，周邦彥少時無拘無束、自由散漫的性格，在相當程度上也可歸結於他的家庭教育環境，「弗鞭弗笞」，讓他在成長過程中得以充分發揮精力去做自己喜歡的事情，且不用擔心被嚴厲懲罰，這也讓他的詩情畫意得以在文章中完美地體現出來。

就是這樣一位仁慈的好父親，卻在西元1076年，宋神宗熙寧七年四月與世長辭。然而，更讓周邦彥沒想到的是，拖著纏綿病體，為公爹病情日夜操勞的結髮妻子嫣若也在父親去世後不久溘然長逝，這一下，他的天整個塌了下來。

她不在了，曾經的淺笑、曾經的呢喃、曾經的溫柔，點點滴滴，都在這夜幕的斑駁中一一重疊，於他眼底幻化成一卷深深淺淺的憂傷。看四季交替，看歲月在燈紅酒綠中浮浮沉沉，看浮世的煙塵裊裊升起在他惆悵的眸前，只想乘風飛至她的窗下，輕問一聲，伊可曾記得，那段曾經有他作伴、而今早已逝去的故事？

當三千繁華一朝落盡，那一曲古老琴弦奏出的相思歌謠，是否已隨風飄散在他的嘆息裡？揮揮手，昔年的纏綿又在眼前緩緩浮現，只令他潸然淚下。究竟，是誰的眼睛在誰的窗下婉約迷離？究竟，是誰的心思在誰的髮絲中紛亂如麻？究竟，是誰在黑暗中徘徊，眼睛盡是潮溼的晶瑩？曾經

第一章　風・華正茂

的荳蔻年華、唇邊花語，依然在淺淺的回首中低低吟哦。然，天邊那一縷溫婉的月色，心中那一份久遠的渴盼，可是已被纏綿的月光雨淋溼成一紙模糊？

回眸，月夜下的琴聲、傷感的旋律，默默攜著她的清芬與美好，在黑夜中徐徐滑落在他模糊的眼前，只教人哽咽無語。問蒼茫大地，那憂傷的呢喃，低徊而纏綿，可否是他獨飲情殤後的長醉不醒？那晶瑩的珠淚，清澈而瀲灩，可否是他經年獨處後釀下的一江春水？那蹙起的眉頭，纏繞而糾葛，可否是他心中永遠都解不開的愁結？

想她、念她，纖長的素指，依舊不停地在琴弦上舞動，如泣如訴，連綿不絕。倏忽間，傷了天、傷了地、傷了人、傷了心，只是，這一闋或濃或淡的愁情，這一份輾轉反側的孤枕難眠，無人能解，無人能懂，唯有他這顆日趨破碎的心依然知道。

滄桑過後，他再也不問，天涯盡處，何日是歸期。他只是，枕著一懷濃濃的相思，在輾轉的時光裡默默沉淪，在清寂的韶華中淺淺銘記。更深露重，西樓望月，一捧溫柔的月光在花深似海裡輕輕沾溼了他的想念，遠處的琴聲還在低低地訴，情切切、意綿綿，卻不知道，那散落在風中的承諾，是否還在？更不知道，他等的她，何時再來？

夢，依舊不醒；琴音，還未中斷。憶往昔，塵世繁華，終是憔悴了誰人的牽掛、落寞了誰人的等待？回首那些深深的牽掛、淺淺的相思，惱人的期盼早已在起伏的嘆息聲中消瘦了明媚的一季，然，這一份情深不悔，又有誰人來憐、誰人來惜？

沐著夜色，長立中宵，任思念濺落在他糾葛的眉間心上，只任心海的潮汐在萬籟俱寂中起起落落，沒個停歇。看微雨燕雙飛，嘆落花人獨立，那些老去的舊事，究該如何才能淡忘？遠去的琴聲，惆悵了寂寞中幾許柔

6. 空見說鬢怯瓊梳

腸，夢裡夢外的煙波，依然是他枕不斷的憂悒，而她還在彼岸的水湄把他翹首以待，瞬間便潸然了流水的心思。

十指，依然在琴弦上輕挑慢捻，彷彿要把那段芳菲塵緣緊緊攥在掌心裡，永不放棄。只是，他真的還能尋回往昔如花的光陰嗎？淚滴，依然伴著琴聲的吟哦，潺潺而下，那寂寞的眉眼，在濡溼的風中，伴著悠長的嘆息輕輕地凝望，卻是怎麼也流不盡夜的漫長。

惆悵裡，這一曲斷腸愁殤，卻讓誰的思念在燭影搖紅裡氾濫成災？如昔的花顏，映入他濤起的眼眸，一如當初的溫婉沉靜，卻是為誰歡喜為誰憂？流嵐深處，寂寂的琴箏在水月的嗚咽中唱響了蒼涼的調子，這一份亙古的荒蕪卻又讓誰的青絲沾滿了風霜？凝眸，燭光搖曳，孤單的身影在寂寞的塵埃中緩緩浮現，那紅塵裡千迴百轉的故事，婉轉迂迴，在他來去匆匆的腳步中碾下了無盡的悽婉與悲涼，無法再追，亦無從憶起。

時光更迭，轉眼浮華盡褪。滄桑的印痕，在水雲間磨蝕瞭如花容顏，而他的等待依然執著無悔。夢裡柔情，寸寸依戀，究竟，何時，他才會如蝶般輕盈破繭，與她雙飛在藍天白雲的靜謐美好裡？究竟，何時，他輕輕回眸，便能看見奼紫嫣紅開遍，在她遍栽百花的庭前？

還是無法割捨，那春花秋月般的溫柔；還是無法忘記，那紅袖添香般的溫婉。想念，總是於最最相思的時候，踏遍天涯，在無盡的期盼與無悔的守候裡，倏忽散落海角，任他東西南北尋遍。淚眼模糊裡，終於明白，原來他山高水長的朝朝暮暮，早已繫於她一身，只是，心心念念，在她的眼裡，那一抹溫柔，是否依舊宛如昨昔，那遙遙的彼岸，又可否有他們幸福相依的那一處人間的天堂？

第一章　風・華正茂

第二章
花・明玉秀

第二章　花‧明玉秀

1. 芳草懷煙迷水曲

　　遊妓散，獨自繞回堤。芳草懷煙迷水曲，密雲銜雨暗城西。九陌未沾泥。

　　桃李下，春晚未成蹊。牆外見花尋路轉，柳陰行馬過鶯啼。無處不悽悽。

── 周邦彥《望江南》

　　望遠山如嵐，聽金風瀉香，如水的秋天便在季節深處，拈著一縷菊花的燦黃，淺笑盈盈，帶著朦朧的美感，攜著清雅的神韻，緩緩向我走來。

　　披一徑桂花的幽香，那撩人的秋意，輕輕地、淺淺地，轉瞬便把我的心帶到水湄那一幅含蓄而又雋永的圖畫中。放眼望去，流光剪花影，西風送秋水，層林染了楓紅，溫婉的秋色如落花般在簾前一一散落，那麼安靜、那麼淡定、那麼從容，倏忽間令人產生一種恍惚的美，宛若置身仙境。

　　秋天，是我心中最美最清麗的季節。它沉靜、柔暖、成熟、高貴，不僅有著歷盡千帆後的沉澱與豁達，有著閱盡繁華後的從容與平和，還有著對季節輪迴的渴望與期盼。一個人，牽手著秋的高遠與開闊，嗅著桂花的清芬，拈著菊花的絢爛，踏著古舊的青石板路，我在美好的意境中走了一程又一程，更在雲淡風輕的季節深處慢慢品味著秋的靜好與柔婉，心如止水般沉寂歡喜，真希望永遠都行走在楓紅的小徑上，永遠都不要再走入人世的喧囂與煩瑣。

　　如果可以，我想把秋天永遠留駐在身邊，再不濟，把它永遠珍藏在心尖也是好的。我喜歡秋的淡泊與飄逸，喜歡秋的沉靜與寬厚，就像喜歡一個與世無爭的人，那份由內而外慢慢滲透出的舒適與愜意是無法用文字形容的。然而，我很清楚地知道，這世間萬事萬物的離合都離不開一個緣

1. 芳草懷煙迷水曲

字,最愛的人都可以說走就走,更何況四季的更替?

我知道,我無法讓秋天永遠停留在窗下,無法擁著它的輕柔直至永遠。但是在這個旋舞的季節裡,我卻可以把思緒輕輕放逐在秋日的景中,任季節充盈交疊的夢,只在思念的水湄虔誠地叩響秋日的門扉,然後,肆意撲進秋天的懷抱裡,撒著歡兒地汲取靈感、汲取詩意,為下一場盛大的花事醞釀旖旎的情懷。

輕輕,躺在秋的溫婉裡,看秋色如畫、落紅如雨,裝點著又一季的華美與冶豔,我心似水般澄澈清冽。總是在最安靜最沉默的時候想起一些過往的人、過往的事,總是習慣沉浸在這份靜謐中想像一些無關緊要的事,歡喜的、悲傷的、快樂的、憂鬱的、興奮的、惆悵的,儘管想不起那人的眉眼,亦想不起那時更多的細節,但只要還有回憶,就會打心底滲出一份淡淡的甜蜜。

有時候,也會倚在桂花下靜靜地想,某件事,如果當初不是那樣處理,會不會結局完全不同?但已然發生的事,再去設想不同的結局又有什麼意義?終不過是自取煩惱罷了。過去的事永遠不會再來,離開的人即便再回頭也不是你當初認識的那個人,又何必執著從前?就像秋天,你再喜歡、再捨不得放手,它也會離你而去,因為那是四季更替的規律,任誰都無法也無力改變的規律,不經歷一番春的明媚、夏的熱烈、冬的蕭瑟,你又如何會懂得秋的平實與安逸?

秋天可以讓人變得清醒、變得從容、變得智慧、變得寬厚。徜徉在這個季節裡,看著一天比一天深的秋色,那顆曾經因執著而犯迷糊的心也跟著日漸清淨明朗起來。此時此刻,你不會再迷戀春的爛漫,不會再沉湎於夏的張狂,亦不會期待冬的冷寂,你想要的就是一份收穫的喜悅和甘於寂寞的瀟灑。那些人、那些事,就讓它隨風去吧,沒有了膚淺的奢華與喧

第二章　花‧明玉秀

囂，卻擁有了一份成熟與豁達，何樂而不為？

喜歡秋天，喜歡秋天的明朗爽淨，喜歡秋天裡步履從容的人群，喜歡秋天裡水墨畫一樣灑脫放達的山山水水。走在秋天的路上，看秋風在落日餘輝裡於田野四周緩緩吹動著黃昏，看那片片娟秀的落花在柳蔭下吹皺一池秋水，怎不讓人心曠神怡？一瓣一瓣的落花，在風中低低地呢喃，踩著曼妙窈窕的舞姿，輕輕旋轉，緩緩落下，轉瞬便濃郁了這一季的無邊秋水，是那樣的悽美、那樣的綿長，怎一個銷魂了得？

凝眸處，樹影迷離，花落紛飛，那一瓣瓣的花、一片片的葉，都彷彿在歷經風霜後回歸至繁華散盡的恬淡，於默寞中靜靜等待著下一季的輪迴。不悲不傷、無怨無悔，只寂靜歡喜、從容淡定。誰說落紅就一定是悲秋呢？在這飄逸的季節裡，我分明看到，落花在歷經秋天的洗禮後，帶著對樹根的深深眷戀，蘊藏著來年更加翠綠的希望，變得更加從容。那翩躚的花葉，春起秋落，在似水流年裡，把芳華定格在最美的一瞬，定格成深厚、定格成通透、定格成永恆，一如生命，無論旅途中有幾多風霜，只要淡定從容、只要波瀾不驚，也終會輕輕走過。

不是嗎？生命的希望從來不曾遠離。一如樹葉，儘管會在深秋裡憔悴乃至凋零，來年仍會綠滿枝頭，轉瞬便能明媚驚豔整個世界。是的，還有希望。哪怕秋天過去便是冬天，哪怕秋水對岸便是深深的積雪，那些花紅柳綠亦終不過是蟄伏了一個季節，只要心中還有希望，又何懼冷落蕭瑟？

秋天，總是在喧囂後孕育著成熟，也總是在孤寂中醞釀著人生的驚喜。因為這份不羈的灑脫與淡淡的歡喜，我總喜歡在秋色深濃的黃昏時分，一個人，信步閒庭。用最清淡的心緒，在桂花樹下輕輕聆聽，那一個個跳躍的音符，在秋的枝頭慢慢舒展，肆意感受季節的變化，感受風的涼意，感受秋天特有的飽滿與溫厚，感受每一種細微的聲響帶來的驚喜與安逸。那時那

刻，夕陽斜暉下的秋色，甜而不膩，潤而不氤，那份浪漫、那份意境、那份韻味，總是清澈通透得讓人長久地失語。

緩緩，穿梭在五顏六色的菊花叢中，不經意間，那翩飛的思緒，又在秋日的黃昏下翩然而至，不濃不淡，不遠不近。只是，那一抹黃昏瘦去的剪影中，究竟有多少淡去的心事？有多少未了的願望？有多少潮起潮落的故事？又有多少難以言述的悲歡離合？都於花落花飛中在眼前一一掠過，轉瞬便迷亂了嚮往的眸光。

靜靜坐在落日殘霞的瑰麗中，看秋日的黃昏泊住一汪凝潤的秋水，看陽光在瀲灩的波光中慢慢燃燒，那金黃而馥郁的氣息，有著些許悽美，又有著些許悲壯，陡地便讓心瞬間生出一絲絲愛憐與疼惜。夕陽下，秋意越來越濃，我的心又平添了一縷愁緒，那映入眼簾的，究竟是詩意的黃昏？還是蒼涼的黃昏？那抹豔美的秋究又於何時何地變得如此荒蕪淒冷？

風雨幾度，徒然換了流年的輾轉。當我們在緩緩流逝的歲月中匆匆走過，當流雲在花影中散盡，卻是滄海已變桑田、青絲已霜白。此時此刻，唯一能做的，便是用心記下曾經走過的點點滴滴，把一段人間煙火輕輕擱淺在輪迴的季節裡，去靜靜地想、默默地思，想那些過去的人，思那些逝去的事。突地，沒來由的，又想起了周邦彥來。想起了他無限的風華，想起了他眼裡的柔暖與離傷，總覺得他的一生與秋天有染，可實際上是什麼，恍惚間又說不上來。

倏忽裡，微涼的夜色，牽著一縷氤氳的桂花香，伴著淡淡的清輝，從天際傾瀉而來。抬頭，秋天的月光顯得格外溫婉動人、晶瑩透亮，可曾是他遠去了的那雙動人心魄的眸？放眼望去，在水一方，蘆花在風中輕輕地搖曳，滿池碧水倒影著皎潔的月光，像極了一首清芬的小詩。只是，那一圈一圈的漣漪，可曾是千年前，他眼中瀲灩旖旎的月光河？

第二章　花・明玉秀

　　月光還是如舊的眉目含情，她的倒影，依然在水中與岸邊的花影抵死纏綿，深深烙入我望遠的清眸。煙波深處，花影與月影雙雙交疊，緩緩綻放成一朵一朵嫵媚的花兒，又可曾是他見過的她的風情？凝眸處，秋水長天，銀霜在我眼底鋪滿了一地，路旁的丹桂與菊花，散發著若有若無的幽香，如此良夜，披一身潔白的月色，任花香盈袖，就連心情也被溫柔地擦亮了。此情此景，宛若仙境，又怎不讓人心喜若醉？

　　究竟，是誰顧盼的目光在月下默默流連，只把她的溫婉輕輕地捧起？又是誰的身影在月下躑躅著穿行，依舊把那一輪亙古不變的明月輕攬懷中，只為將她輕輕地憶起？朦朧中，我看到清新的微風夾雜著淺淺淡淡的花香，伴著一池如雪的月光，籠上一層薄薄的輕紗，緩緩灑落在他清瘦的雙肩上。只是，這個時候，他輕輕地來，又想告訴我些什麼？

　　夜，靜寂無聲，整座城市都在寂寞中沉沉睡去，而醒著的人，唯有憶古訪幽的我，和依然執著在水湄將她尋尋覓覓的他。這樣的時刻，總有許多溫婉的情思湧上心頭，如夢如嵐，一發便不可收拾。輕輕吟著張九齡的「海上升明月，天涯共此時」，卻不知今夜彼岸是否也有一樣的月色與他作伴？是否也有一樣的思念陪他入夢？心不禁莫名地憂傷起來。

　　月柔如水，月光傾城。輕輕地，我站在風生水起的水湄，於蘆花叢中伸出微涼的雙手，讓一輪素月從掌心緩緩淌過，靜靜地聽從遠古裡走來的他在花下輕吟淺唱，聽他把永不凋謝的一簾幽夢吟作曠世的亙古相思。然後，默默地看他踩著一地的月光，把如蓮的心願植進今夜的月裡，只為等她來，和他合唱一曲山高水長的戀歌。

　　輕嘆裡，風起了，淅淅瀝瀝的雨點又開始在舊了的亭臺樓閣中訴說著朦朧的秋意，訴說著掛在雨簾中的滴滴或濃或淡的心事。雨落如絲，那綿綿密密的秋韻，可是要把他詞中的閒愁和悠遠的意境都帶進這個跳躍的季

1. 芳草懷煙迷水曲

節裡供我默默咀嚼？那無邊而微涼的雨幕，可是把清瘦了的平平仄仄、起起伏伏，都串作了溼漉漉的情懷，掛在了粉墨的紅塵深處，要讓我在靜謐中與他靜靜分享那份過往的惆悵與深痛？

倚在窗前，我立在一片昏黃的燈影中，看窗外的瓣瓣落花黏著點點滴滴的雨珠，在朦朧中紛飛、在朦朧中曼舞。把一盞輕愁在眼前柔軟地鋪開，然後肆無忌憚地撩撥著纏綿的詩意，心間瞬即漲滿了潮溼與憂傷。透過雕花窗櫺望出去，那雨中舞動的花葉，可是滴落著世間最深最久的思念？可是把所有的回憶都在青澀的時光中氤氳成了綿長的光陰？可是梧桐葉落下的心愁，點點滴滴到天明？而那清晰的聲響，究竟是他小令長調中那些欲語還休的音韻還是幽幽怨怨的聚散兩依依？

歲月無聲，季節交替，這一季終將在風清月白中輕輕淡去。而我亦樂於在季節轉換的聲音裡將自己的思緒留白，在季節深處留住歲月裡最最生動的音符，然後默默回憶，輕輕咀嚼。聽，雨還在微潤的風中敲打著動情的清響，而他飽蘸深情的思念早在紛飛的一簾煙雨中繾綣成詞。只是，這個濃郁的秋夜，他又枕著相思寫了些什麼，為何人而寫？

再回首，連綿的秋雨，依舊在泛黃的思念裡踩著細碎的足音，於綢緞般的微涼中把時光輕輕暈染成水色般的通透。而他，卻在或深或淺的雨痕裡，默默懷想、靜靜沉思，任心思在窗下浸染成綺麗的雨花。一朵一朵，散落在心之一角，洗去他周身的疲倦，洗去他一路上的風塵，更任那些悠長的期盼與等待，在他平靜如初的心湖落地生根，靜靜守候著下一個晴天的到來，守候著她風清月朗的沉寂之美。

我知道，他娶王氏為續絃時也是在這樣一個秋天裡。西元 1078 年，宋神宗元豐元年秋。湖光山色的杭州城依舊是歌舞昇平，一派繁華景象，已經除服的周邦彥在叔父周邠、長兄周邦直、次兄周鎮的勸說下，另娶溫

第二章　花‧明玉秀

婉可人的王氏女為續絃，整個周家都沉浸在喜慶的氛圍之中。然而，周家的喜慶卻沒能改變發生在東京朝廷裡的黨爭之禍，新舊兩黨的爭鋒隨著時間的推移，也日趨白熱化。

十二月，進士虞蕃上書皇帝說：「太學講官不公，考試升補學生，徇私舞弊。陛下每日天不亮就上朝處理國務，而講官們去太學，常常是巳時進去，午時就出來了。陛下您日理萬機，可是經筵上沒幾年就講完了《詩經》，而那些講官們花了七年時間，才講了四卷《周禮》。乞請講官們早點來太學，假期也不要停止講學，沒有經過請假手續不要隨意停止講學。」

神宗接到虞蕃的上書後，立即下詔由開封府根治太學不公之事，而有關太學的講學問題責成國子監的主管官員處理。後來，因虞蕃指控的不公之事涉及開封知府許將的妻弟和鄉人，因此將案件轉交御史臺，由舒亶與何正臣負責審理。一時間，整個汴京聞風色變，久於官場的人無不感受到政治氣候的嚴峻與肅殺。

其時，神宗皇帝為緩解舊黨對新政形成的壓力，已分別於熙寧七年四月、熙寧九年十月，將力行新政的宰相王安石兩次罷去相位，並將其謫居江寧府。王安石雖已被兩次罷相，離開了權力中樞，但這絲毫阻擋不了神宗改制的決心。於是，在太學案發的次年，即元豐二年五月，神宗便以右諫議大夫、權御史中丞、直學士院、判司農寺蔡確為參知政事；以右正言、知制誥、知諫院李定為右諫議大夫、權御史中丞、兼判司農寺；以右正言、知制誥、知審官東院張璪兼知諫院、判國子監。並詔御史中丞李定與舒亶共同根治太學獄。

明眼人都看得出，新任命的蔡確、李定等人不僅都竭力支持王安石的新法，且是新黨的中堅人物。看來這一次神宗是執意要將變法進行到底了。在神宗的支持下，李定、舒亶於元豐二年七月開始處理太學涉案人員，至十一月才告結束。案件涉及面廣、涉案人員眾多，「上自朝廷侍從，

1. 芳草懷煙迷水曲

下及州縣舉子,遠至閩吳,皆被追逮,根株證佐,無慮數百千人。無罪之人,例遭箠掠,號呼之聲,外皆股慄。」

無獨有偶,在處置太學案的同時,李定、舒亶、何正臣又上疏彈劾知湖州蘇試譭謗新法,愚弄朝廷,妄自尊大,還呈上蘇軾的三卷詩歌,作為證據。於是,神宗下詔,命令李定和張璪共同負責審理此案。不久,蘇軾被從湖州押回開封,鋃鐺入獄,史稱「烏臺詩案」。

烏臺詩案立案後,元老重臣張方平、範鎮都上疏營救蘇軾,但全被置之不理。宰相王珪卻趁機陷害,拈出蘇試詠檜詩中的一句「根到九泉無曲處,世間唯有蟄龍知」,說蘇軾有不臣之心,欲置其於死地。幸好參知政事章惇為蘇軾開解,加之隱居金陵的王安石為其求情,以及皇太后的出面干涉,「烏臺詩案」才得以於同年十二月結案,最終將蘇軾貶往黃州。

「烏臺詩案」被牽連的官員人數眾多,駙馬都尉王詵被降官停職,蘇軾的胞弟蘇轍也被貶監筠州鹽酒稅,司馬光、張方平、範鎮、黃庭堅,以及周邦彥的叔父周邠等二十餘人,均被罰銅。

周邦彥知道,叔父周邠與蘇軾交情匪淺。早在西元 1070 年,神宗熙寧四年。蘇軾出京通判杭州時,時任錢塘縣令的叔父周邠便與蘇軾過從甚密。熙寧五年,兩浙淫雨成災。熙寧六年,又鬧起了旱災,百姓處於水深火熱之中,也就在那一年立秋日,周邠與蘇軾一起前往靈隱寺祈雨,蘇軾更寫了一首詩以記其事。

百重堆案掣身閒,一葉秋聲對榻眠。
床下雪霜侵戶月,枕中琴築落階泉。
崎嶇世味嘗應遍,寂寞山棲老漸便。
唯有憫農心尚在,起瞻雲漢更茫然。

—— 蘇軾《立秋日禱雨宿靈隱寺同周徐二令》

第二章　花‧明玉秀

　　就在「烏臺詩案」和太學弊案鬧得如火如荼之時，元豐二年八月詔令，太學招生規模擴大，置八十齋，每齋有三十名學生，共有外舍生兩千人、內舍生三百人、上舍人一百人。十二月，來自杭州州學的教授梅灝與王安石的女婿蔡卞一起，成為國子監的新任學官；另，經過張璪、蔡京等詳定學制所一班人的討論修訂，新的《國子監敕式令》和《學令》正式頒布，由御史中丞李定上呈朝廷，便經神宗詔令執行。

　　與以往相比，入學的學生必須提供本貫所在州所出具的證明檔案，經考試合格方許上學。對在籍學生定期施行考試，主要考察兩個方面。一方面是品行，就是不違反學規；另一方面是才藝，就是經學研究及其文章寫作合乎合要。設學正五人，學錄十人，協助主管官員做好學生管理工作，並規定了相應的獎懲措施。

　　便是在這樣的政治環境中，元豐二年末，周邦彥終以優異的成績考入太學，成為一名外舍生，第一次踏上了遠去東京的路途。然而，他卻總也忘不了曾與他把盞共歡的髮妻嫣若，到底，該如何才能插上翅膀，飛往有她的夢鄉？

　　欲寄彩箋兼尺素，山長水闊知何處？只一個淺淡的回眸，卻原來已與她轉身成陌路，更不知門前究竟寂寞了幾度桃李芳菲。只憶得此時已是碧水寒天、雁字遙遙，再也無法與她相擁取暖。輕輕的嘆息聲裡，相思又是一年，那些綰青絲、寄深情的朝朝暮暮已淹沒在紅塵裡了嗎？那些月滿西樓的良辰美景，已是佳期如夢了嗎？那些舉案齊眉、相濡以沫的誓言已成滄桑的痕跡了嗎？

　　所問無語，他們的愛已承載了太多的悲歡離合。美麗的遇見、美麗的愛戀，卻是無言的結局！深秋的風在濃濃的思念中暈染了戀戀不捨的舊日時光，他的心如片片花瓣般日漸飄零，無所歸依。放眼望去，月色再度傾

1. 芳草懷煙迷水曲

城，花影依然絢爛，只是這樣唯美的夜晚，又有誰來伴他？於寂寞中，奏一曲潮起潮落，聽一闋地老天荒。

想她的日子裡，相思總是不曾閒。那些深深淺淺的思念依然故我地布滿在寂寞的窗櫺與帷幔上，總讓他夜不成寐。於是，孤單的他亦總是任憑裊裊的琴音伴著若有若無的嘆息，在月下默默地縈迴。那幽怨纏綿的曲子，總是在最最思念的時候瞬息穿透夜空，把她的名字直接刻在他的心頭，於靜謐中訴說著臨水照月的寂寞，訴說著他半生淒涼的夢，怎不讓人憔悴讓人傷？

多情自古空餘恨，一轉身間，深秋的風又吹皺了一池瀲灩的秋水。他的守望，依舊是千年前的模樣，執著而倔強，在我探古的眸中明明滅滅。而她，亦依然是一身白衣素裳，躲在蘆花深處將他靜靜地偷窺。難道，她注定只是他生命中的過客，而不是那個永恆的歸人？這一場等待，是否只是他一個人的清歡，只是一齣永遠都不會有結局的折子戲？

一曲終了，卻是愁腸百轉，欲語還休。想她、念她，更不知歸期何時。那顆思念的心終於浸在濃濃的回憶裡瞬間蒼老，卻依舊不知疲倦地守在水湄為她輕歌慢舞，一任那些溫暖的故事漫隨琴歌，在指縫間悄悄溜走，一任晚秋的眷戀與痴狂，在初冬的眉梢緩緩訴說著情殤。凝眸處，愁痕展盡無人見，霜凍秋寒下，片片楓葉轉瞬揉碎了寸寸柔腸，卻教人如何抵擋住這份刻骨的相思？

夢醒時分，枕畔還殘留著她的氣息，潸然淚下時，她的模樣，依舊一如當年的清朗明媚，恰似窗外的月色，總是那般溫婉沉靜。然，舊時的歡愛已經遠去，這一眼望不穿的蒼穹下究竟還深藏著多少悱惻的溫柔與令人唏噓的故事？總是在月白風清的夜晚，想起許多纏綿的如煙往事，那些經年的滄桑亦總是在最疼痛的時候陡地散落在黑夜與白天的渡口，仿若久遠

第二章　花・明玉秀

前的塵緣又在眼前遊走,而思念便又在流年裡跌跌撞撞,慢慢沉澱,最終釀成他記憶中的永遠。

俱往矣,一切的一切都過去了,然而他還是會時常沒來由地想起她來。太學館舍幽深靜謐的庭院裡,那一樹一樹的梧桐總是在他最最相思的時候隨風搖曳在秋水深處,伴他在微涼的季節裡輕輕數著擱淺的心事。縱然離別,他依然感念若水的時光裡,有一個可以讓他想念的人,那傾城的絕戀、那醉了紅塵的傾心,總能帶給他溫潤柔暖的感覺,於是他開始堅信,那種唯美、那種刻骨銘心、那份痴戀、那份懷念,會在天長地久裡永遠地伴著他,陪他一起走過每一個季節的輪迴。

靜夜裡,燭影搖紅,月滿西樓,菊香四溢、金桂流芳,然而他卻無心欣賞這份恬淡的美。只是一個人,悄悄地倚著斑駁了的窗櫺靜聽風吟,於窗下執著地守候著與她許下的不老約定,然後在風中悄然回眸,在一首首或纏綿或悱惻的曲子裡憶取過往執手時每一個繾綣相依的細節。然而,誰又會知曉,那被思念落寞了的調子,那被淚水蒼涼了的時光,到底隱藏了多少歡會後的幽怨與期盼?一種相思,終在漸漸老去的秋色裡惹起了數不盡的閒愁,而那月下撫琴的憂傷男子,卻是依舊的痴心無悔,哪怕這世上再沒有一個人憐取他這一片寂寞深處的淒涼。

歌席上,無賴是橫波。寶髻玲瓏欹玉燕,繡巾柔膩掩香羅。人好自宜多。

無個事,因甚斂雙蛾。淺淺梳妝疑見畫,惺忪言語勝聞歌。何況會婆娑。

── 周邦彥《望江南》

「歌席上,無賴是橫波。」如花的年紀,他開始出沒於花街柳巷,沉陷於煙花女子的溫柔鄉中,以排遣對嫣若愈來愈濃的刻骨相思。看,歌舞酒

1. 芳草懷煙迷水曲

席上，最可人的總是歌妓那一雙秋波暗生的明眸，像極了嫣若那一汪秋水宜人。只是，何年何月，他才能與她花前月下，再分享她的那一份明媚與溫良？

「寶髻玲瓏欹玉燕，繡巾柔膩掩香羅。人好自宜多。」那美豔多情的女子，甫一出場，就贏得了在場所有人的青睞。她髮上斜簪的玉燕、她羅裙上輕繫的羅巾，無不將她襯托得更加風采照人，只一眼，他便沉醉在她綺麗的風情世界裡，不願醒來。

到底，出現在眼前的是他的嫣若，還是眾人口中的勾闌佳麗？他不知道，也不想知道。此時此刻，他只想醉在她一汪秋水般的眸子裡，不再去想、不再去憶，亦不再去回味那些久遠的往事。

「無個事，因甚斂雙蛾。」只是，她又為了什麼斂著雙眉？是惱恨相思的那個人沒來見她嗎？怎麼會，難道自己這般玉樹臨風的俏兒郎還不是她心心繫念的男子嗎？

「淺淡梳妝疑見畫，惺忪言語勝聞歌。何況會婆娑。」凝眸處，只見她，淡施脂粉，卻是美得出塵，疑是畫中人。還沒等他還過神來，她早已裊裊娜娜地飄至他身前，輕啟朱唇，送來一杯美酒，那勸酒的聲音甜美得勝似歌謠，加上那翩翩的舞姿，怎不讓人目炫神迷？

遊妓散，獨自繞回堤。芳草懷煙迷水曲，密雲銜雨暗城西。九陌未沾泥。

桃李下，春晚未成蹊。牆外見花尋路轉，柳陰行馬過鶯啼。無處不悽悽。

—— 周邦彥《望江南》

「遊妓散，獨自繞回堤。」一日復一日，除了在太學館舍中唸書，剩餘的時間，他都穿行於妓女雲集的平康裡。在那些鶯鶯燕燕的女子身上感受

第二章　花・明玉秀

著媽若再也無法帶給他的千般柔情、萬般繾綣，只是，這便是他要尋的溫柔鄉嗎？

　　酒盡曲終，陪他宴遊的紈褲子弟，還有那些美豔的風塵女子皆已散去。然而，他卻意猶未盡，仍然獨自徘徊在迂迴縈曲的汴河堤岸上，卻不知該去往何處。憶往昔，也曾牽著媽若的手，走在楊柳青青的西子湖畔，只是，那一幕的溫情今生已不可再追。到底，該如何，才能撫平他心底糾結的傷痛？

　　「芳草懷煙迷水曲，密雲銜雨暗城西。九陌未沾泥。」放眼望去，如茵的芳草漸漸被霧氣籠罩，迷失在彎彎曲曲的河道之內；密布的烏雲含著山雨，已經把整個城西的天空壓得黑暗陰沉。看樣子，很快便會下一場透雨了。

　　頷首處，腳下的這條路還沒有沾染上汙淖的泥水，可以繼續沿著原來的方向默默走下去。但是，山雨欲來之勢已成，失去她的日子裡，他到底又該為誰人撐起一把油紙傘？或是在這霧氣充盈的綠色原野裡，與老天訴一次情傷？

　　「桃李下，春晚未成蹊。」春已暮，桃樹、李樹早已是繁花謝盡，然，子實初結還未成果，所以樹下也還沒有被採摘果子的路人踩出一條小徑來。既然桃李下還未成徑，那麼，就讓他攜著一縷相思，在這風雨欲來的季節裡，再為她踩踏一行愛的路徑，好讓她想要回來尋他時不至於找不見方向，而徬徨在無盡個黑夜裡，不得與共。

　　「牆外見花尋路轉，柳陰行馬過鶯啼。無處不悽悽。」回眸處，卻有一枝粉紫凝香的花兒透過一堵灰白的院牆，映入他憂傷的眼簾。那花兒的嬌媚，像極了媽若的嬌痴，於是，他立即轉身尋路，想要入園探花，想要將它摘下，輕輕別在她的髮間。

然而，一聲宛轉清脆的黃鶯嬌啼，卻又惹得他緩緩放馬徐行在綠柳濃蔭之下，那鶯兒的啼鳴更若她往昔纏綿的吳儂軟語，怎不讓他聽得入迷？只是，風光再美、景色再宜人，她不在了，一切的一切，無不抹著一重蒼涼的色彩，無不呈現出一種令人哀楚的淒涼。

傷心處，莫回頭。只是，以後的以後，他該如何適應那些永遠沒有了她的日子？這世間，到底，會有哪個女子能夠代替她，撫平他蹙起的眉頭？是遠在錢塘的新婚妻子王氏，還是近在眼前的歌舞妓？

2. 有蜀紙堪憑寄恨

暗葉啼風雨，窗外曉色瓏璁。散水麝，小池東。亂一岸芙蓉。蘄州簟展雙紋浪，輕帳翠縷如空。夢念遠別、淚痕重。淡鉛臉斜紅。

忡忡。嗟憔悴、新寬帶結，羞豔冶、都銷鏡中。有蜀紙、堪憑寄恨，等今夜、灑血書詞，剪燭親封。菖蒲漸老，早晚成花，教見薰風。

—— 周邦彥《塞翁吟》

想著她、念著她，雲淡風輕捲著似水的時光從窗下打馬而過，放眼望去，溫婉的中秋亦在他無盡的惆悵裡悄然隱退。花開花謝間，多少前塵煙雲早已踏著流水的聲音輾轉而去，此時剛剛泛了涼意的汴河，也開始有了些許蕭索的味道。而她，那個白衣素裳、不施粉黛的她，還依然是他心底最最溫暖的珍愛。

攜著一縷哀愁，一個人輕輕走在幽深的院落，看著那些憂傷的葉子飄落在足下，心不禁有些淡淡的疼痛。是不是，深秋總會給人帶來或多或少的傷？總會讓人生出無盡的愁緒？總會讓人想起悲傷的痛苦的往事？

第二章　花‧明玉秀

　　落紅旋舞中，他又想起了與她初初邂逅的情景，曾經一起牽手走過的路、經年的相思與不捨，轉瞬間便如同古老的皮影戲在他眼前一一掠過，更惹他傷心難耐。看秋意漸濃，那臨水中的身影在不經意間又多了幾許滄桑，怎不讓人惆悵讓人懊惱？到底，何年何月，才能再捧著她眉目含情的笑臉深憐密愛？

　　白衣勝雪，獨立深院，看花飛花謝，那瀠然的淚眼，卻哪堪寂寞空庭聲聲寂。一樹憔悴的梧桐葉下，他輕輕淺淺地嘆，那些年與她執手相對、窗下挑燈花的往事依舊清晰明瞭地在心底隨風湧起，而那些或濃或淡的情愫亦依舊徜徉在他的眉心嘴角，一抬眼、一頷首，往日的明媚與娟好便又在他溼潤的眸底被一頁一頁地翻開。

　　數不清，有多少個夜晚，他曾珍而重之地把她的名字在心間默唸又默唸；數不清，穿越時空的愛，有多少挨不完的更漏、等不完的守候；數不清，他用纏綿的詩心、深情的韻腳，為她寫就了多少花前月下的傳說；數不清，雕花窗櫺下，有多少柔情繾綣的誓言在燭火的明滅中溫潤了彼此相思的心房；數不清，她有多少次悄然立在月色朦朧的窗下，靜靜守候著他的歸來，一任淚水疼痛了隔著距離的思念；數不清，他有多少次坐在案邊，一邊想著她，一邊用謊言欺騙著自己，一任痴心輾碎一地溫柔的夢。

　　輕輕，站在相思的渡口，朝她遠去的方向揮一揮袖，回望的眸子卻是再也無悲無喜、無怨無尤，有的只是萬般的憐惜與疼愛，還有深深的眷戀與不捨。愛過，便已無悔，既已離別，何須惆悵？他只是惋惜，曾經花前月下的生死相許、朝夕相伴，曾經執手相望的情深意重、你濃我濃，終於在轉身而過後，宛若一瓣殘紅，在他撕心裂肺的追憶裡零落成塵。

　　痛，昨日，是否已成昔人詩句中的鏡中月？疼，明日，是否還是別人眼中的水中花？秋來了，她卻沒來，這無盡個孤獨的夜，他只能枕著兩行思

2. 有蜀紙堪憑寄恨

念的清淚，在窗下把她的身影和月下的故事交疊成厚厚的回憶，任孤單的身影，緩緩走向一個人的寂寞，走向永遠的沉靜，走向又一個荒蕪與淒涼。

想她，他一度哽咽失語，更不知今昔究是何年。總是為她心痛莫名，總是為她相思成災，一陣秋風攜著菊花的芬芳緩緩吹來，一個人靜靜踩在飄落的梧桐葉上，竟是淚落無聲。他不明白為什麼總是會在最最寂寞的時候想起她來，更不明白為什麼每次想起她就會更加寂寞。其實他最怕的就是回憶，回憶於他而言是一本永遠不會泛黃褪色的書箋，越是回憶，越是不能忘卻，那些過往的細節也愈發變得清晰起來。

忘不了，還是忘不了。儘管試過了無數種要把她忘記的方法，到頭來卻還是竹籃打水一場空。真的要把她忘記嗎？他真能說服自己將她的身影遣散於九霄雲外嗎？怎麼會，又如何能夠？即便痛到要死，他也不會容許自己將她輕易拋諸腦後，只是，該如何才能與她白頭偕老、廝守終身？又該如何才能一想到她便會心生歡喜，再也沒了煩與惱？

他知道，當繁華落盡，有一枚叫做思念的種子，會比相思紅豆還要紅。然而，於這個落葉飄零的深秋時節，他卻無法不讓自己輕輕轉身，於默然中鎖上心扉，鎖上無盡頭的等候與思念。想她，已成為他長久的負擔與揮之不去的沉痛，若不想再痛，恐怕也唯有把她忘記了，然，不把她忘記是否便意味著這痛要伴他悄然走過一生？

淚眼模糊時，秋色在風中暗地流轉，秋葉轉瞬便紅了思念。輕輕，蹙著眉頭，一絲淡淡的傷，一縷揮之不去的苦，便又在回眸間磨碎了他心中的念想與盼頭。忘不了、忘不了，這一輪風清的月白究竟何時何地才能帶著他去她的夢裡一窺她的清芬與溫婉？轉身而過後，想她時，總是一箋愁心，兩處飄紅。然，當落寞的傷痕爬上了他歲月的鬢角，又有誰來憐他、誰來惜他？

第二章　花‧明玉秀

　　他不知道，為什麼思念總是日日夜夜、沒完沒了地折磨著他？難道，非要把他折騰得憔悴不堪才肯放手任他於思念之外繼續飄泊嗎？這樣的思念究竟何時能了，這樣的糾纏是否真的走到了盡頭？無法聚首，更無從追憶，於是只好在徬徨裡釀下一杯想念的酒和淚吞下，卻不料舉杯消愁愁更愁！老天爺啊老天爺，究竟為什麼要讓他難過讓他傷？這一夕宿醉，酒醒以後，繽紛的黃花下，他可還能尋得著舊時夢裡的桃花渡口？

　　一次次的回憶、一次次的相思、一次次的守候、一次次的等待，終於讓他累了、倦了。他不知道自己還能做些什麼，是繼續將她執著著思念？還是痛下心來把她永遠地忘卻？他不捨，他不願，更不甘，如果還有一絲絲機會，他也要把她長長久久地留在身邊，哪怕手心裡緊攥的只是她飄緲無依的身影，也好過與她永久的悵別啊！

　　他無法想像不再想起她的日子該是多麼蒼白多麼荒蕪？如果有一天，風兒不再為浮雲停留，月亮不再亙古不變地照亮人世的滄桑，漂泊的心亦已在歲月的流逝中緩緩老去，那麼，所有的前緣舊夢，是否便能夠在他情深款款的字句間畫上一個圓滿的句號？而他那顆相思的心，亦不會再為她沒日沒夜地哭泣？

　　嫣若。輕輕唸著她的名字，他痛不可當。然而，就在他無可救藥地思念著亡故的髮妻同時，另一個女子，也在他心底烙下了深深的印痕，那便是他新娶的妻子王氏婉宜。雖新婚不久，他就撇下婉宜北上東京，但嬌俏而又善於妝飾的王氏女卻令他留下了不可磨滅的印象。他知道，自己亦深深愛著婉宜，可為何，老天爺又偏要在他們之間重複著自己與嫣若的生離死別？難道，求學就真的那麼重要？

　　他想她，想他的婉宜。這份情感濃烈得絲毫不遜於他對嫣若的相思。只是，何年何月，他才能牽著滿心的歡喜夢迴杭州？再與她攜手嬉戲、把

2. 有蜀紙堪憑寄恨

酒共歡。回眸,清冽的風在窗臺下夾著花香的味道飄然而過,惱人的喧囂終於漸漸褪去,心,亦開始變得漸漸地空曠。愛她太難,不愛她更難,到底,該為她做些什麼才能長長久久地停留在她的世界裡?又該如何才能永遠攢著她的溫暖去唱響一曲纏綿的戀歌?

輕輕的嘆息聲裡,潮溼的空氣沿著紛亂的思緒在他逐漸冰冷的指尖緩緩流動,那時間穿過心底的聲響,有些許的寂寥,又有些許的落寞,徒然添了他潸然的眼。坐在如此孤寂的傍晚,百無聊賴之際,緩緩轉過頭去,靜靜凝視案上的筆墨紙硯,想要為她搜腸刮肚,用世間最最娟美清秀的文字描摹她的風采,冷不妨卻見得墨硯淋漓的光影中,隱約照出了自己的容顏來。他還是一如既往的英俊、一如既往的瀟灑,然而那蹙起的眉角卻多了一種憔悴得無以預料的落寞,恍若隔世烙下的深痕,殘留在美如冠玉的面龐上,陌生而又疏離。

低低,唸著她的名字,他失神的雙眼寫滿了空洞與迷濛,更不知那兩行噙著的淚花究竟藏匿了多少不為人知的憂傷與困惑。悽然一笑間,他只能,就這樣守著一個人的孤寂,來來回回地徘徊在夢幻與現實的邊緣,無休無止地想她、無怨無悔地盼她,無處可逃,亦無力可逃。

前塵往事,終究在他相思成災的時候遺落在歲月的溝壑。轉眼間,那心上眉間便落滿了潮溼的青苔,往昔的種種回憶也早都已在揮手之間變得物是人非,無法再追。還該去哪裡尋她?又該到哪裡等她?千百種期待,只是釀成了千百次失之交臂;千萬次守候,只是凝聚成了心間鬱結的感傷。然,這份疼、這份痛、這份傷、這份刻骨銘心的戀,又有誰曾在這滾滾紅塵裡用心地細細品讀過?

思念,總是無可救藥地攀爬上他的心頭,每一唸起她的名字,每一想起她的眼神,便有無數個渴慕在心底翻江倒海,欲罷不能。日日思她想

第二章　花‧明玉秀

　　她，卻還是無法與她執手相對，在花前月下打撈一份永久的相守，於是，只好緊緊抓住相思的手，跌跌撞撞地走入夢裡，要去夢中尋覓她往日的風采與柔暖，還他一份永恆的寧靜與平和。

　　夢中，他踩著長滿青苔的石階，匆匆穿越時光的長廊，彷彿要去趕赴一個前世早已許下的預約，固執而又專注。而她，卻偎在雕花窗下，拈著一縷花香，輕捲了一抹細碎的心情，執筆填下一闋塗滿相思的清詞，讓花開花謝、逝水流年，都在掌心恣意地環繞。他定睛朝她望去，但見她嘴角微微上揚，溢起的是滿心的歡喜與明媚，只一眼便醉了他整個身心。他知道，這就是他要找尋的她，美麗而嫻靜，溫婉而柔媚。只是，經年之後的他還配得上她那份嬌豔與嫵媚嗎？

　　好想回到她的身邊，好想在這落葉沙沙的季節再為她做些什麼。可是，他離她離得那麼那麼地遠，這千萬里的距離又教他如何一夕飛渡？想著她，手捧一縷八月的秋風，看季節依舊沉默在蘆花漫舞的荒蕪裡，那些糾葛在心間的冀盼，便都於轉瞬間被風雨勾勒成一幅遙不可及的蒼白，變成他眼裡永恆的殤。

　　曾經青蔥的歲月在他窗下匆匆地掠過，窗臺上那一瓣菊花的暗香卻留住了她泊在夢外的目光，而那份無怨的痴戀亦依舊隱沒在注定的山高水長裡，總是在他最最寂寞的時候悄然爬上他的眉心。然，這一份隔著天涯海角的相思，縱情深不悔，又教他如何承受得起？她不在他身邊，無數個孤寂的夜裡，他也只能攬著那逐漸褪色的夢坐在床頭，任它在眼裡一一結成穿腸的毒，然後，讓他夜夜在這漫無邊際的黑暗中，因想念清醒成無眠的孤獨。

　　不知道，她是否還記得他們的纏綿溫存，是否還記得他們你儂我儂的幸福日子。雖然相守短暫，但那份聚首裡卻烙下了他們許下的承諾、烙下

2. 有蜀紙堪憑寄恨

了他們今生的誓言、烙下了他們相愛的點點滴滴。這一切,如果他都無法忘懷,她又怎會輕易忘卻?走在一個人的寂寞空庭裡,看梧桐凋謝了昔日的蔥郁,看菊花冷落了昨夜的清香,落入眼裡的卻還是他一個人的孤寂一個人的傷。時光荏苒,一切的一切都在變遷,此時此刻,遠在錢塘的她或許已找到了一個人度日的方向,而他卻依然迷失在自己的傷感裡,無法自拔。

嘆,紅塵邂逅,相識是緣。他和她,相遇在那個春暖花開、草長鶯飛的季節,繼而便在詩文唱和中互生了解,不知不覺地靠近。當相識日久,相知日漸加深,那份遲來的情便已難以割捨,他和她,亦由當初的若即若離變得難捨難分。

還記得,初邂逅的那段日子裡,一程程的行走,一程程的相伴,她總是故意忽略心底的感覺。哪怕已對他頻生好感,卻還想著要與他保持一段距離,只願與他遙遙相望,隔著一紙的間距依依相伴。她甚至願意化成一樹梨花,默默開在他門前的小河旁,或者開在他每天必經的路上,眺望他的幸福,然後安然地聆聽他的歡聲笑語。而這一切都緣於她明白,一份感情,若太過濃烈,便注定無法完美,就像他和嫣若,儘管愛得熱烈、愛得痴狂,最終仍擺脫不了天人永隔的結局。

還記得,新婚燕爾的那些日子裡,她時常對他說,人與人之間,唯有淡淡的相處才能長久,而他總是不以為然。他知道,他對她的愛雖然不及對嫣若那樣痴纏,但亦是把她的生命看得比自己還重要,而她卻怕,美麗的感情終會被無奈的現實敲碎。所以,她總是寧願讓彼此靜靜地依偎在柴米油鹽醬醋茶裡,暖暖相愛、默默相守,不求轟轟烈烈,但求平淡如水;不求纏綿悱惻,只求天長地久。

她是個知性而又冷靜的女子,為他付出的情愛也總是淺淺淡淡,不似嫣若那樣雋永熱烈。但他明白,無論經歷什麼,她都願意與他一起分享快

第二章　花・明玉秀

樂、一起分擔苦痛，得妻如此，夫復何求？平心而論，起初的相守裡，他並不是那樣地在意她，總覺得她是一個可有可無的擺設，至多也只是個可以在文字裡交心的女子罷了。妻子嗎？那時那刻，他心裡唯一認同的妻子只有嫣若，她要完全走進他的心底又談何容易？

然而，他還是低估了愛情的力量，長久的相守，他們還是不可免俗地捲進了愛的漩渦，愛得纏綿、愛得刻骨。只是，愛到最後，他卻撒開手，將她遠遠丟在了一邊，遠赴東京。只留下她一人，在這冷暖世間，一路坎坎坷坷、一路風雨飄搖，再也尋不見往昔的點滴溫暖，再也無法讓幸福的笑靨蕩漾在她的嘴角，任她在無盡的等待與期盼中變成第二個嫣若。

再回首，倏忽間又想起那些曾經溫暖相擁的片段，想起當初彼些憐惜珍愛的目光。於是，萬千糾結便又若錢塘潮水般迅即湧上心頭，欲罷不能。原來，那麼真那麼深的愛，終究是無法掩飾，也終究無法躲藏的，縱使全情投入，亦終究逃不過滿心的失落與惆悵。到底，該怎樣才能撫平她眉眼裡深藏的那份哀怨與憂傷？遠去了她的世界，除了那一闋闋抹著淡淡哀傷的詞賦，他想不起自己究竟還能給她些什麼。

換我心，為你心，始知相憶深。那一闋《塞翁吟》裡，他不言及自己是如何思念著她，也不述說自己是如何的痛苦，而是完全從她的角度設想，悽風苦雨的清晨，獨處深閨的女子，從夢中醒來，那一系列因相思而引發的痴情念想與深情行為，都一一突顯在了他傷然的眼前。

暗葉啼風雨，窗外曉色朧瓏。散水麝，小池東。亂一岸芙蓉。蘄州簟展雙紋浪，輕帳翠縷如空。夢念遠別、淚痕重。淡鉛臉斜紅。

忡忡。嗟憔悴、新寬帶結，羞豔冶、都銷鏡中。有蜀紙、堪憑寄恨，等今夜、灑血書詞，剪燭親封。菖蒲漸老，早晚成花，教見薰風。

—— 周邦彥《塞翁吟》

2. 有蜀紙堪憑寄恨

「暗葉啼風雨，窗外曉色朧瓏。」傷心處，又是一夜寒風冷雨敲窗，轉眼間便暗了枝頭翠葉無數。拂曉時分，抬眼望，但見窗外晨色朦朧，悽悽冷冷，更是添了人愁緒。

原本，一直以為，他們的情感如漆似膠，雖不熱烈，但卻濃郁。那一份甜美就像茶葉和蜂蜜，始終幸福著彼此的心心相印。他曾說過，茶葉可以替愛情帶來清香，蜂蜜會為愛情注上甜蜜，一對相愛的人更會讓幸福時時刻刻蔓延在彼此的心靈旅程裡，不離不棄。然，轉身而過後，那份曾經的清香與甜蜜又該到何處去尋？

還記得，有他相伴的日子裡，攜手路過的花前月下總會瀰漫著一股芬芳清冽的香氣，足以讓整座城池為之沉醉。她知道，那就是愛情的氣息，只有沉浸在愛情甜美中的戀人才可以聞到，而今，他不在她身邊，那曾經經久不衰的香氣也漸漸散入風中，逝去無痕，每每想起，總是惹人懊惱惹人傷。他走了，那些過往的點滴，卻如枝頭的落花一一遺落在了西子湖中，匆匆打撈起後，便又迅速溼潤了她的雙眸，怎不教人思念成災？

「散水麝，小池東。亂一岸芙蓉。」遠處，院東小池沿岸那一片亭亭如蓋的芰荷，已經受了一整夜的風吹雨打，只怕已成殘枝敗葉、狼藉一地。回眸，一陣微風輕輕吹來，緩緩挑動簾櫳，從岸邊隱隱約約傳來水麝般的縷縷清香，可是他隨風送來的他特有的氣息？

「蘄州簟展雙紋浪，輕帳翠縷如空。」她知道，此時此刻，他尚遠在東京，又怎會突然出現在自己眼前？只不過又是自己的痴心妄想罷了。輕輕的嘆息聲裡，她茫然地將目光從遠處的一池芙蓉轉回閨閣中，漫無目的地環望四周，卻見瑩白如玉的蘄州竹簟晶瑩光滑，雙紋展開便形如水波翻滾，煞是好看。而那輕薄如紗的鮫綃帳亦是細密如碧煙，望中若有若無，美不勝收。只是，他不在身邊，一切的美景與繁華都只是纏繞在心間的一

第二章　花‧明玉秀

抹蒼白。

「夢念遠別、淚痕重。淡鉛臉斜紅。」輕輕，頷首。回想起昨夜的那場有他相伴的春夢，猶自心悸。此刻，夢中情景尚歷歷在目，清晰如同真實經歷。夢中的他，一襲舊時衣衫，仍舊當年模樣，風塵僕僕地從遠方趕回來，依依地訴說著別後的種種際遇；而她，則偎在他懷裡，靜靜地傾聽著他熟悉的嗓音，看著他神采飛揚的面容，忽然就覺心酸難忍，任珠淚顆顆順著臉頰無聲無息地滑落下來，瞬時便沖淡了胭脂痕，弄亂了一臉精緻的妝容。

卻原來，他也如她一樣，正飽受著相思的煎熬。為什麼，那一份隔了山高水長的戀慕她到今天才懂？是夢，就終究會有醒來的一刻。夢醒後，那個深深思念著她的人早已不在，諾大的房間裡，唯餘一地冰涼的絕望，還有那難以排遣的無言惆悵與深深的失望，依然糾結在她心頭。究竟，何年何月，他才會從夢中走出，悄然出現在她等待的窗下？

「忡忡。嗟憔悴、新寬帶結，羞豔冶、都銷鏡中。」鸞鏡中，形單影隻的人兒，若有似無的一縷憂傷凝結在眉峰。鬆寬了衣帶、消減了玉肌、憔悴了容顏，都只為綿綿不絕的相思堆積。嘆，往日那些豔冶窈窕，如今都因著思念的摧殘而漸漸衰退，再不復當年的風華絕代。

望著鏡中孤單落寞的身影，又是潸然淚下，更忍不住羞愧難當、悲從心來。若他日重逢，又怎忍心令心愛的他，見到自己這副容顏枯萎的模樣，破壞了往日在他眼中的完美形象？

「北方有佳人，遺世而獨立。一顧傾人城，再顧傾人城。」西漢樂師李延年的這首綺歌一唱便唱了千年，聲聲嘆的都是自古紅顏多薄命。她知道，歌裡那位擁有傾國傾城貌、集三千寵愛在一身的李夫人，榮寵正盛之時卻身染重疾。漢武帝劉徹前往探病，不料她卻以被覆面，不肯示之以人，並嚴詞

2. 有蜀紙堪憑寄恨

拒絕道：「妾長久臥病，容貌已毀，不可復見陛下。」此後任憑劉徹再三呼喚，始終也未曾回頭。

後來，李夫人死了，漢武帝日思夜念，傷心欲絕，親自督促畫師將她生前的美貌復原下來，日日懸掛在甘泉宮中，還四處覓人招魂。當螢火燭光中那個熟悉的曼妙身影翩然而來時，一向窮兵黷武的天子終於忍不住落下淚來，嘆道：「是邪，非邪？立而望之，偏何姍姍其來遲。」

古往今來，女子對容貌的愛惜，猶勝於其他。尤其在自己深愛的人面前，無論如何都要留給他一個最美的容顏，駐進他心裡，令他今後縱然想忘也無法忘記。聰明睿智的她也不能例外，即便是死，也不能讓他看到自己憔悴的模樣。然而，他不回來，少了愛情的滋潤，她又如何能恢復往日的光亮鮮潤？

「有蜀紙、堪憑寄恨，等今夜、灑血書詞，剪燭親封。」懶畫眉、羞對鏡，深情無處可繾綣。今夜，冷雨幽窗，伴孤燈一盞，輾轉反側不成眠的寂寞女子，唯有借一紙瘦箋，將滿腔對情郎的濃濃思念，和著血淚，書灑成一首首纏綿悱惻的曲詞，密密封緘，託鴻雁捎去給遠方的他。

「菖蒲漸老，早晚成花，教見薰風。」初秋時分，水中的菖蒲已然漸漸凋謝老去，不久便會開出淡黃色的小花，那時候就能夠在風中聞到菖蒲花的香氣。只是，到那時，他會山水迢迢地趕回杭州，來赴一場與她的約定嗎？

一切景語皆情語。世間景色，看在多情人眼中，尤其如此。自從離別後，夢難留，淚難收，千言萬語欲訴還休。只是，她的他，能夠體會她一切的苦嗎？

他能。是的，他能。她的苦，無時無刻，不糾結在他內心深處。只是，她不在身邊，他亦只能枕著兩行清淚，與她夢裡相會。來汴京已兩年

第二章　花‧明玉秀

有餘,朝堂中,新黨舊黨之爭愈演愈烈,然而所有的紛爭都沒能影響到周邦彥在太學的求學生涯。這一時期,他寫下了大量詩賦,尤其是賦文,彰顯了他過人的才智及出色的文采。

周邦彥自小博覽群書,除了接觸儒家學說,受其影響之外,道家思想更是對他的一生都產生著深遠影響,尤其是道家中老莊淡泊自甘的思想,更對他形成了不可磨滅的影響。

老莊思想的影響最先可見於周邦彥做太學生時所作的《足軒記》。記中提到,學生們湊錢在學齋之後的空地上建造了小軒,「軒之左右皆鑿為池,植蒲荷,泛清萍,取小魚置其中……軒之兩旁,各有雜花木數十本。觀其露重而荷翻,萍密而魚跳,土薄而筍見,草疏而蟲躍……。」娓娓道來,清麗可喜。

尤其是「露重而荷翻,萍密而魚跳,土薄而筍見,草疏而蟲躍」這幾句工筆細描,洞幽入微,讀來琅琅上口,真可謂「體物瀏亮」。這裡成了太學生們的一塊小小的樂園,「於是眾友環坐於軒,或議而爭,或笑而譁,或相視而默,起觀池魚之游泳,坐指花實之榮謝。既已,復執卷以沉思,以是終日。雖景象至微,而意態自足。」

於是,周邦彥就將它命名為「足軒」。但是有同學反對,認為無論從哪方面來說,以足為名都不妥當。可是,周邦彥卻答云:「心為物役,景與時變,志願所逐,至死而已,豈得為足?若欲盡物而後為足者,天下無有也。」

「請為君□其足。今夫巨浪負舟,杯水容芥,同為浮而已矣;□□□半,蟲吟秋暮,同為鳴而已矣;令□□□□□□□□昔煩,則凡植物之生,如織羅繡錦,□□□□□□□□。吾軒側之花,盛者萎,綴者脫,則凡植物之死,如□□□□者,亦若是衰而已矣。觀蜂蝶之往來綠撲,則

2. 有蜀紙堪憑寄恨

物之逐擾擾以終其生者，亦若是勞而已矣。吾於萬物，不觀其色而觀其真，不觀其形而觀其理。天下之廣，山海之富，有形之象，不必日歷而物數，故無往而不足。」（□為原文缺失處）

可以說，《足軒記》表達了周邦彥在蔑視權貴、嚮往精神自由的同時，又感到知足的思想感情。然而，心中的淡泊，卻無法阻止他對妻子婉宜與日俱增的思念之情。於是，他又偎著濃情蜜意，先後為她寄去多首寄內詩。

舊識迴文譜，新諧遠調謳。
望歸朝對鏡，合飲夜藏鉤。
融蠟黏花蒂，燒檀暖麝油。
雙眉誰與畫，張敞自風流。
窗影蠅飛見，簾花日照成。
汗餘胡粉薄，香度越羅輕。
書葉蠶頭密，調笙鳳味鳴。
情來愁不語，極目雁南征。
麗日烘簾慢影斜，酒餘春思托韶華。
高樓不隔東南望，苦霧遊雲莫謾遮。

—— 周邦彥《謾書三首》

在他眼裡，擅長妝飾「融蠟黏花蒂，燒檀暖麝油」、「汗餘胡粉薄，香度越羅輕」，又精通音樂「舊識迴文譜，新諧遠調謳」、「書葉蠶頭密，調笙鳳味鳴」的婉宜，絲毫不比死去的嫣若遜色，可以說，他們的結合是一段文壇佳話。

然而，當她溫婉的倩影一再隨著過往的煙塵浮現在他潸然的眼前時，

第二章　花‧明玉秀

指尖輕輕劃過的憂傷，還是讓手心彈奏出的弦律於瞬間陷入了支離破碎的邊緣。那弦與弦的摩挲，本就是一種苦痛的煎熬，一種無法遣散的折磨。到底，要他怎麼做？才能走出這心的禁錮，於風清月朗中還她一份往昔的明媚？償他這份由來已久的困惑與徬徨？

想她，念她，痛定思痛後，那往昔飄緲悅耳的琴音早已在他的追憶裡發出了裂帛般怵目驚心的旋律。莫非，這是要向他預示些什麼？他又想到了因病去世的嫣若，難道他的婉宜此時此刻也正輾轉反側在病榻上？這是她病中的呻吟嗎？這是她躺在病榻上對著他的方向發出的聲嘶力竭地呼喊嗎？不，婉宜絕不能生病，若她也有個三長兩短，他又如何能夠活下去？

刺耳的旋律不斷縈繞在他耳畔，更惹他傷心難耐。因為他的疏忽，美貌多情的髮妻嫣若已然撒手人寰，他又怎能眼睜睜看著婉宜也夭折在這如花似玉的青春年華？總是放心不下遠在錢塘的她，可又不知該如何才能探知她的近況。寫信，太慢，又無法拋下學業隻身趕回杭州一窺究竟，怎不讓他焦慮成災？

相知太深，卻遺憾相守太短。濃濃的的思念裡，他望眼欲穿、悲傷欲絕，最後竟連指尖輕捻慢挑的琴音也變得和他一樣的痛徹心腑。驀然回首，悽迷的弦律在漆黑的夜裡彈出了道道血痕，而他想念她的心亦在默默地滴血，無聲無息，有的只是割裂的慘痛與絕望的哀怨。他知道，當指尖和琴弦在相思裡交錯，一聲聲彈出血跡斑斑的時候，心中存留的卻只是歡喜過後的滄桑與寂寞、纏綿過後的疼痛與憂傷。然，到底還要等待多久，才能守候到最初的花好月圓？

靜靜回憶著與她相處時的每一個細節，淚眼模糊裡，終於明白，原來愛情的世界裡，並不是傾心付出了便會收穫到幸福與歡欣。可是，不付出又如何能夠體會到愛情的甜蜜與芬芳？有愛就會有歡喜，然而有愛亦會有

痛苦，當思緒停留在紙箋的空白處時，那些牽扯不清的情感，那些揮之不去的往事，還是會不停地占據著他的心扉，讓他無可救藥地繼續沉湎於想她的世界裡，無法自拔，無處可逃。

就那麼徹徹底底地愛上了她，不管她身在何處，情歸何方。對她的愛雋永而纏綿，便連他自己都覺得這份本不該濃烈的情意竟是那樣的不可思議，那樣的神祕莫測。駐足，翹首望向遙遠的杭州，輕嘆這紅塵世間有很多事可以被時間成全，卻不知道命運該如何成全他們的千古絕戀，心不禁生出些許淡淡的疼痛。

再回首，西泠橋畔，那把油紙傘撐起的悽美情事可否還在丁香雨絲中輕輕飄搖，那輛油壁車輕輕載去的可是她對他的期盼與不捨？想她、念她，凝眸處，歲月依舊起風沙，愛如果還在，他又怎能逃掉這段令人唏噓痴絕的情感？

3. 輕舟夢入芙蓉浦

燎沉香，消溽暑。鳥雀呼晴，侵曉窺簷語。葉上初陽乾宿雨，水面清圓，一一風荷舉。

故鄉遙，何日去？家住吳門，久作長安旅。五月漁郎相憶否？小楫輕舟，夢入芙蓉浦。

—— 周邦彥《蘇幕遮》

寂夜裡，窗外雨聲潺潺，一點一滴，彷彿都敲在了心上，細細密密、淅淅瀝瀝。只一個輕輕的回眸，人便醉了，醉在這水霧氤氳的季節裡。只是，窗外的疏雨是否也會落在夢裡的江南，那個被他喚做水鄉的地方？

第二章　花・明玉秀

　　世事浮沉，流年偷換，每個人都在繁華的俗世裡默默熬煮著歲月，撿拾著光陰遺落在紅塵裡的點點滴滴。不管時光如何向前流淌，總忘不了在生命的水湄尋覓曾經的記憶，哪怕那些記憶早已陳舊泛黃，甚至殘破不堪。人生如夢，但如果沒有了記憶，生命的過程再精采再絢爛又有什麼意義？或許，記憶帶給我們的並不總是歡喜與甜蜜，但曾經承受的煎熬與苦痛不也是份寶貴的經歷嗎？

　　記憶總是會帶著我們去向想要去的地方，去看那些曾經帶給我們快樂或是悲傷的人們。若把時光看成一闋清詞，那些記憶便是不可或缺的韻腳，它不僅溫暖著我們日漸疲憊的心，更給我們而今的生活帶來絲絲縷縷的詩意。只是，時光荏苒，即便我們再不捨、再努力，只怕待到煙雲散盡、繁華退場之際，那些散落的韻腳也未必會回歸我們的視線，那些曾經遇見的人、把盞共歡的細節更未必會重新闖入我們的眼簾。

　　很多的事我們都會遺忘、很多的人我們都會忘記、很多的路我們不會再走、很多的細節不再會出現在我們的記憶裡。或許我們是真的忘了，畢竟很多事都過去得太久太久，很多人都離得太遠太遠，人世滄桑、人事匆忙，誰又會記住誰一輩子？可我們仍然習慣地守在當下的日子裡輕輕淺淺地回憶著過去的總總，哪怕什麼也想不起來，哪怕想起的只是一個模糊的身影、一張怎麼也看不清的面龐。

　　或許，只是習慣了記憶，每每夜深人靜或一個人獨處之際，我也會躺在床上或倚在視窗，靜靜地回想那些過去的人、過去的事。那些曾經走過的路，或許已在印象中模糊了它的風姿，那些曾經遇見的人，或許已在想念時黯淡了往日迷人的神采。但夢中的那個江南水鄉，那個總是縈繞在腦海揮之不去的地方依舊清晰明瞭地存活在內心深處，每每午夜夢迴，總能望見它活色生香的影子。

3. 輕舟夢入芙蓉浦

不管年華如何流轉，無論榮辱怎樣變幻，杭州城似乎依舊保持著千年前的模樣。靜立在 泓清麗的西子湖水畔，看盡世事蒼茫、看盡浮華殞落，不悲不喜、不忙不慌。那些悠長的青石板路、青磚黛瓦的曲院深牆、長滿青苔的廊橋，雖然歷盡千年時光的洗禮，亦依舊保持著初時的模樣，以她一貫的清秀明麗占據著每一個人的心扉。

或許，每個人的心中都有一個夢，一個關於江南水鄉的夢。夢裡的江南簡簡單單、清清爽爽，無須濃妝豔抹，無須刻意裝扮，只一泓清溪、一處青山、一幢樓閣，便可攻破心中的壁壘。江南的每一幀景、每一個角落，都是一幅潑墨的山水畫，飄逸靈動、美不勝收。也許起初你並未在意她那份溫婉的美，但那一襲煙雨、一瓣落花、一枚楓葉、一叢青苔，甚至是一本泛黃的宋版線裝書，都無不流瀉著詩意的青蔥與玲瓏。只要有心，即便當時未曾領會，待到夢醒時，亦會恍然發現，卻原來那些夢中的場景早已深深烙進了心底。

沿著西子湖畔，一個人靜靜地走。凝眸處，一汪碧波在淺淺的風中微微蕩漾，水面上掩映著青磚黛瓦的倒影，與出水的芙蕖相映成趣。這裡的時光是靜止的，歲月從容地流淌，季節安靜地變換，細雨在花香中微漾，流水在鶯啼裡淺唱。只是，那悠長的青石板路上可否還有撐著油紙傘的丁香姑娘，著一襲淡雅的藍色碎花裙衫，信步從巷子的那端含笑向著多情的人兒走來？

或許，看著那多情人歷盡風霜的容顏，那渾身透著丁香氣息的姑娘會落落大方地衝他抿嘴一笑。極輕極淡的，再從容地與他擦肩而過，不為他回頭；亦不為他轉身，只留給他一個婀娜輕倩的背影，供他默默咀嚼、淺淺回味。人與人的邂逅貴在萍水相逢，不刻意、不做作、不逢迎、不強求、不扭怩作態、不譁眾取寵，一切的一切都順其自然，遇見後是分道揚

105

第二章　花‧明玉秀

鑣還是相偎作伴亦都隨心隨意,這或許才是世間最美的遭逢吧。

偶然的邂逅,兩個陌生的人誰也不會為誰停留,即便停留也會轉身而去。但是剎那的相逢、會心的一笑,卻會給彼此留下一世迷濛而又甜美的記憶。或許,他們連對方什麼姓名都不知道,但這又有什麼關係?萍水相逢,四目相對,一個發自內心的淺淡笑容不就足夠了嗎?

人們總是以過客的方式遊走在這個五顏六色的塵世,一個人來、一個人走、一個人笑看紅塵,一個人淚盡浮生。這一路,有相逢也必有離別,有聚首的歡悅也必有分手的悲傷,若把人生比作一曲清音,相逢的人便是曲調中不可或缺的音符,待到一曲唱盡,才恍然驚覺,若是沒有這些音符的點綴,那麼這一支曲調該是多麼的空洞而又乏味。

走在路上,總是不停地遇到各式各樣的人,有些人歡喜、有些人哀愁,有些人驚喜於這些遇見,有些人卻漠視這些相逢。然,無論歡喜還是厭倦,彼此遇見本就是一個緣字,大千世界,又有誰能逃脫得了這些聚聚散散、離離合合?人與人的遇見如此,人與一座城的遇見也是如此,無論想不想來、歡喜不歡喜、留戀不留戀,彼此的邂逅早就寫在了靈河畔的三生石上。既是注定,又何須徬徨?

愛上一座城,也許是因為愛上了一個人,就像他對家鄉杭州的情感,始終緣於那些年他愛過的女子。我不知道,江南的青石板路究竟記錄下多少人步履匆匆的腳印,也不知道有多少人錯失在丁香花開的雨巷中。但我明白,古往今來,一批又一批的人從這裡經過,那斑駁長滿了青苔的石板已然記下了他們的身影,承載了他們的芬夢。只是,又有哪一個夢是屬於他和她的呢?

放眼望去,花影深處,雨簾輕疏,白牆粉壁、小橋流水的杭州城就那樣安靜地沉醉在草長鶯飛的杏花微雨中,靜謐得就像一幅水墨寫意畫。而

3. 輕舟夢入芙蓉浦

那畫裡，沒有俗世浮塵、沒有喧囂煩躁、沒有歲月冗沉，更沒有流年輕換，唯一能讓我記取的便是它依舊的美豔風流，依舊的魅力難擋。

靜靜觀賞著杭州的美色，把心完完全全沉澱在這一幅淋漓盡致的水墨畫裡。我在這不拘一格的詩情畫意中肆意感受著生命的流淌與激動，只是不知道，那一段被他於千年前遺忘在杏花煙雨裡的記憶，是否還能夠在每一個飄雨的日子裡把它輕輕拾起，是否還能夠在雲水過往裡再一次將它緬懷？

心醉在杭州的夢裡，我又一次靜立窗前，雙手輕輕捧著一縷隨風飄拂在窗外的柳絲，靜靜遙望遠處朦朧的雨簾，若有若無地想著那些關於他和她的舊事。屋裡的火爐上小火溫著朋友送來的紹興花雕，案頭紙箋上淡淡的墨跡仍舊未乾，行行段段，寫的都是些過往的事，裡面有他有她，也有穿梭在杭州城訪古尋幽的我。酒還沒煮好，文已經寫完。百無聊賴中，我只是靜靜倚著窗臺，靜靜地想著自己的心事，沒有人來打擾，除了那窗外一聲聲雨打芭蕉的滴答，我所聽到的便再無其他。

在懷舊的屋裡，只想做一個無所事事的閒人，兩耳不聞窗外事，把一切塵世的喧囂與浮華都拋諸腦後。人生苦短、世事艱辛，為了生存，雖早已習慣了在人海中浮浮沉沉，但又何苦非要讓一顆心時時緊繃若即將離弦的箭？來到這人間的天堂，更何必還要去做一個匆匆忙忙而又碌碌無為的庸人？

看，杭州的湖是那麼的瀲灩、杭州的山是那麼的靈秀、杭州的人是那麼的俊美，又怎能暴殄天物，置這世間最美的風光於不顧呢？偶爾的懶散，偶爾的放鬆甚至是放縱，將光陰拋卻，於窗下靜品一壺好茶，靜看一闋清詞，不也是很好嗎？如花美眷終究抵不過逝水流年。便這樣在逝去的光陰裡，用淡淡的歡喜留住一些回憶，任它年華如水。且卸下背上的行囊

第二章　花‧明玉秀

與心裡的包袱，一個人，在異鄉過上清淨無為的日子，一邊喝著醇香的女兒紅，一邊合著窗外的細雨一起回憶曾經的錦瑟年華，不也是很溫馨嗎？

是的，這就是我尋尋覓覓、心心嚮往的生活。七月的這個夜晚，萬籟俱寂，我卻在杭州的靜謐與柔軟裡找尋到了生活的真諦，還有那些早已紛亂泛黃了的往事。寂夜驅走了日間的燥熱與喧鬧，絲絲涼風透過洞開的窗戶輕輕撩起我耳邊的鬢髮，一任它們在我遙遠的凝望裡緩緩飄舞成一綹綹新舊交替的心事。絲絲縷縷，恰似春日湖畔的柳絲纖長，碧綠而又清新，只一眼，便醉了我所有的心神。

憑窗獨立，心思婉轉。然，我卻非常明白，今夜，懷想裡的主題卻只有他一個人。輕輕，吟著他那一闋《蘇幕遮》，我微笑中隱著迷惑，鎮定中藏著困惑，小心翼翼地守在窗下看他舊時的容顏遠融在窗外朗朗的明月中，朦朧又朦朧；迷離又迷離。然，卻又覺得那影像分明就映在我的窗櫺上，咫尺輕觸，指尖便可親近他的一縷溫暖。

夜色溫軟似水，善解人意地掩藏了我所有的懵懂與無知。因為事實上，我是真的不認識他，不熟悉他的面容、不知道他住在哪裡，不了解生活中的他究竟是怎樣的一個人，又有什麼資格在這樣曼妙的夜裡，裝作一副什麼都懂得都明白的模樣，去將他想了又想、思了又思？

然而，在心裡，我又覺得和他早就熟識。或許，在前世；或許，在今生。相信輪迴之說的我，又怎能輕易便武斷地說從來沒與他擦肩而過，亦從來都不曾與他相逢一笑？是的，在很早之前，我就熟悉了他，熟悉了他的文字、熟悉了他的詞作，尤其是那一闋與李師師有關的《少年遊》詞。

記得，最早時候知道他，緣於兒時看過的電視劇《李師師》，喜歡那部劇，也只是緣於女主角的美貌與李師師的才情，對那個戲中已然老態龍鍾的「他」，倒未生出任何興趣。但即便只是一戲之緣，透過那部電視劇，

3. 輕舟夢入芙蓉浦

我還是記下了他的名字——周邦彥。多年後，我有幸讀到了那闋描寫李師師的《少年遊》詞，便開始試著慢慢靠近他，走進他的世界，去了解那一個被後人冠以「詞家之冠」的風流才子。

自此後，我便總是沉浸於他的文字裡淺笑低吟，將他的詞句唸到熟稔於心。彷彿千年前便與他相識了似的，總是在唸誦他的詞句時，清晰地感受到他始終和我一起肩並肩坐在那泛黃的書卷裡。在那宋版的線裝書頁楣上，我和他一起感受著春花秋月的嫵媚與靜美、我和他一起感受著人世浮沉的起起落落、我和他一起感受著激情燃燒時那燦若烈日的蓬勃與奪目、我和他一起感受著兩地相思時那喧囂過後的孤獨與落寞、我和他一起感受著點滴往事水墨般塗畫在經年青苔間的滄桑與無奈。然，這一切的一切，究竟緣於他的回眸還是我的想念？卻是不得而知。

沉靜著回想初見他文字的那日，那一張張泛黃的白紙於我眼中瞬間幻化成了一泓泓碧溪清泉，只一念，便感覺魔力一行一行入了眼、進了心。那些字字珠璣的文字，恰似繽紛的蝶兒在花間翩躚起舞、恰似清晨的露珠在柔軟的葉片上輕顫、恰花花蕾初綻美麗時柔若無骨的呼吸，更恰似今夜的月光朗照，緩緩傾瀉到心裡柔軟的一隅，縱百轉千迴，亦難以忘懷。

便是那一刻，他那令人唇齒生香的詞語，字字句句，皆於剎那間，在我眼底流瀉成一汪碧綠的湖水。牽著深入花叢的香風，攜著我斑斑點點的過往，襯著浮動的光影，沿著流年的舊痕，一一破出歲月的厚重，輕盈地從記憶深處緩緩走來。那一刻，不由得怦然心動，從此便開始默然流連於他的文字裡，寂靜歡喜、心曠神怡。

沒來由的，就是喜歡上了他，喜歡上了他的文字。他那一篇篇文起字湧，從此便根植在我的心田，無論冬夏，總是四季錯落有致。習慣用他的文字來點綴波瀾不驚的日子、習慣用他的文字來裝點生活的詩意、習慣用

第二章　花・明玉秀

他的文字祛除浮世的塵埃、習慣用他的文字在酷暑時納涼、習慣用他的文字在嚴冬時取暖、習慣用他的文字溫暖受傷冷卻的心、習慣用他的文字撫慰疲倦的雙眼，日復一日、年復一年，從未間斷。

雲起月落，日久情深。或許，這便是我和他的文字緣，即便早已不再沉湎於他的詞句廢寢忘食，每每唸起，仍是欲罷不能。那些長長短短的字句，仿若在心底藉了雨水的滋養，早已長成了茂密葳蕤的藤蔓，那一日復一日的濃蔭，更在不經意間小心地遮擋了漣猗微漾的心湖，總讓人心生無限的歡喜。然，那個寫出如此溫婉如此靈動字句的詞人究竟是生得體態風流，還是俊美無雙呢？每當月色融融之際，唸起他的詞句，不由地便會對著月兒臆想他的模樣、他的每一個舉手投足。

想他應是住在江南舊巷中的某一處吧？青磚黛瓦，白牆粉壁，竹籬外是潺潺東去的流水，竹籬下是他親手栽下的薔薇與茉莉，簦草和青苔如綠色的綢緞，在屋角和房簷下蔓延成片，梧桐與辛夷蓊鬱青蔥，開在幾樹梨花深鎖的院牆邊。書房面向東南，那裡是孔雀展翅高飛的方向，雕花窗下是典雅高貴的黃花梨几案，几案上擺放著端州的硯臺徽州的墨、湖州的毛筆宣州的紙，還有幾本擺得整整齊齊的線裝書。稍加留意，還可以看到一株梅花正斜倚在室外的廊簷下，總是吐著傲雪的芬芳向窗內探頭探腦地張望著些什麼。

想他應是個儒雅飄逸、不拘小節的文人吧？有著頎長的身材、茂密的頭髮、略帶蒼白的面孔、高聳挺拔的鼻梁、一雙溫雅而又深邃的眼睛。總是穿著一襲洗得泛白卻乾淨的青衫，有書香瀰漫在他的衣襟，濡溼的墨跡淺染他修長的指尖，走路的時候不是低頭吟誦著什麼就是捧著一本書默默地唸叨著。

想他應是有著幽怨深邃的故事吧？那年梅雨霏霏，淅淅瀝瀝總是下個

3. 輕舟夢入芙蓉浦

不停，他一身白衣白褲，急匆匆走過小巷中斑駁了的石板路，一抬頭便遇見了那個在雨中撐著油紙傘，清顏黛眉彷彿梔子花一樣嬌俏的女子。驚鴻一瞥，她便成了他吟哦的主題，從此，字悵詞涼、素箋繽紛、墨跡氤氳，都只是為了贏得那心儀的溫婉一笑。

可惜，情再深、思再長，也遙不及她眉若遠山、心若琉璃，婉轉的背影再輕倩、再驚豔，亦抵不過驀然而逝的雋永綿長。她就像一抹絢爛的煙火，才在他眼中燃燒了片刻，轉瞬便已成灰，化為烏有。於是，我看見，他瘦了的指尖在晶瑩的淚滴中情落化霜，於皺了的紙上輕輕淺淺地劃過，有的只是寂靜、陰鬱、幽微、悲涼的聲響。

過去的已成過去，該來的終歸要來。曲徑通幽處，梧桐滴雨，青苔縱橫，那些紛紛擾擾的思念，皆在逝去的光陰裡旖旎成浪漫的畫面，無論是淺淡柔和，還是濃豔強烈，總讓人心甘情願地沉醉其中，久久不願醒來。想他，念他，總是情不自禁地將自己安置在他的故事裡，亦總是沒來由地喜歡穿越在他前世的時光裡，和他一起歡笑、一起哽咽、一起興奮、一起悲傷、一起吟詩、一起賦詞。然，我喜歡的究竟是他的詞句還是和他在一起淺吟低唱的感覺？

想那時，我和他，或許會緣牽一處，做了一生的知己。總是一起端坐杭州或是東京某個院落的磐石上，他吟詩我彈琴；他揮毫我研墨，只一杯紹興花雕，便足以醉倒落花前、言歡水雲間。只是，那時與他情繫兩心，和他一生相伴，靜看雲起雲落、靜聽花開花謝，月下共執手、花前把盞對飲的，那個令他日夜慕求的女子又會是誰？

前世的事，有誰說得清？可這一世，我和他想必也只能見詞如會面吧。無論歲月如何變遷，我都願意輕輕踏足在他的華章錦韻裡，在煙雨紅塵的江南，看流年蜿蜒在他走過的水湄。然後，用素指彈落雨巷的哀愁，遠望

第二章　花・明玉秀

他始終若青苔般的遺世獨立、清高不俗，遠聽他素樸淡泊如月的心事，在思念中伴著青山綠水無聲地滋長，遠惜他與時光一起守望紅塵，始終浸在相思的文字中與她不離不棄。

我知道，他對她的感情，正如青苔，也許會有消失的時候，但遇潮溼，亦會重生。在東京太學求學的日子裡，他無時無刻不在想著他的江南，念著家中的嬌妻婉宜。在他心裡，江南清夢，夢裡江南，任憑流年如何偷換、季節如何更迭，他眼中的一簾疏雨依舊會溼了她門前的青石板路，一汪碧波依舊會映著她守候他的青牆黛瓦。只是，何年何月，他才能與她攜手西子湖畔，共唱一曲清新雅致的《蘇幕遮》？

燎沉香，消溽暑。鳥雀呼晴，侵曉窺簷語。葉上初陽乾宿雨，水面清圓，一一風荷舉。

故鄉遙，何日去？家住吳門，久作長安旅。五月漁郎相憶否？小楫輕舟，夢入芙蓉浦。

——周邦彥《蘇幕遮》

「燎沉香，消溽暑。鳥雀呼晴，侵曉窺簷語。」那個雨後悶熱的夏日清晨，百無聊賴裡，他點燃一炷沉香，用來消除屋內潮溼的暑氣。回眸間，卻聽得窗外簷下，群鳥鳴叫，似乎在歡呼久陰的天終於放晴了。

不知道此時的錢塘是不是也若東京這般熱得難熬？他唯一知道的便是，對她的思念又深了一重。嘆，幾縷青煙裊裊升起的紅塵裡，相聚、相離，似乎早在繁華之前便已讓他看得明白，這世間又有什麼還沒被他看破參透的？亦懂得，人生有著太多的萍聚，一切的一切，都是求不得、言不盡。更知道，一些遠去或仍在相伴的人，一切悲傷和疼痛，皆如行雲流水，不論虛無還是灑脫，不論回頭還是轉身，那些往昔守望的幸福感覺，終不過只是一個人的守候、兩個人的相思。

3. 輕舟夢入芙蓉浦

遠離了她的清麗世界，孤守東京城的他還能怎樣？他只能在寂靜的窗下，默然守一份寧靜，無語留一份坦然。在筆墨的清輝裡，讓自己笑著將愛延續到下一個花開的季節，讓一世清閑、半生疏香，且行且珍惜。

「葉上初陽乾宿雨，水面清圓，一一風荷舉。」放眼望去，初升的太陽，蒸乾了屋外池塘裡荷葉上殘留的昨夜的雨珠。經過雨水的洗滌、初陽的映照，那些浮在水面上圓圓綠綠的荷葉看上去更加色澤清潤，加上在晨風中盎然高舉、輕輕搖曳的姿態，更是美得無處可藏。

「故鄉遙，何日去？家住吳門，久作長安旅。」他知道，東京的荷花自是比不得杭州的美豔。只是故鄉遙遠，何日才能歸去？嘆，家在江南吳地，可人卻長久地旅居京城，這到底又是為了什麼？難道，功名利祿真的那麼重要？難道，為了前程仕途，他便可以放下一切，丟下家中日日痴盼他回歸的嬌妻嗎？

已經是西元1083年，宋神宗元豐六年。這一年，他二十八歲。這些年，大宋皇朝發生了很多事，其中有很多都與太學相關。西元1080年，即元豐三年正月。神宗下詔，國子監直講改稱太學博士。二月，任命權御史中丞李定判國子監，張璪管勾國子監。八月，蔡卞被任命為太子中允、集賢校理、同知諫院，兼管勾國子監。

儘管朝廷頒布了很多與太學相關的律令，但在大家的眼裡，發生在元豐二年的太學風波似乎已經過去了。然而，這年八月，進士蕭士美卻向朝廷獻上《直言策》，其中一項便涉及太學博士的教風及太學管理問題。神宗當即詔令御史臺根究。十一月，管勾國子監舒亶上疏，彙報對此事的處理結果，並承擔失職之罪，被罰銅十斤。元豐四年七月，國子監開始實行「保任同罪法」，規定「學生入學，乞令同縣五人以上為保，如犯第一等罰，不覺舉者與同罪。許人告，賞錢三百千。未入學以前違礙，亦準貢舉法」。

第二章　花‧明玉秀

另外，元豐五年三月，朝廷開科取士。這一年的科舉讓周邦彥留下了很深的印象。第一是因為有著「蘇門四學士」之一稱號的詩詞大家秦觀名落孫山，第二便是因為神宗對狀元黃裳的欽點。本來，考官已將黃裳定為第五甲，但在唱名時，神宗卻欽點黃裳為狀元，不僅如此，考官蘇頌、曾鞏、蔡京等人都受到了罰銅的處分。

還是這一年，九月，大宋與西夏再次交兵，史稱「永樂城之戰」。宋人在橫山地區築永樂城，對西夏構成威脅，西夏遂遣兵三十萬與宋軍展開爭奪。宋軍主帥徐禧輕敵寡謀、剛愎自用，從而貽誤戰機。兵敗後困守孤城，結果城破身死。西夏軍兵鋒遂直逼陝西米脂，在城下耀兵三日而還。這一戰，宋軍損失慘重，馬匹、器械亡失無算，兵民死傷二十餘萬，神宗滅亡西夏的夢想也徹底破滅了。

永樂城之戰的失敗，令神宗皇帝涕泣悲憤，為之不食，士大夫們更是拿起筆自覺地記錄下這一重大歷史事件。周邦彥亦在友人蔡肇的邀請下，援筆揮毫，寫下著名的《天賜白》詩，起句便揭示了宋軍敗亡的原因，可謂筆力千鈞。

君不見書生鐫羌勒兵人，羌來薄城束縛急。

蠟丸飛出辭大家，帳下健兒紛兩位。

鑿沙到石終無水，擾擾萬人如渴蟻。

挽絙竊出兩將軍，敵箭隨來風掠耳。

道傍神馬白雪毛，噤口不嘶深夜逃。

忽聞漢語米脂下，黑霧壓城風怒號。

脫身歸來對刀筆，短衣射虎朝朝出。

自椎雜寶塗箭創，心折骨驚如昨日。

谷城魯公天下雄，陰陵一跌兵力窮。

3. 輕舟夢入芙蓉浦

樣舟不渡謝亭長,有何面目歸東江。
將軍偶生名已弱,鐵花暗澀龍文鍔。
縞帳肥芻酬馬恩,閒望旄頭向西落。

———— 周邦彥《天賜白》

永樂城之戰後,宋廷對西夏不再採取積極進攻的姿態,而是以防守為主,因此邊境守軍也減少了人數。一些軍人離開熟悉的前線,遂無用武之地,緣於此,他又寫下了《薛侯馬》並序,表達了一個懷才不遇的英雄的苦悶。

薛侯俊健如生猱,不識中原生土豪。
蛇矛丈八常在手,駱馬蕃鞍雲錦袍。
往屬嫖姚探虎穴,狐鳴蕭蕭風立發。
短韉淋血斬將歸,夜踣堅冰濡馬渴。
中教久住武城坊,屋頭養駱如養羊。
枯萁不飽籬壁盡,狹巷怒蹄盆盎傷。
只今棲棲守環堵,五月樵風吹宿莽。
千金夜出酬市兒,客帳晝眠聽戲鼓。
邊人視死亦尋常,笑裡辭家登戰場。
銓勞定次屈壯士,兩眼熒熒收淚光。
齒堅食肉何曾老,騎馬身輕飛一鳥。
焉知不將萬人行,橫槊秋風賀蘭道。

———— 周邦彥《薛侯馬》

《天賜白》、《薛侯馬》的問世,讓周邦彥的文才進一步得到世人及學官的認可。然而,此時此刻,他最在意的並不是自己的聲名,而是遠在錢塘

第二章　花‧明玉秀

的妻子過得好不好。嫣若已去世多年，他不能再眼睜睜看著婉宜為他守活寡了。只是，學業尚未完成，究竟什麼時候才可以回到家鄉，溫暖她日漸冰涼的心？

「五月漁郎相憶否？小楫輕舟，夢入芙蓉浦。」不知道，家鄉的漁郎可否還記得那個白衣綸巾的他？還有與之相伴的她在那荷葉茂盛的五月，一起遊湖賞蓮的舊日情景？那些回憶是多麼美好雋永，點點滴滴，無時無刻不徜徉在他心頭。只是，何年何月，他才能回到久別的錢塘，牽起她的手，駕著一葉蘭舟，夢幻般地在那荷花盛開的西子湖上盡情暢遊？

4. 小窗深弄明未遍

逗曉看嬌面。小窗深、弄明未遍。愛殘朱宿粉雲鬟亂。最好是、帳中見。

說夢雙蛾微斂。錦衾溫、酒香未斷。待起難捨拚。任日炙、畫欄暖。

—— 周邦彥《鳳來朝》

三月，輕輕翻開。回眸間，春色已在墨卷上。

有風吹來，涼意清盈，煞是柔爽，那一抹從水湄飄緲而至的淺淺淡淡的花香，卻把誰的心事猜透？夢，在一排鴻雁鳴叫著轉身飛去時，早已駐足於三月的廊簷，任撩人而又芬芳的氣息瞬間遍染了整個庭院，此時此刻，還有什麼能比這一幕春景更令人心曠神怡？

放眼望去，同一處春光裡，雨潤的桃花傾入三月飄揚的衣袖，辛夷的蓓蕾含苞在枝頭綻放成色，與牆角沁香的杏花、階前透綠的小草、窗外細柔的雨絲、廊下斜飛的紫燕，潑墨成一幅怡情的庭園風光，每一個微小的

細節都是三月在悠遠的琴聲裡說出的最動人的祕密。

　　循著古人的步韻，靜靜走在開封的大街小巷裡，我不禁沒來由地想，前世的某一生，或許曾生於這座叫做開封的城，沐過開封的煙雨，拈過開封的櫻花，也或許在開封有過一個與我生死相許的戀人和一段刻骨銘心的戀情。

　　午時，在霏霏煙雨裡，在氤氳水霧瀰漫的柔和氣息裡，在汴河水潺潺流過的溫馨裡，我無聲無息地，沿著千年前他走過的足跡。不期然地，闖入了這一片溫婉靜謐、旖旎如畫的古韻世界，而後，攜著一片訪古探幽的丹心，坐上了一條古色古香的小舟，在舟人的搖櫓聲中沿途默默觀賞著這座千年古城的風韻。

　　凝眸處，微風吹皺一池春水，每一個角落都是品不盡的陽春煙景，每一個角度都有賞不完的開封風光。站在歲月的渡口，於風中獨自守候曾經的靜謐與寧和，看那飄緲著遠去的雲煙，看那輕輕飛去的小燕，卻在雨中輕輕嘆息他早已消逝在了汴河的槳聲燈影中，要不然，倒是可以和他青梅煮酒，論盡天下英雄。

　　這裡，唐詩宋詞在流香曳粉的清風中洩漏著過往的胭脂情懷；這裡，畫橋煙柳恰似懷抱琵琶的歌女在漁舟唱晚裡拈花沉醉……迎著飄雨的柔曼，沿著青苔滿階的悠長，我好想成為他詞中那一個玉樹臨風的男子，能夠牽著世間那一個最最溫婉的女子的手，聽鶯歌、觀燕舞、嗅花香、望明月，把萬種情懷都融入柔和素雅的談吐中，更想在這天高雲淡裡寫一闋冰清玉潔、玲瓏別緻的詩境，把二十四橋明月夜，載舟入畫、入詩、入詞。只是，前世的他可曾許我這樣的諾言？

　　船兒在輕若蟬翼的薄霧籠罩下，徐徐前行，緩而沉穩，心兒卻在鳥語花香中飛進了千年前那個叫做東京城的地方來。輕輕撩開窗紗，便有撲鼻

第二章　花・明玉秀

的清香隨同水湄的風悠然傳來，似花非花，又彷彿是書香的味道，想不沁人心脾都難。

目光所及之處，那濛濛煙雨，在岸邊的房前屋後飄飄緲緲，在碼頭的石階邊綿綿飛灑，只惹得水漪輕漾人朦朧。憑窗遠眺，堤岸那一排排飛絮輕揚的楊柳，鬱鬱青青，那一幢幢古色古香的亭臺樓閣，精緻古樸，只一眼便醉了心神。還有那長街曲巷、黛瓦粉牆、飛簷漏窗、漫漫長堤、如黛遠山，無不攜著各自的精采，在這一簾煙雨中盡情招展著它們的風姿，於我眼裡若隱若現，迷濛而又曼妙。

好一幅水墨圖卷！煙雨開封，如詩如畫，陶醉之意，油然而生。如此曼妙旖旎的風情，又有誰能說這北方的城市不及煙花三月的江南更具風韻？在船上坐得久了，等船靠了碼頭，便匆匆上岸，撐一紙染了色的花傘，繼續遊走在煙雨迷離的開封城裡。風，依舊輕柔細膩，柔似蘇杭絲綢，輕似楊柳飛絮；雨，依舊柔和秀雅，柔似吳儂軟語，雅似白蓮飛舞，走在這樣的世界裡，怎不讓人心曠神怡？

穿越潺潺流過的清泉，路過曲水流觴的玲瓏小橋，踏上從遠古綿延至今的青石板路，我在春雨飄緲的開封城裡尋古訪今，踱步悠然。看雨打青瓦，自屋簷調皮地跳脫在青石板上，發出清越響亮聲響；看雨散葉面，澈如珍珠，風為花香迷戀，為之蔓延；看雨中孩童，嬉笑自然，純真無邪；看開封女子，裙裾翩躚，輕盈優雅；看古稀老人，泡一茗茶，靜聽靜觀；看青板石巷，蜿蜒延伸，終入夢境……想要尋一種隔了千年之久的詩情畫意的我，無法不讓自己徹底放鬆身心，沉醉在這煙雨濛濛、小橋流水、白牆黛瓦、古韻悠悠的水墨世界裡。

在開封城的水邊散步是一件很愜意又很浪漫的事情。煙雨濛濛中，一個人佇立在流水潺潺的汴河畔，任斜風細雨牽引我遠眺的視線穿透歲月的

4. 小窗深弄明未遍

塵埃，去尋找那些早已在故紙堆裡泛黃破碎的紅粉情事。許是在赴一個隔世的幽會，許是在等待一個隔世的情人，心中總是湧動著無盡的期待與希冀。只是，我要等的人究竟是誰？是他筆下那一個個妙不可言的女子嗎？

我不知道，我要等的人到底是誰，卻知道，我要追尋一種怎樣的心情，而那心情，卻是與他有關的。於是，便沿著那古老的河堤，看似漫無目的地繼續朝前走著。走在這片春季的水邊，心情也變得格外舒暢，而那清澈透涼的水亦還給我一個清晰的思路和寧靜的心緒，如果不是工作繁忙的關係，便在這裡住上一年半載也是好的。

走走停停，東張張、西望望，我似乎忘記了時間的流逝，全然陶醉在美麗的汴河風光中，根本就未曾在意那淅淅瀝瀝下個不停的雨已將我的衣衫鞋襪整個淋溼。開封的雨，比起江南連綿的煙雨，確是一點也不遜色，一下便是一整天。那雨滴似珍珠般敲擊著地面，濺出無數的水珠，玲瓏剔透，等你想要伸手去摘幾顆晶瑩在掌的時候，它們卻又在風中悄無聲息地化為星星點點的小彩虹，煞是可愛。

那三月的雨，在我眼前，幻化出各種綺麗奇景，不僅開啟了季節的大門，也在敲打著我柔軟的心扉。這種敲打心靈的聲音，在我的每一寸肌膚間默默感測，瞬間便觸及了身體的每一個細胞，像帶著情感的鼓點迅速劃撥開心的寂靜，那麼些雨和風便那樣，以不羈的姿態，都悄悄湧入了我的胸懷。

在潮溼的空氣中，他舊去的言語靜靜地掛在了我的腦海一角。他說，他想來看一看三月裡開封的煙雨樓臺，語氣裡積蓄著無邊的希冀與欽羨，如紛揚的柳葉在風中細語，瞬即點化了春風中嫣紅的花蕾。此時此刻，我忽然明白過來，原來我要等的人並不是他詞中那些口齒生香的女子，而是他，那個白衣青衫、才華橫溢的大宋才子——周邦彥。

第二章　花・明玉秀

　　是的，我在等待著他的到來，我要劃開天邊濃厚的煙雨，用三月柔暖的情絲將他包攬，用江南的軟語將他融化。只要他來，我便會撐一葉扁舟在水岸痴痴地遙望，手拈一朵紅杏，於低眉淺笑間等候心潮湧動的那一刻，只是，他真的會來嗎？

　　驀然回首裡，三月的開封，瀰漫著清新的空氣，那輕柔的氣息靜靜地在氤氳的雨中緩緩散開，鋪天蓋地地混淆著眼前一片白茫茫的景色。想著他，唸著他的詞句，往事自夢的邊緣透過天邊的一縷光線，如雙飛而過的鷺鶿，在水湄追溯著棲息的歸宿，那蕩漾開的漣漪，卻帶著一種心情、一個回憶，由河水中央傳至我的心靈，有一種驚豔卻又難捨疼痛的美。

　　還沒等我回過神來，便已是日落時分，薄暮冥冥，華燈初上。然而，眼前卻依舊是微雨濛濛，開封城亦仍舊被籠蓋在氤氳水霧中，若一位嬌羞青澀的二八少女，怎麼看，都透著一種無法言說的風情。就在此時，卻忽地聽到有女子悅耳柔美的聲音，透過漫漫雨絲，在如此生動的雨夜裡吟誦起他一闋春意盎然的《鳳來朝》，聽來，卻又別有一番滋味，在心頭。

　　逗曉看嬌面。小窗深、弄明未遍。愛殘朱宿粉雲鬟亂。最好是、帳中見。

　　說夢雙蛾微斂。錦衾溫、酒香未斷。待起難捨拚。任日炙、畫欄暖。

　　　　　　　　　　　　　　　　　　　　──周邦彥《鳳來朝》

　　那聲音婉轉悠揚、清麗溫潤，越過了幾重紅牆綠瓦，穿過了幾重鏤空雕窗，著了幾許涼雨，牽了幾抹花香，終入我耳。只是，何等才情、何等心境的女子，才會在這夜雨蕭蕭、燈影搖曳的情境中吟詠此詞？莫非，是他的她嗎？

　　暮夜時分，悽悽二胡聲伴著一闋暖香生豔的情詞，自遠處茶樓輕輕緩緩地傳來，卻是音映人心、詞動人思。平仄音調間，雨打芭蕉裡，又是一

4. 小窗深弄明未遍

曲千古天籟，此乃冷雨中的詩意開封，自有一番獨特的情韻，怎不惹人遐想萬千？

恍惚裡，我彷彿看到，雨霽飛揚中，一個撐著油紙花傘的紫衣女子頷首輕笑著走到水湄，輕輕蛻去鞋襪，旁若無人地將雙足浸入水中，有一股魅惑的美。定睛望去，她一頭長長的秀髮隨風飄逸著，透著清麗脫俗的氣質，動作是那麼優雅、姿勢是那麼美妙、神情是那麼陶醉，恐是世間最綺麗的文字也難以將她的傾城之姿描驀一二。

回眸間，她忘情地將水花激盪出層層漣漪，如同她美麗的背影在黑暗中散發著青春撩人的氣息。女子的背影，輕輕緩緩地落入我的眼簾，讓我覺得好生熟悉，然而一時又想不起來究竟是誰。在雨霧的迷離中，我的思緒似乎也變得模糊了，只好試著在雨聲滴答的陳述中，默默尋找一些未知的答案。

是她嗎？他的她？那個東京城裡最討他歡心，被他喚作蕭娘的女子？追隨那種迷離的感覺，我緊緊攫住思緒裡最浪漫的因子，於一剎那冥想的時間，任自己化身為他，在雨幕中仔細填補著那一段早已泛黃的回憶。那年、那月、那日，在雨中，他和她，共撐一把油紙花傘，擁著一片煙雨青天，靜靜地走在小橋流水畔，繾綣綢繆，纏綿悱惻。傘下，是他的夢在飛揚，是她的情在纏繞，是他們青春的愛戀在燃燒，是他們的情真意切在開封三月的煙雨裡化蝶，雙飛。

我知道，歷史從來不會欺瞞人心。離別或是聚首後，打馬而過的歲月，會在每一個逝去的年華裡烙下永恆的印跡。雖然舊的油墨總會淡化，卻又總會不斷綿延出嶄新的烙印，在等待或是守候的光陰裡最終連成一闋情感的青詞，在歲月的煙雨中依然燦爛如新。他和她，已成過去，但我明白，他們的故事還深藏在歷史的竹簡中，只等我來拂去歲月的塵埃，於時光的

第二章　花・明玉秀

積澱中追逐他們的過往。於是，在這個飄雨的煙花季節，這一場微雨，便又帶著我的思念飛越了開封的山水，將他在汴河畔尋了又尋、覓了又覓。

只是，他會在開封的雨中等我嗎？可知道，煙花三月的開封城，有一顆痴痴等待的心，在為他華麗而又哀傷的文字，始終固執地跳動著？又可知，三月的煙雨中，我總是喜歡坐在水湄或是窗下靜靜讀他心頭流淌的音弦，更習慣了在寂寞的時候，聽他為她吟誦那一闋闋的香詞、那一縷縷的相思、一縷縷的離愁？

「逗曉看嬌面。小窗深、弄明未遍。」熹微的晨光，經由深深的小窗，從庭院裡直接透入閨房，又透過重重帷帳，肆無忌憚地灑在他惺忪的睡眼上，倏忽間驚醒了他甜蜜的春夢。一個轉身，她嬌美嫵媚的容顏便又在他眼前漸漸清晰起來，只讓他百看不厭，真想就這樣擁著她沉沉睡去，永遠不要醒來。

他還清楚地記得她第一次走向他的姿態，她明亮的眸子便那樣，在執手相望時，一寸一寸地掀開了他魂不守舍的心房，令他無可救藥地墜入她的夢中，如同走進了煙雨三月的桃花源。在春雨中、在春風中，在三月的開封，他們徜徉在水湄，流連在月下，萋萋芳草綿延著在腳下歡唱，滿樹櫻花搖曳著在身旁起舞，他和她，掬一捧春天的水浸潤相思的情愫，情意纏綿。

「愛殘朱宿粉雲鬟亂。最好是、帳中見。」他愛她，愛得無以復加。儘管她只是個風塵女子，但他絲毫沒有將她輕視，如若有一天，功成名就，亦必定要給她相宜的名分。

最是愛看她這副臉上還殘留著昨日未洗盡的脂粉、頭髮紛亂的嬌俏模樣，雖未梳妝，卻透著一種樸素的醇美，更讓他愛她愛到欲仙欲死。而這一種別樣的風情，最好於帳中仔細玩味，若是掀開帷簾，那份綢繆的意境

便要遜色多了。

「說夢雙蛾微斂。錦衾溫、酒香未斷。」凝眸，山色空濛，水光瀲灩，但見晨光裡，湖邊楊柳柔似綢、窗下海棠紅勝火、帳中佳人美如仙，這一番美景，怎不讓他情生意動？

於他眼裡，她是那樣的美不勝收，那樣的美得無處可藏。春花秋月是她芳華不謝的嬌媚，她的梨渦淺笑是他最美的心花怒放，而那深情的雙眸總是恍若晚霞覆上他的素顏，潔白整齊的貝齒總是閃著柔和的光澤，帶著一縷迷人的馨香，頃刻間便能醉了他一生一世。

她娉婷婉約的風姿，點綴了若霧若煙的碧波環繞的水城開封。深深凝視著睡夢中的她，彷彿整個世界都沉浸在春光明媚的壁畫裡溫柔成歌。那嫵媚的優雅、不勝涼意的嬌羞，輕輕掀起他的心海，微微蕩起波瀾。此時此刻，那窗外的晨曦、那微涼的春風，都彷若沾惹了她的溫柔似水，只令他神魂顛倒。

便在他溫柔一瞥裡，她還是被他灼熱的目光給看醒了。醒來後的她，迫不及待地向他講起昨夜夢裡經歷的事，因為要把飄緲的夢境說清楚，所以不得不一再努力回想，想到思緒斷處，不覺微微皺起眉頭，只怪怨老天沒讓她記住夢裡所有的情節與他給她的所有溫暖。

他不忍攪了她的興致，歪著腦袋，仔細聆聽著她的訴說。執手相對，只覺得錦衾溫暖，還帶著他們激情過後的餘溫，而那昨夜未能飲盡美酒的香氣亦仍在室內浮動，一切的一切，都彷彿在提醒著他，他對她的這份情意是何等的雋永纏綿。此情此景，怎不讓他更加為之動情、為之沉迷？

「待起難捨拚。任日炙、畫欄暖。」眼見得，天已明、日已高，該是起床到太學聽課的時候了。可那一顆心卻整個化在她的身上，又哪裡還有心思去管那些枯燥的事情？更何況而今的他已經被當今聖上神宗皇帝御筆欽

第二章　花‧明玉秀

點為試太學正,又哪裡需要匆匆趕回去面對一堆枯燥無味的事情呢?現在,他已不是什麼太學生了,哪管得了日高天明畫欄暖,這柔情似水的季節裡,就任他盡情擁著她,把昨夜未完的春夢繼續做下去吧!

是啊!那一年,年輕有為的他,已從普通的太學外舍生搖身一變,成為國子監試太學正,躋身朝官之列,又有什麼能夠阻擋得了他在那風情四溢的東京城尋花問柳、倚紅偎翠?我知道,周邦彥當上試太學正的那一年,是西元1084年,神宗元豐七年。那一年,是他人生中關鍵的一年。來汴京已經有四個年頭了,仕宦為官似乎近在眼前,但通往富貴的那扇門卻始終還沒為他打開,然而就在這時,機會悄然降臨了。

熙寧八年八月,神宗令宦官宋用臣負責修築汴京城,全部工程歷時三年,至元豐元年十月完工。可是,這樣偉大的工程,卻沒有與之相媲美的華章歌頌自己的豐功偉業,這讓神宗感到遺憾。神宗的遺憾很快傳到宮外,聞風而動者數百人,周邦彥也抓住機會,竭盡才思,寫下人生中最為華美的賦文《汴都賦》,進呈神宗,便最終得以脫穎而出。

《汴都賦》採用了傳統的賦文手法,如劉勰《文心雕龍‧詮賦》所謂「遂主客以首引,極聲貌以窮文」,以主客問答的方式結構全篇。以衍流先生之口,鋪敘了熙寧、元豐時期的政治事件,歌頌了神宗前無古人的豐功偉業,諸如修築新城、導洛通汴、詳定官制等。這篇賦鋪張揚厲、氣勢宏壯,在富麗的描寫中盡顯周邦彥卓絕的才華,比如描寫水,就羅列很多水字旁的字,描寫水中生物,就鋪排各種魚名。

賦文進御後,神宗便在朝會結束後交給宰相頌讀。按照慣例,每當有文字降出,宰相必須朗誦一遍。當時,押班宰相不知是誰寫的,但根據經驗判斷,知道賦中一定有相當多的難字生字,就傳給了身邊第二個人。第二個人也心知肚明,就這樣照例傳了下去,最終傳到了尚書右丞李清臣手

4. 小窗深弄明未遍

裡。李清臣是最後一人，沒辦法，就只好硬著頭皮展開文稿，高聲朗誦了一遍。退朝以後，其他人問他怎麼認識那麼多冷僻古怪的字，李清臣就說：「乃以偏傍取之爾。」

可以說，神宗對這篇《汴都賦》相當滿意，認為獻賦的幾百個太學生中，只有周邦彥最為出色。於是，立即下詔給宰相，把周邦彥召到政事堂，詢以政事，從太學外舍生直接授予試太學正的官職。太學正，隸屬國子監，執行學規、考訓校導，官職雖不大，但畢竟榮列朝官之行，怎不讓周邦彥心花怒放，興奮得無以掩飾？

誠然，那些日子，是他生命裡最為快活最為率性的時光。因為得到神宗皇帝的青睞眷顧，聲名一日震耀海內，前途必定是一片光明，又怎能不讓他興奮得手舞足蹈？年少得意的他，在熬過無數個寂寞的日日夜夜後，終於得以揚眉吐氣，自然不會甘願繼續苦守著以往那種平淡得一如死水的生活。於是，成為試太學正後，他青春招遙的身影，一次又一次地出現在了花紅柳綠的平康裡，身邊的鶯鶯燕燕也日漸多了起來。

出林杏子落金盤。齒軟怕嘗酸。可惜半殘青紫，猶印小唇丹。

南陌上，落花閒。雨斑斑。不言不語，一段傷春，都在眉間。

——周邦彥《訴衷情》

「出林杏子落金盤。齒軟怕嘗酸。」又到暮春時節，杏子初熟時。蕭娘的繡閣裡，新摘來的杏子簌簌有聲地落在金盤裡，色澤鮮豔明麗，煞是惹人喜愛。由於是新摘的，杏子沒有完全熟透，她剛剛捏起一顆，輕輕放入口中，便酸得牙齒都軟了。

望向她，他輕輕淺淺地笑。這副蹙眉嬌憨的模樣，簡直把他看得傻了。於他眼底，她總是那樣美，美得令人驚心、美得令人動魄，就連被杏子酸到牙的樣子都那麼好看，便是為她失了魂、落了魄，他也心甘情願。

第二章　花・明玉秀

「可惜半殘青紫，猶印小唇丹。」因為怕酸，她不敢再多吃一口，只是舉起大半個吃剩的杏子，於他眼前輕輕一晃，那一副攢眉蹙額、楚楚可憐的模樣，卻是更加生動明豔、嬌態可掬。注目處，青紫色的殘杏，留下她一道小小的口紅痕跡，唇丹與青紫相間，在他看來，簡直是一種美到極致的享受。

觸目所及之處，池塘裡的荷花為她開了、庭院深外的柳枝為她綠了、亭臺樓閣前的溪水為她豐沛了，整個開封城都為她醒了。那麼，就請讓他在這閨閣深處，仔細品味這暮春之詩的浪漫，撐一把夢幻的雨傘，隨意地愛她，和她攜手漂流在這水之一方，永遠、永遠。

「南陌上，落花開。雨斑斑。」那時那刻，他沉醉於她一低頭的溫柔嬌羞裡，輕吟婉約荷塘麗影，只想為她在繁花似錦的埠，墨守一簑煙雨朦朧的楚天風雲，永遠不再醒來。然而，順著她多情的目光，他回首望去，但見窗外南陌上，春雨過後，花兒悠悠飄落，地上留下一片斑斑點點的殘紅，眼見得春天即將過去，多情的夏天便又要來了。

「不言不語，一段傷春，都在眉間」嘆，春雨無情，落花有恨。只是，她不言亦不語，只任一段傷春心事，都累積在蹙起的眉間，卻是為了什麼？是怪他沒有夜夜陪在她的身邊？是怪他除了她之外還有別的女子？還是怨他一心多用、三心二意？

她不言及，他亦默不作聲。有些事，說穿了就沒意思了，人生得意須盡歡，又何必執著於分分秒秒、一心一意？是啊，那年那月，他愛的女子並不只有一個蕭娘，只是，她為什麼還不明白，太過優秀的男人總不可能會為一個女子永遠停留的道理？

他沒有為她停留。他愛她，卻又終究讓她成了生命裡的過客。或許，帶點殘缺的愛才是世間最悽美最動人的情，要不然，他的轉身又怎會留下

一段段纏綿悱惻而又各不相同的精采絢麗？他們的愛情就像那枚酸澀的杏子，鮮豔、潤澤，卻又注定酸軟了牙，又如何能夠長久？那一天，我沉醉在他的詞中繼續穿梭於一簾疏雨的開封城，看東京美景如畫，將他默默等待。只是，我真能等來他，等來他一往情深的注視嗎？

5. 兩點春山滿鏡愁

> 晨色動妝樓。短燭熒熒悄未收。自在開簾風不定，颼颼。池面冰澌趁水流。
>
> 早起怯梳頭。欲綰雲鬟又卻休。不會沉吟思底事，凝眸。兩點春山滿鏡愁。
>
> ——周邦彥《南鄉子》

一葉輕舟，若一隻歡快的紙鳶，出東京、涉江河、過荒原、穿叢山，載著他，一路向南，朝著她的方向靠近。飄飄船帆、烈烈長風，在他急切的注目裡將天南地北的時空和距離消融得不留一點痕跡。那一年，是西元1085年，神宗元豐八年初。

近了，近了！大片大片的梅林、青松，遒柏，飽蘸著那一筆筆自然的風韻，由遠及近，鋪天蓋地襲捲而來，一眼望不到邊際。凝眸，漫天朝霞從遙遠的東方裊裊升起，薄暮初透，如夢如嵐，美不勝收。那是她在信裡向他一次次描繪和他夢中見過無數次的錢塘風光。此刻，就那樣突如其來地撞入眼簾，那樣真切、那樣柔美、那樣豐潤、那樣絢麗。

一切，恍然若夢。直到她悄悄站在他背後，伸出纖長白皙的雙手頑皮地矇住他的雙眼，輕輕偎入他溫暖的懷中，才恍然發覺，原來腳下這方散

第二章　花・明玉秀

發著醇香氣息的黃土地，的的確確就是他成長生活過的地方。闊挺的青松、細葉的洋槐、遒勁的梅株，以及成排的梧桐樹，看上去都是那麼與眾不同，而天，卻又藍得沒有一絲雲彩。

恍惚間，正月的風，攜著梅花的清香從西子湖湖心直接湧上堤岸，涼意初透，清新、自然，愜意而悠閒。初春的感覺，竟是那麼明顯，呼吸著家鄉柔軟而新鮮的空氣，他心裡溢滿了歡喜與知足，一邊喚著她的名字，一邊迫不及待地把從東京買給她的禮物一股惱地掏出來拿給她看，滿臉陽光燦爛。心裡有著太多的話要對她說，卻又不知道到底該如何說起，只好仔細打量著她呆呆地笑，千言萬語都化作了一句，妳還好嗎？

看著他慵懶舒適而又歡欣愉悅的表情，她一顆懸著的心終於放了下心來。原來不管他走得有多遠、走得有多久，他心裡最最珍愛的人只有她一個。所有的疑慮擔憂都打消了，所有的困惑都只是她一個人的杞人憂天，而今，他，她的丈夫又生龍活虎、歡喜無限的出現在她面前，又怎會是傳言中那個朝秦暮楚、三心二意的男人？終不過是些謠言罷了。他還是她的丈夫，她還是他深愛的妻子，即便曾經有過別的女子走進他的生活又能如何？

她為自己曾經的疑惑和恐懼而深深地慚愧著。作為他的妻子，她怎麼可以懷疑他對她的忠貞，怎麼能夠因為那些謠傳而終日徬徨不安、擔驚受怕？他是如此地珍愛她、憐惜她，她又有什麼好擔心害怕的？那些外面的女子與他終不過是露水情緣，一場遊戲一場夢罷了，她怎麼可以愚蠢到相信他會為了那些女子將她丟棄？想著過去對他的種種猜疑，她內心滿生愧意，一句話也說不上來，只是步履輕盈地走上前握緊他那雙溫暖的手，滿眼都是疼惜和溫柔。若可以，這一刻，願時間永遠停滯不前，而她，亦將與他永久地深情對視。

緊緊，拉著她的手，他滿眼都是對她的愛憐，滿心都是對她的珍愛。

5. 兩點春山滿鏡愁

突地,攥緊她的手,不等她反應過來,便沿著堤岸直接往街巷上飛跑而去,快樂得就像個頑皮的孩童。很久很久沒有回來過了,很久很久沒和她攜手走在杭州城的大街小巷中了!在東京,他做夢都想拉著她的手一起遊走在杭州的街巷裡,現在,好不容易回來了,又怎能錯失這麼好的機會?他知道,自己欠她的太多太多,多到只怕他今生都還不起,那麼,就讓他在這有限的時間裡再多給她一份發自內心的喜悅與歡笑吧!

沐浴在這柔暖的春風裡,和她並肩在並不寬闊的小徑上歡快地穿行,他滿眼滿心都是歡喜與明媚。凝眸處,他們腳下的城池總是被剛剛揚起的細塵飛快地拋在身後,路邊的青松和梅林亦總是紛紛從視線裡緩緩後退,越往前跑,映入眼簾的坊巷跟屋舍也愈來愈多,心情亦變得愈來愈好。

有多久沒這麼開心了呢?他不知道。他只知道,自從嫣若去世後,他就沒有高興過,哪怕是娶她為妻的新婚燕爾之際。忽地覺得很是對不起她,這麼些年,她空頂著他妻子的名份卻日夜獨守空房,那份孤寂和空虛也只有失去至愛的自己才能夠明白,若不再對她好些,他又有什麼資格做她的丈夫?

緊緊偎著她的柔暖、她的嬌俏。放眼望去,久別了的杭州城,那白色的牆壁、黛青的磚瓦、整齊的院落、小巧的亭臺樓閣、隔牆透出的一枝梅花,就那樣不顯山不露水地展現在目光所及之處,無不透著一種閒適和安逸。偶爾有牧童騎著黃牛不緊不慢地路過,半瞇著眼,悠然自得地看天邊的日頭又西移了幾分,那份寧靜與淡定,更加令人動容。這就是杭州,他的故鄉,他最珍愛的女子居住的地方。只是,該如何才能長長久久地擁著這片人間天堂的美色,與她永永遠遠地執手相看兩不厭?

清晨的錢塘城,沒有如織的人流,沒有鼎沸的雜音,亦沒有喧鬧繁華的街市。有的,只是不斷延伸在天際流的梅香;有的,只是水湄空曠的靜

第二章　花・明玉秀

寂，以及漫過原野的風聲和鳥鳴；有的，只是泥土合著植物的清芬，在天地間肆意流淌的從容不迫；有的，只是他和她相依相伴的你儂我儂；有的，只是他給她的暖意，還有她給他的笑靨如花。

閉上眼，輕輕嗅著她的髮香，深呼吸。頃刻間，他便沉醉在了這片樸實、柔美、深邃、幽遠、寧靜、空靈的江南水鄉，宛若仙境，心曠神怡，哪怕永遠不再醒來，也是無怨又無悔。因為，這是生他養他的地方，即便無法與繁華浮奢的東京城相比，也絲毫影響不了他對它的淺喜深愛。他知道，對這座城的感情遠遠不只是喜愛，還有深深的感激，因為唯有這片煙雨綿綿的土地，才能夠孕育出她如此溫柔敦厚的品性，才能夠讓他可以如此從容地站在她面前聆聽她所有的愛與暖。

到家了。兩扇斑駁的漆朱木門，鑲嵌在古樸深幽的院牆外，經歷著塵世間風霜雨雪的更替和滄桑。幾枝纍纍紅梅的樹椏，像個頑皮的孩子，從院內歡快地探出頭來，煞是惹人喜愛。抬頭望去，隱約可見屋宇斜翹的飛簷、雕花的廊柱，一切都還是原來的模樣，古樸而不失溫馨，厚重而不失暖意。

回眸，長尾巴的花喜鵲在枝頭喳喳地叫個不停，一聲接著一聲，很快便驚起院內的犬吠，彷彿是在歡迎他又一次的回歸。離家的日子久了，乍然相逢，恍惚間，竟分不清眼前看到的究竟是舊時的庭院，還是南山下的自得和悠然，直到軋軋的門聲響起，直到幾張鏤滿時光印記卻又樸實歡喜的笑臉迎上來，始知這座藏掩不住春光秋色的院落，就是他曾經生活過的地方。

門樓、影壁、偏廳、儲藏室、正房、廂房、廚房、花園、池塘、院牆，圍成一座小小的院落。屋前，果樹盈枝、梅花襲人；屋後，草豐葉茂、松柏成林。那屋內屋外的家居陳設雖簡陋陳舊，卻都收拾得整齊乾

淨，看得出，他走後，不善言辭的她卻將整個家打理得井然有序，難怪大哥二哥每次寫給他的信裡，總是不會忘記誇她是他的賢內助。

緩緩，踱步。小小的院落，內蘊千秋，籬笆牆下竟還有她親手栽下的桃樹和李樹，若是春來，桃李競豔、花發滿枝，該是多麼唯美爛漫的畫卷！想起他們初相遇的時候，就是在這樣的杏花微雨裡，她站在水湄親手摘下那一朵朵滴著清露的春色，在霞光初起的晨曦裡，合著暗香緩緩傳遞到他案頭時，那份浪漫入微的體貼，又怎不讓他感動到淚盈於睫！

此刻，雖沒有春色滿院，但他卻感受到了春天的無限溫暖。回來了，闊別家鄉整整五年，而今，他終於再次回到了這片生他養他的土地，終於真真切切地感受到她的萬千溫暖、她的似水柔情，怎不讓他欣喜若狂、感傷欲泣？

從前，在州人眼裡，他是個落魄不羈的浪子。而今返回家鄉，他已是獲知於天子、直接由政事堂奏注差遣的朝廷命官，且太學正的官職又屬於中樞之九寺五監之列，自是揚眉吐氣、心花怒放。然，這一次回鄉，主要卻是為完成葬父一事，以盡人子孝道，所以他帶回了進士呂陶為父親親筆所作的墓誌銘。呂陶少時即有文名，後進士及第，又參加過熙寧制科考試，受到司馬光、範鎮等元老重臣的讚譽，有這樣的人替父親撰寫墓誌銘，周原若地下有知，亦可為身後的哀榮感到欣慰了。

可以說，這一次還鄉，已從試太學正被正式授予太學正職位的他受到了極高的禮遇。無論是往日不常走動的親戚故交，還是對他向來不重視的地方官員，無不對他心生欽羨，爭相延請他為座上嘉賓，風光無限。然而，這一切對他而言都只不過是錦上添花的奉承而已，又哪裡比得上妻子婉宜對他的那份如水纏綿的情深意重？

有婉宜相陪，家鄉的一草一木、一花一樹，都顯得那麼相得益彰，既

第二章　花・明玉秀

入眼,又入心。便這樣,他徹底醉在了她溫潤的眉眼和濃得化不開的柔情裡,終日都伴著她在家吟詩作詞、彈琴賦曲,便是曾經相伴常去的西子湖也懶得去了。

那一日清晨,婉轉清脆的鳥鳴,若一條緩緩流淌的清溪,隨風淺淺潛入窗下,將他從她的芬夢中輕輕喚醒。傾耳聽去,各式各樣的啼聲不住,此起彼伏,奏起世上最原始、最動聽的絃樂。一時間,恍若置身山野,但覺雲淡風輕、草深林密、鳥鳴溪澗、花香遍地,恨不能化為一襲輕羽,攀上瓊枝,也做一隻瀟灑不羈的雲雀。

有多久沒有聽到如此悅耳隨心、美好歡快的鳥鳴了?他不知道。長時間身處繁華喧鬧的東京,看霓裳豔影、燈紅酒綠,聽歌女淺唱、琴瑟和鳴,視覺和聽覺早已疲憊和麻木,又怎麼會感受到如此清新自然的鄉野情趣?又哪裡會聽得到如此無憂無慮的天籟之音?

睜眼,正對上她溫柔嫻靜的笑意,輕輕把手置入她的掌心,看她烏黑的鬢髮垂在他的嘴角,始知這一窗鮮活輕靈的音韻,恰是她給他最好的饋贈。晨曦早已穿透雲層,在她身上投下細碎斑駁的光影,看襯托出她的嬌豔柔媚。此時此刻,正月的風,伴著初春的況味,在她薰香的氣息裡悠然來襲,那份柔暖的感覺,自是入了骨、潤了心。

於是,在她柔軟的呢喃聲中,迫不及待地起身,披了衣裳直上高樓,想要把這家鄉的春色和庭園的勝景一一攬入眼中。整個院落,早已被萬道霞光和不知疲倦的雀鳥喚醒。長尾巴的花喜鵲跟小灰雀身披雲影,在枝頭一唱一和,比著高低,尖嘴利爪的啄木鳥,在松柏梅樹間嘀嘀篤篤地來回逡巡,耐心而細緻,黑色的燕子在廊簷間飛來飛去著嘰喳個不休,彷彿合奏了一曲天籟,好不讓人歡欣。

天,藍得純粹而剔透,陽光靜好而輕盈。凝眸處,遠近起伏綿延的山

5. 兩點春山滿鏡愁

峰交相呼應,像一群忠厚而又威嚴的長者,目視那一大片日漸蒼翠、高低錯落的林木,熱切而欣喜。回首間,那黛青色的屋舍上空,正漸次升起炊煙裊裊,淡淡的花香味遠遠傳來,隱隱有孩童的嬉鬧和雞鳴犬吠。一切的一切,於他眼底,都幻化成一派祥和恬淡的錢塘版畫,是那樣的真切、那樣的熟悉,彷彿兒時某個深諳的場景,瞬間便歡喜了他百轉千迴的柔腸。

那一日黃昏,雕欄畫閣處,他與她親密地相偎著攜手數看漫天閃耀的星辰。夕陽西下,倦鳥歸巢,餘暉散盡,錢塘的夜,就像王羲之信筆潑灑的墨宣,在西子湖畔絲絲縷縷地氤氳開。而他,早已把她緊緊擁入懷中,一邊看遠山的風景,一邊親吻她的額頭,心中溢滿甜蜜喜歡。歡欣裡,喜鵲合著夜鶯的叫聲,將夜的序幕在他們的纏綿悱惻裡漸次延展,剎那之間,天地便變得深黑一片,唯有三兩點微弱的燈火在眼前若隱若現,卻將整個錢塘襯得愈發深邃而幽靜,而她落入他眼簾的美便又變得朦朧神祕起來。

輕輕,咬著她的耳垂說著相思的情話,回首間,偌大的天幕下,彷彿只剩下了彼此的呼吸和鑲滿星子的天空,正肆無忌憚地纏繞在他和她的濃情蜜意裡。放眼望去,遙遠的銀河清晰可見,每一顆星子都眨著眼睛,攜著它們的美麗與冶豔,於他們歡愛之際衝破湖藍的天幕,燦若微瀾,彷彿要把所有的風情都贈予這對有情人。

如水的夜色被清淺的晚風掀起,像拍岸的輕濤,從綠柳的枝頭刷刷地拂過,從他們的鬢邊柔柔地滑過。夜,那麼深、那麼靜,而她的掌心,卻是那麼綿軟、那麼溫暖,彷彿一張密不透風的網,用漫卷的情思,將他一點點傾覆。正纏綿時,月亮升起來了,一弦如鉤,薄涼的月華繾綣而寞漠,遠處近處,林木、田野、河流、屋舍,都變得影影綽綽,卻又於不羈中增添了幾分神祕與空靈,置身這樣的情境,怎不讓他心動若詩?

第二章　花・明玉秀

　　被月色籠罩的院落，在他眼中陷入了一種清幽悠遠的朦朧裡，有種說不出的靜謐與深邃。緊緊擁著她柔軟的嬌軀，他在寂靜中輕輕地低嘆，江湖太遠、紅塵太深，如此慾壑難填的塵世，若能夠擁有這樣一方不染俗塵的角落，與她永遠默默著相看相守，看四季不敗的粉色薔薇，便是此生最大的幸福。然而，這個願望，他果真能夠實現嗎？

　　貼近家鄉的感覺很好很溫暖，彷彿一夜之間便讓他回到了兒時，回到了那些懵懂而青澀、自然而親切的美好時光。這個家，因為有她精心的打理與操持，早就是房前果木深、屋後菜蔬香，閒暇時儘可以陪著她弄花草、聞鳥聲、看夕陽，任它流光飛度，不知今夕是何年。有她相伴，時光彷彿被凝滯了，在這裡，沒有人感嘆時間如水般流逝，也沒有人會步履匆匆地來去如風，人們只是依循自己獨有的方式和習慣生活著，愜意而知足。於是，他開始變得快樂而輕鬆，而看著他發乎於心的歡喜與雀躍，她微微蹙起的眉心亦終於緩緩舒展。

　　心手相牽、兩兩相對的日子，每一天，都過得閒逸而充實；每一天，於他眼底都是風情萬種，於他心底都是春暖花開。她情深不悔的呵護與眷愛無處不在、無時不在，而她甜美的微笑更恰如窗下初綻的曉風，熨貼而柔軟，一如她修長柔暖的指尖。這指尖，曾蘊藏過多少溫婉嫻靜的思緒和豐潤茂盛的才情啊，一筆一劃，一弦一歌，都盈記著她沉香柔潤的心聲和落花飄飛的美麗，只是，為什麼，直到這個時候他才真正意識到她不容取代的存在？

　　回眸裡，記憶的淡墨在他深深的凝望裡漸次暈開，於是，他的眼裡便有了千萬種對她的憐惜與疼愛。怎麼能夠一再把她遺忘在記憶的角落後？怎麼能夠只把她當作一只可有可無的花瓶？怎麼能夠把她拋諸腦後如許年華？其實，她要的並不多，她只是要他真心拿她當作一個妻子看待，她並

5. 兩點春山滿鏡愁

不要他像愛嫣若那般痴迷她,甚至不要他終日伴在她左右,而這一切他始終都懂,卻為何沒能在最好的年月給她最美的溫柔?

緊緊,攥著她的雙手,望向這片天高雲淡的世界,他只想用現有的溫柔給她永遠的溫暖。再也不能讓她受到傷害了,再也不能讓她為他擔驚受怕了,無論如何,他都要做一個好丈夫,哪怕不是最好,也要讓她歡喜一生。輕輕,吻著她纖若柔荑的手,突地便覺察到有飄逸出塵的詩行正從遠處的山嵐中款款而來,他知道,那是她給他的輕柔與體貼,於是忙不迭地鋪箋揮毫,在梅的花香裡為她寫下最真的愛意。

那月白風清的文字,恰是一闋闋琉璃般剔透甜蜜的囈語,而低吟淺唱的情思萬千,只輕輕一個回眸,便足以暖了這個花樣百出的深遠流年。原來,對她好便不僅僅是讓她吃得飽、穿得暖,還要及時洞察她的內心,知道她究竟想要些什麼。一點點溫暖、一點點關愛、一點點疼惜、一點點安慰、一點點細語呢喃,她要的,僅此而已,不過是一碗清粥的簡單罷了。

這世間,生活越簡單便越容易擁用幸福,就像此刻,他和她這樣心無旁騖地執手穿行在杭州城的某處院落裡。溫香軟玉裡,他知道,她是他前生在靈河畔栽下的彼岸花,亦是他此生最大的希冀與牽盼。在他記憶的章節裡蟄伏了多年,當那枚緋色的念想穿越時空,毫無偏差地擊穿他純然纖柔的心語時,她便又幻化成那朵水中的青蓮,以溫婉沉靜的姿態,緩緩落入他等待了千年的鏡臺。從此,生死契闊,與子偕老,不厭、不棄,而他後半生的餘味和清歡,亦都只為,能夠和她長相廝守,白首不相離。

然而,天有不測風雲。就在他擁著妻子婉宜,把酒共歡唱不盡人生繾綣之際,卻從東京城傳來一聲平地驚雷。原來,元豐八年正月,就在他千里迢迢趕回錢塘之際,神宗皇帝居然一病不起,苟延殘喘至三月,竟帶著他未能實現的政治抱負,駕崩於福寧殿東寢閣,時年三十八歲。哲宗去世

第二章　花·明玉秀

後，太子趙煦即位，是為哲宗，尊皇太后高氏為太皇太后、神宗皇后向氏為皇太后，並詔太皇太后權同處分軍國事，垂簾聽政。

神宗的去世，無疑讓王安石、蔡確等人的新政遭到致命的打擊。太皇太后高氏向來排斥新法，在她的大力支持下，舊黨成員集結在元老重臣司馬光、呂公著周圍，和執政的新黨展開了激烈的角逐，一時間，新黨勢力節節敗退，東京政局可謂波譎雲詭、波瀾迭生。

四月，舊黨人物資政殿大學士、銀表光祿大夫呂公著兼侍讀；一直身居洛陽的司馬光也被委任知陳州。司馬光因反對王安石變法，就退居洛陽編撰《資治通鑑》，後來蘇軾在為他寫神道碑時說他「退於洛，如屈原之在陂澤」，可以窺見他心中鬱結的悲憤有多強烈。

不久，司馬光上疏朝廷，倡言變法改制。他在奏疏中控訴了王安石為首的新黨對舊黨異議人士的迫害：「與之同者援引登青雲，與之異者擯斥沉溝壑，專欲遂其狠心，不顧國家大體。」接著猛烈抨擊了病國害民的新法，隨後提出自己的政治主張，要求廢除新政，並倡議廣開言路，認為大小吏民都可以指陳朝政缺失。

司馬光、呂公著的主張引起了首相蔡確的反擊。當時，新黨蔡確任首相，韓縝任次相，章惇知樞密院，而司馬光為門下侍郎。司馬光卻先後三次上疏，說：「詔書求諫，而逆以六事防之，是詔書始於求諫而終於拒諫也。」呂公著也上疏「言十事」，得到太皇太后的褒獎。於是，司馬光等人再次趁熱打鐵，並先後推舉孫覺、范純仁、李常、劉摯、蘇軾、蘇轍、王巖叟等舊黨成員進入臺諫，以達到牽制新黨成員的目的。

東京發生的一切一切，都讓遠在杭州的周邦彥感到莫名的惶恐。要知道，雖然他既非新黨亦非舊黨成員，但從政治傾向上來說，他歷來都是支持新黨政治主張的。而今，在太皇太后的干涉下，整個朝堂都被司馬光等

5. 兩點春山滿鏡愁

舊黨成員把持,新黨的結局自是可想而知,怎不讓他心驚肉跳、食不安寢不安?

他的憂、他的愁,她都一一看在眼裡。對他有知遇之恩的神宗皇帝駕崩了,於他而言,無異是晴天霹靂;司馬光等舊黨重臣的一系列舉措更是給予本已岌岌可危的新黨政權無情的打擊。看來,一切已成定局,神宗皇帝與王安石多年經營的心血眼看著就要化為烏有,而他這個被神宗、被新黨成員眷顧的太學正,又會遭遇怎樣的命運呢?

晨色動妝樓。短燭熒熒悄未收。自在開簾風不定,颼颼。池面冰澌趁水流。

早起怯梳頭。欲綰雲鬟又卻休。不會沉吟思底事,凝眸。兩點春山滿鏡愁。

—— 周邦彥《南鄉子》

「晨色動妝樓。短燭熒熒悄未收。」凝眸,晨曦悄無聲息地透進閨房,或明或暗的光線在房中一點點浮動,引起一片愁緒。燃了一夜的燭火漸漸暗了下來,但卻無人有心思將它們吹滅收起。都到這個時候了,誰還會有心思理會燃著的蠟燭?想起神宗的英年早逝、想起舊黨在東京的一系列動作、想起新黨成員遭到的貶斥,她的心也跟著他蹙起的眉頭一起緊緊揪結著。

她知道,朝廷裡的人事變動,無時無刻不在牽引著他的心。因一篇《汴都賦》獲知於聖天子的他一朝飛上枝頭變作鳳凰,自然引起無數人的羨慕嫉妒,眼看著新黨成員一個接著一個地被舊黨趕出朝堂,他又怎會不生出萬般愁緒?而今,曾經權勢煊天的首相蔡確都難以自保,更何況是他一個小小的太學正?他的前途,他的未來,他的命運,還不是舊黨成員的一句話便立刻可以更改的?

第二章　花・明玉秀

「自在開簾風不定,颼颼。池面冰澌趁水流。」簾幕在晨風中搖擺不定,不時發出「颼颼颼颼」的聲響;庭院的池塘裡,冰面正在融化,碎了的冰塊順水流淌,更不時地發出「嘶啦嘶啦」的聲音。這一切,在她聽來,卻是那樣的驚心動魄,彷彿預示了一種不祥,但究竟是何種不祥,她又說不清楚。

「早起怯梳頭。欲綰雲鬟又卻休。」自從朝堂裡發生的事傳到錢塘,他的眉頭就沒有一天舒展過,剛剛回到家鄉的歡快早就被滿腹愁緒所掩蓋。每一天,每一夜,她都疼著他的疼、痛著他的痛,以至於晨起時再也懶得描眉畫䚡,更沒了任何梳妝打扮的心緒,想要高挽雲鬟,卻又茫然而止。

「不會沉吟思底事,凝眸。兩點春山滿鏡愁。」面對他一懷愁緒,她什麼也不說、什麼也不問,只是愁眉不解,對鏡沉吟。到底,她在思索著什麼?又在困惑著什麼?他不是不知道,然而望著她緊緊蹙起的眉頭,亦不忍心說破,只好低著頭,輕輕嘆息著,裝著什麼也不知道。

衣染鶯黃。愛停歌駐拍,勸酒持觴。低鬟蟬影動,私語口脂香。簷露滴,竹風涼。拚劇飲淋浪。夜漸深,籠燈就月,子細端相。

知音見說無雙。解移宮換羽,未怕周郎。長顰知有恨,貪耍不成妝。些個事,惱人腸。試說與何妨。又恐伊、尋消問息,瘦減容光。

—— 周邦彥《意難忘》

她的嬌媚總是讓他為之著迷,她黃色的衣裙總是讓他覺得新鮮,她輕歌曼舞的姿態總是讓他百看不厭,她勸酒的模樣總是讓他心動,她的舉手投足亦總是讓他難以忘懷。

夜漸漸深了,籠燈就月,將窗下的她仔細端瞧,還是對她愛不釋手,如此痴迷的舉動實在是愛情使然。然而,他蹙起的眉頭卻是無法掩飾他內心的徬徨和困惑,她明白,無論他怎樣愛她,無論他怎樣離不開她溫柔的

懷抱，他還是要回到那個遙遠的紛爭的世界，怎不讓她憂愁煩悶？

她是那麼地放不下他，可知，他亦是如何地捨不下她？她時而深情幽怨，時而貪歡戲耍，似情竇未開的嬌俏模樣，越發使得他神魂顛倒，難以自持。可是，他知道，歡會後必將是痛苦的離別，因為擔心她經受不住離別的苦痛，所以總是不忍將即將別離的消息告訴她，只怕她知道後又要詢問消息，白白地為他憔悴、為他心傷。

朝堂之上的事，說了她也不懂的。即便是懂，一個良家婦女又能替他分擔些什麼？罷了，罷了，所有的痛苦還是都由他來承擔吧，這一次回歸朝廷，無論舊黨成員如何發落於他，無論前程如何，就都聽天由命了吧！

迤邐春光無賴，翠藻翻池，黃蜂遊閣。朝來風暴，飛絮亂投簾幕。生憎暮景，倚牆臨岸，杏靨天斜，榆錢輕薄。畫永唯思傍枕，睡起無憀，殘照猶在亭角。

況是別離氣味，坐來但覺心緒惡。痛引澆愁酒，奈愁濃如酒，無計消鑠。那堪昏暝，簌簌半簷花落。弄粉調朱柔素手，問何時重握。此時此意，長怕人道著。

——周邦彥《丹鳳吟》

凝眸處，春光明媚，風情萬種。只是，這大好的風光，他卻無心欣賞，無論是擁著她入睡，還是偎著她飲酒，都無法能夠讓心底糾葛的愁緒得到一絲一毫的緩解。

夜，在她飄渺的琴聲裡嫵媚而又唯美地跌落，孤獨的它似乎總是這般來去匆匆，彷彿攜著亙古的幽怨，和白天一起不動聲色地，一遍又一遍彈撥著這世間所有悲歡離合，總教人難以心安。殘夢中斷，躞足榻前，淒嘆夜永難消，於是他再次執起那早已遺落在塵世的筆，將那無形的落寞凝成素箋上龍飛鳳舞的文字，挽留在起伏的筆尖，綻放在相思的夢裡。

第二章　花‧明玉秀

　　紅塵舊夢，往事難回首，此時此刻，他唯有抹著一身的惆悵，靜靜站在窗下，輕輕拈起歲月的凋花一朵，沉寂在過往的流年中淺淺地嘆息。總是對那些泛黃了或是破碎了的回憶愛不釋手，喜歡那些年、那些人，那些遇見那些肆無忌憚而又喧囂熱鬧的年華，只是子夜裡，笙歌婉轉、琴聲依依裡，他企圖用盡全身的力氣去尋找那些久違的觸覺，不意卻早已在徬徨中忘卻了前塵，忘卻了從不曾忘卻的現實，只任由它漸漸遺失在那凌亂而又華麗的夢裡。

　　眉間一曲離歌，伴孤風冷月，緩緩地在寂寞深院中盤旋縈繞，那顆顆晶瑩的淚滴都在惆悵裡嘆息著命運的坎坷、造化的弄人。唇角的憂鬱隨著如風的思緒輕輕飛散，卻不知終究要飄向何方，只能任回憶摻雜在氤氳的夢裡漸漸沉醉，卻不知今夕裡究竟是莊周夢蝶，還是蝶夢莊周。

　　總是如此地喜歡著夜的暗，看它在人聲鼎沸後一一凋敝了煙雨紅塵不可一世的浮華，只留下纏綿悱惻的孤寂落寞與撕裂的心靈毫無罅隙地完美契合。只是，若沒了她的相伴、沒了她的撫慰，他還能如此淡定地靜守一縷孤傷到天明嗎？

　　燭影搖紅裡，在鏡臺邊慢慢揭開心靈的瘡疤，清點那一道道刻骨銘心的傷痕，卻是如數家珍。數著數著，卻又碰落了雨花，斑駁了往事，蹉跎了歲月，粉碎了那曾經的曾經，怎不讓他心傷難耐？他知道，不管怎樣，逃避並非長久之計，總是要回到東京去面對時局的劇變，只是，陷於黨爭的朝堂還能有他周邦彥的一席之地嗎？只是，這一去，何年何月，才能重握住她那一雙弄朱粉、調胭脂的纖纖素手？

　　再回首，但見瘦了的指尖在她關切的眸光中蓄蘊了幾許幽怨，嵌著簾外的霧靄煙雨，跌跌撞撞地凌亂在悲傷的紙箋間。春花落盡，繁華難再，朝廷的黨爭傾軋令他心灰意冷，可他什麼也做不了，卻只能，滿含著兩眶

熱淚，在她柔暖的目光裡盡情描一幅流年的長卷，以紅塵為筆、悲傷為墨、心靈作紙，將那些過往的匆匆都描摹在那淒涼了的心房上。

然後，擱筆落墨，輕輕攬了她的雙手入懷，微閉雙眸，將那些對過往失去的恐懼一一埋葬在棲山的浮雲之上，僅留下一紙輾轉的輓歌，任其緩緩凋落進昏黃的夢裡，化作一枚鎖心的琥珀，在光陰裡銘記住那些曾經路過的曾經。

6. 忍聽林表杜鵑啼

樓上晴天碧四垂，樓前芳草接天涯。勸君莫上最高梯。

新筍已成堂下竹，落花都上燕巢泥。忍聽林表杜鵑啼。

——周邦彥《浣溪沙》

披一身桂花的清香，站在水天一色的岸邊，聽長風一縷，在淺淺的相思中悄然轉換又一個季節。頭頂，那一縷褪去燥熱喧囂的陽光，正被淡淡的雲層輕輕覆住，變得溫軟微涼起來，伸手，便能握住空氣中溫潤清淺的芳菲。

凝眸處，秋天，依約而來。歲月穿雲而過，簷角那抹清新的綠影，開始染上季節縫隙裡淺淺的黃色，所有輕潛而過的風，都於不經意間朝向滿目的豐盈與成熟，在水湄舞起一曲銷魂的秋波媚。幾度春華，又幾度秋實，只需微微頷首，那份低調華美的秋韻，便會在季節深處淺吟低唱，直撩撥得人心癢欲醉。

倚在這樣靜美薄涼的時刻，一顆浮躁的心終如塵埃落定在天高雲淡裡。轉瞬間，所有的浮華與滄桑都隨了風聲漸漸遠去，唯有寂寂的芳草依然還在院角階前輕輕柔柔地曳動著，共秋水長天一色，然後，在秋的殷實

第二章　花‧明玉秀

裡悠然舒捲，寵辱不驚，彷彿這世間的一切變遷轉換都與它們無關。

回眸，馥郁香濃的氣息從遠處籬笆牆的方向破窗而入，而窗下那幾株雲蒸霞蔚的菊花，便在這秋日的枝頭凝結成他眼底絕世的明豔與嫵媚，又在這盈袖的暗香裡爛漫傾城。一團團、一簇簇，層層疊疊，訇然綻放，那一抹抹深紅淺紫、淡粉玉白，只隨意幾筆勾塗抹，便落得滿眼繁華錦瑟，渲染出一片帶露的花海。

粉嫩嬌俏的花兒，每一朵都蘊含著醉人的春色、每一瓣都透出精緻的秋容、每一枝都懷著一個繽紛旖旋的清夢。那隨手綰就的雲鬟，只輕輕一個飄旋，整個秋天便於眼底流光飛舞，花開傾城，只一眼，便讓他心醉若狂。恍惚間，彷彿又看到了她，那個風情萬種、才華橫溢，讓他又憐又愛的風塵女子。

看到她，眉間嘴角便有了微笑；看到她，心裡便湧起一股暖意。他知道，只要有她相伴左右，即便天再冷、人情再淡薄，他也會在溫馨的氣息中緩緩進入甜甜的夢鄉。她是他的溫暖、她是他的輕柔、她是他的解語花、她是他的知心人，有她就有春暖花開，有她就有秋水宜人，即便無法擁有整個世界，也讓他知足常樂。

是誰打開了手中的畫屏，讓那一抹溫情剪成秋色，明媚成她如水的眸，一如她風姿綽約的身影，穿越時空，從遠古的深綠和唐宋的婉約中緩緩走來？是誰透染了千年的墨香，飽蘸詩心歌韻，將一份空靈飄逸的思緒，流轉成她的指尖芳華、淺笑嫣然？又是誰牽著一縷爛漫的花香，讓他在多情的雨季輕輕走近了她妙如秋水的世界？

不知道當初是懷著怎樣的一份欣喜和惶惑，才能鼓足勇氣向著她的方向靠近。原本以為她紛繁絢爛的天空，早已豐盈充實，完全可以讓她無視於一朵不起眼的小花，也完全可以漠視一道寂寞而怯怯的眼神。然而，

6.忍聽林表杜鵑啼

當他走向她的那一刻,她親切平和的目光、寧靜溫婉的笑容和舒心柔暖的體貼瞬間便包容了他所有的冒昧與輕狂。於是,莫大的幸福和感動油然襲來,那泛著寒意的窗前,從此便多了一份守候、多了一份精采、多了一份脈脈的牽掛和溫情。

記得,與她初相遇,便是在這樣一個溫涼似水的秋天,在這菊花爛漫的萬丈紅塵裡。那時那刻,她的眉間,蘊著水一樣的溫柔,清麗輕盈,不染纖塵,她的指尖,蓄著怡人的芬芳,輕柔凝潤,纏綿多情,而她的歌喉,更若一條緩緩流淌的清溪,每一滴都釀滿醉人的詩情,每一步都是一段飽滿凝重的故事。

如果說世間女子是一本線裝的書,她必定就是那一卷雅韻清詞,沐浴著秦時的明月,穿過漢代的亭臺樓閣,吟著唐朝的詩語,一襲素衣,踩著蓮花,自水中款款而來,只盈手一握,便婉約了一段水色時光,溫潤了無數青澀和稚嫩的眉眼,為他帶來不盡的感動與驚喜。

如果說世間女子是一幅曼妙的畫,她必定就是那一溪山風朗月,深處一方遠古的幽境,仿若與世隔絕,卻用她那一顆柔軟的心沉澱了滿眼繁華,無聲無息地吐納著無言的季節,在滿樹的蒼綠中靜靜地鋪陳濃郁深沉的錦繡詩心。淺淺幾筆,卻如行雲流水般雅致、精美,只一眼便叫人神魂欲醉、刻骨銘心。

於他眼底,她的世界從來都是如此古樸而典雅,漫溢著不盡的詩情畫意,那筆端凝聚的墨香,總是寫滿優雅和恬淡,不論歲月如何輾轉,不論時局如何變遷,不論生活如何更替,她的唇邊亦總是綻放著如花笑靨,淺淺淡淡,總是在最不經意時溫暖著他那顆日漸悲冷的心。外面的動盪,她不是不知道,然而只要有他陪在她身邊,哪怕他什麼也不說,她便始終微笑著,不說離愁,不言寂寞,伴他一起直面人生的各種不如意,面對這個

第二章　花‧明玉秀

紛繁複雜世界的人情冷暖，從不退縮。

是的，她總是用她善解人意的話語和永不消失的微笑，在這個世態炎涼的紅塵俗世裡撫慰著他的心傷，總是用一腔雕刻時光的歌喉，鎮定自若地行走在歌舞的江湖，只憑一掬飄逸空靈的思緒，便將盈袖的暗香整個傳遞至他疲冷的心房，讓他歡喜、讓他愉悅。

那些個前程未卜的日子，她總是用她餘音繞梁的歌聲，在紅塵的時空裡從容來去，以翩躚浪漫的舞姿，為他營造出一個沉靜寧和的世界，亦總是用溫情與痴心，在那深院的角落為他們鋪開一徑芳菲。從此，任雨落飄萍，任風霜浸染了窗紙，任流雲來了又去，雁字去了又回，再也不曾讓他感受到孤單寂寞。

與她相守的日子裡，她總是安靜地守在最深的紅塵裡，於他眼前，在季節的枝頭，研墨為歡，握筆而歌，細細品評他文字背後那一段段舊夢清秋，那一闋闋詩詞古韻，那一份份如水繾綣的情愫……那一襲素顏淡淡卻又忙碌穿梭的身影，和一段長長短短卻又中肯平實的評語，都飽含著對他的鼓勵和信任，而他亦總是在燭影搖紅的西窗下，歡笑著坐擁她筆墨飛花的天空，看她袖一江綠水明月，在花叢中無語聽風，只心曠神怡。

她說，世事皆如滄海桑田，星移斗轉後，一切的一切最終都會轉瞬成空，所以要在有限的時光裡好好珍惜這份緣聚；她說，她是那個安之若素、無欲無求的女子，今生只願為他蝶舞天涯，為他融化成灰；她說，人生苦短，生老病死誰也逃避不了，唯願歲月靜好，唯願她身邊的每一個人都會知足常樂，不去追逐那些身外的名利；她說，他是太陽、是月亮、是星星，是她一生取之不竭的財富與歡喜的泉源，而她，永遠都會懂得善待和珍惜，永遠都會懂得欣賞和擁有他給的這一片深情。如此知性智慧的女子，又怎能不讓他愛若珍寶？

6. 忍聽林表杜鵑啼

　　於他而言，相識是緣，相知是緣，而他也一直相信，她，是他生命中最美最好的遇見。然，隨著新、舊黨兩派政治勢力在朝堂上日趨白熱化的鬥爭愈演愈烈，這份美好的遇見到底還能持續多久？為什麼，他總是無法做到像她那樣淡定自若、無牽無掛，難道心裡糾結的一切煩惱都只是緣於他在意自己的仕途前程嗎？

　　元豐八年十月，御史臺和諫院基本成了舊黨的天下。舊黨成員在沉淪溝壑時累積的怨氣，令他們一旦掌握政權，便大大加強了攻擊新黨的力度。不久，新任侍御史的劉摯就向新黨打響了第一炮。他上疏說，現在的侍講陸佃和蔡卞都是「新進少年，越次暴次，論德業則未試，語公望則素輕，使在此官，眾謂非宜。」

　　於是，王安石的學生、南宋愛國詩人陸游的祖父陸佃和王安石的女婿、龍圖閣待制蔡京之弟蔡卞失去了侍講這個重要的經筵兼職。緊接著，劉摯與王巖叟、朱光庭對首相蔡確、參知政事章惇展開彈劾。此後，又與蘇轍等人連篇累牘地上書彈劾尚在朝廷的新黨成員，蔡確等人的地位隨時處於風雨飄搖之中。

　　對新黨人士的無情打擊，讓每一個與他們有牽連的士人都成了驚弓之鳥，避之唯恐不及，在這樣的政治情勢下，只要與新黨成員有所往來的官員人人自危。他們無以自明，只好不斷洗刷自己，表白孤衷，這其中最顯著的例子便是蔡京對司馬光的獻媚討好。無獨有偶，周邦彥的好友蔡肇，本為舊相王安石器重的學生，這時候，也不得不選擇棄暗投明，與返京任職的蘇軾眉來眼去，打得火熱，並透過「蘇門」人士的揄揚，名噪一時，居然風光無限。

　　周邦彥知道，再這樣下去，舊黨這把火遲早會燒到自己身上來，太學正的位置想要保住怕是不易，於是他想到了叔父周邠。他知道，周邠與蘇

第二章　花・明玉秀

軾關係匪淺，這時候若透過叔父這層關係，由蘇軾出面替他說幾句好話，定然會和蔡肇一樣得以躲開這場禍變。然而，對新黨抱有同情心的他卻又不願選邊站隊，痛定思痛之後，他只是選擇了緘口莫言，即不與新黨為伍，亦不與舊黨往來。可是，這樣就能讓他置身事外而不受絲毫衝擊嗎？

舊黨勢力對新黨成員的無情打擊日趨激烈，周邦彥卻在東京妓人蕭娘的陪伴下，迎來了又一個暮秋。眼看著，冬天便要來了。天，終究還是涼了，於是，蒼白的掌紋便如同一脈脈深深的嘆息，瞬間跌碎在季節末尾的清光裡，呈現的，唯有眉間蹙起的愁和心底暗結的傷。

與此同時，黨爭風波開始影響太學。元豐四年七月開始實行的太學保任同罪法在這一年的十二月被徹底廢棄。緊接著，來年正月，朝廷在元日這天宣布改元為「元祐」。呂陶在其《記聞》中寫道：「元祐之政，謂元豐之法不便，即復嘉祐之法以救之。然不可盡變，大率新舊二法並用，貴其便於民也。」二月，詔修《神宗實錄》，在編修的過程中，史官中間出現意見分歧。新黨成員陸佃多次與舊黨成員黃庭堅、範祖禹爭論，導致《神宗實錄》一共修了三次，直到高宗南渡，才形成最後定本。

除舊布新的熱情一經喚起，往往就會逸出理性範疇。元祐元年閏二月，新黨要員蔡確、曾布、韓縝、章惇相繼被黜，而司馬光則取代蔡確成為首相。隨後，呂公著由尚書左丞升任門下侍郎，緊接著又升任次相；呂大防由禮部侍郎任尚書右丞；范純仁亦同知樞密院；就連已經致仕的元老大臣文彥博也重新出仕，被授予平章軍國重事的頭銜。

三月，蘇軾由起居舍人改任中書舍人，他的朋友、吏部侍郎李常也升任戶部尚書。李常是個文士，辦事能力較差，有人懷疑他不能勝任，司馬光卻說：「使此人掌邦計，則天下知朝廷非急於徵利，貪吏望風掊克之患庶幾少息也。」緊接著，太學的考試制度也被做了重要修改，整個朝堂為

6. 忍聽林表杜鵑啼

之煥然一新,卻不知幾家歡喜幾家愁!

這個時候,他還能做些什麼?除了沉醉於蕭娘的溫柔鄉裡,日夕借酒澆愁,他真不知道自己還能夠做些什麼?首相蔡確被貶往陳州,新黨成員一個個被趕出朝堂,舊黨成員一個個被援引進入臺閣,他周邦彥的命運又會如何?他不知道,也不想知道,或許,醉了才是他眼下最好的選擇。

樓上晴天碧四垂,樓前芳草接天涯。勸君莫上最高梯。

新筍已成堂下竹,落花都上燕巢泥。忍聽林表杜鵑啼。

—— 周邦彥《浣溪紗》

「樓上晴天碧四垂,樓前芳草接天涯。勸君莫上最高梯。」又到暮春時節,登樓遠眺,只見碧天垂至地平,芳草遙接天涯。景象是如此的高曠清幽,如此的美不勝收,然而他卻不想再攀上樓的最高處,更無心欣賞這一春旖旎風光,只怕看多了更惹愁緒無限。

「新筍已成堂下竹,落花都上燕巢泥。忍聽林表杜鵑啼。」放眼望去,堂下的幼筍已長成修竹,落花已零落成泥。雖是一長一消,卻沒有一處景象不是在告訴他韶光已逝、歲月已老。他知道,春天已近遲暮,大好時光已然消磨殆盡,新黨成員一個個被趕出朝堂,然而他卻獨自淹留在東京,怎不讓他惆悵萬分?

再回首,卻聽得林外的杜鵑不停地啼鳴著「不如歸去」,聲聲悽苦,更惹他傷懷陣陣,又哪裡忍心繼續傾聽下去?罷了,罷了,還是趕緊下樓,逃入她的溫柔鄉裡,再聽她低吟淺唱一回。

杜宇思歸聲苦。和春催去。倚闌一霎酒旗風,任撲面、桃花雨。

目斷隴雲江樹。難逢尺素。落霞隱隱日平西,料想是、分攜處。

—— 周邦彥《一落索》

第二章　花・明玉秀

「杜宇思歸聲苦。和春催去。」偎著她溫暖的懷抱，一杯接著一杯地飲著她新溫的佳釀，不意那窗外的杜鵑聲卻是聲聲不斷，一聲更比一聲寒、一聲更比一聲苦。他知道，杜鵑是在思歸，而他何嘗不是？

杜鵑的哀鳴讓他心中充斥著不盡的苦澀。在它的聲聲催促下，春天亦已漸行漸遠，怎不讓人欲語淚先流？自舊黨執掌朝政以來，朝廷的格局，幾乎是一天一個變化，怎不讓人心寒傷魂？他不知道，接下來，到底還會有多少人因為與新黨成員沾親帶故而被貶出東京，此時此刻，他只盼著眼前的蕭娘能帶給他一份明媚一份溫暖，讓他永遠都想不起這個春天的寒涼。

「倚闌一霎酒旗風，任撲面、桃花雨。」倚著闌干，抬頭悵望，風雨夾雜著零落的桃花撲面而來，每一個角落都寫滿了悽楚悲涼的意境。只是，這眸間的一點傷悲，可否化滄海輪迴，任他獨倚這紅塵碎夢？

「目斷隴雲江樹。難逢尺素。」時光的頁碼被輕風一頁頁翻過，逝去的，只道是從前。嘆，月還是當年的月，夢依舊是昨日的夢，只是，朝堂的人兒卻不似當時，究竟，舊黨的捲土重來，能給國家帶來些什麼？難道，推翻神宗皇帝和王安石擬定的新法，老百姓便真的能過上好日子嗎？

放眼望去，望斷一川江樹，望穿白雲萬里，卻無法預知那些被貶出朝堂的新黨成員即將面臨怎樣的命運，苦苦期盼他們的音書，卻又遲遲未至，怎不讓他憂心忡忡？要知道，即便不是新黨成員，他的政治傾向歷來都是偏於新黨一方，這時候，那些被舊黨成員目為新黨被逐一趕出京城的舊日摯友們，怎能不讓他揪心掛懷？

「落霞隱隱日平西，料想是、分攜處。」到底，什麼時候，朝廷才能徹底安定下來？他不知道。遠去的新黨舊友早已被迫離開了繁華綺麗的東京城，凝眸處，唯見遠處落霞隱隱、紅日沉沉，不正是當日他送他們出城，

6. 忍聽林表杜鵑啼

揮淚作別的地方嗎？

政局變幻如此，又待如何？他唯一能做的便是靜靜等候。或許，把握朝綱的舊黨成員很快就要對他周邦彥動手了，可這又能奈之若何？大不了不當這個太學正，回鄉守著婉宜默默度過一生，豈不落得乾淨？只是，他又該如何處置她，他珍愛了萬分的蕭娘呢？

或許，他馬上就會被逐出東京，然而，他卻放心不下蕭娘。若是他走了，她又該如何自處？他不知道，什麼也不知道，唯有茫然無措，在他心底徘徊，再徘徊。擁著無盡的惆悵，眺望著遙遠的夜空，那點點星辰無法計量的悵惘與悲痛，止步尺規著心頭的愁緒，猶如三千弱水，一任東流，卻是無從掬起。那纏繞的情仍然滯留在胸口，於不捨裡隱忍著劇烈的疼痛，而心卻早已遠走，走到了能無人可及的滄海蠻荒。

奔波的究竟會是哪個方向，沒人能懂，唯她知情。回首間，窗外那一縷溫婉而又纏綿的月光，似乎專為洗去他這一身的疲憊倦乏排闥而至，盈斥著微涼的風，頓時便在他傷然的眼前鋪張了一室的清輝，那麼蕭索、那麼寂寥、那麼悵惘，更惹人寂寞難耐、惆悵徬徨。

凝眸，在搖曳的燈火下，潸然細數這孤獨的韻味，他不知道，轉身過後，這兩顆心的距離到底該怎樣丈量才好。誰能明白，那些等待背後的落寞與蒼白，只期一個風吹草動，便會杯弓蛇影般悸動著那一抹溫情回眸的身影？執手相望，輕輕淺淺地嘆息，卻原來就這麼靜靜的凝眸，便又在無聲無息中送了無數個日子的日昇月落。只是，離別後，何年何月，他才能再隨著春風笑靨在這草色青青的東京城裡，擁著她一份如初的溫暖、歡笑、明媚？

第二章　花・明玉秀

第三章
雪・操冰心

第三章　雪・操冰心

1. 始信得庾信愁多

地僻無鐘鼓。殘燈滅,夜長人倦難度。寒吹斷梗,風翻暗雪,灑窗填戶。賓鴻謾說傳書,算過盡、千儔萬侶。始信得、庾信愁多,江淹恨極須賦。

淒涼病損文園,徽弦乍拂,音韻先苦。淮山夜月,金城暮草,夢魂飛去。秋霜半入清鏡,嘆帶眼、都移舊處。更久長、不見文君,歸時認否。

———— 周邦彥《宴清都》

依窗眺望,季節的容顏依舊分明,只是花香已淡,楓葉已紅;長吁短嘆,歲月裡的孤跡依然如故,只是斗轉星移,物是人非。凝眸處,流連在時光裡的思念,不時穿梭在心間傷痕累累的縫隙裡,終被過往的塵埃掩埋,而那些隔絕塵煙的記憶,卻仍然困縛在煙雨綿綿的季節裡,擱置在潮溼的青苔裡,朦朧在歲月的年輪裡。

光陰迷離,歲月滄桑,任由風吹雨打,竟是渾然不覺,每一念起,心裡想到的還是她。想她、念她,潸然的眼眸竟也在孤月中流離出往事的幕幕,曾經染指回眸的瞬間,此刻竟然也凝固成內心揮之不去的畫面,只是早已多了一份蒼涼的傷、一份破碎的痛。

孤守燈下,為她捧一懷孤寂,在這萬籟俱寂的雨夜,繼續寫下一卷悽清幽怨,心痛欲裂。多少執手相對的溫暖、多少回眸難忘的青春,儘管歷盡滄桑,總是不能忘懷。而此時,卻要他在這無盡的悲傷裡與西風話別,轉身還要將那難耐的清夢掩埋在記憶之後,任那些難再的過往只在月光退去後把心痛嘗遍,怎不讓他肝腸寸斷?

秋風起,秋雨落,往事能知多少,心痛有誰曉;秋菊殘,冬雪覆,曾經又能憶幾許,只是人憔悴。花落花開,幾時休,寥寥清夢,又幾許,輾

1. 始信得庾信愁多

轉在人生的道路上來來回回,究竟什麼時候才是盡頭?回首裡,孤寂的靈魂,又在對她的思念裡攜著過往的煙塵,默默飄散在一泓淚雨裡,徐徐滑入撩亂的心扉,輝映出似水年華的烙印,迷亂著過往的風華,而那些清夢般的容顏,此刻也隨風乍起,跳躍在傷痕累累的空中,碎剪著眼底的倩影無數。

看落紅襲捲昨夜寂寞的風,在雨中吹散記憶的音符,聽城樓下清脆的鼓聲在黃昏裡緩緩襲來,那一絲絲寒意,不由得貫徹了整個心扉。花落的聲音,在季節轉換的演繹下,彈奏的永遠是淒涼、傷感,怎不讓人悲秋?惆悵裡,輕撫琴弦,任相思飄渺在輪迴的夢境,想用真情偎著真意拾起一瓣融有記憶的落花珍藏,怎奈,那褶皺的記憶早已殘破在水湄,無法拈起。又想在不盡的想念裡為她清唱一曲含有真心的戀歌,怎奈,那哽咽的嗓音早已泣不成聲,辭不達意。

流年輾轉,更哪堪殘風暮雨。憑欄買醉,看散落在塵世的浮華喧囂,行走在迂迴的時光縫隙裡,洗刷著過眼的雲煙。莫名地,便又想起了那把依偎在靜美雨巷中的油紙傘,還有那個丁香般的曼妙的女子。只是,轉身而過後,那纏綿在雨間的淋漓,卻是幽深了誰人的惆悵,又斂住了誰人的翹盼?嘆,流年似水、春心不再,但願他噠噠的馬蹄聲不是她美麗的錯誤,他也不再是她生命中的過客,而是永遠的守客。只是,這樣的美夢終究會演繹成真嗎?

已是西元 1086 年,宋哲宗元祐元年末。這一年四月,從金陵傳來消息,故相王安石因目睹新法被紛紛廢罷,在寂寞中憂憤而死。然而,王安石的去世並不能阻擋舊黨對新黨的排斥與壓制的步伐。緊接著,同年五月,詔給事中兼侍講孫覺、祕書少監顧臨、通直郎兼崇政殿說書程頤和國子監長貳看詳修立國子臨太學條例。七月,設十科取士法;八月,詔常平

第三章　雪‧操冰心

依舊法，罷青苗錢；九月，司馬光卒，蘇軾升為翰林學士。一切的一切，都按照著舊黨元老的設計，有條不紊地進行著。

蹉跎至十月，朝廷居然降下一道詔書，欲在齊、廬、宿、常、虔、潁、同、懷州分別置派一員教授，並且頒布了幾處州學教授的名單，幾乎都是由親信大臣推薦的。進士吳師仁擔任杭州州學教授，和他一起成為教授的還有尹材、田述古、蘇昞等人。教授一職之前是需要經過考試選拔的，可是大臣王巖叟卻認為孟子說過「人之患，在好為人師」，讓人主動參加選拔考試，不足以重師道、崇儒風，於是，朝廷採納了他的建議，改考試為舉薦。

然而，便是這一道詔書，徹底改變了周邦彥的命運。就在年末，晁補之、張耒、黃庭堅等「蘇門」學士重要成員紛紛進入政府重要機構任職，而誠惶誠恐的周邦彥卻接到了外任廬州州學教授的委任狀，怎不讓他心生惆悵？

調任出京，是他早就預料到的結局，沒想到居然來得這麼快，雖本無懸念，但心裡還是無法接受這樣的安排。是啊，晁補之、張耒都是從外地州學進入太學，不久又進入祕書省，而他周邦彥卻要從太學遠赴廬州小城任職，榮枯升沉，這對比也太鮮明了，怎能不讓他心生感慨？

「倏忽摶風生羽翼，須臾失浪委泥沙。」這就是京城政治生態的實相。「時來天地皆同力，運去英雄不自由」，渺小人生面對無常造化，所能做的也唯有一聲嘆息罷了。只是，他怎忍心便這樣離蕭娘而去，離開那些終日伴他左右的鶯鶯燕燕？

冬衣初染遠山青。雙絲雲雁綾。夜寒袖溼欲成冰。都緣珠淚零。
情黯黯，悶騰騰。身如秋後蠅。若教隨馬逐郎行。不辭多少程。

—— 周邦彥《阮郎歸》

1. 始信得庾信愁多

「冬衣初染遠山青。雙絲雲雁綾。」他知道,她捨不得讓他走。可是,君命難違,即使他想為她稍做停留也不能。按照官制的規定,他太學正的任期會在來年二月屆滿,到時,縱是她千般挽留、萬般不捨,他也絕不能賴在東京不走了。

傷心時來時心傷,緣絕盡處盡絕緣。難道,這便是他要等的結局?這便是他和她的宿命?凝眸處,但見她新制的冬衣有著遠山青黛一樣的顏色,上有雲雁的底紋,是用細密的雙絲精心織就,可謂美得無以復加。然而,這份美到極致的豔麗,待過了二月,他便不能再擁有了。

「夜寒袖溼欲成冰。都緣珠淚零。」回首,臥榻微涼,枕邊的溫柔、往昔的纏綿,輾轉竟成鏡中難掩的心殤。拈筆落字,依然執著著為她素手寫心,那清詞麗句,再美再悱惻也追不回曾經窗前描眉的溫婉。

歲月於眸底緩緩流過,破碎的記憶在泛黃的時光裡洗滌著昔日雙雙倘佯在花前月下的背影,卻是無法阻擋飛掠的光陰,將一切的美好搶奪一空。傷心裡,只嘆溫柔的指尖終是留不住最後的花落,那漸行漸遠的青春,而今亦唯有徘徊在青澀的季節裡悵看歲月的年輪,順著流年的碎片去尋找、去打撈,卻還是觸碰不到往日的溫暖纏綿。

想到他馬上就要離她而去,她更是終日以淚洗面,整夜整夜地啼哭,總是淚溼衣袖,其冷如冰。她知道,無論如何,是留不住他了,而身為官妓的她亦不能隨他而去,到底,該如何才能祛除這份久久徘徊在心底的傷?

「情黯黯,悶騰騰。身如秋後蠅。」流淌過時間的河流,在兩兩相望裡執意追尋著時光的迷離;濾過歲月的沙漏,在萬般愁緒中執意尋找著回憶的斑駁。或許,沖淡的時光裡顯露了太多的真情,才導致了時光的迷離;又或許,珍藏在回憶裡淺訴太多的難忘,才導致了回憶的斑駁。莫非,這

第三章　雪・操冰心

迷離的時光，使他們失去了曾經的那份純真，這斑駁的記憶，使他們再也找不回那份愛的永恆了嗎？

這些日子，她總是悲傷著他的悲傷、哽咽著他的哽咽，心情極度悲苦鬱悶，無從排遣。感覺自己就像那秋後的蒼蠅，變得軟綿綿、懶洋洋，一動也不想動，即便是勉強撲到窗前有陽光的地方，也茫然痴呆，似乎再也沒了安身立命之所。

「若教隨馬逐郎行。不辭多少程。」曾經，徘徊在花下的清麗容顏，此刻，卻靜靜地停留在淡淡的憂鬱中，於難捨難分的離情別緒中苦苦拼湊著那段花好月圓的夢境。卻不料，無盡的失落與悲傷還是難敵夜的寂寞，只換得無奈復無奈。執手的相惜、依偎的柔情，到如今也只剩下花開不敗的傳說，在窗下依稀地被風吟起，而那縴縫的浮雲，雖仍留戀在季末的尾端，落入她眼底，亦只剩下情愫稀薄、傷心難耐。

瑟瑟冬風，席捲不盡冬的愁怨，總是憔悴著她的面容；曉風殘月，黯淡不了分離的心緒，總是撕扯著她的肺腑。殘花影下，屬於一個季節的傷感正躲在風中悄悄流淚；孤盞月下，一份屬於惆悵的過往卻在光影下上演著一幕欲墜的分離。只是，青澀的歲月裡，究竟還有沒有一個只屬於他們的落淚的季節？

信步庭下，淡淡的憂愁順著眉心頹然而下，在冷落了的梧桐葉下映襯著時光斑駁的倒影，帶著些許寧靜輕柔，夾著些許寂寥落寞。放眼望去，迷濛的霧靄在相思的水湄若即若離，在她潸然的淚光中逐漸朦朧了遠去的染指流年。此時此刻，她多希望自己便是那隻想像中的秋蠅，即便茫然痴呆，也能插上那雙懶洋洋的翅羽，追隨心上人的馬兒，千里萬里遠走天涯了，總好過守在閨閣中為他相思成災的強。

可是，她變不成秋蠅，亦無法更改他離去的命運。她只能習慣著把一

1. 始信得庾信愁多

切痛楚與憂傷都淹沒在他氾濫的文字裡，於一闋闋哀傷的詞句裡感受那份與他心有靈犀、水乳交融的惺惺相惜，並於西元1087年，哲宗元祐二年二月，親自將他送至出京的渡口，只任骨子裡絲絲淒涼的憂傷串成淚水流溢在他舞動的筆尖，朦朧了那未乾的筆跡，繼而跟著那一曲刻骨銘心的離殤一起模糊。

他走了。在收拾行李準備離開東京前夕，他於正月十五，寫下了著名的元夕詩——

翠華臨閱巷無人，曼衍魚龍觸眼新。
羽蝶低昂萬人醉，木山綵錯九城春。
閒坊厭聽粎煌鼓，曉漏猶飛輦轆塵。
誰解招邀狂處士，摻撾驚倒坐中賓。

——周邦彥《元夕》

萬人空巷，魚龍歡舞，可惜他卻是置身其外，整夜孤枕難眠。雖然數年前，他就在《足軒記》中表達了知足的人生觀，可此刻，他仍然難以平靜地面對沉淪溝壑的痛苦和悲憤。他覺得自己就像漢末的禰衡，可卻沒有禰衡那樣痛快淋漓地發洩一通的機會。

隋堤路。漸日晚、密靄生深樹。陰陰淡月籠沙，還宿河橋深處。無情畫舸，都不管、煙波隔南浦。等行人、醉擁重衾，載將離恨歸去。

因念舊客京華，長偎傍、疏林小檻歡聚。冶葉倡條俱相識，仍慣見、珠歌翠舞。如今向、漁村水驛，夜如歲、焚香獨自語。有何人、念我無聊，夢魂凝想鴛侶。

——周邦彥《尉遲杯》

「隋堤路。漸日晚、密靄生深樹。陰陰淡月籠沙，還宿河橋深處。」時

第三章　雪・操冰心

光，終在寂寞裡染指了蒼白的記憶，於她傷然的眉眼中烙下悲傷的痕跡。如果，記憶是一杯苦酒，卻為何總是有人喜歡自斟自飲？是對往事的勾勒？還是放不開回憶的倒影？不知道，若偏離時光與現實的軌跡，是否就會回到最初的原點，只知道，與她離別，是他永遠揮之不去的痛楚。

分別的那天，蕭娘和姐妹們一直將他送到汴河渡口，在等待登舟，徘徊在汴堤之際，卻又淚沾衣襟，痛不可當。抬頭，但見日色漸漸向晚，濃重的暮靄正從茂密的樹林中瀰漫開來，更為即將到來的離別增添了萬縷愁緒。

終於，還是登上了遠去的客舟。河橋深處，悵望江天，唯有一輪籠紗淡月，伴他孤寢難眠。花謝了，花香依舊還在；人走了，場景也還依舊。只是這漸漸消逝在風中的季節，失去了她的撫慰，便不再留有歲月的蹤跡，而那些遠去的記憶，亦不再留有流年裡曾經的微笑與歡喜，只任他徬徨困惑。世事輾轉，芳華易逝，風塵歲月裡，誰又知道他那顆為她潮溼破碎的心，早已在寂寞中染上了回憶的痛楚？

「無情畫舸，都不管、煙波隔南浦。等行人、醉擁重衾，載將離恨歸去。」歲月無情、雨起淚落，抬頭望去，那流連在空中的最後一抹白雲，是否便是那無聲的揮手告別？那蒼白的色彩，是否便是那流年深處的一曲相思的旋律？淚眼濟然處，那些纏綿的記憶，那些曾經的歡聲笑語，是否也會在他望晴的空中泛起陣陣激灩的漣漪，然後淺淺地落在湖水裡，緩緩地、緩緩地，帶著他的孤寂與落寞遠逝無蹤？

嘆，有情人偏遇著這無情的畫舸，它全然不顧戀人間的難分難捨，毅然決然地將行人連同離恨都載走了。以後的以後，他該去哪裡追尋她的溫柔笑靨？又該去哪裡擁著她的一懷暖意淺笑如花？

「因念舊客京華，長偎傍、疏林小檻歡聚。冶葉倡條俱相識，仍慣

1. 始信得庾信愁多

見、珠歌翠舞。」昔日京華相聚的歡樂場面，無時無刻，不映現在他眼前。還記得，與她相守的日子裡，總是長相依偎，把盞盡歡，享不盡的繾綣纏綿，看不厭的花紅柳綠，自是歡暢無限。更因她，遍識倡門歌姬舞妓，終日裡打情罵俏，看慣了燕舞，聽慣了鶯歌，只是，這一別，又叫他如何拾起往日的歡情？

「如今向、漁村水驛，夜如歲、焚香獨自語。有何人、念我無聊，夢魂凝想鴛侶。」俱往矣。從今往後，他再也不能共她們歡舞盡興，曲盡綢繆，卻只能孤身一人，悽惶面對眼前這抹著荒涼淒寂的漁村水驛，於寂寞裡焚香獨自語，只度日如年。

回首，將往事都擱淺在水中央。朦朧裡，濃郁的相思在歲月的渡口捧起如水的箴言，想要在轉身之際撫平他眉間蹙起的傷，未曾想，只輕輕一個回眸，低吟淺唱間，那些隔著天涯的想念與不捨，便又跳躍在昨夜未寫完的信箋裡，隨風遙寄至遠方那一輪和他一樣孤獨的明月。一切的美好都過去了，而今，她不在身邊，又有誰人會在花影下念及他這一份孤寂中的無聊？又有誰明白獨處客舟中的他，夢中夢見的卻是與她鴛侶和諧的身影？

記愁橫淺黛，淚洗紅鉛，門掩秋宵。墜葉驚離思，聽寒螿夜泣，亂雨蕭蕭。鳳釵半脫雲鬢，窗影燭花搖。漸暗竹敲涼，疏螢照曉，兩地魂銷。

迢迢，問音信，道徑底花陰，時認鳴鑣。也擬臨朱戶，嘆因郎憔悴，羞見郎招。舊巢更有新燕，楊柳拂河橋。但滿眼京塵，東風竟日吹露桃。

——周邦彥《憶舊遊》

「記愁橫淺黛，淚洗紅鉛，門掩秋宵。墜葉驚離思，聽寒螿夜泣，亂雨蕭蕭。」那一年二月末，在西赴廬州任州學教授職之前，風塵僕僕的周邦彥載著一懷愁緒，隻身回了一趟家鄉錢塘，與妻子婉宜一起祭掃了祖先的墳塋。

第三章　雪・操冰心

　　與婉宜又是好些年頭沒見過面了，可是這一回，他只是在錢塘稍事停留，便又馬不停蹄地趕赴廬州，又把她一人孤孤單單地留在家中。走在西去廬州的路上，想起她那一汪如水的淚眸，他便心生悵惘，這麼好的妻子，他怎麼忍心一而再、再而三地將她丟棄在家中讓她獨自寂寞、獨自悽惶、獨自淚流到天明？

　　還記得，那一年深秋，即將趕赴東京大學求學的他與新婚燕爾的她淚別時的種種情景。臨行前的那一夜，嬌羞的她倚窗凝神，不經意間，卻聽得秋葉墜地之聲、寒蟬淒厲之泣，一下子，便讓滿懷愁緒的她從默然之中驚醒過來。凝眸，但見滿天亂雨瀟瀟，更撩起她無窮的離愁別緒。她知道，即便她如何傾盡滿袖的錦香，還是無法留住他即將交錯而去的腳步。於是，氣候，也終究在他轉身之前變得涼了，更涼了。

　　「鳳釵半脫雲鬢，窗影燭花搖。漸暗竹敲涼，疏螢照曉，兩地魂銷。」那時那刻，她捨不得讓他走，卻又開不了口，只好緊緊偎在他懷裡，低低哀哀地泣。傷心處，昏黃的燭光搖動一窗花影，只見她鬢邊鳳釵已半脫，腮上胭紅已模糊，一切的一切，無不抹著哀慟的色彩，而她的淚水更如同一把鋒利的匕首，滴滴都刺痛著他那顆易感的心。

　　而今，西去的路途上，正夜色沉沉，卻聽得涼風敲竹，鏗然有聲，更叫他難捨那份深擱在心底對她的情思。為什麼，無論是升遷還是貶謫，他都不能與她長相廝守？難道，這就是他們的命嗎？望窗外，一點流螢劃破夜色，藉著那點點光明，惆悵裡，他只能枕著芬夢遙想遠方的愛人，此時此刻亦必定與他一樣，正相思入骨、魂銷神傷。

　　「迢迢，問音信，道徑底花陰，時認鳴鑣。也擬臨朱戶，嘆因郎憔悴，羞見郎招。」兩地相思既深，自會音書相問。他知道，他不在的日子裡，她必定會日夜走在小徑上、花蔭下，仔細辨認門外過路的馬嘶聲，專為守候

1. 始信得庾信愁多

他的來信。

亦明白,終日悵守深閨的她也想到朱門邊去候望他的歸來,可是又自傷憔悴,怕被郎招。只是,自己到底會在何年何月才能重新回到她的身邊?什麼時候,才能親手替她撫平眉尖因相思蹙起的憂傷?

「舊巢更有新燕,楊柳拂河橋。但滿眼京塵,東風竟日吹露桃。」觸目所及之處,廊簷下,舊巢更來新燕,楊柳又拂河橋,轉眼間,又是一個微雨燕雙飛的春天,悄然映現在他眼前。惆悵裡,又想起朝堂裡的劇變,哲宗以沖齡即位,太皇太后高氏主政,逐新黨,起舊黨,司馬光、呂公著相繼為相,以次召復昔之被擯者,豈不也是舊巢更有新燕?

自那一年深秋的初別,至這一季的再度離別,他和她,究竟分離了多少回,他已然記不清了。只是,這聚少離多的夫妻生活,究竟何時才會有盡頭?放眼望去,風塵滿目,夭桃襛李隨風招展,但他心有專屬,終不會為塵埃所染,且不會為夭桃所動,即便是倚紅偎翠,終不過是逢場作戲罷了,她又有什麼放不下心來?

是啊,他不會再為那些鶯鶯燕燕動心了,也不會像友人蔡肇那樣,為了自己的錦繡前程,放棄原有的政見理想,毫無原則地附和舊黨,與之同流合汙,博取聲望。只是,這一去,山高水長,廬州的教學生涯,他真的熬得過那樣的清貧與寂寞嗎?

地僻無鐘鼓。殘燈滅,夜長人倦難度。寒吹斷梗,風翻暗雪,灑窗填戶。賓鴻謾說傳書,算過盡、千儔萬侶。始信得、庾信愁多,江淹恨極須賦。

淒涼病損文園,徽弦乍拂,音韻先苦。淮山夜月,金城暮草,夢魂飛去。秋霜半入清鏡,嘆帶眼、都移舊處。更久長、不見文君,歸時認否。

—— 周邦彥《宴清都》

第三章　雪・操冰心

「地僻無鐘鼓。殘燈滅，夜長人倦難度。」長時間背井離鄉、宦遊在外的周邦彥，空有滿腹才華，卻因黨爭得不到朝廷重用，隻身離開了繁華似錦的東京城，默默踏上了西去廬州的路程，加之與妻子兩地仳離，飽受相思的哀苦，心中自是憤懣不平。

元祐二年三月。初到廬州上任的他，眼見得四周環境偏僻、條件惡劣，有如白易易《琵琶行》中所描述的「住近湓江地低溼，黃蘆苦竹繞宅生」，心緒更是黯淡落寞。別說是在京城時候每日必不可少的鶯歌燕舞，就連鐘鼓之聲都甚少聽聞。其間旦暮聞何物？恐怕唯有杜鵑啼血猿哀鳴。

少了婉宜相伴的寂夜，缺了蕭娘作陪的暮晚，總是顯得格外漫長。身在這樣僻惡的環境，無處可行樂消遣，唯有早早上床歇息。凝眸處，夜已深，窗外陣陣冷風將案上一盞殘燈吹得明滅起伏不定，而他，卻總這樣清醒卻疲倦地、痴痴望著那翠縷如空的帷帳許久，終究，還是無法入睡。

「寒吹斷梗，風翻暗雪，灑窗填戶。」幾經宦海沉浮、人生得意失意，卻被貶在蠻荒之地，怎不心傷難禁？本想借助輕歌曼舞稍稍排解心中苦悶，誰想到恰又逢得白居易筆下那「潯陽地僻無音樂，終歲不聞絲竹聲」的寂寞生涯，此情此景又怎能不取酒獨傾，以消幾分愁恨。

漆黑的夜，寒風裏挾著草木的斷枝枯莖四處飛舞。放眼望去，更有片片鵝毛雪花，紛紛揚揚地灑向窗櫺，填滿門戶的每一處細微縫隙。再回首，冷風徐徐晚來度，夜隨天闊，伴他心惆悵，孤燈夜永，難消紅塵愁苦，獨憶此間寂寞，卻是隻影向誰訴！

「賓鴻謾說傳書，算過盡、千儔萬侶。」說什麼「海內存知己，天涯若比鄰」，日日寄希望於鴻雁傳書，那不過是痴心人傻傻地自我安慰罷了。回眸，一彎冷月如鉤，日復一日、年復一年，多情人獨上西樓，望盡天涯路，卻只能細數千千萬萬隻飛過頭頂的鴻雁，更不知究竟哪一隻會帶來婉

1. 始信得庾信愁多

宜一紙半字的音信，聊慰他相思之苦。

「始信得、庾信愁多，江淹恨極須賦。」惆悵憂鬱裡，陡然想起古時的文人庾信和江淹來。庾信，字子山，南朝著名文學家，原為梁朝官員。因奉命出使西魏而羈留北方，終其餘生也未曾再次踏上心心念念了一生的故土，故寫下無數格調悽愴的詩賦以抒懷心中無限愁思。其《愁賦》殘文曰：「攻許愁城終不破，蕩許愁門終不開。何物煮愁能得愁？何物燒愁能得燃？閉門欲驅愁，愁終不肯去。深藏欲避愁，愁已知人處。」

江淹，字文通，是南朝時歷任宋、齊、梁三代的文學家，善辭賦，尤以《恨賦》、《別賦》著稱於世。其《恨賦》有云：「僕本恨人，心驚不已，直念古者，伏恨而死。」

人間愁恨何能免，銷魂獨我情何限。別後，人去千里，關山路遙，鴻雁不到，錦書再難寄。頷首間，那寂寞，孤獨了一圈圈年輪，消瘦了一紙紙詩箋。此刻，亦終於懂得，當初的庾信、江淹心中是因為淤積了諸多無法排遣的愁悶羈恨，才不得不借由筆端詩文稍稍釋懷。

「淒涼病損文園，徽弦乍拂，音韻先苦。」迢迢暗夜，數盡更籌，聽殘玉漏。望家鄉，路迢迢、水長長，天涯一身流落，何處才是歸程？羈旅他鄉的惆悵、無窮無盡的相思煎熬，如綿綿不絕吞吐的蠶絲，將一顆多情而敏感的心層層包裹纏縛，然卻又心甘情願作繭自縛。

日漸積鬱的苦悶與悵惘，堆疊心頭，終致相思成疾。欲揮素弦，彈一曲《鳳求凰》，卻是未成曲調，音韻已自苦三分。傷心時，為自己遙寄一封惆悵的信箋，隨風飄進那繾綣的流年，散盡塵埃裡，只想等滄海成了桑田，待世事化作雲煙，再刮掉封口的朱蠟，回憶當年那封久違的憂鬱。卻不意，那些染著無限情意的長句短句又落在瞭如水的眸中，再也尋覓不得。

第三章　雪‧操冰心

「淮山夜月，金城暮草，夢魂飛去。」望廬州城外的淮山夜月，看金城河畔的暮草，無一處景象，不讓他刻骨銘心地念及杭州的纏綿歲月。只是，那些燈紅酒綠、笙歌燕舞的歡樂時光，猶如黃鶴一去不復返，幸福亦恍如隔世晨曦，只怕再也尋不得絲毫光亮。此時此刻，唯有借夢魂一縷，夜夜飛度關山，覓一晌柔情溫存。

「秋霜半入清鏡，嘆帶眼、都移舊處。」不經意間，攬鏡自照，卻發現兩邊鬢髮雖不及李白的「白髮三千丈」，卻也已秋霜半入清鏡。他才三十二歲，不意自從與婉宜一別後，漸覺衣頻寬鬆，竟連那腰帶上的帶眼亦總是頻移舊處，都只為伊人憔悴。

「更久長、不見文君，歸時認否。」嘆，當時，她為他「嗟憔悴、新寬帶結，羞豔冶、都銷鏡中」；此時，他亦為她「秋霜半入清鏡，嘆帶眼、都移舊處。」只是，與她長久分居兩地，可憐相思一番難相見，唯有顧影兩地暗淒涼，怎不教他黯然魂銷？而今，已是塵滿面、鬢如霜、滿身風塵的他，禁不住忐忑地一次次揣摩著，若此刻回到她面前，不知她是否還能夠認得出這般憔悴的自己。

2. 情似雨餘黏地絮

　　桃溪不作從容住，秋藕絕來無續處。當時相候赤闌橋，今日獨尋黃葉路。

　　煙中列岫青無數，雁背夕陽紅欲暮。人如風後入江雲，情似雨餘黏地絮。

—— 周邦彥《玉樓春》

2. 情似雨餘黏地絮

古之廬州，今日合肥。

這些年來，我一直在心裡默默描摹著廬州的赤闌橋，許是楊柳依依、許是芳草萋萋、許是碧波萬傾、許是風清月白。也一直在尋覓著赤闌橋，但當我偎著合肥的晨鐘暮鼓，卻始終不見它的蹤影，難道赤闌橋便這樣淹沒於歷史的沙塵裡，若灰飛煙滅？

我的描摹、我的尋覓，只因為一個叫周邦彥的北宋詞人。因為他那些纏綿悱惻的文字；更因為他詞句裡掩飾不住的愛情。在我心裡，一貫認為沒有多少詩人詞客肯為合肥停下他浪漫的腳步，也沒有留下多少動人肺腑的詩詞，他們僅僅是路過，如飛鴻踏雪般，只因這座城市既缺少江南的嫵媚婉轉，也不具備北國的粗獷豪放。

印象裡，合肥是屬於那種淹沒於都市群中，不能讓人為之眼前一亮的一座古老的城市。但周邦彥，這位「詞家之冠」，卻在合肥停下了他漂泊的身影，我又怎能不沿著他詩詞的方向，去尋找他的足跡？「當時相候赤闌橋，今日獨尋黃葉路。」我知道，赤闌橋是他在廬州種下濃密相思的地方，也是他與那個心心繫念的女子訣別的地方。然而，情緣散盡後，於他眼前輾轉翻飛的亦只有那片片焦黃的落葉，隨風捲入遠處的桃溪。

便這樣，赤闌橋於他生花的妙筆下寫盡了離人的情怨，成為他終生的追思，古城廬州亦為世人譜下一闋不堪回首的愛情悲歌。而他與她，轉身過後，以後的以後，生死相逢都只在夢中，不得再共。

沿著合肥的大街小巷，輕輕、緩緩地走過，我試圖走進他過往的世界，卻又不知該如何去探訪他那顆滄桑斑駁了的心。放眼望去，無處不在的高樓大廈為合肥這座千年古城增添了些許現代氣息。然而，在我眼裡，歷經千年鉅變的城池卻仍是荒涼孤寂的，彷彿是一個從遠古延續下來的讖，即便是面對她的燈紅酒綠、絲絃管樂，就是無法使人激動欣喜。

第三章　雪・操冰心

　　我知道，千年前的合肥也若而今這般荒涼孤寂。或許，荒涼便是合肥的底色；孤寂便是合肥的命運。否則，望來望去，瀰漫在我眼前的為何總是一股綿延了千年之久還未散去的硝煙？居「淮右襟喉」的合肥歷來是兵家必爭之地，秦晉淝水之戰、三國魏吳逍遙津之爭、太平天國三河大捷，合肥都無一例外地，在歷史上掀起過滾滾硝煙、滔天巨浪。北宋末年，合肥更是宋金兩國對峙的前哨，有的只是戰馬嘶嘶、秋風悽悽、戍樓吹角、草衰煙寒，無處不淒涼。

　　就在合肥淪為宋金大戰前線的前夕，最後的浮華裡，一個落拓的文人、一個富有音樂秉賦的詞人，就在合肥城南柳色依依的赤闌橋上，靜靜佇立著，就在煙雨濛濛的赤闌橋畔，默默沉吟著。那一年，寒風吹動他的青衫、硝煙薰染他的衣袂，他卻守著一窗燈火，舉杯撫琴、吟詩作詞，只為那一個女人。而她，亦似乎生來就注定要在赤闌橋邊痴痴守候著那個從汴河流浪而來，注定要為她一生鑄詞度曲的他。

　　緣是什麼？這就是緣。

　　赤闌橋畔巷陌淒涼、柳色夾道，依依可憐，而他，便在這裡戀上一個琴棋書畫、吹拉彈唱，無所不會的歌女追月。我一直好奇那歌女是位怎樣的女子，只因知道，從太學正淪為廬州州學教授的周邦彥雖被舊黨趕出了朝堂，但狷介高潔、襟胸灑落、目下無塵的他，一般的庸脂俗粉豈能入得了他的眼？又怎能輕易羈絆住他的腳步？她是有著隱約的眉山、有著青紫的黛痕、有著櫻桃般的小口，還是有著不盡的才思？我想，那歌女的外貌固然是美麗清秀的，但她的內心亦一定是溫婉、善解人意的吧。

　　一闋《玉樓春》，我可以想見他們有著怎樣纏綿熱烈的情意。有她作伴，那些風生水起的日子裡，燕輕鶯軟的歌聲，總是和著低沉嗚咽的簫聲，飄落在煙波迴盪的桃溪水面，而他們攜手走過的每一個角落亦無不充斥著

2. 情似雨餘黏地絮

描摹不盡的詩情畫意。

　　無數次，他們深情依偎的身影在桃溪畔，賞盡鵝黃嫩綠，即使朝堂裡接連發生的種種政變，也不能讓他們稍事分離。無數次，他們攜手走在昏黃的月色裡，一起看梅花一點點落盡，即使巷陌淒涼，也褪不去他們心中的溫柔旖旎。然而，夜深人靜時，仔細思索這段深深淺淺的感情時，他卻說不清自己對她的依戀到底是因為真的愛上了她，還是因為巨大的失意才讓他無法不沉陷於她的溫柔鄉。

　　他的猶疑，令她心驚。到底，他是真心愛著自己？還是太過寂寞，只想找個可以與他談心傾愁的女子？她傷心，她落淚。然而，從他憂傷到極點的眸中，她還是看不到他對她一絲一毫的憐惜。於是，終於明白，她永遠不會成為他心底那個最珍愛的女子，為了讓自己在他心底永遠留有一席之地，她唯一的選擇便是揚長而去，徹徹底底地走出他的世界。

　　她走了，他的心也隨著她的離去，日漸枯萎。從此，終日借酒澆愁，以淚洗面。其實，他是愛她的，可朝廷裡日趨惡化的黨爭風波令他無法不為之憂心，更無法把更多的愛捧出與她分享。元祐二年三月，他終於被從繁華綺麗的東京放逐到了荒僻的廬州小城，卻沒有一天不是在不盡的憂慮中度過的。

　　他的心思，她並不懂得。初來乍到的他，即便是與她把酒盡歡的時刻，心，也無時無刻不浸在深深的哀傷裡，無法自拔。唯一讓他感到慶幸的是，在這裡，他遇上了於元祐元年被貶至此地的蹇周輔、蹇序辰父子。和他一樣，蹇周輔也是因為能夠寫得一手華美的文章而被神宗皇帝特別眷顧，並得到重用的，然而，舊黨上臺後，便給以精於理財而聞名於世的蹇周輔扣上了一頂聚斂掊克的帽子，將他和他的兒子蹇序辰一起貶至廬州，一個任知州，一個任籤判。

167

第三章　雪‧操冰心

　　同是天涯淪落人，自此後，他便經常和褒周輔父子一起吟詩作賦，排遣心中失意。可是好景不長，元祐三年九月，褒周輔因病去世，他從此便又少了一個可以談心聊天的長官，這一切的一切，怎不讓他心灰意冷，又哪裡還能總把對她的珍愛放在嘴邊說個不停？

　　接替褒周輔位置的亦是新黨人物吳居厚。吳居厚在元豐年間，曾得到神宗手詔褒獎，隨即拜天章閣待制，「元祐更化」後，與褒周輔一樣，被扣上了聚斂掊克的罪名，責授散官黃州安置。想來，在執政的舊黨眼中，廬州倒是一個安置新黨人物的理想之所。只是，在這被放逐的小城，誰人又能夠做到徹底地與往昔告別，只盡情與她談一次驚天動地的戀愛？

　　她只是個慣會吟風賞月的女子，又哪裡懂得他這顆亦已破碎的心正經歷著怎樣的波動？在朝執政的舊黨將新黨驅逐殆盡後，並沒有放鬆警惕。就在吳居厚到任廬州的次年，即元祐四年三月，中書侍郎劉摯在上書中表達了他的憂慮：「前者二三大臣之朋黨，皆失意怏怏，自相結納，睥睨正人，腹非新政，幸朝廷之失，思欲追還前日之人，恨不能攘臂於其間也。今布列內外搢紳之間，在職之吏，不與王安石、呂惠卿，則與蔡確、章惇者，率十有五六。此臣所以寢食寒心，獨為朝廷憂也。」

　　這一道摺子，無異是雪上加霜，眼看著新黨成員又要遭受前所未歷的打擊了。這時候，他心心繫念的只是那些遠在天涯，和他一樣淪落的同僚，又哪裡有心思與她終日花前月下、把盞共歡？

　　對於已被排斥於中樞之外的新黨成員，憂心忡忡的並不只是一個劉摯，整個元祐黨人無不如此。他知道，蔡確自罷相出京以來，歷經陳州、亳州、安州、鄧州，流離轉徙，悽惶不安。本來，按照慣例，蔡確應該於這年二月復職觀文殿學士，章惇亦應復職資政殿學士，可最終卻被給事中趙君錫駁回。

2. 情似雨餘黏地絮

可即便如此，舊黨還是不肯罷休。四月，知漢陽軍吳處厚為報私仇，向朝廷舉報了蔡確的「罪證」，他蒐集了蔡確在安州所作的《車蓋亭十絕句》，加以註解，認為蔡確包藏險惡用心，借古諷今，譭謗太皇太后，把她比喻成武則天。於是，自蘇軾的「烏臺詩案」後的又一起文字獄「《車蓋亭》詩案」便這樣誕生了。在這樣的情境下，又叫他如何不惶恐、不驚懼？

對於這種純屬捕風捉影的誣陷手段，個別頭腦較為清醒的元祐黨人表示反對，但是諫官們卻如獲至寶，紛紛上疏彈劾。最終，蔡確被貶往南方瘴癘之地新州。對此，宰相范純仁心存憂慮，對呂大防說：「此路荊棘七八十年矣，奈何開之？吾儕正恐亦不免耳。」

然而，「順我者昌，逆我者亡」的法則完全左右了舊黨集團的政治行為，在這場政治迫害中持觀望態度的中書舍人彭當礪、曾肇等舊黨官員亦被清洗出京。對蔡確抱有同情心的范純仁也被罷相，出知潁昌府。更有甚者，在朝堂上張榜公布王安石等親黨名單和蔡確親黨名單，以警同黨，以絕後患。面對這樣的政治情勢，遠在廬州的他又怎能不生出兔死狐悲之心？

終不過只是政見不同罷了，舊黨集團為何非要對新黨成員趕盡殺絕？與新黨成員遭到步步緊逼形成鮮明對比的是「蘇門」集團的遭遇。西元1090年，元祐五年。太學裡，蘇軾的朋友孔武仲成為國子司業；同年六月，明州定海縣主簿秦觀充祕書省校對黃本書籍；七月，與秦觀同為「蘇門四學士」成員的正字晁補之升為校書郎。而在廬州州學教授位置上的他，盼來等去的，竟然是在這年秋天，接到了調任荊州州學教授的任命。

又要走了嗎？縱使廬州不是他喜歡的地方，但是在這裡，有她相伴，他畢竟還是度過了一生中最難以忘懷的歲月，又怎捨得就這樣棄她而去？然而，她早已離他而去，這時候，他又有什麼放不下的？

169

第三章　雪・操冰心

　　桃溪不作從容住，秋藕絕來無續處。當時相候赤闌橋，今日獨尋黃葉路。

　　煙中列岫青無數，雁背夕陽紅欲暮。人如風後入江雲，情似雨餘黏地絮。

—— 周邦彥《玉樓春》

　　「桃溪不作從容住，秋藕絕來無續處。」他不得不走，即便她想要挽留，亦是不能。凝眸處，桃溪水清清，桃溪水潺潺。然而，他卻必須離開，不得不與她徹底訣別，怎不惹他傷心難過？再回首，往日的恩愛，雖已走過，卻似藕斷絲連，怎麼也無法忘記，但又無法再續前緣，只落得黯神魂銷。

　　「當時相候赤闌橋，今日獨尋黃葉路。」還記得，與追月初相識的那個春天，他總是守在赤闌橋邊，將她默默等待。那時那刻，因為等候情人而更覺其風光旖旎，未曾料，還是在那個赤闌橋邊，今日徘徊在黃葉路上，卻因為獨尋舊夢而愈感景色蕭條，心裡，裹挾的竟是無限淒涼。

　　她沒來送他，他卻孤單執著地站在橋頭，長長久久地等她、盼她。然而，她終究是沒來，不知道，他走後，她會不會一次又一次舊地重遊，像他這般倚在這寂寞的赤闌橋頭，幻想著愛人的突然歸來，直至眼中泣血，內心成灰？俱往矣，所有的所有，都若一陣清風，飄散不盡，她不來，只留下他一人在長路漫漫的漂流中沉思前事，縈繞在心間的，亦唯有那今夕何夕未了的遺憾。

　　「煙中列岫青無數，雁背夕陽紅欲暮。」放眼望去，暮靄中，但見遠方佇立著無數青蒼的山巒，可是他要歸去的家鄉？回首，夕陽的餘暉把殘紅投射在雁陣的背上，可是要捎著他的相思帶去有她的地方？

　　如果說，一曲歌便是一條清溪，那麼，當她站在這條清溪邊的時候是否會想起多年以後的他呢？此時此刻，他為她輕輕吟起一闋新寫的《玉樓

2. 情似雨餘黏地絮

春》,一遍又一遍,卻還是不肯讓聲音沉入西墜的殘陽裡。

淡淡的相思,訴說著當年的幸福;淺淺的痕跡,伴隨著淚水的心酸。沒想到,他苦苦的追尋卻是獨自惆悵在風中感傷流年;他期盼的結局亦終在天高雲淡間化作了一句糾結著困惑的疑問,到底,如今的她又守在誰人的身旁?又在為誰人吹響了一曲《廬江月》?

形單影隻的生活依然照舊,只是,轉身後,心裡的那個角落卻又添上了一絲回憶的痕跡,不能抹逝的痕跡。於是,他只能順著痕跡開始回程,回到來時的地方,回到他們熟悉的赤闌橋畔。在這裡,他看到她微笑著對他說話,他看到她牽著他的手走在雪中奔跑的樣子,他看到三月的柳絮在他們眼前飄過的情景。這座橋,承載了他們太多太多的回憶,卻為何偏偏承載不了他們愛到天荒地老?

回眸間,過往的路人,一如當初,還是匆匆地來又匆匆地離去。只是,他一個人守在這巨大的寂寞之中又該如何解脫?當夕陽接近地平線而發出最後一道光亮的時候,是否,只要他肯回頭,就可以在晚霞落入水中的影子裡看到她藏在他身後的微笑?

「人如風後入江雲,情似雨餘黏地絮。」夕陽西下,更有繁星映照蒼茫大地。橋邊的路人已漸漸稀少,而他卻還在不停地走、不停地回眸。只是,他還是沒看到她的身影,唯有一片無盡的失落漸漸填滿了他孤寂的心。

嘆,離去的情人,早像被風吹入江心的雲彩,一去無蹤;而自己的心情,始終耿耿,卻如雨後黏在泥中的柳絮,無法解脫。他知道,原本他是不該有奢望的,不該奢望她面帶微笑地回來對他說,一起走或是為她留下?只是,此時此刻,他卻對她萬般眷戀。畢竟,這一去,以後有沒有機會再相逢就很難說了,可為何,她還是不肯在出現在他身前身後,再為他淺唱一曲痴情的《廬江月》?

第三章　雪‧操冰心

　　別離的腳步匆匆，皇命在身，他不得多做停留，只能滿含著兩行濁淚，一步一回頭地走下赤闌橋，奔向未知的前程。只是，以後的歲月裡，她還會用一曲琵琶，在珠簾下憶著他說盡心中無限恨事嗎？他走後，不管是低頭，還是抬頭，她又該倚著誰人的肩頭為他痛哭一場？難道只能獨自憂傷著隨同門前的秋水緩緩老去？

　　他走了。是的，三十五歲的他，走在宋哲宗元祐五年的秋天裡，從廬州，一路奔赴荊州。只是，直到他的背影消逝在天之盡頭，她還是沒有來，而那於千年後沿著他的足跡行至合肥的我，亦未能在那水天一色的地方找到那座舊去的赤闌橋蹤影，更不見那泓照他身影的桃溪流水，此時此刻，卻叫我這滿腔思古之幽情該如何抒發？而周邦彥，又該到何處去憑弔他遠逝的愛情？歷經千年的滄桑鉅變，再次歸來的他，會不會迷失在這座城市的上空？

　　抬頭，合肥的月光冷淡悽清，竹影搖曳中卻有恍如隔世的感覺。禁不住摟住這片殘月，在窗下沉吟著詢問，人生真的有前生後世嗎？如若真有，我會不會在這孤寂的城市裡與他相逢，再聽他斟一懷深情，於亙古的念慕中寫下一紙相思？

　　不知道，他走後，她是否過得還好；只知道，我的文字不能撫平她那日為他蹙起的眉，只能在潔白的紙上多留下幾道彎彎曲曲的痕跡，更驅散不了他心中糾葛的傷。回眸，依疏的花影裡，我看見，他淺淺的足跡伴著孤單的身影，攜著那年的遺憾在月下緩緩而行，若是回頭，是否還能看到她在赤闌橋畔對著他微笑搖擺？

3. 愁凝佇楚歌聲苦

臺上披襟，快風一瞬收殘雨。柳絲輕舉，蛛網黏飛絮。

極目平蕪，應是春歸處。愁凝佇，楚歌聲苦，村落黃昏鼓。

——周邦彥《點絳唇》

荊州的雨，總是淅淅瀝瀝，下個沒完。一連數天陰雨連綿，淋得思緒想擰也擰不乾。

微風輕拂，細雨飄搖，透過雕花軒窗，靜靜望著那一簾纏綿的雨幕，總想輕輕抬起手，用瘦了的指尖抹去眼前的滴滴雨珠。可是，抹去又重來，卻總是在斷斷續續的思緒中抹出濃濃淡淡的她來，片刻不得消停。

煙雨朦朧，曲徑通幽，梨花滿地，人傷心。穿過那一行行銷魂的雨簾，總期盼著她歡快的腳步會攜著雨後的陽光走來，帶著她燦爛的微笑與明媚的容顏，輕輕緩緩地向他走來。她那星子般熠熠生輝的雙眸裡，那份執著的溫柔在他眼底融熱了微攜清寒的雨滴，融熱了風雨中搖曳的辛夷，那片片紫色花瓣宛若點點心緒在漫天飛舞，而他的心卻還是那麼那麼的冷。

夜雨總是肆無忌憚地敲打著他斑駁的窗櫺，於寂寞中輕輕扣動他的思緒，彷彿在靜謐中低訴著那些久遠的故事，那些遙遠的曾經。隨著雨聲將所有的思念傾訴於句句纏綿的字裡行間，卻是無法走近她，怎不讓他傷心難耐？只想隨風輕輕地問她一句，他可否還是她心底唯一的故事？還是她今生唯一的守候？卻不料，問來問去，入耳的還只是窗外的風聲雨聲。

在這一簾幽靜的雨境中，總想和她在西窗下重演那期盼已久的牛郎織女鵲橋相會；再重現梁山伯與祝英台十八相送的纏綿悱惻；再體會蘇小

第三章　雪・操冰心

小西泠橋畔獨乘油壁車黯然而去的悽美；再傾聽那一曲如泣如訴的《長相思》。然後，一個人，守著一窗燈火，靜靜地想她，默默地愛她。

如果她在，她是否還會和他一起，守著那一燈搖曳的燭火靜靜地聽雨？是否還會緊緊偎在他的懷中，與他一起輕輕抹去窗上的雨滴？或許，離別後，這些當時不經意的溫暖都在回眸後成了遙遠的記憶。昏黃、破碎、繽紛、陳舊，更讓他無法將它們珍而重之地捧在掌心。所以而今，他只能攜著一把淚雨，在那紛亂的雨幕中找尋她的微笑、她的身影還有她殘留的溫柔。

淺淺的風中搖曳著星星點點的燭火，那些消逝的溫馨與柔暖再次在柔軟的心底迅速騰起，以最不經意的方式溫暖著那些記憶中殘留的夢境。此時此刻，只想憶著她的容顏，在窗下唱一曲曾經執手相對的老歌，向著空中劃過的流星，許下永遠的心願。要用他下半生的陪伴與祝福兌現久違的諾言，讓那段沉於心底或是飄蕩在歲月長河中的往事，在孤單的等待中被一城風絮輕輕撩起，裝點那顆寂寞的心，找個最恰當的理由讓那份牽掛來彌補心中的遺憾。

暗夜聽雨，落寞的是一種寂寥的心情。躲避了白日裡喧鬧的人群，遠離了東京城繁華的燈火，淚眼模糊時，他只想攏著她的身影靜守床前燭光這一份難得的清幽與雅致，讓紛亂了的目光隨雨絲飄飛，任心緒隨落紅飛逝。可是，無論怎樣，也無法忘懷她那無聲消逝的身影，那曾經的誓言依舊在風雨中纏綿糾葛，那塵封已久的等待還是隨著漫天的飛絮落在山高水長之外的天涯海角，離得那麼遠，可伸手一摸，卻又是那麼那麼的近。

懷著一顆惆悵的心，總是守在無人的角落孤獨著聽雨聲纏綿，孤單著看落花飄旋，於靜謐中把他曲曲折折、平平仄仄的心思都帶到了遙遠的遠方。只是，在水一方的她、臨窗等待的她，在水湄翹首以待的她可否知道

3. 愁凝佇楚歌聲苦

他聽雨時的心境？又可否知道，每每此時，他總想在雨中徹徹底底地放縱心緒，讓聽雨的心情去獨酌那一份永不褪色的思念，只與她不離不棄，相約到永遠？

凝眸處，春雨清寒，冷香撲鼻。他知道，這是個絲雨連綿的季節，這樣的季節更適合在微微的風中細訴一懷相思心語。只是，她不在，心中積壓了太久太多的話又該向誰低低地訴起？這淅瀝下個不停的春雨？這片片無聲的落紅？這清幽冷豔的暗香？還是寂寞孤悽的夜？他不知道，當所有的喧囂過後，這一片心思還能向誰訴。於是，只能擁著一身的寒意，在雨中默默眷戀著的溫度，卻不料，只一個輕輕的轉身，這好不容易攢在手心的柔暖又被風吹雲散去了。

花謝了，在窗下默默徘徊著想著她，念著這一片片的清冷，怎奈何，一縷相思苦轉瞬便斷了他的柔腸。放眼望去，月光在雨聲的滴答中被隱在了雲層的背後，風起花落，大千世界便只剩下萬籟俱寂的夜和孤獨寂寞的他。夢，似乎該醒了，恍然間，卻又換得淚雨凝咽，只心傷難耐。惆悵裡，禁不住一聲聲哽咽著問那將他放逐的老天爺。為什麼，荊州的雨季，總是這般細草愁煙，雨疏風驟？為什麼，這寂寞的城池寂寞的人，總是淚眼問花，卻偏偏看到一片亂紅飛過？為什麼，這深深的院落，總是張開一簾永不停歇的雨幕，在窗下捲起他愁緒萬千？

回眸裡，風捲起他長長的髮絲，在他潸然的眼中撩亂了三月的煙愁，那一顆顆圓潤的雨滴更是添了他幾許的心殤。著一襲青衫，撐一把印花油紙傘，緩緩漫步青草叢生城外，看阡陌之上楊柳依依、百花絢爛，這樣的雨境，心情本應是詩意的，溫婉而明媚優雅而散淡，可是沒了她在身邊作伴，再美的景色也無法讓他藉助那一曲婉轉的心弦，去描摹那捲如詩若畫的曼妙。心裡湧起的，除了失落還是失落。

第三章　雪・操冰心

　　春色總是宜人的，然，置身在一個人的雨幕中，孤單寂寞的他看到的卻是落寂在晚春枝頭的無數芳菲。那一朵朵的飄紅，芬芳而清麗，奈何還是抵不住風雨的欺凌，怎不讓他傷心徬徨？那落下的，在風中打旋的，一瓣一瓣，都是他的情他的愛，都是他對她的珍惜與憐愛。卻不料，夢隨風絮飄了千萬里，從廬州一直追溯到荊州，越過了千山，淌過了萬水，到最後還是撿拾不起，那份濃濃淡淡的眷戀。

　　看煙波過月橋，聽花院嘆清愁，他還是無法在她餘下的遺蹤裡尋覓她的清影，只好枕著一抹離愁在孤寂的夜裡沉沉睡去。曉來雨歇，卻見得，一池萍碎，滿城飛絮，那片片的落紅與簷角殘留的雨滴轉瞬都化作了他一個人的離人淚。守著一個人的深院，在雨後遙想當年，他和她雙手相握的那一瞬間，辛夷的花瓣在雨中片片紛飛，傾訴不盡的情絲就像眼前這無邊的春水，纏綿、悱惻；溫、繾綣。只是，她可否還記得，那一刻，在那份空靈的清幽中，微雨醉了、斜風醉了、春紅醉了，他和她的笑聲也一起醉了？

　　多想一直就那樣與她牽手到永遠；多想此情能夠永恆成天荒地老永遠不變的海枯石爛。此刻，窗外依舊是那清幽的季節，冷香依然在清寒中肆意紛飛，但那熟悉的笑顏早已輾轉成模糊的水中月，美麗的往事也成了虛妄的鏡中花。而那場突如其來的風雨，不僅打溼了他的詞稿，更濺溼了他的心扉，風雨中，那初綻的辛夷亦已凋謝枯萎在他傷然的眸中。

　　雨後的清涼中，憶著她決絕離去的身影，還能清晰地看到當初的她背對著他，揮一揮衣袖翩然而去，只留下惆悵的他淚雨相送的悲傷情景。然，離開的終究只是身影，離不開的卻是情懷。而今，荊州城中，在愛與淚的邊沿，哀傷的他亦只能默默地站在她永遠看不到的角落為她祝福祈禱，如果她能聽到花開花落的聲音，一定也能聽懂他此刻的心語。

3. 愁凝佇楚歌聲苦

倘若她能明瞭，她會知道是誰在春雨連綿的季節裡為她將心語婉轉吟唱成永不落幕的相思；是誰合著春意的暖香在窗下為她送來不盡的芬芳；是誰在春夜裡於水湄為她喚來月光如水的思念；是誰還在鳥語花香的小徑上為她守侯辛夷的花期。只是，她又能知道他借了一絲柔風為她默默捎去的縷縷溫情嗎？她會知道他在雨夜裡含著一顆苦澀的淚滴在心，卻仍含笑枕著她的名字，伴著雨聲入眠嗎？她會知道他在這個愛得深沉的季節裡依舊執著地呼喚著她的名字，而後一筆一劃、仔仔細細地寫在那素白的紙箋上嗎？

抬頭，遙望窗外漫天的落花旋舞，他真的好想知道，在他念著她名字相思成災的時候，她心頭是否會有微微的震顫與輕輕的感應？又可否會在那遙遠的晴朗天空下為他撒落下幾許相思的淚滴？清寒落寞望天涯，凝眸處，一城風絮卷淒涼，更是愁來時節，那片片飛舞的落花在春雨初歇後，於他眼前輕輕揮灑著連綿的情思，倏忽間便又添了他的惆悵徬徨。嘆，悵別後，縱是心思婉轉、相思成災，那淒涼卻與誰說？看離情別緒隨落花淺淺地飄飛，亦只待來年再與她於雨中，共一簾風絮了。

禁煙近，觸處、浮香秀色相料理。正泥花時候，奈何客裡，光陰虛費。望箭波無際。迎風漾日黃雲委。任去遠，中有萬點，相思清淚。

到長淮底。過當時樓下，殷勤為說，春來羈旅況味。堪嗟誤約乖期，向天涯、自看桃李。想而今、應恨墨盈箋，愁妝照水。怎得青鸞翼，飛歸教見憔悴。

—— 周邦彥《還京樂》

「禁煙近，觸處、浮香秀色相料理。」寒食將近，凝眸處，一片暮春景色，花鬚柳眼，惹起遐思無限。憶往昔，他和她也曾在這樣爛漫旖旎的春光裡，攜手漫步，花前月下，盡把情語訴，而今，兜兜轉轉，寂寞的荊州城卻落得他形單影隻，怎不令人懊惱？

第三章　雪・操冰心

　　回首處，山高水長，卻不知已與她訣別多時。無盡的牽絆仍然糾結在心間，而那些無法言說的塵緣、無法釋懷的情感，輕輕一個轉身，便恰好遇見，那難泅難渡，沉睡在他冷了的十指上的煙花。於是，那些不知所起、不知所終的回憶，還有那一段暗香渲染的日子，一抹盛開在桃李爭豔中的嫣然淺笑，都在這心思瀰漫的日子，踩著風的寂寞，踏過了繁華盡落的春秋，悄然抵達他憂傷的眸中。

　　「正泥花時候，奈何客裡，光陰虛費。」看，花瓣隨風紛紛落下，那沾衣隨人的模樣，無處不在向他輕輕低訴著春日將暮的淒涼。這樣的日子本該惜春，陪她在花前月下將這大好春光默默品賞，怎奈正身在羈旅、客行在外，不能邀友攜伴享受這般風情，只好聽任落紅於眼前漸漸枯萎，亦只好任光陰於眼前默默虛度。

　　她的決絕，令他心痛。然，流年似水、世事滄桑，歡喜悲傷轉瞬成空，這煙花漸冷漸滅的人生，誰又能保證，那點滴漣漪的思緒，會在春去春又來裡，為彼此心跳永遠不變呢？浮生長恨歡娛少，當終於明白不得不面對與她的離散時，他心底縱是有千般難捨、萬般不願，也只能含著不盡的淚水，看著心愛人的漸行漸遠，直至完全消失在他的視野之中。

　　「望箭波無際。迎風漾日黃雲委。」放眼望去，那流動迅速，猶如飛箭的江波浩渺無際，卻可曾將他的相思隨波送至她的窗下？凝眸處，寂寂的荊州城下，微風於日光下流動，黃雲低垂，一任江水滔滔向東流去，又可知，那不盡的江水夾帶著他無限柔情和萬點相思的清淚？

　　「到長淮底。過當時樓下，殷勤為說，春來羈旅況味。」他知道，這含有淚水的江水終會流到淮河，經過他們當初曾經歡會的樓下。盼只盼，那流水會為他稍做停留，在她繡閣之下，情意懇切地替把他那一腔無盡的相思之情一股腦兒地告訴她，更把他一春的羈旅之懷告訴她。

3. 愁凝佇楚歌聲苦

　　只是，她還會像從前那樣傾心聆聽他所有的心語嗎？再回首，那些依偎的餘溫、那些夢縈的氣息，終換得鹹澀的淚水在朦朧的花影裡一一葬落著流年，而那彼岸遙望的無人渡口，亦唯見遊蕩的靈魂在荒蕪中寂寞了愛情的輪迴，一切的一切，縱曾歷經歡喜，亦終不過是鏡花水月罷了！

　　「堪嗟誤約乖期，向天涯、自看桃李。」令人痛心的是，他們曾經計劃的期會，而今都已隨著他的遠去、隨著她的毅然轉身，變作無法踐守的約定。嘆，一夜夜的夢迴廬州，一夜夜的柔腸百轉，到最後，卻只能隨著闌珊處漸近的傷感音符，在決絕的轉身裡細數過往的痕跡，只為一個幽幽夢境而默默等待，怎不教人心痛欲死！

　　然而，春色在花紅柳綠裡肆意點燃的緬懷之情，還有那一抹遺落在廬州的淡淡憂傷，卻是在他凝眸之際潮溼了所有唐詩宋詞裡的桃花箋，更惹他傷心難耐。俱往矣，那些在故紙堆裡演繹了千年的生死相許、那些昨日縈繞彼此的餘溫、那些朦朧的月色花影、那些倚著殘陽回望的守候、那些苦苦等待著的世間纏綿，還有那伊人、燈火，卻是劃傷了眼底的柔情，再也找不見往昔的溫存。而今，身處荊州的他，亦只能獨自一人，在遙遠的異鄉，看桃花李花開了又落、落了又開，無語話淒涼。

　　「想而今、應恨墨盈箋，愁妝照水。」可是，她真像他想像中的那樣絕情嗎？若不是，卻為何讓他在赤闌橋邊等了又等，終是沒能等到她送別的身影？不，她不是那絕情的人。或許，是她已對自己失望透頂，在廬州的日子裡，他的心情沒有一天不隨著朝廷的變故而轉變，更沒有對她盡到照顧的義務，又怎能怪她轉身棄他而去？

　　他想，她還是愛著他的。只是她心裡充滿對他的怨望，所以不肯在他面前低下頭來。只是，他遠離她的日子裡，想必她，終日裡情致懨懨、愁來無著處，晨起蛾眉無心畫，怯梳頭，欲綰雲鬢卻又羞，只為怕見鏡裡鸞

第三章　雪‧操冰心

孤影隻，忍不住勾起對他隱藏至深的思念。

　　他不在她身邊的日子裡，想必她，更會於無數個悽風苦雨的夜裡，盼著他的音訊，以致輾轉反側不成眠，淚滴鴛鴦衾，耳邊聽到的亦總是郎君深夜歸來的馬蹄聲。盼他回歸的日子裡，想必她，總是憶著他的容顏笑了又哭、哭了又笑，回首斷腸淚眼枯，思念纏綿盡成殤，亦必定會在花箋上寫滿憂怨的文字，終日裡為他愁眉不展、嚴妝倚樓，更為他目斷天際歸帆吧？

　　「怎得青鸞翼，飛歸教見憔悴。」只是，他亦明白，隔著一重重山水，她依然是他永遠走不到的溫暖。那些曾經信誓旦旦的諾言依然流連在窗下，寂寞花影裡，扯著記憶於冷了的心中靜靜回味往昔的種種悲喜，又看到她白皙的顏緩緩掠過了他深情如許的目光。然而，此時此刻，孤身一人的他，卻只能將那些寫不完的心事，於寂寞中纏綿成筆下楚楚動人的相思，任共徘徊，不去。

　　回眸，那些曾經揮之不去的歡喜與悲傷，都於惆悵間，披著寂寞外衣的不悔約定，將畫面定格在那個有她的花開季節。心傷處，被青苔濡溼的一紙墨香，早已將指尖的萬種柔情，通通化作了春天的花朵，化作了一首相思的曲調。

　　然，幾片落花，幾度飄零，挑起的心弦，哭一回、醉一回，卻只是為了她的百年眷戀，而她又可曾知情？到底，該怎樣才能藉助神鳥青鸞的幫助，飛回伊人身邊，再與她花前月下，把盞盡歡？想必，即使飛到她的身邊，相對的亦必定是她那張被纏綿情思折磨得憔悴不堪的容顏吧？

　　臺上披襟，快風一瞬收殘雨。柳絲輕舉，蛛網黏飛絮。

　　極目平蕪，應是春歸處。愁凝佇，楚歌聲苦，村落黃昏鼓。

　　　　　　　　　　　　　　　　　　　　——周邦彥《點絳唇》

3. 愁凝佇楚歌聲苦

「臺上披襟，快風一瞬收殘雨。」暮春時節，連日的陰雨終於停了。午後，滿攜著一懷愁緒，寂寞的他出門登上高臺，想要排遣心中鬱積的煩悶，沒想到，花鬢柳眼裡，那愁緒卻更加深重了。

心中深藏的牽掛，依然在寂寞中唯美著所有的憧憬與浪漫，已成習慣的孤單，依然隨著時光的匆匆步履堅守著回憶的過往。想起她嫣然一笑的溫婉和明媚，在春風的蕩漾裡美豔如畫，在如雪的情懷裡浪漫如詩，只是心痛莫名。然而，她可知道，她是他今生來世永遠不悔不變的等待，是他深藏千年的期盼與珍愛，卻為何，一世幽情，揮手之間，她便把他遺忘在風花雪月之後，縱大路通天，亦是歸路難求？

嘆只嘆，那攜手相偎的青澀年華，他和她已然錯失在天荒地老的誓言外。而今，他們已不在同一個世界呼吸，轉身後卻只能守著亙古的清幽，在那一抹淡淡的月影下夜夜夢囈著深深思慕。凝眸處，陌上花已開，問伊歸否，卻是清瘦深眸，碎了一地相思。

驀然回首，一陣令人暢快的春風把天上的雨雲吹散，他不禁敞開衣襟，盡情領略著這大自然的恩賜。然而，那些無法割捨的沉重，那些極致的心碎，終是打溼了思念的心扉，而那些沒有終點的路程、瞬間感動的章節、一卷紅塵曖昧的今生相遇，亦只觸及了弱如游絲的永遠，只換得一盞一盞的悲傷與惆悵。

「柳絲輕舉，蛛網黏飛絮。」放眼望去，雨後的柳枝絲絲輕舉，顯得生機勃發。柳絮在空中旋轉飄飛，有些黏在了蜘蛛網上，眼見得這花紅柳綠的春便這樣於風雨中遠去了。

傾耳，遠處飄渺的琴音，於荒蕪與蒼白的淒涼裡，靜靜繞過了清溪、繞過了重巒、繞過了畫橋、繞過了煙柳、繞過了迴廊、繞過了薔薇架下的幽香，牽出了一闋清亮通透的上古情話，如煙如嵐、如夢如畫，偎著這一

第三章　雪‧操冰心

院的寂靜與浪漫。他多想，化作這纏綿夜雨，輕輕飛至她的窗下，拂去她眉尖淡墨般的輕愁。

凝眸，晶瑩的雨珠洗滌了塵世的紛擾，卻是誰把一曲琴音在回憶裡疊成了不老的神話？紅顏如水，塵緣似夢，又是誰在不朽的愛戀裡顧盼流連，打開了經年的思念，任她的淺吟低唱在他耳畔迴旋，欲語還休？回首，所有的濃情，都被幾根琴弦於風中輕輕地捻起，潸然淚下時，他只得握緊前生的那顆相思紅豆，再為她唱一闋舉案齊眉的佳話。只是，這一次，她還能聽到他心底那一曲不滅的心音嗎？

「極目平蕪，應是春歸處。」佇立高臺深處，縱目遙望，眼前是無盡的平原，一直延伸到天邊。想必，那桃花紅、梨花白的春天一定是去向了那裡，去向了有她的方向吧？

他知道，很遠很遠的地方，那一座叫做廬州的淮水之畔的城池裡，他是她山那一邊的風景，而她卻是他海那一岸的夢境。亦明白，一份莫名的情結，無論是美好還是疼痛，無論是歡喜還是悲傷，某些加深的記憶，或許只是為了記住一個人，只是為了在花開燦爛的季節與之相遇，與之攜手。

只是，她可知道，執手相對的依偎、眉目傳情的風景，就算過去了，他依然還會在年華深處想起她？縱是與她隔著千山萬水，隔著天涯海角，靈魂也會隨著她的笑靨飄到另一個世界？是的，他不屬於這，只屬於她；而她，也只屬於他，屬於他一片深深的痴情。

「愁凝佇，楚歌聲苦，村落黃昏鼓。」悲只悲，在這思念的季節裡，他卻只能淹留在遙遠的荊州。此時此刻，心中糾結的無限悲愁不覺又翻湧起來，若驚濤駭浪，彷彿更添了幾許怨恨。

嘆，他的今生如果她不曾來過，那將是他流年中最蒼白的一幕。或許，風雨中他依然會跌跌撞撞，一路漂泊，若大海中那一葉孤零的小舟，

無岸可靠。然，歷經滄桑後，是不是，他的天涯只有她才能挽留？

　　給她的愛，在他的詞句裡靜靜地敲擊著心靈的門窗，一扇接著一扇。為著那今生注定的宿命，他站在歲月的風口承受著狂風暴雨的吹打，依然執著地相信她不遠的歸期，守望著她的歸來。每個孤獨的夜晚，總是習慣將給她的思念寫進那一彎清冷的月光裡，然後，透過窗外如水的月色，在花影裡默默回味她身邊的燈紅酒綠、錦瑟繁華。

　　然，有誰知道，他那顆痴情的心，亦在疼痛著、體會著似曾遙遠的虛空，更為她在永遠不歇的思念裡留下了一方清雅的角落，要讓那純真的愛永遠駐留？想她念她，並不需要任何繁華的裝點，亦不需要任何多餘的空話，唯願與她此刻或是多年以後，真實地平淡著相濡以沫，直到老去。然，這一份情她又能體會幾分？

　　悵然裡，耳畔忽地傳來陣陣悲涼的楚歌聲，更惹他傷心難禁。再回首，遠處的村落亦傳來黃昏時的報鼓聲，那鼓聲，沉重、鬱悶，卻是聲聲震人心弦，究竟，何年何月，他才能在廬州月下，再枕著她一抹春紅，只與她把盞共歡？

4. 一葉怨題今何處

　　曉陰翳日，正霧靄煙橫，遠迷平楚。暗黃萬縷。聽鳴禽按曲，小腰欲舞。細繞回堤，駐馬河橋避雨。信流去。想一葉怨題，今在何處。

　　春事能幾許。任占地持杯，掃花尋路。淚珠濺俎。嘆將愁度日，病傷幽素。恨入金徽，見說文君更苦。黯凝佇。掩重關、遍城鐘鼓。

—— 周邦彥《掃花遊》

第三章　雪‧操冰心

　　站在歲月的路口，拾一縷花開花謝、聽一曲飄渺情事。任水樣的心情在老去的清影裡放逐記憶，便總有淺淺淡淡的疼，兀自穿過光陰的柵欄，瞬間渲染了唇間的淺笑迷離。或許，已經走過了淚眼問花花不語的年紀，所以掛在嘴邊、縈繞在心間的，便不再是天荒地老、海枯石爛的誓言，取而代之的卻是眼眸裡的那一抹曠達與恬淡。

　　常常不自覺地想，是否這世界來源於互古的寂靜，也終將歸於永遠的寂靜？那些盛開在流年裡的時光，那些經過了放逐或儲存過的故事，是否會在某一個合適的時間或某一個合適的地點，於歡喜或是潸然的眼中悄然滋生出妖嬈的花來，繞指留香？

　　歲月輾轉，紅塵若夢，世事變遷，人生苦短。許多的相遇都恰似那一縷迎面吹來的風，匆匆忙忙卻又千迴百轉，沒有人說得清人事微瀾，每個人都渴望用一朵花開的時間去傾訴衷腸，談一場曠世的愛戀。然，歡娛過後，總有些憂傷滋生於「剪不斷，理還亂」的糾葛，又總有些黯然潛伏於「你見或是不見，我都在這裡，不悲不喜」的漠寞中。問世間情為何物？直教生死相許！

　　或許，一次不經意的歡笑，便會燦爛一生的守候；一個不經意的回眸，便會縈迴一世的心痛。然，這漂泊人生又有幾人能擁著一份痴愛直到永遠？遇見，情生；緣來，相守。一花一世界，一葉一菩提。然，誰又能解釋得清「凝立佇清風，芬芳為君留」的痴情？誰又能闡述得透「你若安好，我便是晴天」的含淚淺笑？

　　一份感情可以是自此天涯不相問的孤高，更可以是低到塵埃裡還要開出花來的卑微。也許，遠方真的很遠，遠到他只能用想像去觸及；也許，遠方真的很無奈，無奈到他只能用嘆息來思量。轉身而過後，那些閱過的風景、走過的路，都於驚鴻一瞥中，化作了「去留無意，漫隨天外雲捲雲

4. 一葉怨題今何處

舒」，怎不讓人惆悵讓人愁？

想，此刻的她，也許，正枕著一簾幽夢，在藕荷色的帷幔中酣然於夢裡飛花的香甜。而他，只想一個人靜靜偎在寂寞的窗下，以字字珠璣、句句柔情，為她，在這溫婉而又馨暖的夜色裡細碾一縷墨香，輕吟生生不息的念。回眸，清淺流年裡，那一些過往的記憶，依然宛如一闋婉約靈動的清詞，於半夢半醒間在燭光中忽明忽暗，是夢是幻亦是真。再回首，初見時的那一縷梔子花香，迎風依然可以嗅得。然，紫陌紅塵裡，卻是誰的淺笑羞紅了誰的顏？誰的青澀溫潤了誰的眼？

或許，這世間，人與人的相遇，原本就是一種奇妙的緣，如若有緣，即便隔了千萬里的距離，遲早也會在茫茫人海中邂逅。然，想要遇見那個對的人也必須在對的時間，早一秒擦肩而過，晚一秒望洋興嘆，當時間地點都對了，那相逢一瞬流瀉出的喜悅，便可以穿越千年的等待，直抵人心，勝卻世間萬千的暖。

曾渴望，以一朵花的姿態絢爛她的天空，挽一片歡樂的雲彩與她同行；曾嚮往，尋一處深院勝境，從此，一潭清溪，一塘月色，伴她琴瑟相和，並肩看斜陽落日。然，或許命運早就在他們還沒有遇見的時候便注定了他們會遭遇這樣的一場情劫，當萬千纏綣終是留不住褪了色的歲月，置身在這一場落英繽紛中，他只能以一抹淺笑的姿態與她作別。然後，在緣起緣滅裡聆聽她漸行漸遠的腳步，任冷冷的雨敲疼了心，而那碎了一地的諾言，再也拼湊不回那些個溫婉且明媚著的昨天。

驀然回首，才發現，原來，再多的風華也只不過是一指流沙，留不住任何的曾經與溫暖，卻於不經意裡蒼老了一段過往的青春。嘆，世事多變，人心難再，轉身而過後，最初的嫵媚再也承受不起她的笑容，那被歲月覆蓋的花開，皆如白駒過隙終成空，在他憔悴的眉眼中緩緩碾過光陽的

第三章　雪‧操冰心

河，無法再追，更無從憶起。自此，遙遙天涯，她是他再也無法觸及的目光，茫茫滄海，她是他再也無法蹌越的泅渡。

只想，將痴情託付給一簾煙雨，在風中淺淺傾訴他的心思；只想，將相思交託給一縷清風，任他東西南北中將她看遍。凝眸處，總會有揮一揮手，笑看雲捲雲舒的豁達與開朗油然升起心間。在淡淡的笑容裡，終於明白，或許，一些愛，不需要解釋，微笑，便可向暖；一些念，不需要表白，安好，便是晴天。但無論如何，他還是願意相信，一些情愫，縱使零落成泥碾作塵，仍是清香如故。

那麼，就讓他，在這寂寂的荊州古城裡，在這樣一個楓葉紅於二月花的季節裡，為她，拈一抹思念的芬芳；攜一朵嚮往的流雲；再書一筆清遠與浪漫；吟一闋唐風與宋詞，以一朵花的姿態，在月影中靜默著再肆意低眉淺笑一回吧！

霽景、對霜蟾乍升，素煙如掃。千林夜縞。徘徊處、漸移深窈。何人正弄，孤影蹁躚，西窗悄。冒霜冷貂裘，玉罕邀雲表。共寒光、飲清醥。

淮左舊遊，記送行人，歸來山路杳。駐馬望素魄，印遙碧、金樞小。愛秀色、初娟好。念漂浮、綿綿思遠道。料異日宵征，必定還相照。奈何人自衰老。

—— 周邦彥《倒犯》

「霽景、對霜蟾乍升，素煙如掃。千林夜縞。徘徊處、漸移深窈。」秋過後，冬天便又來了。然，歲月變遷，時光流轉，生命的輪迴裡，誰能解釋得清海枯石爛的纏綿，誰又能參悟得透滄海桑田的寂寞？那些逝去的往事，那些有她相伴走過的分分秒秒，回首間，都於悄無聲息處繾綣，終是淡了人生的滄桑，醉了過往的流年。

雪後初霽，夜空顯得格外明淨，連一片浮雲也沒有。放眼望去，一彎

4. 一葉怨題今何處

新月緩緩升上天空，遠處的千林萬樹彷彿都披上了一層白色的薄紗。此時此刻，站在荊州的冬夜裡，孤身一人的他，只想感謝那些舊日時光，只因它讓每一個生命都懂得了傾聽；只想感謝那些平淡的歲月，只因它讓生命徹悟了不尋常的懂得。

「何人正弄，孤影蹁躚，西窗悄。冒霜冷貂裘，玉斝邀雲表。共寒光、飲清醥。」凝眸處，這清寂無聊的夜，卻是何人正倚窗吹響一管寒簫，只任孤影翩躚？除了他，這客居異鄉的人兒，還能有誰？

默然，無語。惆悵裡，披上貂裘，冒著嚴寒來到戶外，望一空閒月，心裡滿裹的卻是無盡的思鄉之情。與她分別多久了？為何，一對恩愛的情人卻總是要被世俗瑣事分隔在煙水兩茫茫處？憶著她溫婉的容顏，不禁想起了那曾經於月下獨酌的李白來。此時有佳月，亦有美酒，何不舉杯邀月，在這清寒的月色下，與遠在桃溪水畔的她一同飲盡這杯中的清酒？

「淮左舊遊，記送行人，歸來山路窵。駐馬望素魄，印遙碧、金樞小。」眼前如水的月光，又讓他想起了在廬州時一次月下的經歷。那日，暮秋時分，葦岸紅亭、落楓翠竹，漫山浸遍，古老的廬州城內，卻是幾分瀟瀟、幾分瑟瑟，無處不寫著他所鍾情的詩情畫意。和她一起送客歸來，騎著馬穿行在寂寂的羊腸小道上，但見山深路遙，一彎新月彷彿是印在高遠的碧天之上，煞是空靈可愛。

面對那一襲秀麗的月色，他不由地停下馬來，深深地為那眼前的美景所陶醉。然後，與她攜手，一起走上遠處那座月色籠罩下的小木橋，展一捲心花、綻一世書香，只為她，把一份溫溫軟軟的心情，都悄然安放於文字裡，在靜謐中歡喜著尋找著心靈深處的那一份淡然。

而今，荊州城的客舍之外，亦有一座月色籠罩下的小橋。踏上那似熟悉又陌生的小橋，光滑的橋面上似乎還存留著他們曾經一起並肩走過的溫

第三章　雪‧操冰心

度，親切、溫馨，仿若前世遺留的記憶，清晰、飄緲，更惹人眷戀萬分，然，想要覓起卻又無處尋蹤。

駐足遠眺，卻聽得江邊的烏蓬船裡傳來陣陣絲竹聲，清遠婉轉，似水如綿。凝眸，但見小橋之上的戀人往來不絕，出雙入對，鶼鰈情深。不由得又想起數年前，廬州城內，也是這樣的小橋邊，清輝籠月，寒窗苦讀的他卻有佳人相伴，紅袖添香，沒料到，只一個轉身，卻換得時過心傷，難訴衷腸。

她不在了，他只能久久地停留在這不染纖塵的小橋之上默默地想念。嘆息聲中，不覺已至深夜，但見西月斜斜升起在柳梢頭，冰冷的光影映著他輪廓分明的側臉，更襯托出他寂寥中的孤獨感，愈顯淒涼。

「愛秀色、初娟好。念漂浮、綿綿思遠道。料異日宵征，必定還相照。奈何人自衰老。」嘆，現在和過去，寂寞的他，都曾為那一輪娟好的月色而情不能已。只是，往昔的美好有貌如春花的她與之分享，而今卻又有誰來伴他共賞一簾幽夢？

或許，以後也還會有月下之遊的機會，心靈也還會為這一襲月色的靜美而沉醉。只是月色永恆，生命卻是有限，青春終不過是白駒過隙，轉瞬即逝，還能有多少個日夜可以用來將她悄然思念？

想著她、念著她，卻是露重更深。待到初曉，只能落淚轉身，策馬而去，拂袖，訣別這往事浮現的傷心之地。然，一路紅塵相伴，秋去冬來，飛雪漫天裡，卻只想奔向那往昔佳人相約之地，看桃溪水長；看赤闌橋遠。只是，何處才能尋到她的嫣然笑語，何處才能覓到歸處的明媚春光？

抬頭，仰望如洗的碧空，卻有瑩亮的淚花滴落在他憔悴的面頰，靜靜融化，那冰冷的感覺浸入心扉，自是痛得肝腸寸斷。凝眸，俯視寒月般冰冷的水面，孤寂的世界，更清透地映出一張蒼白孤寂的面容，到底，什麼

4. 一葉怨題今何處

時候,她才能用那雙纖纖素手撫去他眉間的憂傷,不再讓他哭、不再讓他憂?

他知道,這一年,已是西元 1091 年,宋哲宗元祐六年。在對她的深深思慕裡,朝廷裡的政變爭執依然如火如荼地進行著,終日不得消停。四月,依據當時的法令規定,新黨黨魁蔡確在新州貶所已經滿兩年,應該移往內地。據劉摯《日記》記載,從四月起,蔡確之母明氏就帶著小孫子多次遞上訴狀,甚至「抱馬首號訴」,請求給予蔡確量移。但是三省進呈後,卻遭到太皇太后高氏的拒絕。

八月,因外戚李端去世,兩宮臨奠,在返宮的途中,蔡母明氏又毅然攔住車駕,呈遞訴狀。然而,明氏的舉動卻未能打動太皇太后,第二天,太皇太后便宣諭說:「宮中常說與官家,此人奸邪深險,久遠官家奈何不得,於社稷不便。若社稷之福,確當便死。昨來因他作詩行遣,本非謂詩也。」又說:「便是三期滿,亦豈可用常法移也?此人直是不可放回。」

蔡確的遭遇,自然令對歷來新黨抱有同情之心的周邦彥心驚且不滿。然而,這並不是獨例,在舊黨集團的執政下,其他新黨魁首也多如蔡確一樣流離轉徙,如曾布從元祐元年離京外任太原知府,數年間換了五個地方;黃履被舊黨趕出京城後,數年之間歷任舒、洪、蘇、鄂、青、五州以及江寧、應天、潁昌三府。一切的一切,都讓他感到心灰意冷,到底,什麼時候,他才能被召回京城,得以把他的聰明才智發揮在朝堂之上?

曉陰翳日,正霧靄煙橫,遠迷平楚。暗黃萬縷。聽鳴禽按曲,小腰欲舞。細繞回堤,駐馬河橋避雨。信流去。想一葉怨題,今在何處。

春事能幾許。任占地持杯,掃花尋路。淚珠濺俎。嘆將愁度日,病傷幽素。恨入金徽,見說文君更苦。黯凝佇。掩重關、遍城鐘鼓。

—— 周邦彥《掃花遊》

第三章　雪‧操冰心

「曉陰翳日，正霧靄煙橫，遠迷平楚。」輕輕一個轉身，冬去了。轉瞬間，還沒來得及回首，又一個花紅柳綠的春天便又要於眼前消逝無蹤。已是西元 1092 年，哲宗元祐七年春，可朝廷上傳來的種種對新黨不利的消息，卻不能任春風化開他心中久積的冰塊，舉頭頷首間，周身籠罩著的還是一股無法排遣的愁煩與鬱悶。

一個薄陰的春日清晨，輕輕推開窗戶。回眸間，但見霧靄沉沉，遠處的樹木亦漸次消失在蒼茫之中，眨眼間便已逝水無蹤。此情此景，不正像極了被舊黨集團趕出朝堂的新黨集團嗎？想而今，黨爭迭起，更不知何年何月，政局才能回歸正途，怎不讓他心緒煩憂？他不明白，原本只是政見不同，卻為何爭到最後，竟演變成如此不可收拾的結局？難道，舊黨對新黨的打擊早就超出了理性約束的範疇嗎？

「暗黃萬縷。聽鳴禽按曲，小腰欲舞。」凝眸處，黃綠色的柳樹在霧氣中依稀可辨。正傷然無語時，那枝葉間卻傳來幾聲動聽的鳥鳴，彷彿是在演奏樂曲，連柳枝也跟著輕輕地招搖，宛若要起舞相應。然而，這幅怡然自得的山水圖畫卻無法撫平他眉間的傷，更無法抹去他心中的痛，到底，什麼時候，新舊兩黨才能放下一切成見，和睦共處，為朝廷的平靜、為國家的安定、為百姓的安樂，貢獻他們的智慧與才華？

在他看來，新舊黨之爭，無非是窩裡鬥罷了！又哪裡是為了國家為了百姓？如果真是為國家為百姓著想，就應該放下所有的包袱，開啟彼此的心結，袒誠相對，一起制定更好的國策，不是嗎？可是，他一個小小的荊州州學教授，又有什麼資格談論國家大事？本是被朝廷放逐的人，本是被舊黨視作新黨支持者的罪人，能讓他繼續在州學教授的位置上遷徙就是對他天大的恩賜了，難道他還不該對那些新黨成員感激得五體投地嗎？

罷了，罷了，政事已如一團亂麻，又何必自尋煩惱？還不如騎上馬，

4. 一葉怨題今何處

盡情領略這暮春的荊州風光，好好放鬆放鬆身心。對於荊州，他並不陌生，早在進入東京太學求學之前，他便辭別了家中嬌媚的髮妻嫣若，從杭州，千里迢迢趕赴這裡求學。然，光陰輾轉，再次來到這裡，心裡卻是滿裹了無盡的惆悵與悲憤。而今，嫣若不在了，往日求學的心情亦不再，又叫他如何在這遠離故土、遠離東京的江城默默度過本該是他人生中最好最美的這段年華？

「細繞回堤，駐馬河橋避雨。信流去。想一葉怨題，今在何處。」抬頭，空中不期然地，開始緩緩落下豆大的雨滴來，且一發不可收拾，愈下愈大。於是，只好在河橋邊下馬避雨。望著眼前湯湯的河水，望著水中枝葉落花隨波飄向遠方，心中又滿懷了一腔愁緒，驀然回首間，那思緒卻禁不住隨著那淅瀝不停的雨絲飄向了遙遠的唐朝，更想起了那久遠的紅葉題詩的典故。

他知道，唐代曾發生過兩次紅葉題詩的情事。相傳唐玄宗天寶年間的一個秋天，身居洛陽的詩人顧況，閒暇之餘與友人結伴遊覽於皇家宮女所居上陽宮外的御溝。走著走著，忽地，顧況看見一枚紅葉順著御溝之水緩緩直下。待近眼前，撿起一看，卻見葉面上題詩一首雲：「一入深宮裡，年年不見春。聊題一片葉，寄與有情人。」

顧況讀之，猜出這是一首宮怨詩，不由得愛意萌動。心血來潮，便在另一枚紅葉上題道：「愁見鶯啼柳絮飛，上陽宮女斷腸時。君恩不禁東流水，葉上題詩寄與誰？」題畢，更將葉片放入上游流水裡，讓它隨水飄浮進宮中。

後來，有人苑中游春，又在御溝流出的水面上得到題在紅葉上的詩，便送與顧況，詩云：「一葉題詩出禁城，誰人酬和獨含情。自嗟不及波中葉，蕩漾乘春取次行。」自此後，顧況便一腔癡情地在御溝旁日夜轉悠，

第三章　雪・操冰心

盼望能有奇蹟出現。令人遺憾的是，宮女並沒有尋到機會外嫁，顧況也沒有娶到這位才女為妻，留下的或許就是一段夢中情緣。

多年後，紅葉題詩的故事重新上演，而那枚隨著流水漂浮出來的紅葉詩箋，更成就了一段詩壇佳話。相傳，唐宣宗時，中書舍人盧渥未發跡前，到京城長安趕考。時值「西風吹渭水，落葉滿長安」季節，秋風蕭索、殘陽西墜，孤獨的盧渥，不由得生發出了許多鄉愁。

於是，惆悵的他便與書僮漫步在皇宮外的護城河邊。忽地，在他面前的這條從皇宮流出來的水面上有一枚紅葉飄然而至，隱隱約約可看見上面似有墨跡。盧渥出於好奇，便順手將那枚紅葉撿起。果然，紅葉上題著一首詩：「流水何太急？深宮盡日閒。殷勤謝紅葉，好去到人間。」

盧渥看到題詩，感慨萬端。這分明是一位宮女有感於自己孤寂無依的宮廷生活，將心跡題於紅葉之上，又放於溪水之中，溪水順流而下，便攜著紅葉流出了宮廷。也許是盧渥愛詩的緣故，他便將此葉作為一枚書籤，小心翼翼地放進隨身攜帶的箱內的書卷之中。

連日來，那首充滿幽怨傷感的詩始終讓盧渥難以釋懷。於是，他便開始思慕那個在皇宮裡落寞的寫詩女子，儘管她的身影是虛幻飄緲的。他也索性找來一枚紅葉，並在上面題詩道：「曾聞葉上題紅怨，葉上題詩寄與誰？」寫完之後，隨手置於御溝上游的流水中，又悵然地在流水邊徘徊許久才離去。事後，盧渥曾將此事講給幾個朋友聽，朋友有笑他痴愚的、也有欽佩他痴情的、也有被他這片誠意感動的。

後來，宣宗下詔，放出宮女三千，准許嫁給朝廷官吏，但是不准嫁給舉子。這時，在范陽官任上的盧渥也配得一位名叫韓翠萍的宮女，花燭之夜，盧渥面對嬌妻，突然想起御溝漂葉之事，便心血來潮地將紅葉取出，問韓氏女可否辨得此詩是宮中何人手筆？

4. 一葉怨題今何處

　　韓氏接過手中一看，不由得驚訝起來，說她就是當年那位紅葉題詩的宮女。同時，韓氏也取出一葉，說：「妾在水中也曾撿得一枚紅葉，但不知是何人所作？」盧渥接過一看，墨跡猶存，正是自己當年寫的詩句。夫妻執手默然相對，感泣良久。真是千里姻緣紅葉牽。

　　此事傳開之後，時人莫不驚嘆。因為自紅葉題詩到他們結為夫婦，中間已隔著十年的光景。韓氏看到了那枚題詩的紅葉，驚訝於天意使然，於是便取筆再題詩道：「一聯佳句題流水，十載幽思滿情懷。今日卻成鸞鳳友，方知紅葉是良媒。」

　　日後，曾有人為這段人間奇緣賦詩云：「長安百萬戶，御水日東流。水上有紅葉，於獨得佳句。子復題脫葉，流入宮中去。深宮千萬人，葉歸韓氏處。出宮三千人，韓氏籍中數。回首謝君恩，淚灑胭脂雨。寓居貴人家，方與子相遇。通媒六禮俱，百歲為夫婦。兒女滿跟前，青紫盈門戶。此事自古無，可以傳千古。」

　　他知道，紅葉題詩的動因是出於對年華虛度、青春飄零的怨尤，表達的是淪落失意的感慨。只是，故事終究是故事，早已淹沒於歷史的煙塵中，摸不到、尋不見。那一葉怨題，而今又會飄流在何處？是飄向了他夢中心心繫念的妻子婉宜的雕花窗下了嗎？

　　與婉宜已經分別得太久太久，以至於他早已忘記了她眉間深藏的那一抹淡淡的憂傷。他知道，那憂傷是為他而生，可這些年，他又為她做了些什麼？他在思念廬州城那個離他而去的歌女追月，在思念東京城裡那個叫做蕭娘的妓人，什麼時候，又將她深深淺淺地憶起過？

　　不！其實他最憶念的人只是她，婉宜。只是，孤身在外的他，被舊黨集團放逐到天涯海角的他，自是遠離了家鄉，遠離了嬌妻，已然失去了溫暖她那顆日趨疲憊的心的機會，又叫他如何明媚她眼角的傷、撫平她心間

193

第三章　雪・操冰心

的皺褶呢？

「春事能幾許。任占地持杯，掃花尋路。淚珠濺俎。」守候裡，雨，終於停了。牽著馬兒往回走去，放眼望去，落花已然堆滿了整個大堤，怎一個「淒」字了得！寂寥裡，嘆春事已剩無多，守春的人兒，亦只好忍著心中無盡的失落，把路上的落花掃到一邊，然後，舉起酒杯，與殘春共醉一回。

然，這又能如何？終不過是舉杯消愁愁更愁罷了！憶著她，念著她，一直壓抑著的淚水終於奪眶而出，落到了酒杯裡。而他，便這樣淡然地偎著一地花影，坐在一場落寞的春光裡，以一顆感動的心，淡然地想著她、等著她。

空氣裡籠著淡淡的幽香，雙飛的蝶兒臨水而至，卻不知是否那一年情深不悔的梁祝所化。濃濃的思念中，不覺與那成雙的蝴蝶痴然相視，更不知是該為蝶兒的雙飛歡喜，還是為梁祝的悲劇傷然。

回首裡，時光在手心裡緩緩流逝，輕輕越過紛擾的紅塵，卻是誰在耳邊依舊輕唱著舊日的童謠，一聲聲，撩撥得他心生困惑？俯身，撿起一片青苔的柔潤，有暮春的餘韻正沿著盛春的綠華在他眼中織成淺色的流蘇，輕輕垂在他清瘦的肩上。那一刻，他聽到花開的聲音，看到青苔上晾滿塵世的祝福，而天地，便於眼底煥然生色。

原來，風月花事，本是塵世獨有的約定，習慣了，便視若無睹，初見無痕，再見便如風過。沉浸在意料之外的冥想中，任寂寞入眉，任憂傷滿懷，卻有一絲溫暖的憐惜自心中緩緩升起，因了這一瞬的花開，便肆意爛漫起來。只是，這場繁盛的絢爛，遠方的她又可曾見到？

「嘆將愁度日，病傷幽素。恨入金徽，見說文君更苦。」橋下，一個人，靜聽那江南深處的煙雨滴落，就著遙遠的思念和牽掛，他心底的溫柔

4. 一葉怨題今何處

也如小巷深處的一場春雨，濺起一朵花兒怦然綻放的聲音，在這溫婉多情的三月嫣紅裡，最終定格成一個回眸，注目裡，卻是她一次次淺笑的溫暖。

只想，讓一句染著溫度的情話，生出羽翼，飛臨到她的眉間；只想，讓字裡行間的枝枝蔓蔓，黏滿三月桃花的詩意，抵達她柔軟的心房。只是，一場凝眸的對坐、一場雨夜的邂逅、一場日漸深濃的相識相知，還能否在季節深處漏盡她歲月的疼痛，洗盡鉛華？

於他眼底，她的濃妝淡抹，是煙雨江南的一幅水墨畫，是紅豔枝頭掛滿的活色生香，都是一次次璀璨絢美的綻放。然而，何時何地，他才能與她執手重逢，再於輕風下彈撥一曲《醉花陰》，讓成熟的美好與睿智的優雅，於她憂傷的眸中漸次明媚？

嘆只嘆，荊州城裡，自己每天將愁度日，竟至憂思成疾，又能拿什麼去溫暖她那顆破碎的春心？欲將心思付瑤琴，聲聲悲涼的絃音裡，流瀉出的，無不是那深深烙在了遠在錢塘獨守空閨的愛妻婉宜心間的那份無與倫比的痛苦。只是，他到底該如何才能還給她一份朗朗的青天白日？

「黯凝佇。掩重關、遍城鐘鼓。」寂寂著，失魂落魄的他終是趕回了州學官舍。只是，想起今天的遭遇，想到紅葉題詩的溫柔繾綣，想到遠方和他一樣守著孤寂嘆春逝的妻子婉宜，心中便充斥了滿滿一懷愁緒。

此時此刻，他和她，一個遠在錢塘，一個身在荊州，想要相聚，亦只能於夢中了！此情此懷，真讓人難堪，於是，只好輕輕掩上門戶，獨自黯然佇立，默默將她思念。只是，相思時，耳邊卻聽得滿城的鐘鼓之聲，更惹他心傷難平。

第三章 雪‧操冰心

5. 未歌先噎愁近觴

　　新綠小池塘,風簾動、碎影舞斜陽。羨金屋去來,舊時巢燕;土花繚繞,前度莓牆。繡閣裡、鳳幃深幾許?聽得理絲簧。欲說又休,慮乖芳信;未歌先噎,愁近清觴。

　　遙知新妝了,開朱戶、應自待月西廂。最苦夢魂,今宵不到伊行。問甚時說與,佳音密耗,寄將秦鏡,偷換韓香?天便教人,霎時廝見何妨!

—— 周邦彥《風流子》

　　溧水胭脂河,一條與胭脂有染的河。光是這個名字,聽來已讓人浮想聯篇,輕輕一個回眸,便讓你想起美女佳人、想起風花雪月、想起過往的悲歡離合,欲罷不能。

　　胭脂河是秦淮河的源頭,她清澈、柔美、幽靜,數百年來,一直緩緩流淌在山谷間,宛如貞靜的處子,不染半點世俗纖塵,卻又替下游槳聲燈影裡的秦淮河注入了不羈的浪漫與風情,留給世間一段又一段的傳奇與夢幻。而這一切,都緣於胭脂河流淌著夢一樣的沉靜與幽美。

　　十里秦淮,綺麗絢爛的風光沉澱著悠久的文化,遊艇畫舫在歷史中穿行,桃葉渡、烏衣巷、夫子廟、媚香樓、王謝堂前燕,抑或是《玉樹後庭花》,總是牽引著人們去追尋那歌舞昇平的繁華時代,沉陷於往昔的驚悸與奢靡中。

　　但是,和紙醉金迷的秦淮河相比,我還是更偏愛胭脂河多一些。她不似秦淮河那樣聲名遠播,卻穩穩當當地造福百姓。秦淮河汙水每年都需要投入大量人力及財力進行治理,而她卻一直默默地為民眾輸送著汩汩清流。有了她,才確保了明朝京都的食糧供養;有了她,蘇南浙北的糧草才可以不必經歷長江風險便抵達南京。

5. 未歌先噎愁近觸

　　總是想著要去胭脂河看一看，去親自領略她的風采。於是，帶著這樣的遐想，一個夏日的午後，我們經過寧溧大道上將近一個小時車程的顛簸，終於來到了她的面前。

　　景區依山而圍，綠草茵茵，樹木蔥蘢。停好車，我們徒步冒著濛濛細雨沿山間小路緩緩而行。拾級而下，穿過樹林，突見一線流水劈山越林蜿蜒而過，這便是胭脂河了，一條被稱為「小三峽」的石縫中的河。它實際上是明代初年開鑿的一條溝通石臼湖與秦淮河的人工運河，距今已有六百年歷史。

　　明太祖朱元璋定都南京後，為了維持京城的龐大開支，朝廷徵收各地給養透過船運車載送抵南京。兩浙地區乃魚米之鄉，是政府重要的經濟來源。但其賦稅漕運京師，費用浩繁，且風險很大。為了使蘇南、浙北的糧草快捷運到南京，便開鑿了胭脂河，作為內河漕運。

　　胭脂河，之所以叫做胭脂，其實與胭脂倒是沒半點的關係。每次聽到這個充滿詩情畫意的名字，我總忍不住想起「失我胭脂山，使我婦女無顏色」的詩句來，只不過這條河以及她附近的山與戰爭亦無半點關聯，也就少了冥想中的那份悲壯。

　　然而，胭脂河河岸的山石，倒是呈現出紫紅色，猶如胭脂，蔚為壯觀。不過，據專家考證說，那是因為山體的沉積岩裡含有豐富的氯化鐵。但是仍有很多人相信，那紅不是沉積岩中的氯化鐵，分明就是當年在這幾十公尺高崗上為鑿河「役而死者萬人」的血所浸潤，而那幾百年前的吆喝聲、口號聲，至今仍綿綿不絕，響徹於胭脂河兩岸。

　　我知道，當年，胭脂河工程需要在一條長約 5 公里、高 25～30 米的胭脂石崗上開鑿，在爆破技術不發達的明代初葉，工程難度是可想而知的。據《溧水縣誌》記載，開山時先用鐵釺在岩石上鑿縫，將麻嵌入石縫

第三章　雪‧操冰心

中,澆以桐油,點火焚燒,待岩石燒紅,再潑上冷水,利用熱脹冷縮的原理使其開裂,然後將石塊撬開,搬運出去。「焚石鑿河」使得山崗岩石夾雜著紫紅,猶如婦女使用的胭脂,於是,美麗生色的胭脂河之名便由此而來。

胭脂河不僅閃爍著先人的智慧,更是浸透了斑斑血淚。開河時,參與民工有數十萬之眾,施工中,死亡人數逾萬,其工程量和死傷者大大超過修築明長城。負責修河的是崇山侯李新,《溧水縣誌》載:「李新嘗私於民家,焚石鑿之,役而死者萬人。太祖微行至,立誅之,以報役死者。」這個被稱作金陵四十八景之「凝脂沉霞」的胭脂河,是否可以理解成被萬千民工的鮮血染成?

然而,不論胭脂河流傳著怎樣的故意,蘊含著多少艱辛血淚,始終如一位含情脈脈的睡美人悄悄躺在那兒,等待著意中人的造訪。於是,我們棄岸登舟,盡情享受著這份無與倫比的寧謐與幽靜。

抬頭,天陰陰的,小舟徐徐溯水前行,水波蕩漾,終年沖刷著石壁。可洗不淡的,依然是石壁上的那一抹抹暗紅,那胭脂紅般血淚的顏色,讓人心驚。環視兩岸危巖壁立,奇峰倒掛,頂上巨梁橫臥,怪石高懸,恍忽間身處巍峨山川之中,頓時一洗江南水鄉嬌柔之氣。

船兒漸行漸緩,河道愈來愈窄,山勢亦突然變得險峻起來。放眼望去,兩旁青山,如刀劍削成一般,氣勢恢宏地橫在河中,就在我們感受著石壁逼仄、走投無路之際,眼前卻又突然一亮,但見那山峰最陡峭處,有一巨石橫亙河面之上,形成「門」字狀,極其瑰麗雄壯,那不是天生橋還能是什麼呢!

「瞧,天生橋」!大家不約而同地喊起來。抬眼處,一巨石橫臥河道,連線兩岸,水面上倒影著鬼魅般深邃的影子。石下清幽古樸的流水寂寂流淌著

歲月的回音，石壁上刻著硃紅的「天生橋」三個大字記錄著歷史的滄桑。

在這裡，遊人時常會感覺到重達以百千噸計的巨石隨時都有可能從天上落下來，不禁心生寒慄，如臨大敵。儘管如此，那蓊鬱的林木花草卻是毫不畏懼，凝眸處，到處都是倒懸在石崖上的形態各異的野花野草，竟然連石縫裡也破天荒地生長著幾十株形態各異、叫不出名來的樹木。

玲瓏秀麗、青蔥可愛的花木倒給慌亂的遊人平添了幾份冷靜，減少了幾許緊張。

幽幽胭脂河，似乎至今還流淌著歷史的回音；巍巍天生橋，永遠負載著不盡的思索。立於橋邊，只見深溪出自橋兩側的幽谷，碧波靜靜地於腳下流淌。翹首仰視，兩岸疊嶂嵯峨，如「沉霞凝脂」，危石高懸處，鑽鑿痕跡猶斑斑可見。面對如此壯麗的景觀，大家皆如嗷嗷待哺的嬰孩，爭著想舒舒服服看個飽。

於是，我們繼續在胭脂河裡漫溯，看兩旁峭壁陡崖，泉水激石，橫柯上蔽，在晝猶昏，讓人彷彿在歷史的河流裡穿行遊弋。然，歷史的煙雲雖已散盡，但耳邊依稀傳來的卻還有當年鑿子扣石的「叮噹」聲，和著開河人那幽怨滄桑的嘆息聲，只讓人為之唏噓傾嘆。

這就是脂脂河，一條浸了胭脂的河，輕輕一個回眸，便染紅一潭碧水城，香了溧水城，讓背轉身軀的大峽谷，亦忍不住回首窺視。然而，我來到這裡，並不僅僅是為了緬懷歷史，吟風賞月，更多的卻是為了他，那個在千年前來過溧水，走過溧水山山水水的大詞人周邦彥。

當然，胭脂河遠在周邦彥身後才得以開鑿，所以這條枕著流水，一聲聲，尋覓著呼喊的河，倒與他沒有絲毫關係。然而在這裡，我仍然可以強烈地感受到他的餘溫、他的氣息，只是我來時，他還徘徊在風花雪月裡嗎？

第三章　雪・操冰心

　　我不知道這深山裡究竟淹沒了多少憂傷，卻能想像河邊貌美若胭脂的姑娘成群結隊，於紅色的石畔浣洗衣裳，那一群美麗燦然的笑，滴落成漣漪，點點滴滴，都蕩漾在他的心坎上，讓他為之迷醉，為之流連忘返。

　　風老鶯雛，雨肥梅子，午陰嘉樹清圓。地卑山近，衣潤費爐煙。人靜烏鳶自樂，小橋外、新綠濺濺。憑闌久，黃蘆苦竹，擬泛九江船。

　　年年、如社燕，飄流瀚海，來寄修椽。且莫思身外，長近尊前。憔悴江南倦客，不堪聽、急管繁絃。歌筵畔，先安簟枕，容我醉時眠。

—— 周邦彥《滿庭芳》

　　「風老鶯雛，雨肥梅子，午陰嘉樹清圓。」西元1093年，宋哲宗元祐八年春二月。38歲的他來到溧水，擔任縣令。同年正月，新黨領袖、英州別駕、新州安置蔡確終於在新州那個瘴癘之地走到了生命盡頭，太皇太后高氏讓他「自生自死」的願望，亦終於得以實現。

　　蔡確的死，對他的打擊很大。就這樣，從初春，一直蹉跎到暮春，初到溧水縣的他心緒一直處於低潮，但對日益變動的朝政大局卻又無可奈何，只好縱情於山水之間。沒想到，凝眸處，山好水好人好，那愁緒卻是一日甚於一日。

　　時間如流水。春末初夏，正逢江南梅雨時節。抬頭，看雛鳥在暖風中長大，梅子在雨水的滋潤下變熟，樹的影子在正午的陽光下形成一個圓形。每一處、每一個角落，都是一幅秀麗的江山圖卷，怎不讓人心曠神怡，宛若置身仙境？然而，即便如此，他的心境仍是滿染蒼涼，怎麼也無法令自己開心起來。

　　「地卑山近，衣潤費爐煙。」由於這裡地勢較低，近旁又有山崗，很是潮溼，所以穿在身上的衣服從早到晚都是潮乎乎的，總要費很多炭火來烘烤。然，衣服潮了可以烤乾；心溼了，又能用什麼來烘乾呢？

5. 未歌先噎愁近觸

「人靜烏鳶自樂，小橋外、新綠濺濺。」這裡，四下裡不聞人聲，烏鴉和鳶鳥倒是顯得自得其樂。凝眸處，小橋之下，清澈的溪水發出「濺濺」的聲響，有一種悠然自得之感。

「憑闌久，黃蘆苦竹，擬泛九江船。」久久憑闌眺望，兩旁黃色的蘆花、苦澀的竹子，卻讓他陡地想起了唐朝詩人白居易《琵琶行》裡的詩境，「住近湓江地低溼，黃蘆苦竹繞宅生」，恍惚間，更覺得遠處的水面上似乎有一艘輕舟正在九江上飄蕩，油然生出淪落天涯的感慨。

「年年、如社燕，飄流瀚海，來寄修椽。」嘆只嘆，自己年年都如社燕般，飛越過浩瀚的海洋，歷經重重悽風苦雨。春社時飛來，在屋椽上聊以寄生；秋社時又飛去，總是遷徙漂泊，無依無靠。到底，什麼時候，他才能擺脫這遊宦生涯，回到朝廷，回到妻子婉宜身邊？

「且莫思身外，長近尊前。」從東京到廬州，從廬州到荊州，從荊州到溧水，自是漂泊轉徙，不遑啟處。此中有多少說不出處，或是依人之苦，或有患失之心，又有誰人能解？既然世事如此不盡如人意，痛苦徬徨又有何用？罷了罷了，榮辱得失的身外事還是暫且放到一邊好了，此時此刻，還不在桌前飲酒取樂，更待何時？

「憔悴江南倦客，不堪聽、急管繁弦。」想他本以善於音律而名動朝野，然因受到舊黨集團的排擠迫害，數年旅途奔波，身心早已疲倦不堪。酒宴上那急管繁弦、絲竹競奏的消遣娛樂對他而言也只是徒增悲傷罷了，故不願再聽。

「歌筵畔，先安簟枕，容我醉時眠。」綺麗浮華的東京生涯早已遠去，而今面對這燈紅酒綠、輕歌曼舞，怎不讓他心生悽楚之感？他不願面對這樣的現實，只願以酒來逃避悲傷。於是，只盼著，在這歌舞筵席之中，能讓他安放一隻簟枕在那雕花木榻上，容他在醉後好好地睡上一覺。

第三章　雪‧操冰心

　　是啊，多年的遊宦生涯已讓他身心心力交瘁，又哪裡還有心情沉浸於這樣的溫柔鄉裡？此時此刻，絲竹不入愁之耳，唯酒可以忘憂。只是，他真的忘記了心中糾葛的憂愁嗎？

　　我知道，那年那月，他在溧水城裡結識了一位叫做心荷的花容月貌的女子。便是那一位冰清玉潔的風情女子，卻讓他平靜似水的溧水縣令生涯激起了片片漣漪，亦替他枯澀無聊的生活帶來了幾許清風明月，讓他眉間蹙起的傷暫時得以緩解。

　　那些個日子裡，他總是喜歡在黃昏的時候，與她相伴而行。悠閒而愜意地踩著滿地暈黃，走過溧水城的每一寸土地和每一個場景，而她嘴角溢著的溫柔笑靨恰如一抹春風，不經意間，便蕩漾了他如水的心懷。

　　彈盡歷史的塵埃，與她相遇的瞬間，她的容顏便是那流年中永遠不老的風景，便是那永遠流傳的神話。而記憶中那縷生香的微笑，亦變得婉約綺麗、雋永悠長。她破塵而來，青絲纏繞柔嫩的指尖，芳心飄過白露為霜的岸邊，一個恍惚的邂逅，卻讓他靜心凝眸，深深感懷，只想用虔誠的文字打磨美麗的相遇。從此，足下的青青草總是輪迴著蔥綠滴翠，眸中總是盈滿四季的風花雪月。

　　暮霞霽雨，小蓮出水紅妝靚。風定。看步襪江妃照明鏡。飛螢度暗草，秉燭遊花徑。人靜。攜豔質、追涼就槐影。

　　金環皓腕，雪藕清泉瑩。誰念省。滿身香、猶是舊荀令。見說胡姬，酒壚寂靜。煙鎖漠漠，藻池苔井。

──周邦彥《側犯》

　　「暮霞霽雨，小蓮出水紅妝靚。」又是一個傍晚，有她相伴的溫馨時刻。雨霽初晴，彩霞滿天，池塘裡初生的荷花頂著紅色的花蕾，在水中亭亭玉立，姿態翩然。那芙蓉出水的神態，恰似她臉上的一抹酡紅，自是美

5. 未歌先噎愁近觸

得出塵、美得無以復加。而她,更似那水中清蓮,出淤泥而不染,濯清漣而不妖,別有一番風韻。

是怎麼喜歡上她的,他已經記不得了。只知道第一次見到她,就有種心曠神怡的感覺,彷彿是在哪裡見過她,但一時又想不起。等到第二次再見到她,那份與生俱來的熟悉感卻讓他心旌搖盪、目眩神迷,不能自制。

這溧水城怎麼就生出了這般美豔照人的女子?對她的感情,說不清也道不明,不知道是喜歡多過於愛,還是愛多過於喜歡。總之,一日見不到她,他便神思恍惚、茶飯不思。難道,這就是傳說中的單相思不成?

而今,年近四旬的他早已不是當年那個與嫣若攜手嬉笑漫步在西子湖畔的毛頭小子,怎麼老了,倒生出這許多情致來?難道,他是真的愛上了那個讓他一見如故的女子了嗎?

「風定。看步襪江妃照明鏡。」凝眸處,晚風漸漸停了,因為有她作伴,那次第映入眼簾的新荷更讓人產生出許多美好的遐想。《洛神賦》中「凌波微步,羅襪生塵」的神女、《列仙傳》中漢水之畔解佩寄情的遊女⋯⋯這一個個美豔得無以復加的神仙麗姝,想必也就是她這樣的姿色吧?

「飛螢度暗草,秉燭遊花徑。」夜色漸濃,閃亮的螢火蟲從深碧的草間飛過,而他因為她並沒有急著向自己辭行而心花怒放。賞荷的興致也變得愈來愈濃,便與她一起,在那芬芳的花徑中開始了秉燭夜遊。他沒有想到,對他的提議,她絲毫沒有反駁,而且幾乎是欣喜著默許。難道,她也和他一樣,是那麼那麼地希望能與對方相守在一起,哪怕多出一分一秒也是好的嗎?

「人靜。攜豔質、追涼就槐影。」夜深人靜,望著那一雙如水的深眸,他不禁為之神魂顛倒,彷彿整個身子已經不再從屬於自己。情不自禁下,忍不住伸手牽了她的手,不等她有絲毫反應,便已拉著她直接奔跑到槐樹

第三章　雪・操冰心

底下納起涼來。

　　說是納涼，其實只是想藉著濃密的樹蔭將她仔細端瞧個夠。抬頭，明月當空照；低頭，麗人若花媚。壓抑多日的情感終於如決堤的洪水傾洩而下，那一刻，他緊緊抱住了她柔弱無骨的嬌軀，而她，亦如一灘爛泥般，恨不能化在他的懷裡。

　　四目相對，自是朗有情妾有意。那一抹醉人的風情撩撥裡，他忘記了他的身分，她亦忘記了自己是誰。一對有情的人兒，就那樣，長長久久地，如痴如醉地，緊緊相擁在一起，彷彿眼前這整個的世界都不再是他們的。而他們要的，僅僅是一個溫柔的眼眸對視，一個久久縈迴於心間的深吻。

　　「金環皓腕，雪藕清泉瑩。」激情過後，輕輕，凝視著她酡紅的面頰，他心中有著說不出的歡欣與喜悅，卻又帶有一絲絲忐忑，一點點不安。而那一瞬，她只是輕輕推開他，一邊伸手整理著亂了的鬢髮，一邊忙不迭地朝池塘邊跑去，在晶瑩的泉水下為他洗淨晚餐要用的雪白的蓮藕，才又掉過頭來低聲喚他過去。

　　他輕輕朝她走去，注目裡，只見她潔白的手腕上戴著明晃晃的金環，與她手中那隻雪白的蓮藕相得益彰，更惹他春情無限、激情澎湃。這女人怎就生得這般美豔無雙、清麗出塵？似乎用國色天香、傾國傾城的這樣字眼來形容她都不是最為恰當的。

　　尤其可喜的是，她生在這樣的小城裡，沒見過什麼大世面，更沒有沾染上都市女子的各種壞習氣。既溫柔又善良，即美豔又敦厚，只讓他越看越心生歡喜，恨不能立刻把她娶回家去。

　　「誰念省。滿身香、猶是舊荀令。」此情此景，不免讓他想起了在東京時與蕭娘一眾佳人冶遊的歡樂情事。只是，自己還和當初一樣，還是那個慣會吟風賞月、精通音律的才子詞人周邦彥，然，東京城裡，還有誰會記

5. 未歌先噎愁近觸

得孤身漂泊在外的他呢？

或許，蕭娘還會記得。但這又什麼要緊的？而今，他身邊有了這若清荷般嬌俏明豔的溧水佳人相伴，又有什麼可值得遺憾的？

「見說胡姬，酒壚寂靜。煙鎖漠漠，藻池苔井。」聽說，東京城內，胡姬的酒壚已經無復昔日繁華光景。寂靜冷清，空餘荒煙蔓草、廢池冷井，又哪裡比得上這江南小城溧水的綺麗曼妙？縱是這裡沒有沽酒的女子又能如何？只要有她一人，便勝過萬千佳麗，又何復再踏著滿地煙火去尋花問柳？

是的，心荷是他見過的最美豔的女子。然而，站在千年之後的胭脂河畔，靜靜懷想那段過去的風塵歲月，我知道，那美得無處可藏的女子本是羅敷有夫，是溧水主簿的妻室。所以，他們這段感情從一開始便注定了惆悵的結局，即便愛得瘋魔、愛得痴狂，亦是有始無終，只餘遺憾在世間。

新綠小池塘，風簾動、碎影舞斜陽。羨金屋去來，舊時巢燕；土花繚繞，前度莓牆。繡閣裡、鳳幃深幾許？聽得理絲簧。欲說又休，慮乖芳信；未歌先噎，愁近清觴。

遙知新妝了，開朱戶、應自待月西廂。最苦夢魂，今宵不到伊行。問甚時說與，佳音密耗，寄將秦鏡，偷換韓香？天便教人，霎時廝見何妨！

—— 周邦彥《風流子》

「新綠小池塘，風簾動、碎影舞斜陽。」他和她，從彼此愛慕上的那一刻，便注定了黯然收場的結局。橫亙在二人之間的，不僅有世俗倫理的道德約束，還有深深的池塘、高高的圍牆、更有沉沉的繡閣、深深的鳳帷。本就不是一個世界裡的人，又怎能如他所願，得以長相廝守？

又一個夕陽西下的傍晚時分，懷著對她無盡的思念，慾火焚身的他，再一次，偷偷摸摸地來到主簿家牆外的池塘邊，徘徊復徘徊，只為守候一

第三章　雪・操冰心

次與她重新聚首的機會。只是，自那一次幽會之後的風聲傳出後，主簿就對心荷多有防備，對她的管束也一日甚於一日，他又哪能那麼輕易再若從前那般可以無拘無束地接近於她？

放眼望去，清新的綠波漲滿小池塘，風兒吹得簾子搖動，細碎的簾影映著斜陽舞動，自是浮光躍金，景色奇麗。只是，怎麼望也望不見靜守深閨的她，到底，這些日子，她過得好不好，是不是為了他，深受主簿的謾罵與責打？

「羨金屋去來，舊時巢燕；土花繚繞，前度莓牆。」圍牆擋不住青苔，它可以爬滿圍牆，一直長到牆那邊的院落；圍牆更擋不住燕子，它在繡閣裡築巢，年年自由地來去。但是，兩個相愛的人兒，雖心心相印、情若無間，卻被生生地隔絕分離，有如胡越。

越想望到她，越是望不到。於是，只好踮起腳尖眺望，然，費了半天工夫，卻連她的點滴背影也無從看到。剎那間，那份淡淡的念想傾覆在心海，可知，那無盡的江河便是他思念的淚水，那朵朵蓮花便是他今生前世的顧盼？此時此刻，只想於渺渺的雲端，摘一朵素雲，化作相思的雨，落在她盈盈的眉間，然後，在天河的岸邊，渡一彎明月，去重溫夢中的相見。可是，此情此心，她又能明白幾分？

「繡閣裡、鳳幃深幾許？聽得理絲簧。欲說又休，慮乖芳信；未歌先噎，愁近清觴。」正傷魂時，卻又聽得幽怨的琴聲從繡閣之中鳳帷深處緩緩傳來，那哀慟悽絕的絃音似是想要傾訴心中萬千悲愁，又似是因為擔心乖誤佳期芳信而突然中止。

他明白，被主簿禁錮在室中的心荷和他有著一樣的心痛與悵惘。然，他和她的這份愛本是見不得人、無法容於世的，又叫他如何才能撫平她心間的傷？滿懷幽怨，只是無處傾訴，本應對酒當歌，然而，卻又怕近酒，

想要放聲歌唱,未及開口便已悲從中來,難以成聲。

「遙知新妝了,開朱戶、應自待月西廂。最苦夢魂,今宵不到伊行。」佇立池畔,夕陽日漸西沉,已是月兒高掛時。料想,此時的心荷早已嚴妝梳洗罷,心中正懷著無望的期待佇立月下,將他悄然守候。只是,眼前這深深的池塘、高高的院牆,他又如何能夠輕易踰越?

想要與她幽會,卻因重重阻隔而不能與她見面。白日既不能相會,那就到夢中去追尋吧。可是,怕只怕,今晚的夢魂也不能飛到她的身邊,怎一個「苦」字了得?

「問甚時說與,佳音密耗,寄將秦鏡,偷換韓香?天便教人,霎時廝見何妨!」盼舊歡重聚,叵耐天不佑人願,只令他惆悵無限。無奈復無奈,傷然裡,卻是憂傷更憂傷。此時此刻,真想飛過池塘,越過高牆,直抵她的深閨,緊緊攢著她纖若柔荑的素手問一問,什麼時候才能夠再相見,互訴衷腸?

心荷啊心荷,我要送給你梳妝的明鏡,只是,你也會偷一縷暗香溫暖我為你沉痛的眸子嗎?老天爺啊老天爺,即便我們的愛踰越了倫理,超過了道德範疇,但畢竟也是一份發自肺腑的真誠之愛,縱是讓我們短暫相逢一回又有何妨?

只是,痴情終被無情誤。在這場驚天地、泣鬼神的愛慾裡,沉陷其中無法自拔的周邦彥與心荷,最終還是被無情的蒼天所誤,不得與共。嘆,歲月在指縫間如沙般滑落,他疲憊的手指終無法挽住逝水流年,那驚鴻一瞥的痴愛恰如曇花在午夜暗自綻放,短短一現,莫非只是為了與美麗相逢?然而,滄桑過後,誰又會來憐惜它的短暫,挽留它曾經的芬芳?是否,他和她,真的只是隔著一朵花的距離?

我知道,那年那月,溧水城下,花開的一瞬不是為著相逢,而是為著

第三章　雪‧操冰心

不曾錯過的欣喜。為著這一刻，所以他們忍受著分離，且不懼那分離是天各一方還是終將遙遙無期。因著這無期在心中有期，所以彼此都甘願為對方等待；因著這等待凋謝了無數季花期，所以當滿頭青絲鬢白、歲月蕭蕭落地時，他和她，亦是無怨無悔。

於他情深意重的文字裡，千年後的我卻看到她隱藏在他背後，吟唱著他的離愁、他的無可奈何。沒有她的日子，他就像河邊的縴夫舉步維艱。就那樣，歲月看著他們在對岸苦苦煎熬，然後寸寸老去，文字堆積起來的情感亦在流年中慢慢憔悴，被光陰的箭射穿成一盞又一盞掛著希望的心燈，莫非，他和她終要成為彼此的過客？

再讀他寫給她的文字，心中有種疼痛在悸動。不免，常常倚在窗下輕輕扣問自己，如果愛可以重來，他到底應該將她放於何處，又將自己放在哪裡？究竟，他的文字因誰而美麗，為誰而哭泣？因誰而寫下永遠的憂傷，為誰而注於快樂的音符？因誰在春天裡播下承諾，又為誰誓言要在風雨中攜手前行？

此刻，寂寂的胭脂河畔，恍惚裡，卻聽得耳旁有風拂過她幽怨的聲音，然而，僅僅片刻之後，那聲音又突然變得沉默如空。或許，她終是不懂得他的感傷，所以常常困惑於他的優柔寡斷；或許，她永遠觸控不到他心底的那份寧靜幽遠，只能讓他文字的幽魂寂寞地在她心間空空地縈繞。

可是，這晚風拂柳的清涼裡，我又能說些什麼？或許，我什麼都明白，又或許，我什麼都不懂。我只是一個追尋他的腳步訪古探幽的人，又能講出怎樣的道理來？

6. 捲簾應憐江上寒

銀河宛轉三千曲。浴鳧飛鷺澄波綠。何處是歸舟？夕陽江上樓。

天憎梅浪發，故下封枝雪。深院捲簾看，應憐江上寒。

—— 周邦彥《菩薩蠻》

凝眸處，一瓣一瓣的雪花，冰清玉潔，在風中打著旋兒，輕輕飄落在水湄、樹梢、房簷、屋頂。緩緩滑過季節的容顏，一路唱著如歌的思念，把晶瑩與剔透，都掛了在那一樹一樹粉白嬌嫩的梅瓣上，卻不知舞起了誰人的似水流年，念起了誰人的嫵媚風流。

遙知不是雪，唯有暗香來。當雪花落滿枝頭，那朵朵含情脈脈的梅花，皆以冷豔的姿態立在冬的深處，生動而自然、溫潤而嬌俏。在澄澈的空氣中，嬌羞盈盈，欲語還休，瞬間便為這蕭瑟的冬日點綴了一幅詩意、親切而流動的美麗畫卷。

穿越一片雪的距離，那陌上迎風招展的梅花，又是怎樣穿透凜冽的風霜，自漢唐的詩篇上迤邐而來？那些墨香、那些妙韻，就那樣被古往今來的文人墨客、風流士子，在雪中用多情靈動的筆，輕輕點染，於低眉頷首間流轉成經典，流轉成一闋永遠吟不盡的軟香，怎不讓人心動欲醉？

雪在飛舞，梅在綻放。是誰攜著一瓣馨香，在晶瑩剔透的琉璃世界裡迎著寒雪，在淒冷的風霜中孤芳自賞，以一顆柔暖的心燃燒著那絕世的花顏？是誰在窗下輕歌一曲，在漫天飛雪中拔節相思，任天地飛揚著純白無瑕的情懷？又是誰擎著一朵明豔，與雪纏綿，與風繾綣，在岸邊一同翹首水樣的春天？

都說梅須遜雪三分白，雪卻輸梅一段香。一樹梅蕊，疏影橫斜，暗香

第三章　雪・操冰心

　　浮動，搖曳招展，自成風景。那一瓣香，不染一絲塵埃，破風而來，輕易便讓人沾香滿懷，而後沉沉陶醉於那淡淡的幽香裡，於靜謐中感受著生命的最深含義，把一切的愁與煩都拋在了九霄雲外。

　　輕輕，倚著牆角的梅枝，披一襲清幽的冷香，在清澈瀲灩的冰雪中，駐足，輕嗅梅的芬芳、靜賞梅的花容、喜讀梅的聖潔、細品梅的堅貞，心思也愈發純淨剔透。看梅花在冰雪中迎風盛放，卻有誰知，它也在賞梅人的心海中盡情地燃燒著，只一眼，便燒出了一個暗香縈迴的透澈世界。而這一段風景，這一幅淡墨梅韻，就輕輕地、渾然天成在梅的冰心玉骨裡，被吟誦成永遠的清芬與高潔。

　　遠了，近了。走過那一片寂寥得近乎荒蕪的白，心中的梅花飄香於十里洋場，只一回眸，便溫暖嫵媚了整個人間。此時此刻，若拈一支玉笛，在梅邊吹奏，縱無雅興，亦是餘音繞梁，百轉千迴。卻不知，那抑揚頓挫、起伏有致的韻律，每一聲，每一曲，又會讓誰生出絲絲縷縷、如藤蔓般糾纏的溫婉情愫。

　　迎著冷寂凜冽的冬，攬一樹梅香入懷。那含情脈脈的凝睇落滿了芳菲，眼波流轉間，像極了秀美而雅致的紅顏，自是一顧傾人城，再顧傾人國，美得無處可藏。然，這一段琉璃般的遇見，可是她，潑無盡的冷香在梅心裡，把溫暖裹進梅的花蕾，於風中吹醒沉睡的季節，悄悄迎寒獨自開？可是她，把每一縷襲人的芳香都融進了如風的歲月，只任他於靜默中遙遙相望？

　　只是，他的一支瘦筆，又如何能描摹得盡她唯妙唯肖的模樣？花影搖曳，雪光緩緩映上她絕色的容顏，裝點出她極致的美豔，然而她卻什麼也沒說，只是悄無聲息地把雪花別上烏黑的鬢角，然後悄悄藏在梅朵裡靜靜傾聽著春暖的足音。她在等他、她在盼他，她的每一個姿態、她的每一聲

低吟,都是一闋靈動的小令,她的每一瓣暗香,都沁人心扉,又怎不讓他為之魂牽夢縈?

倏忽間,她為萬物凋零、蕭瑟荒蕪的冬天,披上了一件件明豔的衣裳,描上了一抹抹溫婉可人的胭脂。放眼望去,整個世界不再孤寂、不再蒼白,然,又是誰依然執著著在沉靜的水湄為他輕輕揮灑著一縷縷盈然的幽香?

他心中的梅,是她唇邊的微笑與柔暖,而她則是冬日裡那縷最樸素而又明媚的火焰,時時刻刻都在溫暖著他那顆日漸冷卻的心。那一簾白霧茫茫的紗幔中,亦唯有她,嫣然淺笑,為他嫵媚著絢爛成繁花滿樹,舉手投足,一顰一笑,都是在守候著一場美麗的遇見。

她含羞低眉,淺淺露出點點硃砂,著上或雪白、或淺粉、或鵝黃、或裂焰般的衣裳,隨同凜冽的寒風,穿過瘦瘦的紅塵,踏著漫天的飛雪,驚若翩鴻,姍姍而來。於他眼中,她是那一盞琉璃的白、她是那一抹輕柔的粉、她是那一枚驚豔的黃、她是那一片奪目的紅、她是他心中最美最美的景。那麼,當西風捲過簾幔之際,就任他們在這雪融的時分,緊緊相依,把一個草長鶯飛的春暖的夢,輕輕融進她淡淡的暗香裡,然後把它掛在冰雪的眉尖,一起守望、一起期盼,好嗎?

沒有理由的喜歡,那喜歡彷彿是與生俱來的,只一眼,便讓他神魂顛倒、欲罷不能。那一瓣瓣嫵媚的花兒,便是他冬日裡最明媚最驚豔的畫卷;那一樹樹遒勁的梅枝,便是他寫就麗詞清句的筆尖蓄滿的濃濃墨韻;那一枝枝梅朵,便是他今生今世的情有獨鍾、來生來世的永恆相依;而那一縷縷臨風飄渺的梅香,便在最相思渴慕的時候輕輕烙上了他的心頭,永不消褪。

淺淺地,把一片素心輕輕融進漫溢的梅香裡,所有的溫暖、所有的思

第三章　雪‧操冰心

　　念，便隨著梅的花語一起啟程。在梅雪共舞的窗前，飛揚著生命的語言，讓完全透明且淨化的詩韻，和著冰天雪地，於他眼前靜靜延伸。踏著枯瘦的季節尋芳而來，那一片梅的海洋，依舊是玉蕊冰凝，神采飛揚，也依舊是冬天裡最美麗的風景，回眸轉身間，每一個角落都流瀉著不羈的芬芳與暗香。

　　最是喜歡那一枝火熱的紅，瞬間就明豔了他憂鬱而沉靜的眸。而她，就那樣靜靜地交疊在他的眸光裡，於飄香的風中輕輕告訴他，那些個關於梅魂的聖潔、關於生命的坎坷、關於人生的深邃。凜冽的寒意中，她披著一身的銀裝素裹站在冰天雪地的路口，隨著季節深處的風雪從容而行，只是這一季，還需要禁受得住幾多的嚴寒、幾多的風霜，才能迎來她的嫣然一笑？

　　凝眸處，她安然端坐在一樹冷豔的梅枝上，燦爛盛放在他孤寂的守候裡，嘴角揚起一抹淺淺的微笑。那漠視所有的姿態，卻是誰的瓊脂傲骨，在雪中燃燒融鑄成聖潔的魂？那笑傲江湖的曠達，又是誰的鐵骨錚錚，在白茫茫的冰雪世界裡，含笑揮灑著凜然高雅的氣韻？

　　十里香雪海，變幻的是流年風塵，不變的卻是一顆千年不老、永遠堅守的心。無論歷經過多少磨難、品嘗過多少苦澀、面對過多少風霜、承受過多少艱辛，她都從不曾變換過顏色，日復一日、年復一年，依然佇立在凜冽的冰寒中，用最深最久的期盼與守候，總是等在光陰的路口。然，這一份堅韌與忠貞，除了他，又有誰人能夠明白？

　　輕輕，握一把暗香在手，踏著雪中清淺的時光，緩緩走近她，走近她的嫵媚與冷香。看她在歡喜的眼中開成最純潔的白、最嬌俏的粉、最驚豔的黃、最熱烈的紅，一顆相思的心，便在頃刻間，洗盡了鉛華，充滿了暖陽。那一樹一樹的梅花開，開的是明媚、開的是嬌豔、開的是溫暖、開的

6. 捲簾應憐江上寒

是芬芳、開的是堅守、開的是執著、開的是柔韌、開的是心香,更是他眸中深深淺淺的笑意,還有心間濃濃淡淡的情結。

條忽間,一瓣晶瑩的梅花輕輕落在了他的眉心,有醉意頓時盈然了他的思念,那一抹油然而生的愜意足夠傾城。於是,心開始在梅的笑靨中蕩起一波一波的漣漪,任他在飄零的飛雪中折取下一縷梅香,擁著那聖潔的魂,只想裁做暖冬的衣裳,溫暖明媚她的眉眼。

靜靜倚在那一株傲雪的梅樹下,抬眼仰望那一枝枝染雪的梅枝。卻不知有多少梅朵的夢,有多少如水的情懷,都在這風中與梅花一起迎寒綻放,於不羈裡瀲灩純淨著他這顆蒙塵的心。觸目所及之處,梅語淺淺,梅韻淡淡,卻是生機蓬勃、芬芳四溢。他知道,那是淡墨描不盡的絕美清幽的意境,更是一曲清音歌不完的凜然正氣。於是,他再也沒有理由不忘卻往日的煩惱,再也無法不讓自己蹙起的眉頭在暗香襲人的陌上漸漸舒緩開來。

這個季節,他只想依偎在梅朵裡,聆聽梅的花語,放飛心底最真摯最熱切的期盼;只想倚著梅枝,在這一幕梅雪共舞的畫卷中,靜靜品味梅的執著從容;只想輕彈一曲高山流水的韻,在那悠揚婉轉的旋律中煮雪賞梅。握一指暗香,寫下心中落滿的念,或在梅的詩意與馨香裡沉沉睡去,一同守候春天的來臨。

轉身,走過輕眠淺睡的季節,那美麗清芬的梅朵,終於在他期盼的眸光中,用一聲清脆明潤的歡呼,引來流水潺潺,引來春光的入駐。緩緩,走過那一片潔白的雪地,春天就在彼岸,被動聽的節拍輕輕喚醒,那麼,誰又會是春天裡第一枝臨寒綻放的花朵兒?凝眸,那一樹樹的梅,依然踏著風雪逶迤而來,把冬天裡最嬌豔最明媚的片段悄悄延伸在溫暖的春,一枝獨秀,獨領風騷,卻又不驕不躁、不卑不亢,只把極致的傾城之醉留駐

213

第三章 雪・操冰心

在人間，只把撩人的暗香輕輕傾潑在天地間。

俏也不爭春，香也不露骨，那便是梅的高風亮節。當風暖雪融，春回大地，百花爭豔之際，梅卻在草長鶯飛後悄悄歸隱於微雨燕雙飛的時節。無意苦爭春，一任群芳妒，零落成泥輾作塵，只有香如故。春來了，她什麼也沒說，只是輕輕地把那傲雪的魂，還有那一縷一縷的暗香，都安放在了歲月的輪迴中。下一個冬季，當落雪傾城之際，她依然會如約而來，用她的冰清玉潔與璀燦爛漫點綴冬天的荒蕪與蒼白。而他們終究，也會在一朵梅花裡重逢嗎？

回眸，凜冽的冬已經在淺淺地春風中落在了身後，而那飄逸出塵、疏影橫斜、暗香襲人的梅花，卻依然一支獨秀地映上他思念的眸子。於是，便倚著窗外的鳥語花香，用指尖輕輕劃過梅香，把她迎風鬥雪的風姿，輕輕寫進他的詞行，更把那一樹嬌豔著燃燒的紅梅，掛在歲月的枝頭，激勵他如梅般從容行走，並在爛漫的春光裡等待下一個冰天雪地，他們會在潔白的雪中淺笑重逢。

> 肌膚綽約真仙子，來伴冰霜。洗淨鉛黃。素面初無一點妝。
> 尋花不用持銀燭，暗裡聞香。零落池塘。分付餘妍與壽陽。
> 南枝度臘開全少，疏影當軒。一種宜寒。自共清蟾別有緣。
> 江南風味依然在，玉貌韶顏。今夜憑闌。不似釵頭子細看。
> 香梅開後風傳信，繡戶先知。霧溼羅衣。冷豔須攀最遠枝。
> 高歌羌管吹遙夜，看即分披。已恨來遲。不見娉婷帶雪時。
>
> ——周邦彥《醜奴兒三首》

初遇她的時候，已是西元 1094 年，哲宗紹聖元年末，梅花傲放的季節。那一季，前往蘇州踏雪賞梅的他，偶然邂逅了那個叫做嶽楚雲的營

6. 捲簾應憐江上寒

妓，並為她的美貌所沉醉、為她的才情所折服。於是，那些個日子裡，他偎著她溫香軟玉的嬌弱身軀，為她寫下無數香豔清麗的詞章，只與她花前賞月、月下把酒、酒中取樂。只是，與她交歡的日子裡，他心中卻始終糾葛著排之不去的愁緒，而那愁緒便緣自朝中愈演愈烈的黨爭之禍。

前一年，即元祐八年正月。新黨黨魁蔡確死於貶所，緊接著，太皇太后高氏在掌握朝政整整九年後，於同年九月拋下舊黨集團，撒手人寰，眼見得東京城的局勢又即將面臨一次徹底的洗牌。

十月，風雨雪開始席捲北部地區，寒冷的冬天再次成為世間的主宰。東京城裡，與溫度同時下降的，還有朝中舊黨的地位。太皇太后臨死前，對首相呂大防說：「正欲對官家說破，老身歿後，必多有調戲官家者，宜毋聽之。公等亦宜早求退，令官家別用一番人。」

誰都明白，這些年一直被太皇太后牽著鼻子走的哲宗皇帝在親政後肯定是要別用一番新人的，就在舊黨成員終日惶惶不安之際，後來被人譏為「楊三變」的侍御史楊畏首先上疏向舊黨發難，並請求哲宗繼述神宗的事業。楊畏原先尊奉王安石的學說，舊黨執政後，他很快又與呂大防、劉摯成為密友，太皇太后崩逝後，又立刻背叛並傾害這二人。他在奏疏中讚美熙寧、元豐新政，請求任用流放在外的章惇。

哲宗很高興地接受了楊畏的建議，很快就恢復了章惇、呂惠卿等新黨黨魁的官職。與舊黨上臺時的手法一樣，新黨上任後首先控制了臺諫。張商英等在元祐時期遭到摒斥的新黨成員被任命為臺諫官，他們立刻展開了對舊黨宰執的無情攻擊。次年三月，首相呂大防被罷職外放，與此同時，朝中亦開始了對元祐政治的清算，熙寧、元豐時期的法令制度又被陸續恢復，這顯然也給遠在溧水的周邦彥的仕途帶來了新的希望。

三月，朝廷開科取士，在集英殿策試進士。中書侍郎李清臣在策題中

第三章　雪・操冰心

對元祐時期的經濟、軍事、科舉等方面的行政措施及其效果進行了反思，也可以說是批判，並且鼓勵應試者究心當世之務，暢所欲言，陳之無隱。對此，舊黨方面很快就有了反應，門下侍郎蘇轍抗章陳奏：「伏見御試策題，歷詆近歲行事，有紹復熙寧、元豐之意。臣謂先帝以天縱之才，行大有為之志，其所設施，度越前古，蓋有百世不可改者。……若輕變九年已行之事，擢任累歲不用之人，懷私忿而以先帝為辭，大事去矣。」

蘇轍認為此次的策題是新黨官員意在洩私憤、圖報復，對國家極其有害，甚至對哲宗提出了尖銳的批判。但在御前議政時，遭到哲宗的厲聲斥責，隨即被罷去門下侍郎之任，出為汝州知州。同月，蔡京、蔡卞兄弟二人都有升官之喜，蔡京在元祐時期知成都府，曾請求到離京城近便之處為官，但遭到斷然拒絕，而今被任命為權戶部尚書，蔡卞則為中書舍人。

四月，蔡卞被詔同修國史，元祐時期對於熙寧、元豐政事的錯誤結論要推翻，重新給予評價，以形成新的政治局面。不久，曾布入覲，他從元祐元年離京外任太原知府，八年中換了五個地方，這次是要到江寧府上任，經過東京，皇帝特意召進。曾布建議應該恢復神宗時期的法令制度，並且為了讓天下人都了解朝廷撥亂反正的決心，應該盡快改元，以順天意、應民情。結果，他被留在了京城，擔任翰林學士、知制誥，不久，又負責編修神宗正史。

緊接著，一心恢復熙寧、元豐新政的哲宗很快下詔，故相王安石配享神宗廟廷。不久，又將曾因同情蔡確出知潁昌府，已回到朝中再次任職的次相范純仁罷政，並令其重新出知潁昌府。同日，章惇被任命為尚書左僕射兼門下侍郎，成為首相。新任翰林學士曾布親自為其撰寫拜相制辭，高度讚賞了這位新黨魁首在「元祐更化」之初反擊舊黨勢力時的堅定果敢和被貶遠徙時的耿耿孤衷。

6. 捲簾應憐江上寒

當時，由於在元祐時期被長久壓抑，受到不公正待遇，在重新回朝的新黨官員中，普遍存在報復心理。擔任諫職的張商英曾說：「願陛下無忘元祐時，章惇無忘汝州時，安燾無忘許昌時，李清臣、曾布無忘河陽時。」這樣的執政心態，自然無法形成健康正向的政治局面，一時間，汴京的天空陰霾密布、氣象獰獰。

在這樣的氣氛下，蘇軾首先成為新黨的打擊目標。他所自詡的「如萬斛泉源，不擇地而出」的文章才華，從元豐時起就因不識忌諱而使他大吃苦頭，元祐時也被臺諫官幾次揪住把柄，這時更是難逃御史們的「法眼」，將其貶知英州。閏四月，由於言官攻擊不已，朝廷再下詔書，宣諭蘇軾今後即使規定期限已滿，也不能官復原職。他的門下秦觀原來是外任杭州通判的，這時也被認為「影附蘇軾」，修《神宗實錄》時擅自增損，而被謫降為監處州茶鹽酒稅。

在臺諫官們的猛烈攻擊之下，六月，元祐宰執們紛紛被貶謫南方。呂大防知隨州、劉摯知黃州、蘇轍知袁州。不僅如此，章惇、蔡卞等人請求挖掘司馬光、呂公著的墳墓，斫棺暴屍，結果未能實現，但朝廷仍然下詔，追奪司馬光、呂公著所贈官和諡號及所賜神道碑，命令陝州、鄭州地方官府派人到這二人的墳地，拆去官修牌樓，磨毀奉敕所撰碑文。

同時，元祐宰執們被剝奪任職，呂大防郢州居住、劉摯蘄州居住、蘇轍筠州居住。十二月，臺諫官彈劾實錄院所修神宗正史不實，史官「多附會奸言，詆斥熙寧以來政事」。於是，哲宗下詔，範祖禹責授武安軍節度副使、永州安置；趙彥若責授安遠軍節度副使、澧州安置；黃庭堅責授涪州別駕、黔州安置。

東京的一舉一動，身處江南的周邦彥都瞭若指掌。然而，那時那刻，有美人嶽楚雲相伴左右，他心裡究竟又滿裹了一份怎樣的情愫？是欲語還

第三章 雪‧操冰心

休,還是此時無聲勝有聲?我不知道。撥開歷史的雲霧,偷偷窺視,我只知道,為她寫詞,寫盡梅花的秀色可餐,寫盡她的溫柔可愛,成了他那一季最令他歡喜的事。

溪源新臘後。見數朵江梅,剪裁初就。暈酥砌玉芳英嫩,故把春心輕漏。前村昨夜,想弄月、黃昏時候。孤岸峭,疏影橫斜,濃香暗沾襟袖。

尊前賦與多材,問嶺外風光,故人知否。壽陽謾鬥。終不似,照水一枝清瘦。風嬌雨秀。好亂插、繁花盈首。須通道,羌管無情,看看又奏。

── 周邦彥《玉燭新》

時光的素筆,只是那麼輕輕淡淡的幾筆,就把一個純白剔透的冬天呈現在他們面前。那一季,看倦了蘇州的梅花,他便帶著嶽楚雲回到溧水,直接前往城東二十里外的廬山,在溪源腳下看一場臘月的盛世梅開。

那一夜,有傾城的月光透過柳梢,從鏤花的簷角溫柔地對映下來,驚落了水邊梅花數朵。彷彿就在剎那間,便有千樹萬樹的梅香隨風輕送,把淡淡的幽香悄然安放在歲月的年輪裡,安放在他和她溫香軟玉的詞箋上,於窗下默默見證著一段近在咫尺,卻又隔著天涯、隔著海角的情深意重。

凝眸處,那一朵朵潔白嬌嫩的梅花與冰雪為伴,在凜冽的風中凌寒怒放,就像是洗盡鉛華、麗質天成的美人,嬌羞中自有春情流露,只令人目炫神迷。只是,這笙歌盡歡的夜晚,究竟是那一樹的梅花還是她懷中那個被人呼為「嶽七」的歌妓更令他賞心悅目呢?

曾經,總是喜歡倚在窗邊的月色或是暖陽裡,讀許許多多繾綣的詞章,與她一起品味其中或悲或喜的極致情懷。還記得,讀到「花月不曾閒,莫放相思醒」那時,總是認為那樣優美旖旎的詩句,定是只適用在兩情相悅的男女身上。朦朧花影下,月光淺淡迷離,眉眼盈盈處,已是描不盡的溫柔意境,此時,若相偎著訴說心中的相思,該是怎樣的綿軟動人?

6. 捲簾應憐江上寒

　　當時的他，從沒想過，這美麗清芬的詩句，亦可以用在心心相通的知己身上。直至遇上了她，他才明白情之一字，的確教人欲仙欲死、欲罷不能。那些個日子裡，她給予他的溫暖、給予他的摯誠、給予他的溫柔，他想他這一輩子也不會忘記，也不能忘記。

　　總是隔著歲月的煙塵，在最不經意的時候，於花影下或是燈火中瞥見她從沒離棄過的關切眸光；總是在她柔美的歌聲裡，聽到他的名字、她的相思；總是在他一轉身的距離，看見她十指纖纖，輕撫琴弦，把他們深厚的情誼，寄託在聲聲如訴的曲韻中，一曲琴聲落，一闋思念濃，水之一方，是笑意盈盈的她牽著他的手，趕赴有愛的紅塵。

　　只輕輕一個回眸，就已緣定三生。那時，她淺淺地一笑便讓他明瞭，原來相思二字落在他和她身上，卻來得更加動人、更加優雅，也更加意味深長。認識她以來，他總是喜歡，靜靜地徜徉在她婉轉悠揚的歌聲裡，感受她盛放的溫情，然後以珍惜憐愛的姿態。一行行、一句句，在文字裡串連那些只屬於他們的點點滴滴，歡喜無限。於他而言，那些有她相伴走過的時光，都染著熠熠生輝的素色光芒，無論何時何地回眸，他的心裡，都滿懷著暖意，滿懷著感恩，而這一切，都只因為有她始終深情不悔的凝望與陪伴。

　　為她，那一季，他偎著歡喜與溫暖，在她紅袖添香的作伴裡寫詞千萬句，句句凝香於素錦年華中。暗夜裡，他總是習慣守著一盞由她點燃的青燈，靜聽一曲經年的老歌，在寂寞裡守望，守著她的輕舞飛揚，在燈影裡，裹著一種深切的幸福獨自淺唱清歡。所有的所有，都只為了她一句情深意重的話語，縱轉身而過後，再也找不見她昔日的柔暖，他也心甘情願為她守候千年。

　　天知道，為了那份情，他寧可辜負蒼天，也要以一顆淡然如水的琉璃

第三章　雪・操冰心

　　心輾轉於文字中，只為她靜靜傾訴。有她陪在身邊，他牽著一縷閒淡的風，默默游離在四季流連的紅塵裡，淡忘了深冬的荒蕪與潦落，不求歸路，只求在水湄輕拈一枝落梅的芬芳，偎著她的嫵媚，沉醉、忘我。如果時間可以停留，他願意凝滯在臘月的梅色裡，傾他一生與她相依，可是，誰又會想到繁華過後，一切皆碾作了塵泥？

　　驀然回首，風兒在他眼前肆無忌憚地揚起了塵土，凝眸處，塵埃靜靜遊逝於九天外，帶不走一絲的憂鬱與哀愁。冬天過後，梅花凋謝，他和她的相守也走到了盡頭，那句長相廝守的諾言也終成欺騙的謊言，輕輕落在了水湄，再也明媚不了任何人的憂傷眼眸。

　　她不得不走，他難以挽留。她本是蘇州營妓，又哪裡能長久地留在他身邊，並與他廝守終身呢？要知道，一旦入了樂籍，就難以逃脫火海，更何況，大宋律令明文規定，官員是不能與樂妓發生苟且之事的，否則就會受到嚴厲的責罰，他又怎會不明白這個道理？嘆只嘆，這份遲來的愛，來的時候轟轟烈烈，至死不渝，離去的時候卻又是那般無奈。回眸裡，終是無言傾述一曲清歌，只憂鬱寡歡。

　　原來，時間可以消逝世間所有的美好與溫暖，那溫婉細膩的明媚總是在殘風中悄悄地走進，又悄悄地離去，從來都由不得人。最終，最深的情、最美的景，還是會在沉默中悄然消逝。然，離別後，那一路蜿蜒縈繞的艱難，那一懷亙古不變的思念，誰又能再於風中輕易提起？

　　梅花落盡，情難再。往事如煙，點點滴滴，絲絲縷縷，卻還在心頭久久纏繞不去，只可惜好景不再來，好花不常開，一切的一切，都已無法再追。錯，錯，錯，一開始便是錯，若不相聚，若不相戀，又何來這撕心裂肺的痛？若不相識，若不相知，又何來這無休無止的疼？

　　她走了，偎在繾綣的思韻裡，他唯有默默嚮往、靜靜遙望。只是，離

6. 捲簾應憐江上寒

開溧水、回到蘇州的她,那雙柔情似水的眸中還會為他留有絲絲的暖意嗎?又是否還會看到他繽紛如蝶舞的燦爛?他眼中的默然她是否還放在心裡?再回首,清澈的時光便在這無盡的懊惱中緩緩流逝,一起淌走的,還有那曾經相守時的幾許默契與安然。

如果春盡必定留不住;如果花開必定要凋零;如果有夢必定要醒來,那遙遠的彼岸必定依舊還是他們相約一起慢慢變老的忘川之地。可是,轉身而過後,分隔兩地的他們還能握著彼此手心的溫暖一路相伴而走嗎?如果可以,在那一葉隨波逐流的蘭舫上,他只願意帶著她一起遠走,即便隔著萬年的滄桑,他還是願意握緊她的手,攜一生的溫暖,與她微笑著幸福到老。

走過的歲月,總是讓他心存感激,只因她曾給過他最真最深的愛。憶往昔,她輕輕柔柔的淺笑,總是在心思纏綿的時候,讓雲舒雲卷漫過他們彼此的心河,醉了一池倒映的星輝。而她,那一抹如花的笑顏總是會在他的深情凝望裡凝結成一枝最美的梅朵,於悠然中點綴著他筆下纏繞的水墨世界。可是,她不在了,再多的相思、再多的想念,又有何用?

總是覺得,時光的深處,生命仿若那一場華麗的錯覺,一旦認真聆聽,便會收穫一地的傷殘與破碎。紅塵輾轉,幾經磨難,歷盡風雨,那一雙望睛的眸早已看透人生,卻是挽留不住眼前消逝的花兒,只能於寞漠中靜靜想念那段一同走過的安靜而綿長的光陰,將她向暖的目光緊緊攢在心中。

俱往矣。與她悵別後,縱然口中輕吟的依然是一朵青蓮的憂傷,但空中依稀漫溢著清新芬芳的香氣,淡淡縈繞、氤氳繾綣,瞬間便冶豔了岸邊那一片瀲灩的水雲天。想著她、念著她,終不得不傾城一嘆,縱有春光旖旎,縱有人間美景,當一切想念都在寂寞的等待中變為一紙虛幻,那麼,老天爺又究竟會許他多長多久的時光,來看盡這一地的落紅纏綿?如果此

第三章　雪・操冰心

生真的與她成為陌路，那麼，就讓他安然靜默在水的一隅，無悲亦無傷，無喜也無憂，在千里之外靜默著為她輕輕祝福吧！

浮玉飛瓊，向蓬館靜軒，倍增清絕。夜窗垂練，何用交光明月。近聞道、官閣多梅，趁暗香未遠，凍蕊初發。倩誰摘取，寄贈情人桃葉。迴文近傳錦字，道為君瘦損，是人都說。袄知染紅著手，膠梳黏髮。轉思量、鎮長墮睫。都只為、情深意切。欲報消息，無一句、堪愈愁結。

——周邦彥《三部樂》

就在周邦彥為嶽楚雲的離去傷神之際，西元1095年，宋哲宗紹聖二年，朝中對舊黨官員的打擊卻仍在繼續。二月，哲宗下詔奪呂大防兩官，徙居安州。八月，曾布請示哲宗，去年貶謫的舊黨官員是否也在赦免之列。徐自明《宋宰輔編年錄》卷十便記載了當時君臣關於要不要赦免舊黨成員的一段對話：

曾布曰：「大禮恩宥在近，去歲貶謫人，不知何以處之？」

哲宗應聲曰：「莫不可牽復，歲月未久，亦不可遷徙。」

曾布曰：「誠如聖諭。蔡確五年不移，惠卿十年只得移居住處，吳居厚等十年不與知州軍，此皆元祐中所起例，自可依此。」

君臣上下對這件事的態度可以說有著驚人的一致。首相章惇態度也很堅決：「此數十人，當終身勿徙。」強烈的仇恨源於舊黨為了打擊和迫害政敵「所起例」，這讓當時沉淪溝壑的新黨們面臨絕望的深淵。現在，當他們把對手踩在腳下的時候，很自然地要以其人之道還治其身。

與此同時，哲宗君臣更對元祐時期反對熙寧、元豐新政的措施進行了「撥亂反正」。先是於紹聖元年十一月追復蔡確為觀文殿大學士，紹聖二年又下詔贈蔡確太師，諡號忠懷，以褒獎他當初的定策之功，並特派宮中宦官料理他的安葬事宜。與蔡確的身後哀榮相比，僅僅兩個月後，朝廷便下

6. 捲簾應憐江上寒

詔，富弼不再配享神宗廟廷。這自然顯示了朝廷除「舊」布「新」的決心，也彰顯了新黨改革的步伐正在深入。

法令方面，免役法已在紹聖元年恢復，依照元豐八年的規定施行。王安石的學說也重新獲得官方的尊崇與提倡。紹聖二年十二月，三省及樞密院都得到哲宗批准，對元祐時期大臣們的奏章和上疏進行整理編類，全面追究他們曾經有過的反對熙寧、元豐新政的言論。

為防止這些人把以前的章疏藏起來，朝廷對舉報者予以獎賞。元祐黨人只是將蔡確置於必死之地，只是將數十名新黨官員的名單揭榜朝堂，但並未有將所有新黨成員一網打盡之意，可是現在，舊黨成員人人自危，只能坐等來自新黨的變本加厲的打擊。

這個時候，遠在江南的周邦彥在溧水縣令任上已度過了將近兩年的光陰。在這裡，他為主簿妻心荷，為營妓嶽楚雲，寫下了一闋闋綺麗流香的詞章，然而，冷眼看朝廷黨爭不斷，終日裡倚紅偎翠的他卻又對世事仕途心生厭倦，索性放浪形骸，縱情於山水中，倒也自得其樂。

溧水是個依山而建的小城，屬於江南東路之下的江寧府管轄。這裡地近道教聖地茅山，其境內的山名、地名，比如仙杏山、無想山，還有長壽鄉、思鶴鄉、白鹿鄉等，無不與道教傳說相關。

在太學時，周邦彥就已經表現出對老莊思想的深刻領悟，《禱神文》中對「忘」的思考，《足軒記》中對「足」的論述，都表明他曾熟讀精思道家著作。但是那時，他正壯年氣銳，如同乳虎玄駒，老莊的齊萬物、冥得喪等哲學理論對他來說只是有趣，亦只能落到文章層面，而不能融入更深一層的現實人生當中。而此時，他已經四十歲了，早已領略了崎嶇世味，見慣了窮達榮枯，老莊的出世思想與周圍的道術玄風正好是一劑療治精神創傷的良藥。

223

第三章　雪‧操冰心

　　精神上的壓力需要排遣，於是，他終日出沒於附近的山水之間，與當地羽流結成朋友，一起探討生命的起源。與此同時，他還把溧水縣衙的後園精心布置了一番，並替那些亭臺樓閣取了自己喜歡的名字，諸如「姑射亭」、「蕭閒堂」等，再加上「新綠之池」、「隔浦之蓮」，儼然一個神仙世界。公事之餘，便會在園中觴詠嘯歌，把簿書鞅掌的煩惱拋到一邊。

　　然而，「新綠小池」、「隔浦之蓮」，卻都未能撫去他心底糾葛的傷痛。妻子婉宜遠在錢塘家鄉，紅粉知己蕭娘更是遠在天邊。現而今，就連深深相愛的營妓嶽楚雲也遠去了他的世界，怎不讓他傷心難耐？

　　聽說，冬天的眉梢，又在窗外的世界裡綻滿了潔白清芬的花朵，還沒來得及任他收拾一地的殘菊，轉瞬間，一場落雪便將世間所有的美麗與哀愁掩埋殆盡。聽聞，官閣裡那一樹樹的梅朵正迎寒綻放，於是，情不自禁地披衣出戶，踏著一朵朵旋轉的雪花，在漫天風霜裡，執著地想要探尋舊日佳人的蹤跡。一路尋去，梅香十里，如約趕來的梅花盛滿清幽芬芳，回眸一笑絕色傾城，可是嶽楚雲當初的那溫柔一瞥？

　　凝眸處，朵朵梅花，粉白嬌嫩、鵝黃淺紫，仿若從線裝書上緩緩走來的女子，在唐詩宋詞裡，烙上淺淺的笑靨，回眸一笑百媚生；又仿若從文人墨客的筆下穿過滿目的江南煙雨透迤走來，瞬間便把那淡墨宣紙氤氳成一朵梅紅，隔著一片雪花的距離，於他眼前疏影橫斜，暗香浮動。

　　影影綽綽中，他終於看見，那倚在一樹梅花之後，她俏麗清芬、流光溢彩的面龐。遠了，近了，放眼望去，但見一片晶瑩透剔的、嫵媚嬌俏的粉、驚豔別緻的黃、熱烈絢爛的紅、玲瓏清新的綠，在他身前迎風招展，竟讓他分不清看到的究竟是幾樹冬梅，還是穿著繽紛霓裳、點上明豔胭脂，於風中搖曳輕擺的那個千嬌百媚的她？

　　還記得，在奔赴前程的路途上，是她，只緣感君深情一回顧，便無怨

6. 捲簾應憐江上寒

無悔地陪他攜手度過與詩詞歌賦相伴的無數個美麗日夜；也是她，在他徬徨困惑的時候，給了他繼續走下去的勇氣。只是，遠去的她又可曾知，他也願意，以最虔誠的心，為她守候，把最初的遇見一一留住，把最美麗的情誼，綿延在永不褪色的字裡行間，和溫暖一起啟程，去那水雲深處尋覓她一如當初的輕柔。

梅樹下、花影裡，月光籠罩下的每一段回憶，都充滿著溫暖馨香的味道。那是冰涼如水的深冬之夜吧？冷月無聲下，她在月光如雪的窗前，與他把盞共歡，曲盡綢繆，自是無限歡喜無限風光。他的凝眸裡，她望向他細語呢喃，在雲影月色裡輕訴一盞相思如酒，卻不知，那一泓流水般靜謐清澈的陶醉裡，更有誰來與她共煮一杯柔情與蜜意。

那一刻，她情真意切的綿綿絮語，字字句句，都讓他明白，無論她去向何處，她心裡牽牽念念的亦唯有他一人而已。而今，往事已矣，如若可以，他願意攜著所有的暖意與溫柔，入她夢中，把同樣的牽念掛在她的眉尖，在一曲莫失莫忘的深情裡，煮一壺溫情脈脈的相思意。只是，這樣的心念還能否美夢成真？

輕輕的嘆息聲裡，此時的季節已淌過濃濃的秋意，為人間送來素潔的冬日。聽聞許多地方，都飄落著紛飛的雪花，卻不知她的窗前是否也有梅雪共舞。此刻，他的窗外，疏影漸遠，只能枕著一席相思，輕捻燈花，再次走進她溫婉情深的章句中，品味她朵朵綻放的思念。既然天意弄人，不能讓他們聚首，那麼，就請讓他的心，飛往千里煙波深處那個有她駐足的方向。也許，唯有那樣，他才好聆聽她那一片暖意融融的心香。

不曾忘，初見時的那些場景；不曾忘，相望時的那些心跳。那一日，晚風輕拂，楊柳搖曳，她在水一方，臨水照影，那淡淡的妝上，綻放著柔軟纏綿、風情萬種的笑意，只一個淡淡的回眸，便與他在江南的風景裡，

第三章　雪・操冰心

　　捻起樂府的古雅幽香，捧著墨香古卷，踏著婉約的曲調，撐一把油紙傘，詩情畫意地邂逅。從此後，她精緻靚麗的身影，便成了他的念念不忘與刻骨銘心。

　　如她所說，經年後，青春與初見都已不在。但是他卻想對她說一句，無論何時何地，她在他的心中，還是如初的美麗。即使山長水遠，即使隔著天涯與海角，即使不知相見是何年，他依然和她一樣，始終會在靜謐中期待著每一個梅開的冬季、期待著每一場的江南煙雨、期待著字裡字外的每一場澄澈遇見。光陰輾轉，流年更替，不必感嘆韶華易逝，不必嗟嘆朱顏已改，此生有愛，他們早已無悔亦無憾，那麼，就讓他們依舊靜守著一方素箋，於風塵中撥弄生香的文字，在彼此的眉眼中傳遞一份盛世濃情，好嗎？

　　回眸裡，白茫茫的琉璃世界裡，他偎著一身的冷香，輕輕，拈起她純白的笑容。才明白，弱水三千，紅塵裡，亦唯有她依舊一如既往地迎風而立，在孤寂中和著那一樹一樹的梅花，於他眼前恣意怒放成他嚮往的柔暖。惆悵裡，悄悄地聽，朵朵臘梅在風雪飄搖中婉轉吟唱著清澈的花語，他的眸光，瞬間便被她隱在梅花後的倩影融化。只是，想要送她一朵冰清玉潔的梅枝，又該托何人捎去有她的地方？

　　於他眼底，她始終清若梅花，是冬季裡最溫暖最輕柔的一朵驚豔。嬌俏而不妖嬈、聖潔而不孤高，不畏嚴寒、不言寂寞，只望向他輕輕淺淺地笑，在爛漫的梅林裡，為這清冷的冬天迅即上明媚的色彩。只是，他們便如此就在這澄澈的雪光中重逢了嗎？

　　此時此刻，他只能微微蹙起眉頭，遙想她依舊溫婉嬌好的容顏在一樹梅雪下望向他嫣然一笑。然後，輕輕拈一縷暗香，在那芬芳的梅朵裡，把她輕輕拾起，再沿著一闋遠古的詩詞，踏著一曲婉約的梅花引，於虛幻的夢境裡，再一次，抵達那一場久違了的美麗遇見。

6. 捲簾應憐江上寒

粉牆低，梅花照眼，依然舊風味。露痕輕綴，疑淨洗鉛華，無限佳麗。去年勝賞曾孤倚，冰盤同宴喜。更可惜，雪中高樹，香篝薰素被。

今年對花最匆匆，相逢似有恨，依依愁悴。吟望久，青苔上、旋看飛墜。相將見、脆丸薦酒，人正在、空江煙浪裡。但夢想，一枝瀟灑，黃昏斜照水。

—— 周邦彥《花犯》

「粉牆低，梅花照眼，依然舊風味。露痕輕綴，疑淨洗鉛華，無限佳麗。」凝眸處，溧水官舍低矮的粉牆下，一樹一樹的梅花開得格外惹人注目。花還和去年一樣的美豔娟好，那花瓣上殘留的露水痕跡，宛如美人洗卻脂粉，愈發顯得天生麗質。只是，她已不在，這份孤清的美麗又有誰人伴他同賞？

「去年勝賞曾孤倚，冰盤同宴喜。更可惜，雪中高樹，香篝薰素被。」輕輕地、柔柔地，一片梅瓣飛上他的眉心，只一個回首，他便覺得自己已經醉在了這份無與倫比的清幽境界裡。寂寂裡，是誰站在梅邊吹笛，為漫舞的梅花輕歌伴奏？一曲《梅花三弄》，倏忽間全化作了他眼底的脈脈溫情，把她骨子裡的詩情畫意，一一吹成了聖潔的傳奇。

冬天，襲捲而至的還是鋪天蓋地的風霜。他無法想像，那嬌柔的梅朵，會如何凌寒鬥雪，更無法想像遠在蘇州的嶽楚雲，此時此刻，又是偎著怎樣的相思，在夜夜笙歌的筵席上，將他寂寞地想起。雪落紛紛，那滿城的潔白，又怎及得上她傾情的綻放？可知，再多的清冽與通透，都不如她梅樹下望向他的淡淡一笑？

還記得，去年這個時候，有她相伴的日子裡，他曾一人獨倚梅樹賞梅飲酒。那時潔白的梅花上面覆蓋著晶瑩的雪，彷彿披著素被，而朵朵梅花清香四溢，好似香籠正為素被薰香。一切的一切，自是美得不可勝收。

第三章　雪‧操冰心

可知，倘若他是一瓣雪，他必飛上她綿軟的唇，伴她舞一場絕世的相思纏綿？

「今年對花最匆匆，相逢似有恨，依依愁悴。」已經是紹聖二年年尾了。此時此刻，他任滿將去，且已得到赴京任職的詔命，但不知為何，卻怎麼也找不見那份想像中本應有的喜悅與歡欣。

十年了，陷身黨爭之中的他被舊黨集團逐出東京，歷經廬州、荊州、溧水之徒，本以為會像蔡確一樣老死客途，未曾料，新黨居然重新上臺執政，怎不令他鼓舞沸騰？然而，想起即將便要遠離溧水再赴京師，他還是無法讓自己徹底高興起來，究竟，他又在惆悵些什麼煩惱些什麼？

馬上就要離去了，面對眼前這片開得如火如荼的梅花，他卻只能匆匆看過，再也無法像從前那樣攜著她纖纖素手，花前月下，將那一樹一樹的花兒仔細把賞品玩了。而那梅花似乎也與他心有靈犀，懷著依依別情，彷彿因為傷離怨別而變得愁苦憔悴。再回首，他只想折一朵梅蕊，為她，為他心心繫念的姑蘇營妓嶽楚雲痴痴流連，把暈溼的墨韻通通鐫刻在繽紛的夢裡。只是，這一份情愫又有誰人能夠明白？

「吟望久，青苔上、旋看飛墜。」想著她，念著她，終是徘徊花下，不忍離去。駐足，久久地凝望著那朵朵凝雪的梅花，想要將滿心哀曲吟詠成一首美麗的惜別之詞，卻忽見梅花朵朵飄墜於青苔之上，更引起滿腹愁緒。

枕月聽雪，梅花依舊在眼前一樹一樹地靜開，那紛紛而落的輕柔梅語，漸漸喚醒了他沉睡的夢境，一縷一縷的幽香，瞬間便沾上了雲袖，在他身邊縈繞盤旋，經久不絕。然，恍惚裡，卻是誰飽蘸著一泓望不穿的春水，又於夢中為他輕撥起了一曲銷魂的《醉花陰》？是她嗎？他念念不忘的她？

6. 捲簾應憐江上寒

嘆，時光在瀲灩的風塵中帶走了一切驚豔與浮華，卻終究化不掉梅的瓊脂傲骨，更撫不去他對她的刻骨思念。那麼，便讓這眼前的梅樹依舊保持凜然的姿態，再陪他在月下看一回她素雅的淡容，安坐在那高高低低的梅枝上低吟淺唱一曲吧！

此時此刻，他只想偎著思念，在她遠去的笑顏裡，煮一壺雪，拈一支瘦筆，把她若梅般獨領風騷的傾城醉，描摹成這一刻的傾心相遇。只是，他真的還能與她邂逅在這一場浪漫的梅花雪裡，再歡聲笑語著把盞共歡嗎？

「相將見、脆丸薦酒，人正在、空江煙浪裡。但夢想，一枝瀟灑，黃昏斜照水。」輕挽素袍，踩著冰雪拾階而上，耳邊卻聽得清幽的歌聲從遠方緩緩傳來。驀然回首，佳人已逝，禁不住淚雨問蒼天，卻是誰滿含著一片深情，在這冰天雪地裡，淺唱起一曲纏綿悱惻的梅花三弄？是她嗎？是她從潔白的冬天出發，沿著來時的軌跡，要用心中燃起的火焰點亮、溫暖他憂傷的眸子，並將春天從容引來，從此，長駐在他心間嗎？

他不知道。他只知道，來年，當冰雪消融、春回大地，那青綠脆圓的梅子必將成為席間佐酒的佳品之際，而他，想必正泛舟漂泊於空闊的江面上，只與煙波風浪相伴。怕只怕，到那時，他又會憶起眼前這枝白粉牆邊昏黃月色之下臨水盛開的梅花來，空惹他一懷愁緒。只是，下一個雪舞時節，她還會在他夢中，隨同那嬌豔的梅花一起搖曳生姿嗎？

銀河宛轉三千曲。浴鳧飛鷺澄波綠。何處是歸舟？夕陽江上樓。

天憎梅浪發，故下封枝雪。深院捲簾看，應憐江上寒。

—— 周邦彥《菩薩蠻》

「銀河宛轉三千曲。浴鳧飛鷺澄波綠。何處是歸舟？夕陽江上樓。」冬的夜，萬籟俱寂，陣陣梅香隨風輕送。他很想，折取三兩枝，和她偎於雕花小軒窗下，煮一壺相思酒，把盞言歡，然後一起捻筆，在花香裡描摹一

第三章　雪‧操冰心

闌梅花瘦。又或者，牽手淺笑，執一管竹笛，倚在梅邊吹奏，透過婉約的曲子，演繹他們這一段盛世華章的絢美愛情。

回眸，一瓣素潔的梅花斜斜地飛上他的眉心，暗香盈袖裡，他把她的相思輕輕拾起，頓時，便有暖意盈懷，瞬間便明媚了他憂傷的心事。終於明白，只因有她，寒冷的冬天，也可以溫暖無比，而這一切，都只因為，在他心頭，她依舊是最溫暖的那一朵嫵媚。

只是，他不在她身邊的日子裡，她又會做些什麼？除了倚樓凝眸，望斷銀河宛轉，看穿綠波飛鷺，將他默默等待守候，她還能做什麼？終不過，於斜陽下，看千帆過盡，卻是不見歸舟來，怎不讓她相思成災、黯然魂傷？

「天憎梅浪發，故下封枝雪。深院捲簾看，應憐江上寒。」回首裡，但見嫵媚的梅花與繽紛的冬雪，在寂寂的冷風中，一起翻動著過往的歲月，而那些數不清的感動，便都在這個季節深處的淡淡梅香裡緩緩沉澱，直沁心底。

想著她的溫柔，念著她的嬌羞，指尖輕輕滑落在素琴上，於靜謐中撥動那思念的絃音，頓時便有低沉的旋律環繞在他周身，恰似一縷惆悵的天籟，連綿，不絕。輕輕，喝一口素雪熬煮的清茶，舌尖上依然含著絲絲的苦澀和鹹鹹的味道，只一個淺淺的回眸，那無奈的悲哀又落滿了他瘦了的雙肩，怎不讓人心生愁怨？

放眼望去，上蒼似乎突地厭惡起這一叢叢恣意綻放的梅花，於是，故意降下大雪封住它的枝條，不讓它繼續洩漏春光前的嫵媚。只是，那靜居深院的佳人，正無聊時，捲起繡簾，看窗外梅開梅落，那一抹霜枝雪幹，是否更令她心疼地憶起，那一襲青衫穿行於寒江上的落魄遊子？

第四章
月・滿西樓

第四章　月‧滿西樓

1. 斷腸院落一簾絮

　　章臺路，還見褪粉梅梢，試花桃樹。愔愔坊陌人家，定巢燕子，歸來舊處。

　　黯凝佇，因念個人痴小，乍窺門戶。侵晨淺約宮黃，障風映袖，盈盈笑語。

　　前度劉郎重到，訪鄰尋里，同時歌舞，唯有舊家秋娘，聲價如故。吟箋賦筆，猶記燕臺句。知誰伴，名園露飲，東城閒步？事與孤鴻去，探春盡是，傷離意緒。官柳低金縷，歸騎晚、纖纖池塘飛雨。斷腸院落，一簾風絮。

—— 周邦彥《瑞龍吟》

　　月光淺淡，花影朦朧，流水無聲，倦鳥歸巢，抬頭望望，夜已是深了。然，她卻仍然毫無睡意，獨守在那一簾寂寞的雕花窗下，輕捋一絲月夜的繾倦與孤單，在飄香的風中靜靜凝思他過往的身影。

　　千朝相思轉瞬老卻了曾經的紅顏，歲月流芳早已碎了當初的明媚。舞著思念的心緒，舉一杯淌淚的酒在子夜獨醉，看似無意卻惆悵叢生。他不在她身邊，這寂冷的月下，她只能借得聲聲的輕嘆，在一個人的深閨中，偎著搖曳的燭火，輕舞薄如紗翼的相思，任想念的眸環繞每個有他的片段，心傷難耐。

　　靜謐的守候與長久的等待中，儘管不願承認自己的心已因一場眷戀而悄然沉淪，卻早已與他緊緊相隨，縱隔著天涯海角的距離，亦不曾有過片刻的分離，儘管不曾想過自己會因為愛情而迷失本我，更走不出這憂思的長河。然，如果不是他，她怎會獨自徘徊在這憂傷的子夜歡喜悲傷著想他，又怎會迷戀上這一襲清遠幽暗的月色？

1. 斷腸院落一簾絮

　　憶往昔，他和她的相遇雖平淡無奇，卻也留給她今生最深的痴迷。恍惚裡，但見窗外那片昏暗的月色，依舊映照著記憶中他模糊的臉龐，濃濃的思念裡，卻又不敢翻看他留在紙箋上的繾綣柔情，不敢思索他話語間的愛意纏綿，不敢凝視他如水的清眸幽怨，更不知他溫柔的懷抱究竟能容下幾世的情緣，只怕一念之間，那糾葛在心底的期盼便又要在瞬間傾覆她眼角的潮水。

　　想他、念他，總是令人難捨那段執手的回憶，總是心甘情願地沉溺於那些陳舊的往事中，在子夜悄悄品讀他的詞賦，讀他字裡行間的萬古情綿、讀他文字裡的寂寞孤悵、讀他心懷激盪的痴迷淚眼、讀他柔情婉約的眉宇哀怨，只任那一字字的纏綿、一言言的繾綣，激盪她柔軟的心懷，婆娑她傷然的淚眼。

　　他給她的暖，她今生難忘；他對她的好，她來生難償，即便他已遠離她的世界，又怎能不讓她因著他給她的暖意而心生惆悵？回眸，更深夜寒，月色溫婉，幽暗的燈火朦朧在一樹花影下，誘惑著孤寂的靈魂，那無邊的孤單和憂鬱，讓傷感的心更添了一份徬徨與困惑。

　　等不見他的歸來，於是，便在這悽迷的夜色裡徹底戀上了風中傷感的絃音，戀上了指尖輕觸紙箋的孤單，只心痛莫名。此時此刻，只想為他在窗下采一縷月的清冷，伴一曲纏綿的清風，舒一段心間的幽夢，守一份夜的寂靜。只是，遠方的他，是否還會在那泛黃的素箋上為她播撒心間的情絲翩翩？

　　心，仍然在等；眸，仍然在盼。卻為何，她等了又等、盼了又盼，等來了陽春白雪的更替，等來了菊花殘梅花香，卻還是沒能等到他的歸期？放眼望去，遍尋不見他的蹤影，然，心裡念念不忘的還是他，怎不讓人徬徨？他不在，她只能在窗下靜靜捧讀他的詩詞，用繾綣的情絲把他留在詞賦

第四章　月·滿西樓

裡的寂寞輕輕彈去，沒了寂寞，他那氤氳著深情的文字會更加動人心懷，更令她唇齒生香。

然而，品來又讀去，遠方的他可知，今夜的她，心若纖塵不染的青蓮，靜靜開在他碧水盈盈的湖畔，只為撫去他眉角的憂傷？又可知，今夜的她，心若寫情見意的紅葉，緩緩飄落在他落絮紛飛的心尖，只為絢爛他平淡的生活？

凝眸處，夢中想念了許久的他還是不在，唯有窗外淅瀝著刮過的風聲，在孤寂中叩響了她悱惻的情思，任無盡的相思都漫隨了一縷孤單緩緩飄落在水湄，而那顆思春的心，卻印在了那一紙情深的花箋上，靜靜躺在他遠方疾書的筆端。

或許，他便是縈繞在她前世夢裡的殤，若不是這樣，又怎會在今世換來她癡癡的等待與不盡的守候？一任她的心在迷離的紅塵中沉淪，在他憂鬱的眸中，歡喜或悲傷著看繁華落盡在人歸後，只餘一身的寂廖浸染了她全部的生活。此時此刻，她抹著塵世中最深的孤獨，默然徘徊在初春的河畔，靜看朵朵落梅於眼前無聲地飄飛，迅即鋪成一地的心傷，只一回首，便冷了她拈花的指尖，更淡了她看花的心緒。

紅塵再好，也不如他給的暖意；春花再美，總不及他對她的深情。守著一份他曾給她的深愛，她不戀兩岸妖嬈的花兒，只想沉醉在他溫潤的眸中將他輕輕淺淺地思慕。寂寂裡，倚偎在天給的靜謐與孤獨中，替自己斟一杯相思的酒，醉眼看月影舞紗，那半盞琉璃盛下的卻是她顆顆晶瑩的淚滴。

凝眸處，春梅在寂寞的枝頭綻放著一季芳華，吐露著不盡的芬芳，只是，這一縷暗香，又有誰來陪她同嗅？冷冷的風兒撩起單薄的衣裳，扯起更多的思念與期盼，而他，那個駐守在她心尖的他，卻還是身在天涯，更無暇思慕這一簾醉心的清幽。

1. 斷腸院落一簾絮

　　想他、念他，總是孤燈殘影人悽惶，夜夜夢闌珊。然，遠方的他又可否為她書一紙信箋，撫慰她這一份遣之不去的憂傷與徬徨？西窗下，究竟是誰讓她徹夜惆悵無眠、淚語哽咽到天明？是他，除了他還會有誰！他可知，她本想在今生裡獨自禪守一份淡然，只是遇見他後，她的心便開始回歸慌亂，那一夜，四目相對，情深意重，教她如何抗拒得了這份遲來的愛？

　　傾耳，聽著一曲熟悉的旋律從遠處飄渺而至，突地便又換了她的淚雨紛飛、心傷難耐。她知道，雖然已與他隔了山高水長的距離，他的身影已隨著時間的流逝在她眸中日漸模糊，可還是難以割捨他那一份如詩的情懷，難以消散他那一雙深情的雙眸。心痛，曾經擁有的一切美好與歡喜都已遺失在千里之外，究竟，該如何，才能再與他重逢在香閨，守著一份柔暖同唱一曲長相廝守？

　　淺淺的月色下，她又開始為他繞指輕撥絃，於深重的花影裡彈起一曲相思的歌謠。因為心裡總是珍藏著那個遠去的他，所以思念夜夜都會在燈火闌珊後輕染她的寂寞與孤單，於是，只能在想像中裝作他就在身邊的模樣，然後，著一襲華美的裳，為他輕揮水袖，於他眼前展一幅風情萬種的絕世畫卷，只與風共舞繾綣，只與花共敘溫柔。

　　她知道，她不是清純如水的美嬋娟，也沒有風華絕代的粉黛嬌顏，所以只願在思念裡書一段如水的溫柔信箋，寄予他知。只是，他可知道，她的心已如水波瀲灩，滿面已是珠淚殘顏？此時此刻，唯願輕風推開她的窗扉，任那縷朦朧而又繾綣的月色，攜著她的想念，為千里之外的他送去深切的問候，若他安好，便是她想要的晴天。

　　春風十里，情思無限。聽說，他已從江南回歸朝廷，從溧水回到東京，然，曾經的他和她都已不再，而今，兜兜轉轉後，她和他，已是形同陌路，這一份曲曲折折的情深不悔，還是和著淚水，將它深埋於心底，永

第四章　月・滿西樓

遠不要再觸及了吧！

　　只是，遍尋整個東京城卻再也找不見她的他，此時此刻，是會倚在一樹燦爛的桃花下為她無奈地嘆息一聲，還是會繼續徘徊在月夜之下，把他們曾經的點滴溫暖，從心底捧出，長長久久地憶了又憶呢？

　　章臺路，還見褪粉梅梢，試花桃樹。愔愔坊陌人家，定巢燕子，歸來舊處。

　　黯凝佇，因念個人痴小，乍窺門戶。侵晨淺約宮黃，障風映袖，盈盈笑語。

　　前度劉郎重到，訪鄰尋里，同時歌舞，唯有舊家秋娘，聲價如故。吟箋賦筆，猶記燕臺句。知誰伴，名園露飲，東城閒步？事與孤鴻去，探春盡是，傷離意緒。官柳低金縷，歸騎晚、纖纖池塘飛雨。斷腸院落，一簾風絮。

　　　　　　　　　　　　　　　　　—— 周邦彥《瑞龍吟》

　　「章臺路，還見褪粉梅梢，試花桃樹。」他在想她。是的，西元1096年，宋哲宗紹聖三年三月，41歲的周邦彥溧水任滿，還京為國子主簿。然而，他無時無刻不在想念著她，他的蕭娘，只是，他就差沒把整個東京城翻個底朝天了，卻為何還是遍尋不得她的蹤影？

　　章臺路上，隻身一人的他，攜著一身的憂傷與惆悵，憶著往昔與她把酒共歡、你儂我儂的日子，依舊默然徘徊著。凝眸處，但見晚梅方謝，桃花已開得如火如荼，春天已然降臨了，只是，他的春天，他和她的春天又會在什麼時候來臨？

　　「愔愔坊陌人家，定巢燕子，歸來舊處。」放眼望去，附近坊陌人家的院落幽深而寂靜，呦呦鳴叫的燕子隨著春天的來臨又飛回到了舊處，築起了巢穴，一派欣欣向榮的景象。而他，曾被舊黨排擠出京城的新黨支持

1. 斷腸院落一簾絮

者，而今亦已隨著新黨集團的重新掌政回歸朝廷，這和那北歸的春燕又有什麼兩樣？只是，卻為何總也高興不起來？卻為何兩眉間還是深鎖著一彎愁緒？

「黯凝佇，因念個人痴小，乍窺門戶。」黯然佇立，思緒又回到從前，眼前不禁浮現出與她初遇時的情景。那時的他，正在章臺路上閒逛，回眸間，突然看到一個天真稚氣的少女，正盈盈地立在門邊，只一眼，便陶醉了他的心。

「侵晨淺約宮黃，障風映袖，盈盈笑語。」那時的她，額上淡淡地抹著宮黃，笑靨如嬌花照水，語聲如珠走玉盤，那一低頭的溫柔，恰似水蓮花不勝嬌羞，只讓他相見恨晚。就在他為她神魂顛倒之際，卻又見她輕輕舉起衣袖，想要擋住清晨的冷風，不讓它吹到她如花似玉的臉頰上，愈發顯得清麗鮮妍。

「前度劉郎重到，訪鄰尋里，同時歌舞，唯有舊家秋娘，聲價如故。」而今，還是那條章臺路上，駐足在三月明媚的春光裡，卻已無法尋覓她的蹤影，怎不讓他傷心難禁？可知，他就像《幽明錄》中記載的誤入天臺山仙境的劉晨一樣，無時無刻，不想重回她的仙境，與她再續舊情，只是，她已不在，又讓他去哪裡尋覓那一季曾經的芬芳？

看來，只好挨家挨戶地尋訪她的舊鄰，那些在往昔的日子裡與她一起伴他輕歌曼舞、花前月下把盞盡歡的風塵女子了。十年了，離開東京十年，那些歌妓舞人都還記得他。只是，她們每個人的臉上都被無情的歲月風霜刻上了皺紋，再也無復昔日風光，想必，若他的蕭娘出現在這裡，也該是滿面憔悴了吧？

聽她的姐妹們說，他走後，這一條街上，也只有蕭娘的聲價還和過去一樣，可以維持十年不衰，而為她心動、為她痴狂的男人，更是猶如過

第四章　月‧滿西樓

江之鯽，不知來了多少波又去了多少波。可是蕭娘對任何男人都沒有動過心，只因她心心繫念的只有一個他。然而，因為聲名越來越大，慕名前來探訪的人也愈來愈多，所以，她最終還是選擇了嫁人，逃脫了這煙花苦海。

什麼？蕭娘嫁人了？怎麼會？她不是說好要在這裡等他回來的嗎？曾幾何時，他們走在曲徑通幽的青石板路上，交纏的十指，瞬間暖了溫柔心扉；曾幾何時，他們說好了地久天長，明媚的笑靨，頓時晴了萬里碧空；曾幾何時，他們緊緊依偎著在月下等過一場花瓣雨，看那繾綣的時光，倏忽醉了青春。為什麼，只是一個轉身，他和她便已不能再見？

悵然裡，輕輕，捧起一簾傾城的夢寐，聽風聲在水湄淺唱一季離傷，將她深深地思念，那滿城的淺淡心事，卻是寂然了一場爛漫的花雨。只是，這暗香飄飛的流年裡，卻是誰在窗下暈染了他煙雨瀟瀟的心事，又是誰，任她轉身咫尺的距離，瞬間輾轉成他心底的陌路天涯？

「吟箋賦筆，猶記燕臺句。知誰伴，名園露飲，東城閒步？」不知道，攢緊盈然滴落的淚珠，他還能否倚著萬般的眷戀為她寫下一季天荒地老？只知道，孤單著坐在案邊空描一場夢裡的花開，她低頭，卻寫他一生的傷悲。如若，沒有最初的遇見，是不是，他就不會沉醉在記憶裡，任青春於疼痛裡失了色彩？如若，沒有後來的離別，是不是就不會遊走在悲傷裡，任心扉於惆悵中微微刺痛？

嘆，傾盡一世繁華，終究守不住初見的美好。人去樓已空，然，每次吟詩作賦時，總還記得那纏綿悱惻的《燕臺》句，更記得她昔日的種種溫柔、種種嫵媚、種種嬌俏，片刻不能忘懷，叵奈舊家秋娘已歸他人，不能與他再共，怎不令他心痛欲絕？

不知道，以後的以後，還能有誰會共他作伴，如往昔般，徜徉於名園對露暢飲、徘徊於東城閒步尋花？俱往矣，一切的一切，都已隨晚梅飄散

1. 斷腸院落一簾絮

盡，過去的賞心樂事也無從重現，只能深深地銘刻在自己的記憶之中了。

「事與孤鴻去，探春盡是，傷離意緒。」時光在那曲徑通幽的雨巷裡穿過微涼的青石板，迅即斑駁了一地旖旎芳菲。驀然回首，那些翩躚在水湄的花瓣，連一聲招呼也不打，便帶走了她寫在他手心的眷戀，只餘傷心在他心頭縈繞。

輕輕，一個轉身，那些路過風吹的季節，守候的煙月還是忘記了昔日的盈滿，那些路過雨漫的天空下，曾經的笑靨還是暖不了冷卻的心扉，那些路過花開的時節，淡淡的馨香還是鎖不住無盡的悲傷。只是，曾經月下的輕舞，那一場流年的絢美遇見，究是鎖了誰人的心？傾了誰人的淚？傷了誰人的情？

伸手，輕觸歲月的蒼白與薄涼，那晴好的日光，早已傾斜成他眼中滿簾憂傷，默默縈繞在時光深處。想著她、念著她，免不得又心生惶恐。於是，大膽地假設，如果，相思的紅豆降落在錦年的芬夢裡面，他們的結局會不會被改寫？如果，故事定格在離別的前一秒，他們的愛戀會不會被延長？如果，夕陽停留在欲醉的花蔭下，他們的誓言會不會被永恆？

俱往矣，情已如孤鴻飛逝，愛難再續！雖心中有著千千萬萬的不甘不願，但無情的事實擺在眼前，又哪裡去追？他知道，生命中如鴻溝般的斷裂就橫亙在今昔之間，再也無法彌合，儘管有著再多的悔恨與傷痛，亦都無濟於事，更不能將她追回，不作罷又能如何？

再回首，那些流轉在指尖的青澀年華，都已和著他渾濁的淚水在她的轉身後輾轉成歌，那一場風花雪月裡遺留下的殤，也都凝結成一抹難解的離愁，氤氳在紅塵紫陌間。人已去，這春光無限的日子裡，放眼望去，望到的卻處處是傷，亦只能枕著一曲離愁，在潸然的時候淺憶和她相遇的時節。只是，那抹曾經明媚的笑靨，如今卻是淡出了何種悲傷？此時此刻，

第四章　月・滿西樓

他只能憂傷著採擷一縷陽光，任眼淚落滿他傷然的世界，頃刻便潮溼了破碎的心城。

「官柳低金縷，歸騎晚、纖纖池塘飛雨。斷腸院落，一簾風絮。」繼續，徘徊在寫滿往日情愛纏綿的章臺路上，一直流連到很晚才肯離去。傷心裡，撿拾起路邊風乾的落花，輕捧一簾殘夢，那凝結在筆尖的相思，卻是深鎖了哪一季的執念？回眸裡，楊柳低垂，細雨飄飛，一如他的心緒，始終看不清遺忘的路還有多長，只是，那漫天紛飛的悲涼裡，他該如何才能緊握住那份悄然升起的暖陽？

看透沿途的風景，此去經年，誰還能挽著昔日的煙雨，獨自守望在紅塵？那份埋在流年深處的痴愛，終究成了他痛徹心腑的傾城孤寂。默然裡，他亦只能孤寂著他的孤寂；惆悵著他的惆悵，隻身一人回到那落滿愁緒的住處，只是，依稀回眸間，不見時光靜然，抬頭，卻有花香盈滿他的淚流滿面。

在那小庭深院，他不得不再次獨對那一襲柳絮風簾，悲傷得幾乎肝腸寸斷。然，這一切，又有誰人來憐？誰人來悲？遠去的她，什麼都看不見，所以心靜靜安眠在深閨裡；夢裡的她，還是不肯來，所以情悄悄走遠，只留滿懷寂寞，伴他度過這寂寂長夜。

條風布暖，霧霧弄晴，池臺遍滿春色。正是夜臺無月，沉沉暗寒食。梁間燕，前社客，似笑我、閉門愁寂。亂花過、隔院藝香，滿地狼藉。

長記那回時，邂逅相逢，郊外駐油壁。又見漢宮傳燭，飛煙五侯宅。青青草，迷路陌。強載酒、細尋前跡。市橋遠、柳下人家，猶自相識。

—— 周邦彥《應天長》

「條風布暖，霧霧弄晴，池臺遍滿春色。」梨花白、桃花紅、辛夷紫、杏花粉，悄悄地，自然便隨一江落紅流到了汴京的三月；楊柳風、梅子

1. 斷腸院落一簾絮

雨、油紙傘、石板徑，輕輕地，他和她便從那淡煙疏雨的江南裡走進了三月的汴京。汴京的三月，風輕、雲淡、雨細、花柔，如煙如嵐，見了，就不曾忘懷；三月的汴京，小橋、流水、古道、人家，如詩如畫，來過，就不願離開。

於他眼底，三月的汴京，暖風吹得行人醉，細雨潤得萬物生。與汴京有染的，不管是風景，還是人文，處處唯美；步步有韻，無關風月；無關情愛。凝眸處，春風駘蕩，迷霧飄動，逗出一輪晴日，池塘水綠草清，自是一片春色可人。

那涼亭飛榭，一蓑煙雨、一樹飛花、一簾幽夢，微閉雙眸，只為尋覓夢裡的三分迷離；那古汴水畔，一杯清茶、一波碎月、一份閒心，細讀汴京，只為品味詞間的七分雅韻；那田園古閣、綠柳廊橋、山澗流水、酒旗人家，古韻寫意，只為尋訪汴京的十分唯美。

十年了。十年沒回來過了。沒想到，汴京的三月，依然是杏花微雨，沾衣欲溼，潤物無聲，楚楚動人；依然是楊柳輕風，吹面不寒，呢喃有韻，脈脈含情。還記得，曾經，在這情柔似水、愛甜如蜜、人美如詩的城池裡，他一路尋覓，不經意間，那素衣勝雪、吐氣若蘭的她，便在這春風綺豔的街頭與他不期而遇。

那時那刻，他攜著的她的手，穿梭在玲瓏花間，或見她信手低眉，含蕊輕嗅，花香滿衣；或見她轉身回眸，拈花一笑，如痴似醉。風兒緩緩地吹過，那水湄的桃紅杏粉，一瓣一瓣，落得滿眉、滿身、滿地都是。於是，她一時興起，與花輕舞，任花香盈袖，舞盡汴京的風韻；於是，她一時忘情，杏目微垂，羞花掩面，吐出三月的情懷。從此，那沾染著汴京煙雨的愛情，便在煙花三月款款飄落。

「正是夜臺無月，沉沉暗寒食。」然而，舊地重遊，卻已不見舊日情

第四章　月‧滿西樓

人,那一份悵惋之情,還是無時無刻,不縈繞在他愁緒叢生的心頭。此時此刻,正是清明前的寒食之夜,沒了她的作伴,孤身一人的他獨處堂上,舉頭不見月光,但見沉沉夜色籠罩著大地,也籠罩在他憂傷惆悵的心尖。

外放十年,好不容易才回歸朝堂,沒想到,不僅失去了往昔恩愛的她,朝中之事也都不盡人意,卻嘆世事滄桑、人事全非,抱負仍無以施展,憂鬱之情都寫上了他深鎖的眉梢。

他知道,新黨重新執政後,先前的舊黨集團被排擠一空,那位與叔父周邠素有交情的大文豪蘇軾亦已被一貶再貶,最終被謫居惠州,而他的弟弟蘇轍亦自分司南京謫降筠州。一切的一切,都彷彿當年舊黨上臺後的重演,只是,這樣怨怨相報,何時才是了?重回東京,才發現,官場黨爭依舊頻繁,仕途更是險惡莫測,到底,這政局何時才能步入正軌?

「梁間燕,前社客,似笑我、閉門愁寂。」梁上的燕子,是先前春社時來此築巢的,它們呢喃細語,彷彿在笑他獨自閉門坐困愁城。回眸,淚水又斑駁了一地,到底,誰才是他心底那份最遙遠最珍重的希冀?

曾幾何時,想要和她相偎著一起,去看那一段花開花落、雲捲雲舒的清淺與柔媚,只是礙於現實的悲涼,只一個回眸,便在心間徒然添了一個殘夢,那些鏡中花、水中月的嚮往,轉瞬都被困縛在了紛亂迷離的煙雨紅塵中,到最後,手心攢起的究是消散的夢境還是難耐的現實亦未可知。

想她、念她,縱相思成災,亦無法與之共守,於是,這寂寥的夜裡,他只能提一管墨筆、攜一箋素宣,枕著她往昔的溫柔,將她過往的蛾眉一笑悄然凝固在傷然的心底,默默回味。

「亂花過、隔院蕓香,滿地狼藉。」風起時,亂紅飛過,滿地狼藉一片,卻不料,吹來的卻是隔院之花。只是,那緊緊相挨的舊日庭院裡,可否有她紅顏依依?嘆,荒年已陌,天漫塵埃,這飛舞的塵沙,終把她的容

1. 斷腸院落一簾絮

顏輕輕地掩埋,於是,他唯有把思念放到那一座風沙侵襲的城裡,在風中默默期盼著她下一個嫣然回眸。

繁華散盡,春已逝;佳期如夢,月難圓。她不在,再多的花間流連,影出的也只是縈繞在他心間的離愁別緒,再多的詩詞墨字,寫出的也只是一份難言的悲歡離合。俱往矣,所有的溫存都過去了,這一紙離騷訴衷腸,又如何遣得了離人的相思淚?往事,在眼前一一浮現,又在風中一一落幕。剎那間,幾許寒意便染盡心間灼熱,只任他憂傷著披著淒涼,在悲傷裡打碎夜的寧靜,卻是肝腸寸斷。

默默踱步於汴河畔,看著昏暗的天幕下那一片片淒涼浮雲傾盡人間悽楚,卻不見她泊近的小舟,更不見她起舞弄清風的倩影,只留他於夢裡弦弦柱柱思華年,怎不讓人惆悵徬徨?獨自站在閣樓上遠遠眺望,看飛花落盡,萬蹄踏盡翩躚的路塵,卻唯獨沒有她來時的場景,怎不讓人愁緒叢生?

凝眸處,落梅隨風起航,塵埃隨風漫舞,只有他還獨自留在寂寞裡,用淚水挽留著春梅的紛飛,用悲傷挽留著塵埃的落定。然,到最後,留下的卻只是他自己孤獨的殘影罷了。

「長記那回時,邂逅相逢,郊外駐油壁。」放眼望去,整個世界,無不染著她的味道,沾著她的氣息,又教他如何能將她輕易忘卻?孤獨時分,踏上遠去的小徑,他毅然決然地尋覓著她的微笑與溫暖,在山水竹林間,用素筆將她輕輕描繪。撩著薄紗,揮著水袖,輕歌曼舞,那甜潤柔美的歌聲瞬時渲染了一地芳香,而他的眼裡也在這時失去了時間、失去了天地,唯一看到的便是他不曾忘卻的她的容顏。只是剎那,便是永恆。

山高水長,隔不了兩兩相思;天涯海角,斷不了兩兩相望。他還記得,那年那月,也是寒食時節,在郊外,她停下了油壁車,緩緩掀開車簾,風情萬種地望著路邊經過的他,並衝他蛾眉一笑,那一瞬,他整個身子都酥軟得

第四章　月・滿西樓

要化成春水。這是與她的第二次相遇，第一次，是在她門前，便是那一眼，就讓他為她神魂顛了倒，而這一次重逢，更是讓他為她茶不思、飯不香。

好在，她沒有讓他等待太久，便輕易允許他走近她的世界，走進她的心裡。從此，他與她香閨作伴，描眉畫唇貼花黃，曲盡綢繆，只想用盡三生的情意把她深愛。可是而今，轉身而過的她，又能否明白，為了她，他願意獨飲那一碗孟婆湯，把自己葬於曠遠的山谷間，夜夜靜聽那涓涓流水，日日靜看那清風伴著落花飛舞？嘆，清風且吟，吟不完他一生思念，細水長流，更是流不完他一世情深，到底，何年何月，他才能再與她花前月下，戲把眉再畫？

「又見漢宮傳燭，飛煙五侯宅。青青草，迷路陌。」想著她、念著她，他仍然執著地沿著當年的踏青之路，故地重遊，想要尋回往日的纏綿恩愛。然，芳草萋萋，落紅漫飛，卻是迷失了舊路，又哪裡再去尋她的那一份溫婉柔媚，又怎不讓他惆悵難過？

「強載酒、細尋前跡。市橋遠、柳下人家，猶自相識。」他知道，情感一旦迷失，前緣便無從再續，可他仍是心有不甘，明知重逢無望，依舊攜酒往遊，固執地尋找著當年那份驚豔的感覺。可不是嗎？那遠離市橋的地方，那柳條掩映下的人家，分明就是他們當年的相會之地啊，怎麼會找不到呢？只是，找見又能如何，她已不在，他無非只能擁著一懷愁緒，興致匆匆地來，又緊鎖著眉頭敗興地去。

落花人獨立，微雨燕雙飛。當思念無法超越現實，落花聲裡，他只能枕著一泓靜謐的流水，將思念悄然放下；當五彩斑斕的夢境穿越現實變成了永遠無法實現的夢想，他唯有望著簷前雙飛的燕子，任沉默代替了所有的愛語；當一箋素紙寫不盡他們這一生的得失悲歡，他唯一能做的便是悵立落花前，打開那長長久久的懷念。

驀然回首，卻原來他還是沒有學會遺忘。在有她的世界裡，他總是把自己定格成他的向暖；在沒有她的空間裡，他卻只能把自己輕輕埋葬。只是，到最後，他還是沒能把她忘卻，卻遺忘了自己是為了什麼來到今生。於是，他只能在無盡的孤獨裡，守著一個殘缺的芬夢，在幻想與現實中找找尋尋，尋覓她的溫柔、尋覓她的深情。一生一世，生生世世，直到她忘了他，他也忘了她……。

2. 但認取芳心一點

穠李夭桃，是舊日潘郎，親試春豔。自別河陽，長負露房煙臉。憔悴鬢點吳霜，念想夢魂飛亂。嘆畫闌玉砌都換。才始有緣重見。

夜深偷展香羅薦。暗窗前、醉眠蔥茜。浮花浪蕊都相識，誰更曾抬眼。休問舊色舊香，但認取、芳心一點。又片時一陣，風雨惡，吹分散。

—— 周邦彥《玲瓏四犯》

紫陌紅塵裡，她穿越了一場又一場愛的歡喜與悲傷，卻還是將那些執手相對的清淺歲月擱淺在了回望的沙灘上。於是，只能枕著一窗水月花夢，默默收藏起往昔的種種美好，看千般婉轉、萬種憂愁，都在她的頷首間化作了一抹如蓮心事，一任思念在歲月中悠然綻放，緩緩凝成彼岸的遙望。

是不是，不再想他，她的世界裡，便沒有了悲歡離合？是不是，不再念他，她的文字，便不再傷春花秋月？知不知道，他不在的日子裡，她只想靜守深閨，靜看年華似水，從心間指尖寂寞地流過，然後垂首凝眸，在窗下燃一炷心香，只為許他一世安寧？

第四章　月・滿西樓

　　教她不想他，或許比想他更加折磨人。他給了她愛、給了她溫暖、給了她眷戀，她又如何能夠不想他、不念他？低眉，蓄一彎晶瑩的淚水，任疼痛與哀愁灑進這浸透著憂傷的夜色，拈一縷相思為墨，執筆輕揮間，便將縈繞在心的那份曾經執手的美麗與溫暖婉轉成一首輕描淡寫的長調小令。然而，遠在東京任職的他可知，他便是她寂寞閨閣中那一支寂寞的筆下一首總也寫不完的寂寞的清詞？

　　輕輕的嘆息聲裡，她又在昏黃的燈火中，憶著他美如冠玉的面龐憂傷著淺笑。此時此刻，只想掬一捧清洌的春水，揉進繾綣著相思的心事，將它調成繽紛的色彩，任皓腕輕舞那份濃得化不開的刻骨柔情，輕撫他眉間蹙起的哀傷。只是，與他隔著天涯海角的距離，這山高水長的路徑始終是她踏不過的風景，願望再美，也終不過化作了一紙蒼白與荒蕪。

　　歷經聚散的輪迴，歷經風霜的洗禮，她依然在水一方，為他默默綻放著歷久彌香的芬芳。那傾城的柔情、那刻骨的相思、那凝望的深愛、那手心的溫暖、那相擁的甜蜜，無論隔了多少年，即便再陳舊再遙遠，在她心中亦依舊馥郁著淒幽的芳香。然而這一份為他醞釀下的情深不悔，何年何月，他才會歡喜著與她把盞共飲？

　　回首，纖柳凝煙，誰在碧水間輕舞飛揚，柔情似水，只為郎歡歌？凝眸，夜色如黛，誰在明月下婉約娉婷，淺笑嫣然，只為郎風流？默默，在心間收集著那些飄散的凌亂過往，憂傷著沉浸在舊時的春花秋月裡，那些蕩漾在西湖上空的詩情畫意，竟又不知昨夕是何年，怎不讓人惆悵徬徨？嘆，西湖煙柳影相依，雕欄花閣卻是舊時景，那年的笑語盈盈已不復聞，傷然裡，誰人解得此時情？

　　此去經年，良辰美景誰與度？輕身而過後，落入眼裡的總是曉風殘月煙花冷的淒涼，唯有那花前月下的纏綿悱惻、湖邊相依的兩情繾綣，都被

2. 但認取芳心一點

時間一一收藏在記憶的角落，供她在夜深人靜的時候默默咀嚼。惆悵裡，且偎著他給過的溫暖，輕吟一段春花爛漫，淺聽一曲月色未央，再與他邂逅一場杏花微雨裡的傾城之戀吧！

輕輕，喊著他的名字，依稀間，她的眼眸又氤氳了珠淚漣漣。想著他、念著他，昔日西子湖畔許下的諾言與誓約依然明媚在耳，響亮如昨，那舊時情景亦依然清晰，容不下一絲虛幻，怎奈時光境遷，人難團圓，所有的柔情蜜意便又都在她潸然的眼前繾綣成一簾無法揀拾的幽夢。

幾回迴夢中相見，總是淚染著纏綿，笑盈著哀怨，與他並肩執手，在殘陽如雪裡看彼岸花開花又落，只心傷難禁。流年紛飛中，他終於開成了她心尖上最美的那朵青蓮，任時光帶走了如煙往事，而那記憶卻清晰了遠去的美麗，總是令她難以割捨，總是讓她心甘情願地為他沉醉著迷。

愛上他，就是愛上自己如初的心情，縱然別離，亦相思如花。在煙波淼淼的水湄，在關關雎鳩的河洲，她徘徊復徘徊，拂不去、斬不斷的依舊是那片愛慕他的百轉柔腸，始終在那橫塘月滿、碧水清漣之間，輾轉又輾轉、流連復流連。而那始終無法擱淺的眷戀，亦總是魂牽夢縈，瀰漫於她傷然的眼眸，讓一腔兒女的心事，瞬時便搖曳了一彎淡淡的月，也搖曳了那些陳舊破碎的往事，都在她眼底緩緩流溢成一泓溫婉情思，悠悠，不絕。

自他離去，躑躅在西子湖畔孤守深院的她，終究黯淡了俗世繁華，只餘孤影一抹，時時刻刻徘徊在無盡的寂寞裡，總黯然神傷。只是，那一岸的拂柳、那一泊的湖水、那一彎的瘦月、那一季的繁花、那一年的執手，難道都已雋永成了記憶中的永恆，在她眼前風化成了永久的等待與守候？

嘆，歲月輾轉，紅塵變遷，當更替的人事悄然轉變了那日的情懷，滿腔的痴迷亦終化作了滿目的浮雲，情再深、意再重，又有何用？望纏綿，情悠遠，半生流連，一世悽迷，只換來千里煙柳、萬里塵埃。那眉間糾葛

第四章　月·滿西樓

的傷與愁，終是化作了一抹相思痕，被她輕輕淺淺地寫進了一曲相思詞，在那煙波淼淼的水湄，裊裊，飄搖，卻再也無緣與他分享。他到底去了哪裡，為什麼這麼些年都不肯回錢塘看她一眼？是公務繁忙，還是他心裡早有了另一個令他朝思暮想的女子？

放跟望去，陌上花開花又謝，卻嘆紅塵聚散又離合。猶記那年，西子湖畔，春光明媚、鳥語花香、楊柳依依、辛夷嫵媚，她與他攜手遊湖的浪漫情景。那時那刻，心若春水，漣漪微漾，月兒幽幽掛在枝頭，人兒靜靜坐在樹下，多少塵世的喧囂與浮華，都於此中靜默。微涼的晚風中，他手心裡流瀉的溫暖卻銘刻成了她此生無盡的眷戀。

只是，好夢終難留。驀然回首，曲終人已散，前塵往事皆隨波逐流，輕輕逸去，無從追尋，亦無法追尋。一個人的世界裡，她只能守著一身的孤單與落寞，將對他的思念，拈成指間一縷輕塵，如夢似幻，瘦成門前一剪春水，如煙似雨。然後，沉溺在一場無悔的等待中，把他默默守候。

歲月荏苒，花落成陣，他不在的日子裡，寂寞的她只能偎依在斑駁的窗下，獨守那一紙寂寞的墨染，任自己日夜游離在寂寞的邊緣，瘦筆如花，書寫下一段段眷戀如昔、似水般纏綣的情愫，於瘦了的指尖緩緩綻放成一徑花落的淒涼。只是，那一滴花上的淚墨究又溼了多少相思，累了幾世清顏？

在春意漸深的路上，失了他暖意叢生的陪伴，孤單的她只能寂寞著悵看一場盛世繁花盛開的景象。卻不料，輕輕一個回眸，落入眼底的竟全是她在悠長歲月裡嘆息著寫盡的落寞與淒涼。人生如夢，是誰的容顏在夢裡幽幽縈迴，纏綿悱惻？情思若水，又是誰的思念在箋上淺淺成痕，纏綣悽美？他不在的日子裡，她唯有枕著一席心傷，默然坐於紅塵深處，攬一懷濃濃的月色，和著窗外的疏風清影，捻起如蓮的心事，將他深深地思念。

2. 但認取芳心一點

只是，何年何月，那良人才能歸來？

回眸，月上西樓，風捲朱幔，一簾相思瞬間瘦了朱顏，那波光瀲灩處，一顆春心亦已隨風亂了、痛了。終究還是捨不下紅塵中這一份絲絲縷縷的眷戀，濃濃淡淡的哀愁裡，她只能任自己淺淺地醉在了相思的邊緣，用那纏綿的歌聲在心間串起一縷幽香。然後，看它們於潸然的眼前裊裊升起，盤旋縈繞，經久不散，在默然中凝望他遠去的背影，在幻象中聽他許她一段執手相對的青春芳華。

一聲聲的哀嘆裡，她素指輕彈，緩緩撥落瑤琴的風姿，心事卻隨著悠遠的韻律婉轉翻飛，在眼前明明滅滅，來回縈繞。然，現而今，已與他隔著天涯海角的距離，試問，她這一份悠悠的情懷，山高水長裡，又有誰來替她傳遞至他翹首期盼的面前？

再回首，那些繾綣的相思，終惹得清淚如簾。一行行、一幕幕，掩了薄月，醉了斜欄，只餘她一襲瘦影，在昏黃的燭火裡，與舊日溫暖做著最後的抵死纏綿。只是，他遠去的日子裡，眼前這一幕鏡花水月的迷離，終是她一個人看不破的紅塵、望不穿的寂寞，許不了她一生的明媚，更渡不了她半世的煙火，縱演盡悲歡，亦還是她一個人的孤守。

今夕明夕，究是何年？她不知道。她只是靜默著悵立窗下，輕拈著一縷花落花開的思緒，在花間煮下一壺痛徹心腑的思念，為他研墨鋪箋，素指寫盡春秋。冷不妨，下筆千言，卻又落墨成霜。轉身，風捲落花，月籠寒沙，寞漠著在窗前剪一簾花影，她依然為他傾盡萬千繁華，以桃花的嫣然與杏花的絢美，旖旎於風情三月。只是，回應她這一襲素色如錦的玲瓏心思的，卻是他山高水長處若冰的冷漠與無視。

嘆，此去經年，那心間咫尺的距離，卻是他們無法穿越的山水迢遙。憶著他柔暖的容顏，想著他給她的種種溫柔，那些陳舊泛黃的記憶，便又

第四章　月‧滿西樓

在瞬間亂了前世的柔情，斷了今生的相思，只餘一縷殘缺的美在她眼前氤氳成河。他不在，風碎月影殘，花落人憔悴，這一生糾結的情愫，又有誰來替她梳剪？只怕是，這落落寡歡，終究是剪不斷、理還亂。莫非，一紙殘詞、一壺濁酒、一簾花絮，便是她今生唯一可以盛放情感的慰藉？

為他，她潸然淚下，情思繾綣，傷心處，卻見飛花捲著落絮漫入窗櫺，轉瞬便又跌碎了她一地相思寂寞月。放眼望去，窗外，依舊是煙火璀璨的浮世紅塵，隔簾，卻依舊是她握不住的清冷年華。凝眸來路，幾許滄桑斑駁瞭如花容顏。然，曾經的執手相望，卻是誰給了她一生的依戀，讓她在輪迴的沉浮中燃盡了一生的痴？

是他、是他，還是他。她的夫，周邦彥。他已經有多少個年頭沒回錢塘看她，她已然記不清。她只知道，他走了好久好久，從錢塘到廬州，從廬州到荊州，從荊州到溧水，又從溧水到東京，只是，這一路山高水長，為什麼與他作伴的卻總是少了她的如影隨行？

而今，新黨重新執政，他已改任國子主簿，還有什麼事情能阻隔他回錢塘看她？還記得，他說過，等政局穩定了，便會回錢塘接她到東京隨任，從此，與她長相廝守，再也不離不分。只是，這一句話，他當真已然忘卻了嗎？

穠李夭桃，是舊日潘郎，親試春豔。自別河陽，長負露房煙臉。憔悴鬢點吳霜，念想夢魂飛亂。嘆畫闌玉砌都換。才始有緣重見。

夜深偷展香羅薦。暗窗前、醉眠蔥蒨。浮花浪蕊都相識，誰更曾抬眼。休問舊色舊香，但認取、芳心一點。又片時一陣，風雨惡，吹分散。

——周邦彥《玲瓏四犯》

「穠李夭桃，是舊日潘郎，親試春豔。」他當然沒有忘記。只是新黨重新執政，公務自是繁忙異常，又哪裡抽得了身回錢塘看她？但他無時無刻

2. 但認取芳心一點

不在想著她,他的愛妻婉宜。所以,相思的信箋寫了一封又一封,每一句、每一字,都沾染了他因思她念她而為之流不盡的淚水。

終於,就在她枕著一席憂傷將他深深呼喚的那個季節,西元 1098 年,宋哲宗元符元年春,四十三歲的他還是帶著滿身的風塵,不遠千里,日夜兼程地趕回了與他闊別已久的故鄉錢塘。

下得船來,一顆思歸的遊子心早就撲在了那個叫做家的地方。沿著那草長鶯飛的熟悉的青色小徑,他步履歡快地朝著舊日庭院的方向奔去,恨不能插上翅膀,瞬間就飛至她身邊。放眼望去,一路上桃李芬芳,絢爛無比。只是,那家中有著如桃李般美麗容顏的嬌妻,是否已隨著歲月的更替,改變了往日玲瓏嬌俏的模樣?

想著念著,他迫不及待地想知道十年的歲月風塵究竟有沒有變了她那張豔若芙蕖的臉?然而心中愈急,腳下的路也變得愈來愈長,又不得不輕輕安慰著自己,無論時光如何轉變,歲月怎樣在她嬌媚的臉上烙下印痕,等一會到了家中,待他這才貌皆若潘安的郎君親自試看一番不就知道了?

「自別河陽,長負露房煙臉。」還記得,那年離去時,她於湖畔相送,那含顰帶淚的愁容,像極了煙嵐中含著露珠的桃花李花,自是美得無法用語言形容。卻不知,一會見了他,她會不會還像從前那樣哭得一枝梨花春帶雨?

「憔悴鬢點吳霜,念想夢魂飛亂。」嘆只嘆,多年的漂泊,已讓他往日英俊的容顏日漸憔悴蒼老,而今更是鬢髮蒼蒼,只怕倒是要嚇著了她。十年遊宦生涯,早已在他憔悴的面龐上寫下無盡的滄桑,這張老臉想必是再也配不上她那張依舊如花似玉般嬌俏的粉面了!然,她可知,他這頭上的斑斑白髮,卻是為何人而生?又可知,多少迴夢魂飛渡,都只為了朝思暮想的她啊?

第四章　月・滿西樓

「嘆畫闌玉砌都換。才始有緣重見。」十年風霜，十年相思。即便身邊從來少不了倚紅偎翠的風流韻事，他心底卻始終將她深深珍念。只可惜，到如今，院前的畫闌玉砌都改換了，風塵僕僕的他才趕回家中與苦守他的愛妻重新相聚，怎不讓人肝腸寸斷？

「夜深偷展香羅薦。暗窗前、醉眠蔥茜。」再次重逢，心中有著太多太多的悄悄話想要對她訴說，只是礙於那些和她一起迎候他歸來的無數親眷在側，千言萬語卻又都化作了沉默無言。一整天，他們都在用眼神交流，直到夜深人靜之際，她才在安排好所有家事後，背著人悄悄蹀進那個只屬於他們的錦繡深閣，替他鋪好枕薦，勸他早些休息。

有情人久別重逢，自當溫柔同眠。可他卻拉著她的手，在繡帷中將她看了又看、望了又望。晚上，為慶祝他的歸來，她自是多喝了幾杯，此時已是不勝酒力，在靠近窗戶的枕薦上睡著了。

他知道，這些年，她為了這個家，付出了艱辛的操勞，又哪裡忍心將她叫醒？然而，心中裝滿了的話還未曾對她說下一句，此時此刻，他又該如何向她表白自己的心跡？罷了罷了，且讓她睡去吧，自己就這樣靜靜地望著雪膚花貌的她入眠的模樣不也很好嗎？

「浮花浪蕊都相識，誰更曾抬眼。」這一張臉，縱是再看千遍萬遍，看到永遠，他也不嫌夠。她的芳名，縱是喊上千次萬次，他也不嫌累。這一生，走過人生的溝溝坎坎，可以說，該見的世面見過了，該見的女人也都見過了。然，無論是在東京、在廬州、在荊州、在溧水、在蘇州，除了早已逝去的髮妻嫣若，這天底下就沒有一個女子能和他的婉宜相提並論。

他知道，不管經歷了多少世間女子，真正入眼入心的，亦唯有他的愛妻。是啊，與那些女子的纏綿也罷，溫存也罷，終不過是歌舞筵席上的逢場作戲，又哪裡當得了真？這世上，千好萬好的也只有他這家中徐娘半

2. 但認取芳心一點

老、風韻猶存的嬌妻了!

「休問舊色舊香,但認取、芳心一點。」將她仔細端瞧,才發現,歲月自是不饒人,哪一個都逃不了自然法則的演變。他老了,婉宜也不能倖免,但這又能說明什麼?他愛她,她也愛他,雖然她的美貌已隨著時光一點點老去,沒了往日的光彩照人、沒了從前的豔麗嬌俏,但只要她一顆始終不渝的芳心還撲在他身上不就夠了嘛,又何必在意她的容貌是否在歲月的流逝中日漸衰老?

「又片時一陣,風雨惡,吹分散。」相知相惜的恩情,比什麼都更有價值。對於漂泊久了的他來說,沒有什麼能夠比可以棲息的平靜港灣更寶貴的了。但珍惜這眼前的有情人吧,雖然花已凋殘、色消香退,可是若再不將她珍重,那麼這朵嬌美的花,或許便會在不久後來臨的悽風冷雨中徹底地在枝頭消盡散絕,到時候可就悔之不及了啊!

一闋《玲瓏四犯》,寫盡他對她的相思珍愛,只是,這最後一句「又片時一陣,風雨惡,吹分散。」卻成了一句讖語。誰也未曾料到,就在他再次離開錢塘,急匆匆趕回東京,而尚未來得及帶她一起赴任的那個秋天,她便沉溺於對他的刻骨相思裡一病不起,香消玉殞了。

他怎麼也想不到,她會像嫣若一樣,突然撒手人寰,徹底離他而去。婉宜啊婉宜,我們不是說好了,要等我帶妳一起去東京隨任的嗎?我們不是說好了,從此長相廝守、永不分離了嗎?我們不是說好了,要白頭到老,夫唱婦隨,直到永遠的嗎?

再多的哭喊、再多的悲痛、再多的心傷,亦已然無法挽回婉宜過早逝去的結局。悲慟裡,他唯有含著兩行熱淚,以她的口吻,為她寫下一闋《滿江紅》詞,將她的無奈、不捨,盡情付諸字裡行間,只是,這樣便能喚回她,讓她起死回生了嗎?

第四章　月‧滿西樓

　　晝日移陰，攬衣起、香帷睡足。臨寶鑑、綠雲撩亂，未忺妝束。蝶粉蜂黃都褪了，枕痕一線紅生肉。背畫欄、脈脈悄無言，尋棋局。

　　重會面，猶未卜。無限事，縈心曲。想秦箏依舊，尚鳴金屋。芳草連天迷遠望，寶香薰被成孤宿。最苦是、蝴蝶滿園飛，無人撲。

—— 周邦彥《滿江紅》

　　「晝日移陰，攬衣起、香帷睡足。」他知道，他不在的日子裡，百無聊賴的她總是枕著一懷相思，將他深深淺淺地憶了又憶。回眸處，窗外的日影在不停地移動，她知道，天已經大亮，該是起床的時候了。於是，春睡已足的她，不得不守著萬千寂寞披衣下床，再將他默默思念起。

　　淚眼潸然處，卻是誰，坐在樹下，細數著輪迴了一季又一季的滿簾落花，任那柔柔的呢喃、瑟瑟的嘆息、潺潺的相思，在水湄嫵媚了胭脂妖冶的芳華？又是誰，沉醉在煙雨紅塵中，墨香裊裊地書寫著人間的風花雪月，任一首唐詩、一闋宋詞、一曲簫音，在風中漣漪了前世今生的眷戀？是他，是她，還是誰都不是？她不知道，唯有搖首無語心寂寥。

　　「臨寶鑑、綠雲撩亂，未忺妝束。」緩緩，走至梳妝檯前，輕輕，舉起鑲嵌著珠寶的明鏡，想要梳妝，卻見鏡中的自己，滿頭如雲的烏黑秀髮散亂蓬鬆，猶如鬼魅，可是她卻因深深相思著他，完全沒有了心思去梳洗打扮。

　　「蝶粉蜂黃都褪了，枕痕一線紅生肉。」往昔的纏綿歡會都成過去，那枕痕落在身上，卻是深深不褪，彷彿一根紅線生在肉裡。可是，又有誰人能知，她對他的深愛亦如這深深的枕痕，早已扎根於心裡，烙在她的肌膚裡？

　　致命的相思，都蘊含在打馬而過的風裡。他玉樹臨風的身影，始終如一地攜著滿目的芬芳，閃現在她思念的眼簾中，恣意挑逗著她指尖上的丹蔻，那蒼白的眸子，卻如一縷青煙，悠悠穿過窗下的依依楊柳，瞬間便沾染了滿身的飛花落紅。只是，一回首間，他又轉身不見，到底，她要怎

2. 但認取芳心一點

樣，才能尋回往日的那份卿卿我我、恩恩愛愛？

　　枕著他如舊的容顏，在那濃濃的相思裡，用繽紛的淚水和著一世的清韻，輕釦素弦，低低地彈奏起一曲《長相思》，只想為他飛躍在愛戀的山高水長之間。想他、念他，似水的思緒，總是執著在花影中蕩漾，那幾縷不變的情思，恰似花香般恬靜飄渺。只是，那晨曦柔和的光線裡，卻是誰在為誰翩翩起舞？是不是，遠去東京的他已遺忘了深埋於心底的那一段離情？

　　「背畫欄、脈脈悄無言，尋棋局。」分不清，是夢是幻，一切都沉醉在昔時的記憶中。於是，那些春暖花開、草長鶯飛的故事，都在她思念的眼底，於夢裡夢外輕舞飛揚。她知道，她和他，天涯咫尺，始終隔著一川煙雨的距離，那萬千柔軟的囈語，雖承載著四季如芳的眷戀與柔情，卻又都在晨鐘暮鼓中漫向天涯海角，無法挽留，亦無從挽留。

　　放眼望去，但見楓林深處，季節的青煙正裊裊升起，那無盡的淒涼，迅即便流漫了她縷縷惆悵的嘆息，滄桑了一季又一季刻骨銘心的柔情。該如何？該如何？到底，該如何才能挽起他的手臂，像從前那樣，歡聲笑語著走過那永遠芳草萋萋的西子湖畔？

　　他不在她身邊，她只好悄然走到戶外，背倚著廊前雕飾著彩繪的欄干，脈脈含情，默然不語，依舊執著著用那縷深情無限的目光，在院中尋找著往日二人對弈為樂的棋盤。只是，對弈者早已離去，空留下令人惆悵生情的棋盤，更令她心中升起無盡空寂徬徨。

　　「重會面，猶未卜。無限事，縈心曲。」不知道，與他再次相聚會在何時，卻有無限往事於當下將她纏繞得心緒不寧。放眼望去，落花成風，暗香飄逸，有絲絲軟的輕柔，在流年中跌落在寂寞而又不為人知的角落，恰似一縷古韻幽香的夢境，被時光瞬間打撈起，在她眼前明明滅滅，卻又無從收拾。

第四章　月‧滿西樓

　　傾耳，那一聲聲滌蕩纖塵的輕嘆，卻在一回眸間落下滿院芳馨的風情。絲絲，縷縷，璀璨而絢麗，而那繽紛的香軟、凋殘的輕吟，更恰似一卷芳華如錦的水墨，被柔柔地深藏進了心底。輕拈一縷，馨香氤氳，那輪迴了千年的夢幻裡，卻是嬌豔了幾番，又憔悴了幾番？

　　「想秦箏依舊，尚鳴金屋。」當日與他時時於書房裡撫弄撥彈的秦箏，如今依然映現在眼前。那熟悉的悠揚清亮的箏聲也似乎還繞梁不絕，時時縈迴在她心頭，但是他已不在，只留她一人於寂寞裡孤守這一方相思地，怎不叫她黯然神傷？

　　「芳草連天迷遠望，寶香薰被成孤宿。」凝眸處，芳草連天，剎那間便迷亂了她眺望他的視線，再也尋不見他的歸路。嘆，屋內用寶香薰過的錦被也失去了往日的溫暖，這一切都只因為他不在她身邊，而她亦只能夜夜守著無盡的落寞與惆悵，獨眠孤宿。到底，這樣的局面還要維持多久？她心心念念的人又會在何時接她遠赴京城？

　　「最苦是、蝴蝶滿園飛，無人撲。」相思成災，無情無緒。對他的思念，早已把她折磨得對什麼都提不起勁來，就連滿園翩躚花間、上下翻飛的彩蝶，也絲毫引不起她點滴的興致，更是無人來撲。

　　俱往矣。一切的一切，都隨煙消散。婉宜去了，他的心還能活著嗎？深深的悲慟裡，長相廝守的韻律，被水湄的風吹得滴滴零落，那流逝而去的聲響，瞬間便渲染了他如昔的心緒。再回首，那百轉千迴的心事，依然鐫刻在思念的琴弦之上，伴著一曲千古淒涼的絃音，通通烙印在他深鎖的眉宇間，而她千嬌百媚的風情、婀娜多姿的舞步，更是酸楚了他相思成災的心扉。

　　那時那刻，他只想偎著雲水禪心的靜謐與空靈，舉筆描下她的千般嫵媚萬般玲瓏，在泛黃的紙箋中，為她醞釀那一場，花開絢爛的繁華與璀

璨。卻不料,僅僅是剎那的轉身,他便已錯失她的嬌媚與柔暖,一切的思念與不捨,也只換得一場花落在夢裡的憐與惜。

凝眸處,她臉上緋紅的胭脂,仍在他脈脈生情的眸中閃耀著無限風情,依然迷醉著他字裡行間繾綣的詞意,更朦朧著那一領首的似水溫柔。想她念她,回首裡,一縷寒風迎面吹過,她呢喃的囈語,依然經久縈繞在他生疼的耳畔,裊裊飄香,一任幾度流年的滄桑,在他潋灩的眸中漣漪起千年的塵埃。只是,這一場生離死別後,他還能坐落在逝水流煙裡,輕輕溫存著她心底柔軟的夢囈、清眸流盼的嬌嗔嗎?

3. 舊衣猶有東門淚

> 遼鶴歸來,故鄉多少傷心地。寸書不寄。魚浪空千里。
> 憑仗桃根,說與淒涼意。愁無際。舊時衣袂。猶有東門淚。
>
> —— 周邦彥《點絳唇》

獨立在寒秋的水湄,迎風而舞的落花瓣瓣翻捲著相思,只是惱人愁。凝眸間,往日的歡聲笑語仍然縈迴在心底,那些個陳舊泛黃的前塵往事,又毫無保留地一一浮上心頭。屈指數來,暗暗驚嘆,卻原來,不知不覺間,與她分別已是十載風雨十載秋,怎不讓人黯然神傷?

回首,歲月雕琢的美景、時光堆砌的傷痕、痴纏搗碎的傷痛,依舊藏在無人知曉的月影裡;隱在無人知曉的角落,於他眼前明明滅滅。只是,往事已成風,還如一夢中,他和她,已是咫尺天涯,兩兩相望。

獨眠一舸,在落花中靜聽秋雨的淅瀝,卻道小簟輕裘各自寒。傷然裡,獨自守著一份孤寂的惆悵,漫步在煙雨紅塵路,淡聽這一泓澎湃的江

第四章　月‧滿西樓

濤聲，心，莫名地疼痛著。只是想再見她一面，為什麼，轉身而過後，卻為何偏偏失了她所有的音訊？只要還能與她見上一面，縱風吹雨打、飛雪阻程，他也會義無反顧地奔至她的方向，擁抱她的溫暖。然，此去經年後，早與她失之交臂的他又該去哪裡找尋她往昔的柔婉與芬芳？

他知道，他和她早已隔了山高水長不可踰越的距離。那麼，就讓他與她夢裡相見，用他的懷抱再溫暖一次她眉間蹙起的憂傷，繼而潑墨揮毫，續寫丹青，寫下滿腔的不捨與憂傷，更為她娓娓道來，這些年他種種的遭遇以及對她無盡的思念。

然，鋪箋研墨，提筆揮灑，在心間搖落所有的思念，那早已落幕的舞臺上，縱然他荳蔻詞工，也難以喚醒沉睡經年的舊夢。方明白，她盈盈欲滴的珠淚從未離過他相思的心尖，她深情款款的話語亦從未離過他傾聽的耳畔。舊夢已老，她仍然沉寂在過往的風中，默然無語，而想念卻早已越過了回憶的海洋，一切的一切，又叫他如何不痛不悲？

想著她過去種種的好，想著她當初種種的明媚。透過眼角朦朧的淚光，透過心間淡淡的憂傷，依稀彷彿間，他看見，巧笑嫣然的她又在窗下低頭撫弄著朵朵梅花的芬芳，眉目如畫的她又在案前仔細研磨著縷縷飄緲的墨香，淺吟低唱的她又在簾後合著滿身的輕盈起舞弄清影，嬌羞脈脈的她又在床邊附著他的耳朵低低地訴說著心中的情深意重。

一切的一切，都是那麼的美好。還記得，他曾經對她說過，要與她在三生石畔約定三生，而她只是望著他淺淺淡淡地笑說，她並不求永生永世的遇見，亦不求今生今世的相依，但求下一個臘梅花開的季節，他能夠信守承諾，與她相約在那一樹傲雪的梅花下，不見不散。然，他並未兌現對她的允諾，空讓她望穿了秋水等過了花期，在他心底留下的亦唯有那份永遠遣之不去的遺憾與悔意。

3. 舊衣猶有東門淚

　　憶著她的柔暖，再回首，曾經韶華的歲月已然牽著青春與熱情漸去漸遠，那些經年的等待與守候都已隨流年散落在天涯海角，無法再拾；心無從拾起。想她念她，山高水長相思更長，無日是盡頭；愛她寵她，靜水流深情更深，無夜是尾聲。她遠去的日子裡，他總是沒日沒夜地浸身在無盡的思念裡，含著一抹蒼涼的笑，淌著兩行思念的淚，靜靜佇立在汴河畔，看花開了又謝、謝了又開，卻是無法與她共守，更無法還她一份相約花下的承諾，怎不讓人肝腸寸斷？

　　曾經的溫好與明媚，兜兜轉轉後，到如今，只餘下一襲冰涼在心間，始終縈繞不去。與她錯失的日子裡，獨自徬徨在一個人的路上，縱然料峭的寒風無情地撕扯著他的青衫，滿心淒涼的他依舊一步一回頭，在零落的花下固執地尋著她深深淺淺的影。然，她終是沒有踱回他的思念，又教他去哪裡找尋那份曾經執手的溫暖？

　　總是，畫地為牢，在等不到的天荒地老裡，執著貪戀著這一份紫陌紅塵的華美，任相思的淚水掛滿眉睫。然，鏡花水月的浮生中，又有誰會為他輕輕拭去這傷透心的疼與痛？總是，心甘情願，在望不到的山高水長裡，執意追尋著那一份風花雪月的飄緲，任傾覆的悲傷爬滿額頭。然，滄海桑田的變遷下，又有誰會伴他紛飛的淚雨繼續等待在風中？

　　他知道，這一路的追尋，不可能有人作伴，所以他只能寂寞著、孤單著，沿著那條杳無人跡的小徑默默、寞寞地走下去。有誰知道，他要的並不多，隨著痴心的牽盼，他只是奢望著，花兒開了就不要謝，緣分來了就不要走。然而，花開後必定會凋謝，緣盡了注定會離散，縱使心再痴、盼再濃、情再深，過去了，一切便皆隨了雲煙，散入永久的荒蕪。惆悵裡，禁不住輕聲勸慰著自己，明明知道，聚散就在彈指間，既已擦肩，又何必再去欺騙自己，只奢望與她在花前月下攜手度流年？

第四章　月・滿西樓

　　為她斷腸憶往年，朝朝暮暮、年年歲歲，終不過換了一片痴心水雲間。柔情無限，還是難留，與她剎那分別即成永恆，幕幕相思終究付諸東流，只餘下一份透心的涼，默默穿過他潸然的眼，在他眉角寫下無盡的悲戚，那一份情深意重卻是傷到無法言語。

　　知不知道，在這紛繁的紅塵中，無論眼角藏匿著多少憂傷；無論心間浮沉了多少個夢，鏡花水月的愛戀裡，他依然奢望著，驀然回首時，她還會在原地等他？然而，回憶終究斑斕了青蔥的歲月。往事悠悠、流水潺潺，少了她的紅袖添香，他手中的這一支素筆，已無法再為那份飄緲的感情潑墨揮毫，描繪曾經的歡喜與明媚，卻只能偎在滄桑與惆悵裡，用他的痴心寂寞著為她唱響一曲《長相思》。

　　嘆，一片痴心被時光一負再負，卻還是擺脫不了那首記憶裡的戀歌，縱唱了千遍萬遍，也未曾老去。悠遠的琴聲在耳邊一遍一遍地響起，那碎心斷腸的一幕幕前塵往事，亦依然沉醉在這憂傷的旋律中，於他心底慢慢復燃。淚眼潸然處，他又鋪開泛黃的信箋，在窗下，只落筆為她寫盡一闋千古的哀愁。然，遠方的她，一樹冷香的梅花下，還能想起他是誰嗎？

　　遼鶴歸來，故鄉多少傷心地。寸書不寄。魚浪空千里。

　　憑仗桃根，說與淒涼意。愁無際。舊時衣袂。猶有東門淚。

── 周邦彥《點絳唇》

　　「遼鶴歸來，故鄉多少傷心地。」已是西元 1109 年，宋徽宗大觀三年初秋。那一年，他已經 54 歲。自 41 歲那年回到京城擔任國子主簿，十四年中，朝廷裡依然是新舊兩黨交替爭鋒，你方唱罷我登場，不亦樂乎，不亦悲乎。然而，對她，那個十餘年前曾伴他在蘇州、在溧水雪中賞梅的營妓嶽楚雲，他依舊是念念不忘，時時想起。

　　心裡，憋了很多的話想要對她說，卻又無從說起，更不知該到哪裡再

3. 舊衣猶有東門淚

去尋覓她的芳蹤。多少迴夢裡相依，他向她一一道來朝堂之上發生的變故，時而悲、時而喜。而她，只是沉靜地傾聽著他的話語，什麼也不說、什麼也不問，並陪著他時悲時喜。

夢裡，他告訴她，西元 1096 年，宋哲宗紹聖三年七月，三年前就已經被貶竄的舊黨官員範祖禹、劉安世再次遭到貶謫。範祖禹特責授昭州別駕，賀州安置，劉安世特責授新州別駕，英州安置。起因則是他們於元祐四年聽說宮中僱傭乳母，就上疏勸哲宗勤政事、遠女色。

因為這道奏摺，在當時的宮中曾掀起一場軒然大波，並危及哲宗帝位。哲宗後來對章惇回憶當時的情形說：「元祐初，太皇太后遣宮嬪在朕左右者凡二十人，皆年長。一日，覺十人者非素使令。頃之，十人至。十人還，復易十人去。其去而還者皆色慘沮，若嘗涕泣者。朕甚駭，不敢問。後乃知因劉安世等上疏，太皇太后詰之也。」

由於當時朝廷內外一直有傳言說太皇太后想要廢掉哲宗，好讓自己另一個兒子當上皇帝，所以哲宗為人處事一直非常謹慎，幾乎整整沉默了八年。哲宗親政後，章惇和蔡卞二人認為劉安世、範祖禹曾上疏「有廢立意」，奏請哲宗於是劉、範又重遭貶斥。

紹聖四年，即西元 1097 年。是北宋黨爭的分水嶺，此後黨爭的非理性色彩愈來愈濃、愈演愈烈。由於哲宗在元祐時期備受壓抑，除了蘇頌在表面上還顧及他的尊嚴，把他當成皇帝，舊黨官員眼中只有太皇太后，呂大防甚至在太皇太后臥病時仍於簾前奏事，而不建請已經成年的哲宗親政。

這一切的一切，都讓哲宗對元祐政治以及元祐黨人在情感上生出了無盡的厭惡和仇恨。所以在新舊交爭的形勢下，他完全站到新黨這一邊來，這也使得新黨在快意運用手中的權力鞭笞落敗的元祐黨人時肆行無忌。結

第四章　月‧滿西樓

果,本來因政見相同而集結在一起的新黨也趨於分裂,成員間相互傾軋,爭鬥不已。那時那刻,周邦彥就已看出,當初神宗皇帝傾盡心力為政局注入的一些活力與亮色已經黯然消退,大宋皇朝也像歷史上的其他王朝一樣,不可避免地走上了由盛轉衰的輪迴。

另外,朝廷還把對元祐黨人的懲罰從其本人擴大到其家族成員。紹聖四年正月,朝廷下詔:「應紹聖二年十二月十五日類定姓名責降人子孫弟姪,各不得住本州;其鄰州內子孫,仍並與次遠路分合入差遣,已授未赴並見任人並罷。」對於已經去世的舊黨成員,如司馬光、呂公著等十餘人,則採取了追貶的方法:追貶呂光著為建武軍節度副使、司馬光為清海軍節度副使。後又追貶呂公著為昌化軍司戶參軍、司馬光為朱崖軍司戶參軍。他們去世後其子孫受到的蔭補之恩,則予以追奪。

不久,朝廷又重新公布對數十名元祐黨人的處理辦法。呂大防責授鼎州團練副使,新州安置;蘇轍責授化州別駕,雷州安置;蘇軾從惠州安置移送昌化軍安置;劉安世從英州移送高州安置;其他元祐時期的宰執大臣也都被貶謫南方瘴癘之地。完全印證了元祐黨人當初將蔡確貶往新州時范純仁說的那句話:「此路荊棘七八十年矣,奈何開之?吾儕正恐亦不免耳。」

就在哲宗君臣忙著貶斥舊黨成員之際,西元1100年,元符三年正月,年僅25歲的哲宗居然一病不起,突然駕崩。因他沒有兒子,所以其弟,時年18歲的端王趙佶理所當然地成為新一任皇帝,他就是歷史上鼎鼎大名的風流皇帝宋徽宗,並由向太后垂簾聽政。

徽宗繼位,給了舊黨集團一個喘息的機會。二月,元老大臣韓琦的兒子、吏部尚書朝忠彥成為門下侍郎。他入對時,提出四項主張:廣仁恩;開言路;去疑似;戒用兵。他指責「近年執政務於功利,以苛察相高,政

3. 舊衣猶有東門淚

太急，刑太峻」，對於紹聖以來的人事政策深致不滿，「法無新舊，便民則為利。人無彼此，當材則可用。自紹聖以來，凡曰元祐之人，大則投竄，小則退斥，願陛下唯是從之，唯材之用。」

這道奏疏呈上，不久後徽宗便下詔求直言，鼓勵人們暢所欲言，並且要對被採用的人予以獎勵，對那些過火的言論也不予追究。為了更進一步消除人們心中的顧慮，還信誓旦旦地宣稱「朕言唯信，非事空文」。於是，不少官員，尤其是那些在紹聖、元符時期備受迫害的舊黨成員紛紛上書，批評朝政。

四月，朝廷褒獎了言有可採的幾名上書臣子，范純仁也恢復了觀文殿大學士。為吸取歷史教訓，韓忠彥又上書說：「哲宗即位，嘗詔天下實封言事，獻言者以千百計。章惇既相，用置局編類，摘取語言近似者，指為謗訕，前日應詔者，大抵得罪。今陛下又詔中外直言朝政闕失，若復編類之，則敢言之士，必懷疑懼。臣願急詔罷局，盡裒所編類文書，納之禁中。」此言一出，徽宗隨即下詔廢罷編類臣僚章疏局，當初負責這項事務的御史中丞安惇也被罷免，出知潤州。

與此同時，朝廷大赦天下。蘇軾被授予舒州團練副使、永州居住；蘇轍從循州移至岳州居住。蘇門四學士中的張耒被委任為知州，秦觀被授予英州別駕、衡州居住，晁補之、黃庭堅也被授官。

七月，向太后下詔，停罷同聽政，由徽宗親政。九月，在言官的不斷攻擊之下，尚書左僕射章惇罷相。十月，知樞密院事曾布被任命為尚書右僕射兼中書侍郎。曾布隨之提出了調停新舊兩黨之爭的主張，徽宗的詔書也表明了朝廷希望調和新舊的用意，並明確提出了調和的具體方針：「為政取人，無當時此時之間，斟酌可否，舉措損益，唯時之宜；旌別忠邪，用舍進退，唯義所在。使政事不失其當，人材各得其所，則能事畢矣。無

第四章　月・滿西樓

偏無黨，正直是與；體常用中，以與天下休息。」次年改元「建中靖國」的用意也在於此。

但由於在朝的元祐黨人並不認同這個方針，如右正言任伯雨，居言職半年，上疏百餘次，堅決反對曾布調和元祐、紹聖的努力，甚至要彈劾曾布。這一切，都使主張調和的曾布處境尷尬，不過卻由此為他贏得了徽宗的好感。徽宗曾對樞密院的長官說：「曾布以一身當眾人擠排，誠不易。卿等且以朕意，再三慰勞之。」在曾布入對時，徽宗亦明確表示「先朝法度，多未修舉」、「元祐小人，不可不逐」。接著下詔，明年改元崇寧。就這樣，調和徹底破局，短命的「建中靖國」一年後便宣告結束。

這些年裡，朝政波譎雲詭，人事變動頻繁，新舊兩黨交爭不已。但周邦彥的官運卻波瀾不驚。哲宗紹聖五年，即西元 1098 年正月，咸陽縣一個百姓挖地時挖出一方古玉印，就進呈朝廷，後經蔡京、李公麟等十三人鑑定，認為是秦代御璽。於是，六月裡，朝廷下詔改元為元符元年。

十八日，43 歲的國子監主簿周邦彥獲得哲宗的召見。哲宗對他賴以成名的《汴都賦》表示了濃厚的興趣，問他裡面都寫了些什麼。周邦彥回答說：「賦語猥繁，歲月持久，不能省憶。」於是，哲宗就讓他重新抄寫一遍，然後進呈御覽。周邦彥自是激動異常，回去以後，就把舊稿找出來，認真謄寫了一遍，且又寫下一篇表文，訴說了自己的遭遇以及對聖天子的歌頌。一年後，元符二年，便升任祕書省正字。徽宗登基後，他又在建中靖國元年晉升校書郎，依舊在祕書省供職。

建中靖國元年七月，蘇軾卒於常州。崇寧元年正月，韓忠彥和主張調和的曾布相繼罷政出京。七月，蔡京入相，同時下詔，焚毀元祐時期所制定的法律條文。蔡京又依照熙寧時期設立條例司的做法，設定了專門的機構講議司，差官置員，引用親信。

3. 舊衣猶有東門淚

　　元祐黨人此時處境更為惡劣，前一年被恢復的官職恩例再次被剝奪，並且他們的子弟也不得在京任職。與此同時，謫居潁州的張耒因為拿出自己的俸銀給蘇軾做法事，且縞素而哭的事被人舉報給朝廷，結果被責授房州別駕、黃州安置。半年後，黃庭堅也因有人舉報其在文章中「語涉謗訕」，被除名勒停，送宜州編管。

　　九月，徽宗下詔，令中書省把元符三年臣僚上書以正邪分類，各分上、中、下三等。名列正等的只有四十一人，而名例邪黨的則有五百四十二人。周邦彥的叔父周邠也上書議政，被列入邪下。入邪名單的還有張耒、陳師道等蘇軾門下士。

　　此後的一年內，徽宗與蔡京集團不斷清除敵對勢力，崇年二年六月，在蔡京的操縱下，將元祐、元符黨人及上書邪等者，合為一籍，共有三百零九人，並由徽宗御書，刻石立碑於文德殿門之東壁。後，徽宗又命蔡京書寫一塊大碑，命名為「元祐黨人碑」，頒布天下，將黨同伐異推向了一個高潮。

　　崇年三年，校書郎周邦彥任期屆滿，升職為考功員外郎。當時，精通音律的徽宗希望能對古代雅樂進行研究整理，使之重新在宮廷中使用，便委任周邦彥在祕書省的友人劉昺為大司樂，積極推動徽宗的崇文政策。

　　不久，朝廷又命蜀地方士魏漢津負責為朝廷鑄造九鼎。次年，因九鼎告成，劉昺整理製作的新樂也宣告成功，徽宗聽了非常滿意，特下詔賜名「大晟」，併成立專門音樂機構大晟府，從主管禮樂的太常寺獨立出來。崇寧四年九月，徽宗御大慶殿，接受百官朝賀，同時演奏大晟新樂，開始演出了一場所謂「豐亨豫大」的政治鬧劇。

　　為營造明君政治下野無遺賢的盛世景象，徽宗於崇寧五年六月下詔，求隱逸士，令監司稽核保奏。七月，決定明年改元大觀。大觀元年，即西

第四章　月·滿西樓

元1107年正月，應蔡京的請求，在尚書省繼續設立議禮局，差遣兩制二員充當詳議官，辟舉屬官五員充當檢討官，具體事務由劉昺負責。這一年，周邦彥的考功員外郎任期屆滿，升任衛尉宗正少卿，並且加入議禮局，成為一名檢討官。能參加這種既有學術地位，亦有政治榮耀的活動，表明他出世的才華得到了當時朝廷的認可。

儘管官做得越來越大，周邦彥對功名利祿的熱情卻在漸漸消退。大觀二年正月，蔡京從太尉進位太師，而這一年，對徽宗來說亦是好事不斷。先是正月裡，數萬隻仙鶴在京城上空盤旋飛舞鳴叫，各地更是紛紛上報祥瑞，什麼冀州黃河水變清、什麼汝州牛生麒麟、什麼建州竹子開花，並且結成稻米，搬入城市，收穫數十萬石，如此種種，好生熱鬧。當時「瑞」字已被用濫，「臘月之雷，京等指為瑞雷，三月之雪，以為瑞雪，拜表稱賀，作詩讚詠」者更是綿綿不絕。

如果這時周邦彥也逐隊隨人，寫作歌功頌德的文章，可能官會做得更大。但他本性是個疏雋少檢、落拓不羈的文人，再加上他晚年委順知命、淡泊自處的生命態度，所以他在頌聲盈耳之際，選擇了無言的沉默。

他知道，好花不常開，天下亦沒有不散的筵席。就像他和嶽楚雲的遭際，相愛只是那麼一刹那的芳華，別後便是長長久久的寂寞思念，一切的一切只不過是過眼雲煙，又能暖了誰人的心，溫了誰人的眸？婉宜已逝，蕭娘杳無音訊，對嶽楚雲的思念更是一日重於一日，那麼，何不在這秋高氣爽的季節，去江南覓她芳蹤？

便那樣，他帶著滿心的惆悵與希冀，隻身一人，踏上了遠去姑蘇的路途。此時的他，著一襲青衫，在槳聲燈影的太湖畔迎風獨立，橫簫而吹，就像那傳說中為學道而離家千年的遼東人丁令威，一旦化為仙鶴，飛回故鄉，事事處處，無不引起他對往昔生活的深情回憶，觸發起他無限傷感的

3. 舊衣猶有東門淚

情懷。可知他，正覓著她的眼波，穿越紅塵而來？只是，笑靨如花的她會撐著素傘，裊裊婷婷地從那溼漉漉的青石板上走來，倚門回首，卻把青梅嗅嗎？

「寸書不寄。魚浪空千里。」別後多年，卻是杳無音信。為什麼，這些年，他寫了那麼多的信給她，她卻連隻字半語也沒回過？可知他，為尋她的嬌顏，穿越時空而來，挾一腔柔情，在疏影橫斜的柳岸長堤按劍四顧，仰天長嘯？只是那曾經秀髮高綰、衣袂飄飄的她還會婀娜婉轉地手持彩練，輕舒水袖，在他面前，翩若驚鴻地醉舞霓裳嗎？

「憑仗桃根，說與淒涼意。」他怎麼也沒想到，當他滿懷激情地尋訪至姑蘇時，卻從她妹妹口裡得知她早已嫁人的事實。是無情還是有情？十多年，彈指一揮間，難不成，還要她在這裡長長久久地守著他，只為等他一句永遠都無法實踐的長相廝守的諾言嗎？

默默，佇立在相思的渡口，他為踐約而來，卻未曾遇見她當初的嫵媚與輕柔。忘川之畔，紅塵路上，那讓他苦苦想念了十個春秋的伊人究在何方？為什麼，一個轉身，她便已經逃出了這場相思釀下的災難？知道嗎，縱然青史輾轉成灰，他對她的愛依然不滅，縱使繁華如弱水三千，他亦只取一瓢飲，只戀她化身的蝶翼？

尋她，他風餐露宿；找她，他顛沛流離；覓她，他天涯海角。只是，這一切她都懂得都明白嗎？凝眸間，燈火闌珊，夜未央，青絲染霜，思無盡。彼岸花開又一年，三生石上心依舊，奈何橋頭拈香候，卻還浸在無限的悲傷裡，看春去冬來、花開花落，只為她枕著離愁，和淚倚闌干？

為她，他霜白了青絲，悽美了轉身的離別；為她，他憔悴了容顏，紛飛了思念的淚花；為她，他執筆寫心，默默守候在歲月的流逝裡，任時光蒼老了年輪、醉在了紅塵、微醺了光陰；為她，他淺唱著一路路過的風

第四章　月‧滿西樓

景，拾起一地傷殘的回憶，在她依舊青春的眸光中唱盡滿腹的憂傷，譜了一曲又一曲的傷心戀歌。

只是，她已不在，再多的思念亦都隨著窗外的落花，輕舞飛揚在離別的水湄，朵朵、片片，皆成了他心底永遠無法癒合的傷。此情此景，縱有千言萬語要說，卻是難話淒涼。於是，只好低下頭，卸下那一抹最後的溫柔，只留下無盡的離愁，供他躲在黑夜的一隅，悄然飲下這杯紅塵的苦酒。

「愁無際。舊時衣袂。猶有東門淚。」別來至今，蕩漾於心的無盡悲戚，都於此時毫無節制、完完全全地展露了出來。只是，她又可知，當初與她分別時穿著的衣服，他還小心翼翼地珍藏著，只因那衣袖上還留有她當初離去時灑落的淚痕？

嘆，人事變遷，音信遼邈，重來舊處，卻是不見伊人，欲訴無由，何以為懷！楚雲啊楚雲，可知我，仍舊懷著滿腔對妳的思念？此時此刻，酒席上，望著那與她同樣嬌俏嫵媚的小妹，他心痛欲裂。到底，何年何月，玉潔冰清、秀外慧中的她才會清清雅雅地妙手撫弦，與他琴瑟相和，共奏一曲長相守呢？

夜色催更，清塵收露，小曲幽坊月暗。竹檻燈窗，識秋娘庭院。笑相遇，似覺瓊枝玉樹相倚，暖日明霞光爛。水盼蘭情，總平生稀見。

畫圖中、舊識春風面，誰知道、自到瑤臺畔。眷戀雨潤雲溫，苦驚風吹散。念荒寒、寄宿無人館，重門閉，敗壁秋蟲嘆。怎奈向、一縷相思，隔溪山不斷。

──周邦彥《拜星月慢》

「夜色催更，清塵收露，小曲幽坊月暗。」傷然裡，四周的夜色催動了更鼓，月色沉沉裡，他默無一語地尾隨著她的小妹，沿著那條似曾相見的花徑，直接往她往昔住過的房子走去。放眼望去，路上的輕塵吸收了露

3. 舊衣猶有東門淚

水，彷彿他那顆落寂的心，再也無法飛揚。可知，為覓她的芳蹤，他穿越輪迴而來，掬一捧懷念，在暗香浮動的十里長亭擊角而歌、撫琴而唱，只想再看一眼她的明媚似水？

尋著她舊日的影跡，他穿越夢幻而來。可知，為她，他願意盈一袖相思，在纏綿悱惻的奈何橋頭悽然守候，蒼涼回眸。只是，到那時，白髮蒼蒼、步履蹣跚的她會不會淚流滿面、悲痛欲絕地捧著能讓她忘卻前塵世事、忘卻他的孟婆湯難以下嚥？

「竹檻燈窗，識秋娘庭院。」她舊日的住處，闌檻外依舊種著竹子，窗戶裡依舊閃著燈光，正是在這樣一個極為優雅的地方，他結識了嫵媚嬌好的她。只是，轉身過後，那朵潔白若雪的梅花是否還被她依依地佩於鬢邊，柔柔地捧於掌中？

楚雲啊楚雲，妳還記著雪花漫舞的那一季，梅花樹下，妳我相望含笑的面容嗎？還想得起妳我纏綿悱惻時緊緊握住的雙手嗎？還愛著這為妳苦苦守候、為妳黯然憔悴的我嗎？

「笑相遇，似覺瓊枝玉樹相倚，暖日明霞光爛。」那一年，梅花雪下，他和她，微笑著相遇。一個玉樹臨風、一個國色天香，彷彿瓊枝與玉樹相互偎倚，更仿若暖陽與明霞般璀璨絢爛。他們攜手走過的每一個角落，所有人都說他們才是天造地設的一雙，只是，輕輕一個轉身，他便弄丟了她，以後的以後，又要讓他到哪裡再去尋她往日的那份明媚溫婉？

「水盼蘭情，總平生稀見。」還記得，她眼神明媚如流水，性情幽靜若蘭花，自是美豔到無以復加的地步。他知道，她的美，美得出塵、美得清新，是平生所罕見，亦是他一輩子看不夠、念不盡、訴不完的。

「畫圖中、舊識春風面，誰知道、自到瑤臺畔。」她不在了，他只能就著房中角落掛著的一幅泛黃了的畫圖，對著她的畫像看了又看，只潸然淚

第四章　月‧滿西樓

下。她已經嫁人了啊,可是這張畫圖中,她依舊青春嫵媚、依舊活力四射、依舊光彩照人。只是,畫中貌若天仙的人兒卻再也不是他周邦彥應該心心繫念的人了啊!

誰能想得到,十餘年後,他還能枕著一縷相思,輕輕走近她往昔的世界,去品味曾經的歡欣與今日的悽楚?凝眸處,瑤臺依舊,花徑依舊,只是人已遠,卻換得東風無緒,吹散碧岑煙。

「眷戀雨潤雲溫,苦驚風吹散。」唯一讓他感到欣慰的便是,那一年,她和他一樣,深深地愛上了那個偎在梅花樹下,與她一起飲盡風雪的他。可知,這麼些年過去了,他依然小心翼翼地珍藏著她給的每一份愛、每一次回眸,要不又怎會把當初滴落了她淚水的衣衫留至如今?

只是,誰也未曾料到,情意纏綣時便是分手之際。他和她,終是被滄桑世事擱淺了那份深愛,終是逃脫不得上天的一個注定,縱使情深意重,縱使兩情相悅,也不得不痛苦地面對長久的別離。俱往矣,一切的一切都過去了,此時此刻,又能讓他說些什麼呢?

「念荒寒、寄宿無人館,重門閉,敗壁秋蟲嘆。」嘆,一對鴛侶終被無情的現實拆散,縱是心裡有著再多的不捨又能如何?惆悵裡,他只好舉步維艱地走出了那個曾經住著她的屋子,隻身一人,回到那荒寒寂寞、概無他人的客館中。

傷心裡,關上重重門戶,只想任自己隨順著心情沉溺於有她的世界裡。傾耳,四週一片寂靜,寂靜到讓他只聽到敗壁秋蟲的悲鳴,一聲聲,恰似他無助的嘆息,更讓他悲痛莫名、悽愴無比。

「怎奈向、一縷相思,隔溪山不斷。」老天爺啊老天爺,這等淒涼的境況之下,奈何尚添兩地相思之苦!抬頭,當陰沉的天幕在他的注視裡緩緩移動出雲破天曉的痕跡,當深情在心底剎那間醞釀成為永恆,天空終於釋

放出所有的感動與憐憫,風,亦變得無影無蹤,只吹動他無邊無際離別的心痛。

　　回眸,時間驟然間停止了腳步,再也無力悲傷的眼淚只好對天當哭。於是,那連綿的煙雨便在最想念的時候,跌落在了來來往往的難過裡,每一個角落都留下了他心傷的痕跡。他知道,對她的相思,縱是隔著山高水長的距離亦是無法阻擋,當思念化作了傾盆大雨,磅礴在他門前之際,那些糾結在胸中的悲傷便又一幕幕地掠過心頭,在他眼前來回縈繞。於是,他聽到了雷的轟鳴、看到了夜的哭泣、感到了人的無力。

　　只是,這雨夜裡她還會回來看他,替他撫去眼角的淚水嗎?如果她會回來,他願意永遠駐足在風中雨中,獨為她譜一曲千年的戀歌,用他所有的想念與相思,在那一樹繽紛的梅花下,只為她舞盡一世的芳華。

4. 斜陽冉冉春無極

　　柳陰直,煙裡絲絲弄碧。隋堤上、曾見幾番,拂水飄綿送行色。登臨望故國,誰識、京華倦客。長亭路、年去歲來,應折柔條過千尺。

　　閒尋舊蹤跡,又酒趁哀弦,燈照離席,梨花榆火催寒食。愁一箭風快,半篙波暖,回頭迢遞便數驛,望人在天北。

　　悽惻,恨堆積。漸別浦縈迴,津堠岑寂,斜陽冉冉春無極。念月榭攜手,露橋聞笛。沉思前事,似夢裡、淚暗滴。

—— 周邦彥《蘭陵王》

　　一個人,緩緩走在季節的輪迴中,看寒冬臘月最後一片雪花消融在大地上,聆聽著歲月在梧桐深處飄落的聲音,感懷著人生的疲乏與匆匆,

第四章　月・滿西樓

心，不禁生出莫名的惆悵與憂傷。回首往事，這一生起起落落，四海為家，而這些年的光景裡，竟藏著那麼多的不捨與隱痛，怎不讓他滿心淒涼，愁緒叢生？

還是，難捨那些曾陪他經歷風吹雨打的人；還是，難捨那些已經離他而去的溫暖。但他知道，人生就是如此，有痛苦才會有歡喜；有遺憾才會有美滿。無論悲歡還是離合，歲月的步伐都不會為誰稍做停留，凡塵裡，誰和誰都是一樣，任他帝王將相、任他平民百姓，他和她，亦都逃不出上天既定的命運。

到底，老天爺要讓他們在這紅塵的舞臺上演一齣怎樣的戲？是由此至終的長戲，還是一齣短暫的折子戲？怕只怕，深愛過後，連一齣折子戲都會成為他不懈的嚮往。而他，早已孤零零地淪落在了只有他一個人的獨幕劇裡，唯黯然咀嚼窗外過往的風聲，把所有的情深意重都化作難解的心殤。

因為愛情，紅塵舊夢中，他潸然的眼中早已任紛亂的淚水顛覆了她傾城的笑靨，因為癡愛，刻骨相思裡，那愁眉不展的春風早已任輕柔的綠意裹緊了他無盡的眷戀。所以，當往昔的纏綿悱惻在心間陷入回憶的漩渦裡，即便掙扎，也逃不出命運的泥沼，只能眼睜睜看著自己，愈陷愈深。俱往矣，曾經的歡喜與明媚都成了過眼的雲煙，只是可憐了那一抹相思傾城的笑，縱使再美，也只能高鎖在重樓之上，任韻華逝盡，任香消玉殞。

夜已深沉，風聲清淺，而她不在，他只能用浸滿回憶的素箋來把她追憶，蘸著硯中殘留的濃墨，為此情，在心底輕輕畫上一個句號。也許在那場花開嫵媚、誓言旦旦的遇見裡，他們並不是唯一的主角，但只要彼此執手相許過一場溫暖，在最美的青春裡愛過戀過，這樣的相遇便值得他小心翼翼地珍藏一生。

4. 斜陽冉冉春無極

還記得，那些風風雨雨的日子裡，他們哭過也笑過、吵過也鬧過；那些攜手同遊的時光裡，他們愛過也恨過、疼過也痛過。但當淪落的輪迴流連在春光裡，再次為愛邁出新一輪的步伐時，他卻只能感嘆，走進她的紅塵裡是一種莫大的錯。

但他明白，錯不在她，而在他。是他前世為了貪戀她嘴角那抹動情的微笑，才會擁著一身的寂寞，在三生石上執著地刻下來生的願景，要用一世的溫暖擁抱她永恆的如花絢美。然，本以為今世可以得償夙願，與她花前月下共繾綣，卻不知這一切只不過是他一個人的一廂情願罷了。風花雪月；雪月風花，奈何橋邊；誰人奈何！

陌上花開花又落，紅塵聚散又離合，本也是稀鬆平常之事，擦肩而過後，又何必悲悲戚戚、哭哭啼啼？當時光在彼此的凝望裡帶走了如煙往事，記憶卻依舊清晰著遠去的美麗，在哀嘆聲與淚水交織的疼痛中收集著那些飄散的過往。只是，沒日沒夜沉浸在舊時的春花秋月中相思成災，那手心裡緊攥的柔情，終被收進了記憶深處，於他眼底朦朧成了一紙繾綣悽美的青詞。

此去經年，良辰美景與誰度，手中的這一杯美酒又該與誰來分享？他知道，與她失之交臂的他，今生今世裡，還是成不了一個冷漠淡然的男子，亦依然會守在寂寞的窗下，用自己最易感懷、最易觸控的文字，在那一紙紙滴淚的素箋上，溫柔地寫下那最易受傷、最易心疼的往事。然而，往事已然不關風月，重歸孤單的他依舊會在愛的阡陌中繼續沉淪，只是從此，再也沒了悲歡離合的輪迴，唯有年華似水從指間寂寞地淌過，他便會寂靜著安然歡喜嗎？

寂寂裡，想著她、念著她，承載著千百度的眷戀，在那東京城最溫婉清靈的水湄，他腳踩在月光鋪成的木橋上翩然走過，滿眼裡看到的都是她

第四章　月‧滿西樓

的溫柔與明媚。默默，停留在留下她無限風流的角落，深深淺淺地思、長長久久地念。然後，披著一身的淒涼，寂無一言地坐在花徑邊，用染著她味道的墨香，將她俏麗的身影一一描進幽深的古畫，只想留住她轉身時最後的溫柔，輕撫他眼底的積鬱，叵耐，畫還未成，淚水早已湮溼了雪宣。

俱往矣，那些陳年舊事已然在歲月的變遷中流過了無數個春秋，卻是誰的思念依然執著地流進了他愛情的鴻溝，縱隨波逐流，淪落天涯，亦是無怨無悔？漂泊在這落絮紛飛的季節裡，回首望去，鏡花水月的相思仍在他耳畔輕輕地呢喃，而那琉璃般的前塵往事卻總是飄緲若煙，溫暖不了他那雙潸然疲倦的眼。

兜兜轉轉後，終於明白，緣來緣去緣如水，縱是荒年已陌、繁花已落，情愛紅塵裡，他即便韶華傾覆、相思成災，也難以換得她一生璀璨煙火。嘆，千帆過盡後，塵緣便會似水無痕，逝去無蹤，那一紙離殤終是散盡了他前塵的牽絆，卻徒添了一個未圓的痴夢，又何必用盡一生的情，去換一份永遠等不來的愛？

她是李師師，是那個被風流帝君宋徽宗寵愛了大半生的風塵女子，亦是他周邦彥在這世間最後心儀的女子。只是，三千寵愛集於一身的她，注定不會成為他的永遠。於是，他只能於寂寞中，和著兩行熱淚，望著她漸行漸遠，直到她的面容與背影徹底模糊在他的記憶之後。

李師師，本姓王，母親早逝，父親王寅靠在汴京城裡經營著一家小染坊，聊以度日。據說她幼時從不啼哭，直到三歲時父親把她寄名到佛寺，老僧為她摩頂時，才突然放聲大哭，且聲音高亢嘹亮。老僧認為她與佛有緣，當時人們稱佛門弟子為「師」，她因此得名「師師」。

李師師四歲那年，王寅獲罪入獄，不久病死獄中。此後她便由鄰居代為撫養，漸漸出落得花容月貌、眉目如畫。後來她又被經營妓院的李媼收

4. 斜陽冉冉春無極

養,改為「李」姓。李媼收養她自然另有一番打算,只是把她當作日後招攬生意的搖錢樹罷了。不過,李媼倒也捨得在她身上花血本,不僅替她延請名師教她吟詩作畫,還精心教她歌舞絕技,悉心加以調教。李師師麗質天生、聰慧過人,加之名師調教,很快便學得琴棋書畫樣樣精通,成為色藝俱佳、紅極一時的京師名妓。

據宋人筆記記載,李師師住在東京城中最為繁華綺麗的樊樓。樊樓由五座樓宇組成,李師師居於西樓,「此屋甚雅,珠簾秀額,紅床鏽被,四壁掛山水名畫,綠綢窗簾。她紅綢調箏於屋側,青衣演舞於中庭……」。

當時東京城內酒樓林立、勾欄瓦肆遍布,各大酒樓普遍有妓女陪客侑酒。妓女數量的多少和名氣的大小,往往意謂著酒樓生意的興隆或蕭條。擅長「小唱」的李師師貌美如花、傾國傾城,輕輕一個回眸,便能讓所有目睹過她風采的男子為之神魂顛倒、欲仙欲死,只用了極短的時間便已名冠京都,成為飄揚在樊樓之上的一面香豔的旗幟。一時間,紈褲公子、鉅商大賈、文人騷客紛紛追芳逐豔而來,自此後,樊樓朝朝歌舞、夜夜管絃,盛況空前。

「城中酒樓高入天,烹龍煮鳳味肥鮮。」那些個年月裡,樊樓花柳繁華,樂聲悠揚,不僅引來了市井之徒,就連當朝皇帝也慕名而來。為與李師師長相廝守,不便公然將其納為皇妃迎進深宮的宋徽宗在絞盡腦汁後,終於想出了一條絕妙的計策,那便是在皇宮通往樊樓的方向挖掘一條道地,只要他想李師師了,便可以透過道地直接由皇宮前往樊樓與她綢繆繾綣。

其實,樊樓前的那條街算不得闊氣,與金碧輝煌的樊樓比起來,氣勢上就遜色了許多,充其量也只能算是一條逼仄的小街,從龍亭蜿蜒向東,抵陽光湖,大約數里之遙。然而,就在宋徽宗將李師師寵幸得無以復加的

第四章　月・滿西樓

時候，有一天，京城的御林軍卻突然向老百姓宣布要對臨近宮城的那條小街實行戒嚴，理由是開挖下水道。於是，大批民工在嚴密的監管下日夜施工，在街心挖開一條深溝，然後以青磚鋪底、玉石砌牆，頂上更架設上清一色的青石板，竭盡豪奢。

一條陰溝何至於如此豪華？京城百姓不知底細，只能將原因歸結於皇家的氣派。他們不可能想到，當街上人聲鼎沸、行人熙攘，市民百姓們為生計而匆匆奔忙的時候，在他們腳下的祕密通道裡，大宋天子或許正在太監的引領下前往樊樓，去和一個輕歌曼舞，終日裡只會倚門賣笑的妓女幽會。

宋徽宗趙佶是位多才多藝的皇帝，能詩擅畫，精通音律，還獨創了玲瓏俊秀的「瘦金體」書法。也許是藝術氣質決定了他風流不羈、追求新奇的性格，他喜歡依紅偎翠、風花雪月的雅趣，更喜歡與佳人琴瑟和鳴、心息相通的浪漫。儘管後宮佳麗三千、粉黛如雲，但嬪妃們的諂媚邀寵和刻意奉迎卻他感到索然無味。於是，他走出了高高的宮牆，邁進了煙花柳巷。

李師師風姿綽約，芳名遠颺京城。宋徽宗喬妝改扮，悄悄前往相會，對她一見傾心。從此以後，他經常乘著小轎，微服出宮，到李師師那裡去歡聚。李師師喜歡吟唱婉轉憂傷的詞曲，喜歡穿著純白素雅的衣衫，喜歡不施粉黛或輕描淡妝，這一切都讓看慣了濃脂豔粉的宮嬪的徽宗對她生出一份特別的好感與依戀。

她與徽宗論詩詞、評書畫、彈琴曲，即使知道皇帝的真實身分之後，依然不卑不亢，從沒提出過分的要求。可是，宋徽宗在樊樓流連忘返，與她相交越深後，對她也越加迷戀，曾幾次提出請她入宮為妃，但是都被她識趣地拒絕了。

一個妓女，能得到帝王的寵愛已是三生有幸，又怎能生出入宮為妃的

4. 斜陽冉冉春無極

非分之想？想那皇宮深院裡，上至皇后妃嬪，下至宮女侍婢，哪一個不是出自名門望族或是良人之家，她一個青樓女子，又拿什麼去跟她們爭跟她們搶？既然生來就比別人矮了一截，又何必去湊那個數，自討不快活呢？

然而，宋徽宗已是愛她愛得發緊，再也離她不得。但是，身為帝王，不惜九五之尊，遊幸於青樓妓館，畢竟不是光彩的事情，儘管他小心翼翼，專設行幸局幫他撒謊，但多數朝臣還是對他的微服冶遊心知肚明。有個叫曹輔的官員曾上疏規諫他愛惜龍體，以免貽笑後人，結果被以誣衊天子之罪發配郴州。

便這樣，宋徽宗長久地沉醉於與李師師若即若離的愛情中，後來乾脆命人從皇宮側門祕密開挖了一條道地，直通李師師的繡閣。李師師的美貌，天下盡知，但因為她始終還只是個青樓賣唱的女子，所以不得不照舊開門迎客，這也就讓她結識了更多的文人墨客，這其中便包括已逾花甲之年的周邦彥。

那一年，已是西元 1116 年，宋徽宗政和六年。西元 1112 年，徽宗政和二年，57 歲的周邦彥以奉直大夫直龍圖閣的身分再次離開東京，出知隆德軍，後於西元 1115 年徙知明州，又於政和六年以 61 歲的高齡還京任祕書監。也就是在這一年，他有幸結識了美豔無雙的李師師，並在交往中迅速發展成一對忘年知交，一時傳為街巷美談。

歌妓以演唱詞曲為業，最容易結交富有才華的詞人。據說李師師和很多著名詞人，如秦觀、晏幾道、晁衝之等人都有交往。晏幾道曾寫詞道：「醉後莫思家，借取師師宿。」秦觀也有詞作：「年時今晚見師師，雙頰酒紅滋。」但是，在這些風流才子中，與李師師關係最為密切的，當數那個與她相識時已是鬢髮蒼蒼的周邦彥。

周邦彥博學多才，工於文詞，又精通音律，少年時便以同樣精通音律

第四章　月‧滿西樓

的周瑜自喻，京城歌妓更是無人不以唱他的新詞為榮。這一對才子佳人的聚會，又怎會少得了卿卿我我、纏纏綿綿的風月佳話？初會李師師時，他已年過六旬，卻是風流不減當年，只一眼，便被她燦若桃花的面容和天仙般的氣質深深吸引，並毫不吝惜地為她揮毫潑墨，竭盡所能地誇讚她的姿容風韻，更有《一落索》詞為證。

眉共春山爭秀，可憐長皺，莫將清淚滴花枝，恐花也，如人瘦。

清潤玉簫閒久，知音稀有。欲知日日倚欄愁，但問取、亭前柳。

—— 周邦彥《一落索》

不僅如此，周邦彥還說「彼此知名，雖然初見，情分先熟」，大有相見恨晚之感。李師師亦仰慕他的文采，更樂於和他接近，便這樣，一來二去，不免日久生情，那關係也變得日漸曖昧起來。

可是他和她都明白，無論是身分的約束或是年齡的懸殊，都不能促使他們做出那有違禮教的苟且之事。於是，他們便這樣兩兩相望著，雖心中有情，然而誰也沒有點破，他只是繼續默默地為她填詞作曲，而她亦只是繼續默默地看著他，唱著他為她寫的詞，於他身前輕舞水袖，只盼來生來世，再與他重續一份今生無法再續的緣。

那一年秋冬之交，他照例興致匆匆地來到樊樓，與她親親熱熱地敘談。沒想到，徽宗突然駕到，他一時躲避不及，只好在她的幫助下藏身床下。那一天，宋徽宗拿出江南新貢的柳丁與李師師分享，二人說說笑笑、卿卿我我，全被他看在了眼裡、聽在了心裡。第二天，他因有感於此事而填詞一闋《少年遊》，字字句句，寫盡情真意切，只用淡淡的筆墨，就把徽宗與李師師的恩愛纏綿描摹到活色生香。

並刀如水，吳鹽勝雪，纖指破新橙。錦幄初溫，獸香不斷，相對坐調笙。

4. 斜陽冉冉春無極

低聲問,向誰行宿?城上已三更。馬滑霜濃,不如休去,直是少人行。

——周邦彥《少年遊》

李師師十分喜愛他寫的這闋詞,再次與宋徽宗相聚時,一時忘情,竟把歌詞唱了出來。宋徽宗是個聰明人,自然聽出詞中描驚之事全是他與李師師的閨中之情,在得知詞為周邦彥所作後,不禁惱羞成怒,並於次年春找了個藉口將他罷官,趕出京城了事。

不管李師師是否青樓中人,但有一點是無可置辯的,那就是這個女人是他趙佶的女人。在他認識她之前,和她有過交往的男子,他可以大度到既往不咎,可是他周邦彥在明知她李師師是他寵幸的女人的前提下,還與她瓜田李下,全然不避諱君臣之禮,竟然躲到床底下偷聽他們的談話,這還成何體統?看來,這個人老心不老的糟老頭子,是再也不能留他在朝為官了!

當她知道周邦彥因她而被逐出朝堂後,自是傷心難耐,可是,她一個青樓女子,又如何能改變得了徽宗的心意?她明白,這一次,寵愛她、對她有求必應的皇帝是真的動了怒,他趙佶的女人,怎麼能讓別人染指?誰想跟她李師師發生些什麼,不是自尋死路又是什麼?

君王之前,她為他哭得一枝梨花春帶雨,賭咒發誓地說,除了他皇帝陛下,她絕無與人苟且之事。可是,皇帝正在氣頭上,她說什麼,他都懶得去理。他可不管他們之間發生了些什麼,他只知道必須做到防患於未然,要真的什麼都發生了,豈不為時已晚?

君意已決,她不敢再辯,只好背了徽宗,更顧不得李媼的勸阻,毅然決然地前往渡口為周邦彥送行。在她心裡,他就是她的知己、就是她的師長,而今他因她被貶外任,她又怎能不去為他餞行?

第四章　月‧滿西樓

然而，執手相對、潸然淚下時，她又可知他一片痴心只為伊？雖已是年逾花甲的老人，但這並不能阻止他內心深藏著的那份對她的依戀與痴愛。誰說，人老了，就不能有愛的權利？即便她是當今聖天子寵愛的女人，也沒人能剝奪他心底這份不盡的相思啊！可是，君臣有別，他什麼也不能說，也不願說。於是，只能飽蘸兩行渾濁的淚水，為她寫下一闋流芳百世的《蘭陵王》詞，以傾訴他對她的那一份不能說出口，也無從說出口的濃情蜜意。

柳陰直，煙裡絲絲弄碧。隋堤上、曾見幾番，拂水飄綿送行色。登臨望故國，誰識、京華倦客。長亭路、年去歲來，應折柔條過千尺。

閒尋舊蹤跡，又酒趁哀弦，燈照離席，梨花榆火催寒食。愁一箭風快，半篙波暖，回頭迢遞便數驛，望人在天北。

悽惻，恨堆積。漸別浦縈迴，津堠岑寂，斜陽冉冉春無極。念月榭攜手，露橋聞笛。沉思前事，似夢裡、淚暗滴。

—— 周邦彥《蘭陵王》

「柳陰直，煙裡絲絲弄碧。」正午的柳蔭直直地落下，霧靄中，絲絲柳枝隨風擺動。可知，自與她相識以來，她便是他記憶裡永遠揮之不去的一絲憂傷，若縷縷清風，緩緩撩撥著他的心，撕扯著他的情，讓他心痛，讓他潸然淚下？於前世，於此生，亦於來世。

她的美麗與輕柔，總是讓他對她的思念若琉璃般晶瑩；總是讓他為她溢位的淚花若水晶般剔透。而他的情深不悔，卻恰似窗外那一樹飄香的辛夷花，盛開在乍暖還寒的初春，搖曳在綠意蔥蘢的枝頭，若蒼白記憶裡的一絲溫暖氣息，總使人流連忘返，心曠神怡，只願久久陶醉其中，不再醒來。

那一份情有獨鍾的愛慕始終根植於他柔潤的心底，使他終日心甘情願

4. 斜陽冉冉春無極

地醉醺於一整個有夢且溫涼的春季，哪怕永遠無法醒來，亦是歡喜寧和的。她不在他守候的紅塵裡等他，所以寧願面對的這個世界永遠靜止不動，從此，不再有世事的輪迴、因果的循環、時光的交替，只有風聲在他望晴的窗下微微地刮，而他，就在風中默默看她微笑如花的臉，不言不語。

「隋堤上、曾見幾番，拂水飄綿送行色。」漫步在古老的隋堤上，卻是心緒悽然。曾經，多少次流連在這堤邊水湄，看柳絮飛舞，把匆匆離去的人兒相送，只傷心難禁。而今，即將離京遠謫的他，不得不跟隨離人的腳步來到這裡。然而，徘徊復徘徊，終是捨不得離去，究竟，在這柳色青青的季節裡，他還在等待著誰，又還有什麼捨不得放不下的？

是她、是她，還是她。她蘊含風的柔情魅力、雨的幽幽神韻、雪的翩躚美麗，只一眼，便醉了他那顆日趨衰老的心，讓他變得年輕活潑起來。他知道，她的夢裡有風兒輕輕地拂過，那風如若纖弱柔細的思念，而那思念裡更有淺淺的夢在輕輕地彈吟衷腸與哀傷，宛若一位身披輕縷薄紗的窈窕少女，在西子湖畔輕舞吟唱了千年仍不肯歸去一般。

然而，她又可知，他的夢裡亦有春暖花開，有她芙蓉花般嫵媚的面頰裡泛起紅暈的牽掛？那牽掛裡，滿滿地纏繞著的，都是他的痴情與眷戀。可如今，人去樓空，寂寂裡，卻唯餘落花散盡曲終散、淚埋千載只成空的淒涼與滄桑。

「登臨望故國，誰識、京華倦客。」每次心緒不佳的時候，都會登上高臺望向故鄉的方向。然，望來望去，那座叫做杭州的城池還是與他隔了重重山水，而那些逝去的人、歷經過的事，更是無法溫暖他日漸疲憊的眼。

是她，那個叫做李師師的女子給了他繼續振作下去的勇氣，給了他一份難得的明媚與溫婉，才讓他暫時忘卻了世間所有的愁與煩。只是，徽宗

第四章　月・滿西樓

的一旨詔書卻徹底冷了他的心，更讓他對旅居京城的生活徹底感到厭倦，可，此時此刻，又有誰知道他心中糾葛的這萬般隱痛？

「長亭路、年去歲來，應折柔條過千尺。」凝眸處，唯有辛夷的花香未曾散去，唯有古道旁那一株株柳樹歷經千年風雨的洗禮，依然枝繁葉茂，用佛的神韻感化著人世。可知，在這十里長亭的路上，他總是年復一年地把他人相送，折下的送行的柳條亦已有上千枝了，怎不讓他惆悵莫名？

「閒尋舊蹤跡，又酒趁哀弦，燈照離席，梨花榆火催寒食。」雖是盛春時節，但他卻由衷地覺得這是個充滿憂傷的季節。傷感的影蹤裡，追隨著不曾散去的一曲清音，孤獨的他趁著閒暇到了郊外，繼續沿著那條千年古道，躑躅著朝前走去。卻不料，出來本是為了尋找舊日的行蹤，竟又逢上朋友們為他在附近設下的餞行筵席。

究竟，是喝還是不喝？是走還是留？正猶疑間，卻發現了衣袂飄飄、一臉素容的她。她自是來為他餞行的，他又有什麼理由避之不見？華燈照耀，他偷偷望著她哭紅了的眼睛，情不自禁地舉起酒杯，一飲而盡，卻不知是邀請了誰，更不知是迴避了誰。傾耳，哀怨的絃音在空中飄動，那是她為他彈起了一曲抹著哀傷的曲。難道，這一別便要永訣了嗎？

驛站旁的梨花已經盛開，提醒著他寒食節就要到了。光陰似水，歲月匆匆，人們早已把榆柳的薪火取用，想來，他與她相識已有一年光景。可是，這一年裡，她帶給他的所有快樂，還有那歡聲笑語，又叫他如何來還？

那一樹樹的梨花，開了他的心事、開了他的情、開了他的愛、開了他悠悠千古裡的一樹期待。也曾想緊隨她的夢想，願與她一起去流浪、一起去漂泊，一起去建立嶄新的生活，怎奈一曲琵琶的清音自古道深處傳來，卻讓他的思念定格在她回眸的地方。有茫然、有驚愕，更有種似曾和她相識的感覺寥落在眼底，轉瞬間，便惹他涕淚縱橫。

4. 斜陽冉冉春無極

「愁一箭風快,半篙波暖,回頭迢遞便數驛,望人在天北。」終於,在她哽咽的琵琶聲裡,他懷著滿心愁緒踏上了遠去的渡船。梢公的竹篙插進溫暖的水波,船兒亦隨順風若箭般急速朝前駛去。然而,他卻怎麼也興奮不起來,頻頻回首將守在水邊相送的她望了又望,只是,風兒太疾,船兒太快,才半盞茶的工夫,她便被拋在了那雲靄深處,再也端瞧不見。

「悽惻,恨堆積。漸別浦縈迴,津堠岑寂,斜陽冉冉春無極。」想要再看她最後一眼,不料眼前卻已是一片朦朧。孤零零地站在船頭,他神色悽然,而那堆積於心的愁恨更有千萬重。再回首,看春色一天天濃了,望斜陽掛在半空,那送別的河岸依然迂迴曲折,渡口的土堡依然一片寂靜,又哪裡還能尋得她的隻影片蹤?

只是,他還記得,餞行的宴席上,她的目光寫滿了憂傷,卻只能用一曲琵琶彈奏著經年的期待。用一曲醉人的清音感動著荏苒的流年;用一絲嫵媚挽留著經年的光陰,而這一切,便都只是為了他。

為他,她流連了歲月的深情呼喚,往返了光陰的親切期盼,用纖柔的臂彎環繞著他經年不曾放棄的夢,更用辛夷的花香勾勒著他曾經玉樹臨風的模樣,只想與他共守佳期。只是,這個夢又怎能成真?

他知道,她是他的一個夢,一個不該做的美夢,而他亦終是她夢裡那個期盼了許久的性情男子。只是,任他們在時光的棧道旁相互呼喚,任歲月的風零落了她的模樣,任時光的霜染白了他的思念,他們亦是兩兩相望,兩兩相忘。

「念月榭攜手,露橋聞笛。沉思前事,似夢裡、淚暗滴。」放眼望去,水月無邊,世間一片蒼茫。惆悵裡,他不禁想起初識她時,情不自禁地拉了她的纖纖素手,與她一起在溶溶月色下的水榭邊遊玩,與她一起在露珠盈盈的橋頭聽人吹笛到曲終的情景。

第四章　月‧滿西樓

那時那刻，即便心中無牽無掛、無欲無求、無情無愛，亦是那樣的雋永美好。只是，好花不常開；好事不再來。回憶往事，如同沉溺於一場無法醒來的春夢，只黯然神傷。然，她可知，他暗中垂下的淚滴，在遠去了她的世界後，便永恆成了今生難以排遣的隱痛？

轉眼間，千年已過，李師師亦早在歷史的煙雨中化為了幻影。即使今人翻遍古書，最終能夠相信的，還是自己的推測與想像。金碧輝煌的宋代樊樓早已在戰火與洪水中灰飛煙滅了，而今的樊樓乃至樊樓所在的整條宋都御街，都是後人在推測與想像中重建的。

前些年，人們對棚板街地下設施整修改造，竟真的挖出了青石砌就的暗道。據史料記載，宋之樊樓應位於現今棚板街西頭一帶，而暗道的走向和位置正好與之吻合。這一發現似乎驗證了宋徽宗挖道地與李師師幽會的傳說，但李師師留在身後的懸案太多了，這條因地下架有棚板而得名的小街，還能證明些什麼呢？

愛無法證明，也無須證明。宋徽宗恍惚而過，似有卻無，如夢若風；周邦彥徘徊流連，白髮悲情，難依終身。進進出出於樊樓的男人不計其數，又有誰能帶她遠走天涯、相伴一生？徽宗算得上有情有義，但他是皇帝，無論他的愛多麼驚世駭俗、多麼刻骨銘心，到頭來必將化為一聲嘆息、一場哀痛。

愛之於李師師，只是華麗而又落寞的夢。大宋皇朝在女真人的馬蹄聲中覆滅了，她的夢也隨之化為泡影。有人說，北宋滅亡後，李師師吞金而亡、壯烈殉國；又有人說，李師師吞金未死，被聞訊趕來的尼姑救走，輾轉流落到了江南，自此後，花憔柳悴，漂若浮萍。

這種說法延續了一個浪漫的夢想，令千年後的我於感慨中默然接受。在煙雨朦朧的江南，想必李師師仍是一襲素衣，頎長的背影依舊掩映在在

水一方的蒹葭蒼蒼中。她的記憶裡有著不可磨滅的絢爛、她的面頰上殘留著淡淡的淚痕、她的嘴角邊掛著不經意的嘆息，她緩緩地、寂寞地走著，似落花在飄。京都汴梁的富麗繁華若夢一樣遙遠，華美的詞曲又有誰聽？她終是走向煙水深處，走成了永恆。

而那個為她用生命裡最後的時光將她思念暗慕了許久的周邦彥又遭遇了怎樣的結局？據典籍記載，那天李師師去渡口送周邦彥歸來，徽宗正去找她，卻苦等半天，不見其人。好容易等到黃昏後，才見李師師姍姍歸來，卻是愁眉不展、珠淚盈盈。

那一回，李師師愣是毫無顧忌地把周邦彥寫的新詞《蘭陵王》當著徽宗的面唱了出來，唱得動情，唱得聲淚俱下，唱得感天動地，也唱得徽宗動了憐才之心，當即下令召回周邦彥，並特地任命他為從四品徽猷閣待制，提舉大晟府。

可以說，周邦彥終是因禍得福。然而千年過後，那個絕色麗姝又去向了哪裡？濛濛細雨中，我彷彿看見一位素衣女子，獨自行走在天地之間。只是，我與她終是隔得太遙遠了，以至於看不清她的面容，所能看到的，只是她婀娜的身姿、幽逸的豐韻和楚楚動人的背影。

凝眸，江南的雨如煙似霧，模糊了我的視線。她依然緩緩地走著，於我眼底，漸行漸遠，漸成一抹幻影。不知她從何處來，到何處去，更不知她是要去尋找宋徽宗還是周邦彥，倏忽裡，我只覺得心懷惆悵，滿眼迷茫，卻再也看不見她模糊的身影了。

第四章　月・滿西樓

5. 寒凝茶煙是何鄉

堤前亭午未融霜。風緊雁無行。重尋舊日岐路，茸帽北遊裝。

期信杳，別離長。遠情傷。風翻酒幔，寒凝茶煙，又是何鄉。

——周邦彥《訴衷情》

窗外，雨，淅淅瀝瀝，下個不停，彷彿在輕聲訴說著歲月的悠長。當細細密密的雨絲滑過他瘦了的指尖，那徹頭徹尾的寒意頓時竄遍他全身，空氣便在瞬間凍結成冰，心亦跌入幽深的冷，失去了所有知覺。

透過薄霧般的雨簾，放眼望去，目光所及之處是那一片朦朧的遠山。若隱若現，彷彿畫師筆下的潑墨長卷，一點一點地在眼前氤氳、瀰漫，迅即又牽起了那些久遠綿延的心事，撩撥著看似已然恬淡平靜的心湖。

沒有人知道他在想些什麼，或許連他自己都不知道自己又想了些什麼。回憶或思念總是在最不經意的時候倏忽闖入心扉，一旦想起那些隔了久遠的往事，連綿的煙雨便又會不識時機地紛亂在眼前，卻又不知道窗外的落花究為誰人離了枝頭，空惹他一懷愁緒。

頜首處，一片潮溼，透著些許溫熱。點點，滴滴，輕輕緩緩地滴落在斑駁的桌面上，捧起數顆晶瑩望了又望，才明白，原來，許久不曾悲傷心痛，卻也終究無法歡喜快樂。嘆，快樂終如風逝，轉身而過後，曾經的憂傷已成平常，再多的詩詞也寫不出那份初初離別的心痛，再美的畫卷也鋪展不了那些逝水無痕的美麗，而指尖與紙箋也無法再在這寂寞的空間裡合奏出一曲心的絕唱。

這個季節，本應是「沾衣欲溼杏花雨，吹面不寒楊柳風」。而風，靜謐如空氣，無聲無息地撫過每一寸肌膚，讓人感覺不到任何力度，卻透著

5. 寒凝茶煙是何鄉

一股凜冽的冰冷。原來，風也有無力的時候，吹不醒大地，也喚不醒心靈；原來，人生最殘忍，就是在這不痛不癢的感知裡，一天天一點點地磨掉生命的稜角，到最後，只剩下黯淡無光和滿目的破敗與落寞。

無人的時候，總喜歡在閒暇的時光裡坐在窗下，或是走在水湄，靜靜地回憶、默默地沉思、慢慢地反省，亦總是想起那些最最不願意想起的往事，無處可逃。輕輕，浸入那些陳舊泛黃的故事裡，當四周陷入一片寂靜，靜到連呼吸都停止時，心亦跟著陡地下沉，只是，究竟又是為了誰徬徨困惑呢？

其實，他總是害怕讓自己閒下來，害怕悄無聲息的安靜，所以總是不停地走在路上，或是買一杯醉讓自己忘卻所有的疼痛；其實，他總是不願去回憶那些傷感的事，只怕那顆破碎的心承受不來。然，即便如此，他還是鬼使神差、無可救藥地念上了一個人的時光，戀上了一個人的回憶，總是讓自己沉陷於無所適從、無處可逃的境地。

時光如刃，刀刀割痛心扉，轉瞬便淋漓了他所有的思念與疼痛。輕輕一個轉身，生命的美好已被長久的冷漠與擱置點滴耗盡，就這樣毫無意義地遊走在紫陌紅塵間，孤身一人的他，該如何才能用纖瘦的肩頭撐起那一片藍天，讓她若驚鴻般自由翱翔在他希望的眼前？而他那顆早已蒼白荒蕪的心又如何耍得起那一份未知的未來，如何在此岸展望彼岸的幸福憧憬？

總是，在想著她的時候，望著窗外如雪的陽光，卻又不敢推開門開啟窗。而這一切只是因為，在黑暗中待得太久，陽光照進來的不是溫暖，而是刺眼，每一回，都刺得他淚流滿面。知不知道，一個人的世界裡，他只想守在寂靜的角落裡，將自己綣縮成寂寞的姿勢，想像外面世界的明媚、想像陽光暖暖的午後、想像她的如花美豔？

總是，在想著她的時候，耳際響徹無數種嘈雜的聲音。偏偏又是那聲

第四章　月・滿西樓

聲溫情的呼喚最為擲地有聲，一聲聲，清晰如昨，頓時便又打破了心的枯寂，讓他魂不守舍。這些年，這一路，身邊掠過風景無數，唯有那與她執手相對回不去的昨天依舊揮之不去，在腦海裡來回縈繞，填補著內心的蒼白與荒蕪。然，她可知道，她嘴角微笑的那一刻，是他心尖最溫暖的時刻，而她淚流的時候，他的心便冰冷得失了所有的溫度？

還是放不下她，還是忘不了她。或許，這一切只是成了習慣，而她只是他最容易回憶起的那一幀風景，他也只不過是想要在昨日的風景裡找尋久違了的溫暖罷了。她不在的日子裡，他總是習慣捧一杯熱茶在掌心，然後將臉貼近茶盞，默默看瀰漫的茶香和氤氳的霧氣在眼前繚繞升騰，心中溢滿恬淡的歡喜。

倒不是因為害怕冷，只是喜歡那空氣中迷迷濛濛的溫熱。如煙似霧，若詩若畫，裊裊，飄渺，幻想著夢中的真實。如果可以，他願意似這輕薄的氣息，在冰冷的空氣中放飛溫暖與期盼，俯瞰世間百態，感悟，懂得，知足……

總是在最寂寞的時候，覺得一些似曾相識的場景、一曲共同聽過的歌謠、一個熟悉而又陌生的背影，皆於不經意間竄入腦海，默默徘徊在心間。那一刻，淚流不出、話說不出，只是清清楚楚地感受到一種撕心裂肺的疼。那種疼，明晃晃牽痛所有的神經與細胞，令人無法轉身，更無法動彈，而疼痛消失的一瞬，心也被迅即掏空，滿眼皆是疲憊與倦怠。

或許，這就是愛與思念的代價，即便知道每一念起便會收穫無盡的疼痛，也不曾將她輕易拋諸腦後。她是他的寶貝、是他的溫暖、是他的念想，即使在歲月的流逝中漸漸淪為他的夢魘，亦不捨將她的身影與眉眼放逐在天涯。

想著她、念著她，常常於恍惚裡幻想他們躺在綠意蔥蘢、芬芳四溢的

5. 寒凝茶煙是何鄉

草叢中，心無旁騖地看著月亮、數著落花的情景。頭頂，月亮的清輝裝點著彼此明媚的臉；腳下，飛舞的落花訴說著悠悠的情絲、不盡的繾綣。她不在的日子裡，他總是喜歡一個人，安安靜靜地坐在案邊，想像著花前月下的良辰美景，想像著月影如鉤、蝶舞翩躚的旖旎風光，想像著笑靨如花、眼眸溫柔的她，那時那刻，心沉浸在至簡至美的夢境裡，哪怕永遠不再醒來亦無怨無悔。

然而，歲月總是會讓深的東西變得更深；讓淺的東西變得更淺。當他在夢裡與她攜手站在山巔或是湖畔，看落日的餘輝映紅了天際的美麗與璀璨之時，那份曾經的歡喜與明媚便已在時光的變遷裡不緊不慢地掠過他們的身影，在他眼前消逝得無影又無蹤，並於瞬間帶走了他們的似水年華。凋落了青春的希冀，只留下滿目瘡痍，在等待的風中滴下顆顆紅塵血淚，再不給他一點點溫存與期望。

他不明白，他本不是冷血薄情的人，為何上天總是要殘忍地剝奪他所有的柔情，讓他變成一個看似心腸堅硬冷漠的人；他不明白，他本不是沒心沒肺的人，為何上天總會習慣地把他拋在一個荒蕪的絕望之中，任他自生自滅；他不明白，他本不是不解溫柔的人，只是，蹉跎世間六十三載，到底該如何來邂逅那一生一世不願醒來的夢？

世俗的洪流，一次次湮滅他心中殘留著的微弱燈火，將他的夢想擊打得支離破碎，形如齏粉，唯餘寂寞喋喋不休，在搖搖欲墜的燭光裡嘆息著那永遠到不了的天堂、近不了的幸福。到底，是什麼，在他淚流的時候一併把他的心揉碎，再也找不回往日的？是他對她不盡的思念，還是她對他依舊的翹首以待？

他不懂永遠到底有多遠。是天邊，那一抹追不回的殘陽？是花間，那一片回不去的落紅？是身後，那一段回不去的舊時光？是眼前，那一片揮

第四章　月・滿西樓

不去的迷茫？時間改變了很多，心境、容顏、環境、遭遇，而無法改變的卻是那份經久卻不曾褪色的情懷，思念、等待、守候、沉醉⋯⋯已經六十三歲的人了，為何還會為感情的事傷懷，莫非是著了魔，抑或是命中注定的在劫難逃？

總是在欺騙自己、安慰自己，到最後，便是習慣偽裝，不論是心情還是表情。人生幾度秋涼，這一路走來，數十寒暑彈指皆揮去，該走的走了，不該走的也走了，唯餘空空的行囊相伴在側，身心亦早已疲憊得無法讓自己再像年輕時那樣因心境的轉變而大喜大悲。而今，眼淚中帶笑的表情裡，沒有了疼痛，沒有了怨恨，只是木然，只有釋懷。

活在一個空曠的世界，裡面除了自己，沒有別人。周圍所有的繁華喧囂似乎都再與他毫無瓜葛，別人無法走近，自己也不願出走。轉身的一刻，以為，可以抽刀斷水，不曾想卻是抽刀斷水水更流他，以為，可以舉杯消愁，不曾想卻是舉杯消愁愁更愁。奔騰不息的思念與懷想終是淹沒了他所有的堅強，回首裡，將紅塵血淚融入那澎湃的潮湧，再也沒有人可以看到他的淚流他的悲傷，同樣，再也沒了堅強的理由，而快樂那個詞，似乎已經被他遺忘了很久，很久。

遊刃在城市的孤獨者，卻害怕終有一天會看破世俗的枷鎖，讓自己變得更孤單更寂寞。惆悵裡，時光如沙永遠自由行走在天邊，他握不緊，亦留不住。於是，只能，在白日裡繼續掙扎著前行，默默等著夜的安撫，然後，在黑夜裡吟唱著失眠，再等待破曉的微光。如此，循環往復，歲歲、年年；年年、歲歲。

抬頭，但見，落花紛飛，芳魂不知所蹤；頷首，但見，逝水滔滔，空唱一世絕響。他明白，東京城裡默然遊走的他只是飄緲紅塵裡一個孤絕的過客，在最初的地方等待、張望，只為一眼凝眸、一次轉身，更害怕再次

5. 寒凝茶煙是何鄉

錯過，害怕淚眼朦朧。然而，他又在等待著誰、張望著誰？是嫣若？是婉宜？是蕭娘？是追月？是心荷？是嶽楚雲？還是李師師？

或許都是，或許都不是。她們有的死了，有的走了，有的從來不曾屬於過他。而今，一個人的東京街頭，他只能傷心著自己的傷心；孤獨著自己的孤獨，一路落寞地走過。只是，他渾濁的淚水究又是為了誰？是為了那個陪伴他在昏燭殘年裡走過最後旅程的第三任妻子容霜嗎？

西元 1098 年，續絃王氏婉宜因病去世。在這之後，他在東京另娶了容霜為妻。然而，他似乎並不願意過多提及容霜，不是他不愛，不是他不夠溫柔，只是他已把自己的情意七七八八地分給了那麼多的女子，餘下的給她的又能有多少呢？

他只是覺得對不起她，這麼些年了，雖然她始終相伴在側，從東京，到隆德軍府，從隆德軍府到明州，從明州再回到東京。善解人意、柔情似水的容霜總是無時無刻不守在他身邊，為他做羹湯、為他洗衣裳、為他端茶水、為他磨墨、為他捧硯、為他鋪箋。只是，他總覺得自己雖離得她那麼近，近在咫尺，卻又隔了天涯海角的距離。

凝眸處，流年逝芳華，她如花的容顏亦已爬上淡淡的皺紋，早不是新娶逝時嬌俏嫵媚的模樣。將近二十年的相依相伴中，這個女人，為他耗盡了青春，付出了所有。可他，怎麼還能在她伴他走過的亦悲亦喜的歲月裡偷偷想著別的女人？

轉身，初春的清冷劃過心門，似冬未去，留在指尖的不是餘溫而是沉淪。他很明確心裡堅守的那份執著，淡然而沉靜。然而，他亦知道，自己仍在期待，期待一種幸福的存在，可是又總在燈火闌珊處迷惘了視線。到底，該如何，才能在自己最後有限的生命裡，好好補償容霜，溫暖她眉間鬱積多年的憂傷？

第四章　月・滿西樓

如果可以選擇，他願意成為一棵樹，立在天地間，於她面前站成永恆，沒有悲歡的姿勢，沉默、驕傲，不依靠、不尋找，任落葉飄飄灑灑，最後融入大地的懷抱。為她痴狂、為她明媚、為她傾盡一生的摯熱，溫暖她所有的飄零與滄桑。可為什麼，老天爺偏偏又在這個時候跟他開了一個玩笑，一紙詔書便要他以六十三歲的高齡再次出京，出知真定府呢？

堤前亭午未融霜。風緊雁無行。重尋舊日岐路，茸帽北遊裝。

期信杳，別離長。遠情傷。風翻酒幔，寒凝茶煙，又是何鄉。

—— 周邦彥《訴衷情》

「堤前亭午未融霜。風緊雁無行。」皇命在身，不得不走。剛剛被提舉大晟府還不到一年時間，宋徽宗居然又要把他趕出朝堂，任他隨風飄零、自生自滅，怎不讓他傷心難過？他不知道，這次讓他外任是不是宋徽宗有意為之。但他明白，與李師師那份曖昧的情懷注定了他遲早要被逐出東京。只是，他沒想到會來得這麼快，甚至宣詔前連一點風吹草動的端倪都沒有，就這樣打了他個措手不及。

自己已經六十三歲了，還有什麼可怕的？留在東京，或是致仕歸鄉，抑或是出知外府，對一個歷經風霜的老人而言已然是見怪不怪。可是，他又怎能讓容霜繼續陪著自己一路蹉跎呢？這二十年來，他雖然幾乎每天都與她朝夕相對，可他心裡想的念的卻都是別的女子，甚至從來都沒有在意過她的存在，而今老了，才真正意識到她的存在。明白她所有的好，又怎忍心再眼睜睜看著她跟自己一起吃苦一起受傷？

他勸她留在東京，或是帶著僕傭和孩子們回錢塘去等他，可是她說什麼也不肯答應。她微蹙著眉頭告訴他，生是他的人；死是他的鬼。不管他去哪裡，身為他妻，她都會義無反顧、毫無怨言地跟到哪，哪怕前面是刀山火海、萬劫不覆的地獄。既然嫁了他，就要有勇氣面對所有的苦與不幸。

5. 寒凝茶煙是何鄉

　　他從沒想到她居然會如此善良敦厚。只是現在明白似乎為時已晚，這麼好的妻子，卻叫他如何彌補這二十年來的虧欠？縱使他有心，已至風燭殘年的他又能給她些什麼？然而，她什麼也不說，只是默默收拾了衣物行李，緊緊尾隨著他出了門，直接往通向真定府方向的渡口走去。

　　他知道，她是鐵了心要跟了自己走的。這些年，他欠她的太多太多，所以她的心願，他更忍不下心來駁斥。於是，只能回過頭，緊緊攥著她冰涼的手，一路朝前走去，而就在他的手握住她指尖的那一刹，他發現，她的嘴角有了微微的笑意，他的心亦泛起陣陣潮湧的溫暖。

　　便那樣，他們始終手握著手，守在渡口邊，默默等著北上真定府的船隻。放眼望去，堤前的霜直到正午時分還沒有融化，耳畔，朔風勁吹，天上的大雁都無法排成行列，不禁令人頓生北風雨雪之感。他知道，真定府是一座北國之城，比不得花柳繁盛的東京，更無法與四季明豔的錢塘相提並論。而她，身子骨一直都是那麼嬌弱，這一去，是否真能禁受得住那裡的風霜？

　　「重尋舊日岐路，茸帽北遊裝。」戴著容霜為他準備好的皮帽，穿著容霜為他親手縫製的厚厚的冬衣，他依然緊握著她依舊冰涼的手，沿著曾經走過無數回的岔路，默然無語地徘徊著。抬頭，看看遠方，那便是即將要踏上北去的路途。只是，什麼時候，他才能擁著她溫暖的身子重新回到這鶯歌燕舞的綺麗世界？

　　「期信杳，別離長。遠情傷。」這一次，心儀的北方佳人李師師沒能來渡口為他送行，竟連最後的一點音訊也失去了。聽說，宋徽宗已偷偷把她接進了深宮內院。難道，這位自封為教主道君皇帝的風流帝君真要冊封李師師為妃了嗎？如若果有其事，之於他，之於李師師，到底是幸還是不幸？

第四章　月・滿西樓

這一去，山高水長，不知道還有沒機會回來，心中自是別情依依，充滿無限感傷。只是，李師師終不過只是他心中一個綺麗虛幻的美夢，又哪裡能跟眼前實實在在的容霜相比？容霜愛他，用生命在愛、用全部的熱情在愛。哪怕自己心裡全然沒有她，她也會甘心為他低到塵埃裡去守護他們的婚姻、他們的家庭，這樣的女子，他又如何能夠再負於她？

「風翻酒幔，寒凝茶煙，又是何鄉。」看，北風吹動遠處的酒幔，獵獵有聲，眼前的茶煙似乎也因為寒冷而變得凝聚不散。一切的一切，都抹著重重憂鬱壓抑的色彩。只是，他還是不得不開始又一次的他鄉漂泊。嘆，人海茫茫，何處是歸鄉，這一路風煙滾滾，他什麼都沒來得及帶來，也沒有任何東西能夠讓他帶走，唯一能夠擁有的便是他身邊這容顏日漸憔悴的妻子容霜了啊！

露迷衰草。疏星掛，涼蟾低下林表。素娥青女鬥嬋娟，正倍添淒悄。漸颯颯、丹楓撼曉。橫天雲浪魚鱗小。似故人相看，又透入、清輝半餉，特地留照。

迢遞望極關山，波穿千里，度日如歲難到。鳳樓今夜聽秋風，奈五更愁抱。想玉匣、哀弦閉了。無心重理相思調。見皓月、牽離恨，屏掩孤顰，淚流多少。

——周邦彥《霜葉飛》

真定府的日子，因有妻子容霜相伴在側，倒也不至於寂寞無聊。在這裡，他住在城郊的僻靜之處，公務之餘，常會與容霜攜手到郊原閒步。漸漸地，在大自然的薰陶中和容霜的柔情裡，他感到身心擺脫了往日的羈絆，覺得一種從未有過的暢快感。

到任之後的秋天裡，颯颯的秋風把他和容霜散步的小徑鋪上了一層霜葉，淡淡的秋月也透過窗櫺來伴他度過不眠之夜。在唧唧復唧唧的蟲鳴聲

中,他文思勃興,更創作了流芳千古的賦文《續秋興賦》。

他知道,西晉時的潘岳就曾作過《秋興賦》,說自己如同「池魚籠鳥而有江湖山藪之思」,於是就作文對備受束縛的自我存在進行反思,抒發了滿腔的幽怨。而他的《續秋興賦》便是繼續著潘岳的冥思玄想,在刻劃秋景秋氣、秋聲秋意之後,更對秋思作了徹底的解析。

他否定了「妄追逐於外物,淫思慮而歡悲」的濫情,認為「方寸不虛,則宜乎為哀樂之所嬰」。除患消憂之道,在於虛心應物,忘卻得喪,「物物而不物於物」。這樣將會實現心靈的自由,「徜徉乎馮閎,盱衡乎太清」,迎向擴大和永恆。

可以說,這段日子,他還是過得相當愜意逍遙的。然而,悲涼的心境還是無時無刻不纏繞著易感的他,揮之不去。於是,他又枕著兩行老淚,於秋涼裡寫下一闋浸染著落寞的傷秋《霜葉飛》詞。

「露迷衰草。疏星掛,涼蟾低下林表。素娥青女鬥嬋娟,正倍添淒悄。」放眼望去,人在林下,林在疏星之下,一派清幽之景。此時,月已西沉,低於林表,林外則是更為廣袤的閃著晶瑩露珠的原野。

一切的一切,都令他感到心曠神怡。可是,這更深露重的季節,他還是由衷地感受到一種與生俱來的傷然與孤悽,到底,他還在為了什麼傷心,為了什麼感慨?是傷心傳言中李師師的入宮,還是自己日暮途窮的遭遇?

凝眸處,月色正與露光爭相鬥豔,美景如斯,卻更添了他心間寒涼。青春散場,陌路天涯。此時此景,物是人非;此情此憶,只為曾經的綻放。驀然回首,燈火闌珊處只剩下孤寂的月光和蒼涼的夜,遙看遠方,那份思念亦已散盡天涯路畔,唯餘驚豔的瞬間,激起那些遠去了的溫馨畫面,只剩他一人獨自默念,那些過去了的煙花歲月。

「漸颯颯、丹楓撼曉。橫天雲浪魚鱗小。似故人相看,又透入、清輝

第四章　月‧滿西樓

半餉，特地留照。」從夜至曉，他一直守在這份孤清裡，默默懷想，那些逝去的人、那些過往的事，徹夜難眠。回眸間，才發現，天已經亮了，難道是這滿眼抹著秋意的丹楓，於颯颯秋風中把日頭給搖醒了？

天亮了，雲起了，月色也漸漸淡了。然而，月兒卻捨不得就這樣走了，彷彿那曾經相知的故人，還要於此多留片刻，再與他說些悄悄話兒。可是，它又要對他說些什麼呢？

驀然回首，他想起了太多太多的人，太多太多的事，是不是她們，那些曾在他生命裡綻放過璀璨光芒的女子，要借這一片月色，再與他共敘未盡的情話？是嫣若？是婉宜？是嶽楚雲？還是正在家中守著他回去的那個已被歲月霜白了頭髮的愛妻容霜？

「迢遞望極關山，波穿千里，度日如歲難到。鳳樓今夜聽秋風，奈五更愁抱。」此時此刻，眼波所穿透的空間是那千里迢遞的關山、是那度日如年的歲月。然，望穿秋水，望不穿昔日之情；望斷歲月，望不斷纏綿悱惻。到底，該要他如何，才能將這剪不斷、理還亂的思緒徹底剪除？

千千萬萬個念頭裡，他又想起了容霜。不知道，容霜今夜是否也和他一樣不曾睡去，只是守著孤寂，在那雕欄畫棟的鳳樓前，隔著空曠的天幕陪他共聽一曲秋風？想必，他不在她身邊，她只能雙眉蹙起，緊抱著一懷愁緒，坐在窗前直到天明，將他默默等待。可是，他又為她做了些什麼？這時候，他怎麼還能再費心地去回憶那些遠去了他世界裡的那些女子呢？

「想玉匣、哀弦閉了。無心重理相思調。見皓月、牽離恨，屏掩孤鸞，淚流多少。」嘆，人活一生，太多的過客匆匆，好似漂浮的燈火瞬間殞滅，再尋不見，可知，那一縷縷悲傷的琵琶聲裡始終寄託著他的哀思，那一曲曲寂寞的清音裡始終流傳著他們經年不曾改變的諾諾誓言？

想此時，她正用等待的心環繞著他的思念，用歌聲縈繞著他夜以繼日

的牽念,將他默默守候。只是,那放置古琴的玉匣卻是染了灰塵,哀傷的弦再也彈不出往日從容的相思調。

抬頭,皓月依舊當空,清風徐徐裡,卻是牽動他深埋心底的離情別恨,唯有無語傷然綻放在這一縷落寞的晨曦中。此時此刻,她是不是正枕著一席相思,吻著飄溢的花香,在花香裡傾聽著他竊竊的思念,任屏風掩了孤寂的眉皺,為他淚流不盡?

6. 嘆事逐孤鴻盡去

稚柳蘇晴,故溪歇雨,川迥未覺春賒。駝褐寒侵,正憐初日,輕陰抵死須遮。嘆事逐孤鴻盡去,身與塘蒲共晚,爭知向此,征途迢遞,佇立塵沙。追念朱顏翠髮,曾到處、故地使人嗟。

道連三楚,天低四野,喬木依前,臨路敧斜。重慕想、東陵晦跡,彭澤歸來,左右琴書自樂,松菊相依,何況風流鬢未華。多謝故人,親馳鄭驛,時倒融尊,勸此淹留,共過芳時,翻令倦客思家。

—— 周邦彥《西平樂》

輕輕的嘆息聲中,彷彿前一秒還是冬日的黃昏,卻不料,一轉眼,便又到了雲淡風輕的初春。凝眸處,煙籠寒山,幾縷花香氤氳著塵世的朦朧,載著雲夢般的世事,在風中逐漸遠去。而他,卻依舊站在時光的眼眸裡,以一朵花的姿態,望穿飄零的歲月,諦聽濺起的華年,默默,無語。

靜水流深,帶著對春天的渴望和對花事的迷戀,從那古色古香的木橋下潺潺流過,被風輕輕吹皺一圈圈漣漪。回眸裡,有零星的落梅飄浮在水面上,那一湖深邃迅即在他眼底映澈哀傷的霧靄,帶著淡淡的煙火氣息,

第四章　月・滿西樓

悱惻如情人的悸動、旖旎，竟不知從何說起。

　　心似輕煙，飄忽不定，靜守水湄的他已無雅興寄情於山水，欣賞這迷離的風景。此時此刻，只想枕著回憶，把煙雨裡打溼的種種情懷，通通付諸於筆端，烙成一行行清晰在水墨清波裡徜徉的詩詞歌賦。只是，她不在，這一懷深深淺淺的思念，又有誰人能懂、誰人來解？

　　多希望就在這一瞬再與她遇見在花下，哪怕她玉顏不再、嫋娜已逝，他也想擁著她的白髮霜絲千憐萬愛，哪怕她已唱不出往昔餘音繞梁的歌，再也跳不動一曲別開生面的《霓裳羽衣曲》，他也想抱她坐在懷中，含情脈脈，用所有的痴愛與眷戀，為她唱響一曲音質如昨的情歌。

　　儘管，對她的舊老得彷彿床前懸掛的古畫，但那份情感卻是歷久彌新，越是舊越是濃。默默，駐足在床頭，把那幅染了灰塵的古畫看了又看，但見墨色依舊鮮潤，色彩依舊明豔，筆力依舊遒勁，正如他對她滿腔的愛意，愈老愈是鮮明。然，這一份感情，究竟是他一個人的默默等待，還是兩個人的痴心守望？

　　多年以前，青春懵懂時，曾有過無數次美麗的離別。沒承想，多年之後，歷經了滄桑，卻還依舊執著在花前月下輕輕地追尋，那些早已遠去了的人和事。只是，一個無意的轉身，那些縱橫在歲月深處的青苔，便在轉瞬錯過的時光裡覆蓋了一段段似水年華的故事，而那些過往的人、過往的事，亦是無從再覓起，只餘濃濃淡淡的遺憾時常在心間盤旋縈繞。

　　俱往矣。凝眸處，時下沉澱的風情，也在他的守望中凝固成了昔日的溫柔。終不得不嘆，歲月若一把藏鋒的利刃，在世間刻滿飽經風霜的脈絡，而那如水的光陰，本該是柔軟多情的寧靜，卻也掩去了相遇裡那些執手相攜的承諾。任你是帝王將相，還是平民百姓，到最後，卻是沒有一個可以逃過它的凌割。

6. 嘆事逐孤鴻盡去

寂寂裡，思緒又開始游離在渲染著花香的冷風中，許多細碎的想念皆在他一低眉一頷首的空隙間，迅速幻化成了他指尖點滴的溫柔感觸。注目裡，落花淺淺地拂過歷史的塵埃，流年裡綻放的煙花璀璨，也都隨著時間一一風化，任憑一縷律動的風聲輕輕吹拂，緩緩散落到尋覓不到的煙雲中。那一瞬，整個世界只剩下心頭那道復活的死傷暗暗潛入胸懷，溫情脈脈地瀲灩著這一具蒼老得憔悴不堪的軀體。

再回首，所有的過往都靜止在轉身後的隔世蒼茫裡。那些曾經你儂我儂、濃得化不開的情感，都沉醉於傷痕的演繹，而那些執手相對的故事，亦都被風聲雨聲悄然擱置在天之涯、海之角。想她、念她，心，依舊徘徊在跌宕的峰谷，任憑塵世的風浪撞擊著思念的胸膛。然，再多的追思、再多的等待，亦總是尋不來曾經的暖意，徒然換得一紙傷然、一心悲戚，只泣不成聲。

可知，她不在的日子裡，他總是攜著一縷思念的花香，在西窗下點燃一支支的紅燭，只為等她來夜談？可知，無數個等待她的夜晚裡，他總是高樓望斷，染盡風寒，總是挑盡燈花，淚眼模糊？可知，他總是相思成災，獨自一人，於寂寞裡，為她寫下一闋闋清詞、一行行麗句，在窗下演繹著清高的決絕？

愛情總是讓人徬徨、讓人困惑，所以他總是在小心翼翼地追問自己，如果可以把心結遺留在最美麗的時刻，那麼，所有的情懷，是否都可為之柔軟？而那些點點滴滴的往事，又是否都能為之淡漠？或許，愛得太深才會太痛。只是，若不深愛，又怎會體會到疼痛裡包裹著的歡喜與甜蜜？

嘆，人這一生，終不過是春秋輪迴一場夢。愛再深，痛再多，到最後，能被拾起的亦不過是一地傷殘罷了。紅塵滾滾，歲月如梭，就算飲盡天下的迷醉，若愛太深，又如何撫得平眉間蹙起的憂傷、融得盡心頭積鬱

第四章　月・滿西樓

的冰霜？憂傷的眸底，年華依舊，轉身後，那一段鬱澀的時光，是否該被遺忘在濡溼的綠苔間，那些流年裡的風雨過往，是否需被溫柔地忘記？忘了吧，就這樣忘記，忘記在車水馬龍的市井繁華、忘記在春風十里的雲水煙波裡，此去經年，再也無塵無染。

然而，他又真的能夠忘記嗎？能夠忘掉嫣若溫婉的笑靨？能夠忘掉婉宜從容的笑語？能夠忘掉容霜羞澀的矜持？能夠忘掉蕭娘旖旎的風情？能夠忘掉追月決絕地轉身？能夠忘掉心荷無奈的守候？能夠忘掉楚雲悲傷的眼神？能夠忘掉師師婉轉的曲調嗎？

他不能。是的，他誰也忘不了，也不想失去誰。只是，六十五歲的人了，再多的念想、再多的緬懷，又能溫暖了誰人依舊光彩照人的眼眸？已是西元1120年，宋徽宗宣和二年春。前一年，即宣和元年，他從真定府改知順昌府，而今，又從順昌府改知處州。兩年內，走馬燈似地換了三個地方，可遠在東京的宋徽宗似乎還餘怒未消，這邊剛剛接到轉徙處州的任命，那邊改任他為提舉南京鴻慶宮的詔書又立刻下達了。

提舉南京鴻慶宮？他知道，這屬於宮觀閒職。雖無職事，但廩祿豐厚，是朝廷特有的優待朝士的制度，而且接受這些任命可以不前往任地任職，只領俸祿就好。他不知道這紙詔書對他來說到底意味著幸運還是不幸，蹉跎官場數十年，難道等來的最後結局就是提舉南京鴻慶宮這樣的閒職嗎？

聖命在身，自是不能違抗。那麼，就攜妻扶子，回錢塘老家享他的清福去吧！已經很久很久沒回錢塘了，嫣若和婉宜都葬在了那裡，也該是回去陪伴她們度過最後光陰的時候了！這數十年來，風裡來；雨裡去，今日去這裡；明天去那裡，竟忘了自己的根在哪裡，更忘了兩位在韶華年歲便已撒手人寰、與他永別的嬌妻，而今一旦想起，怎不讓他傷心難耐、肝腸寸斷？

6. 嘆事逐孤鴻盡去

不是離別,勝似離別。抬頭望望,月色依舊,花影依舊,只是青絲早已換作了兩鬢斑斑,遠處簫聲的嗚咽轉瞬便又添了離愁。天涯望斷,還是海角難尋,蝶舞翩躚,依舊黯然神傷。昨日的溫柔依稀還可辨,昨日的秋波依稀還明媚,昨日的暗香依稀還飄渺,只是而今少了她深情的凝望,縱明月海上升,又到哪裡去尋天涯共此時?

樓已空,人何在?幾聲倦鳥的啼鳴中,唯餘悲雲兩三片,在他迷亂的眼前明明滅滅。月光悽迷,那一袖舞動碧痕的餘香,是否早已隨了西下的殘陽,飄渺在天之盡頭,消逝無蹤?靜謐的天地間,一切的一切都被染上了憂傷的色彩,落入眼底的是黯淡沉寂的蒼穹與默然無語的大地,縈繞在耳畔的也唯有聲聲悲戚的歌謠,還有三兩聲悲遠的猿啼。

落紅亂,芳魂銷盡,何處是歸期?寂寂的天幕下,孤雁慘淡,杜鵑啼血,怎不讓人愁緒叢生?寂寞總是在萬籟俱寂的時候襲來,思念亦總是在孤寂裡沿著春草綿延的方向漸生漸遠還生,那一抹朦朧月色裡,又一次無可救藥地想起她,那曾經聲聲暖意的呼喚猶在耳際,那往昔絲絲纏繞的甜蜜猶在心頭。然,僅僅是一聲鳥啼,便又驚醒了他的夢魘,恍然間,似已人間偷換。

人不在,心何依?昨日花間的呢喃,轉眼間,便又換得花落殘紅,風雨凋零淚聲淌。想她,夜夜寄夢花下,已成今生定例,只是人還寂寞。念她,淒涼處,更是怕了哀鴉,把那鴛夢噬斷。剎那分別,即成永恆,今宵裡,寂寞的水湄只剩他孤身一人,卻是何處棲息?她不在,他只能站在風中悵望,任魂飛魄散,也要在天之盡頭,把她遠去的身影默默地找尋。只是,久別了她又會在何方獨自啜飲這一杯無人喝采的孤寂,任惆悵落幕成一行清淚?

回首裡,卻是琴瑟箏簫已蒙塵,筆墨紙硯已擱淺,一陣陣的心痛,也

第四章　月‧滿西樓

不過換了聲聲的悲歌響徹在飄渺的雲山外，更無緣與她相見。終是，在相思中嗚咽了，那一聲聲悲傷的嗚咽，轉瞬便蕭瑟了北風，任北風在天際飛沙走石；終是，在疲乏中哭泣了，那一聲聲悽楚的哭泣，轉瞬便疏狂了驟雨，任驟雨在水湄滂沱濁浪湧。然，再多的嗚咽、再多的哭泣，又能換得來誰人的往日明媚、誰人的今夕守候？

凝眸處，屋裡的燈光，怎這般的暗紅張狂？血一樣的顏色，跳動著撕裂的心，一抹，一抹，映枯了他瘦弱的身影。衣帶漸寬，容顏憔悴，身如薄紙，任憑暗夜擊打肆虐，他終是跌倒在了孤寂的榻上，連哽咽的力氣也沒有了。倏忽裡，冷，迅即冰凍了心，此時唯一能做的，便是伸出麻木的雙手，指向搖曳的燈火，嘆一聲零丁，悲一聲孤苦。然，卻是什麼，終究把他淹沒在了這絕望的深淵，又是什麼，把他的幸福扔向了遙遠的遙遠？

尋遍雲山，找遍霧水，究竟，何處還有她們遺下的愛的蹤跡？雁過留聲，雲過留影，為何，輕輕一個轉身，單單不見了剛才還在他眼前輕歌曼舞的那個心上的人兒？長路漫漫、庭院深深，花自飄零，雁自遠去，一切的一切，都逃不過輪迴二字，來了的必定要走；走了的也必定會回來。然，為什麼他等了又等，在這萬丈紅塵，踏遍了千山萬水，還是沒能把她找回？

尋覓的路，太苦太澀，尋來覓去，到最後，只剩下舉步維艱、寸步難行。為何，為何羈絆總不能讓盟誓飛過世俗的陷阱，給他兌現一份長相廝守的緣分？生生死死；死死生生，誰又能在這孤寂的世界獨自承受這一份永訣的離別之痛？為嫣若，為婉宜，他築就了愛的長城千年不倒，為何她們，卻要獨自離他遠行？莫非，錯只錯在，情太深、意太真，一轉身便讓他有了生死離別的痛、撕心裂肺的疼？

嘆，人生終若浮華一夢，沉溺在情愛紅塵的癡男怨女，誰又能分清世

6. 嘆事逐孤鴻盡去

俗如幻、夢幻是真？她們在的時候，山高水長夢也真，她們去了，泥濘的路、嘀嗒的雨，一切終成泡影。只是，離別後，那陌生的境地誰還能疼著她們的孤單，而這孤單的斗室誰還能伴他珍惜一次由衷的歡聲笑語？

他知道，轉身而過後，陽光、雨露，都不再屬於憂傷的他。而那圓月、花香又可否還屬於嫵媚的她們？俱往矣，以後的以後，誰還能等他在紫陌紅塵？他還能捧誰在心尖暖一份情深意重？窗外，紫燕孤飛，飛斷了他的腸、飛斷了他的魂。卻是誰，欲斷他今生唯一的風景，只任他哭紅了那一雙生疼的眼？

若不能再見她們，只怕一醉便不再醒來，逝了心，若不能等到她們歸來，只怕孤鶴會飛向絕崖，碎了身。於是，他終於走在了錢塘的風裡，把那曾經的風光，一一看在眼裡，一一捧在手心，只為祭奠那兩段遺失在這裡的深情。

然，在錢搪，他只是匆匆而過。本想著要和容霜在這裡度過生命裡最後的相守時光，卻不料，每日每夜都會看到嫣若、婉宜往日輕裊的身影，總是輕輕倩倩地來，從從容容地去，只任他獨倚闌干、愁思繞梁，惹他傷感無限。

於是，便又帶了容霜南下睦州，想在那裡找到一份只屬於他們的明媚與溫暖。畢竟，這二十年來，他最虧欠的便是容霜，又怎能在這最後不多的日子裡，再讓她為他心傷、為他難過、為他哽咽、為他悲泣？

之於睦州，他並不陌生。早在西元1101年，宋徽宗建中靖國元年春，身為校書郎、時年四十六歲的他便抽暇來過這裡，並一直待到秋天，才依依不捨地離去，極不情願地返回京城。可以說，睦州的山山水水讓他留下了極其深刻的印象，在這裡，他留下了不少膾炙人口的文章。

其中，在《睦州建德縣清理堂記》一文中，他不無動情地描述著這裡

第四章　月‧滿西樓

的旖旎風光:「大江渺綿,陸地險阻,其勢若與下流諸郡鬥豔。重山復嶺,環抱萬室。」而在《一寸金》詞中,更是以「州夾蒼崖,下枕江山是城郭」統領全詞,讓讀者跟隨他,一步一步,領略了睦州的大好風光。

州夾蒼崖,下枕江山是城郭。望海霞接日,紅翻水面,晴風吹草,青搖山腳。波暖鳧鷖作。沙痕退、夜潮正落。疏林外、一點炊煙,渡口參差正寥廓。

自嘆勞生,經年何事,京華信漂泊。念渚蒲汀柳,空歸閒夢,風輪雨楫,終孤前約。情景牽心眼,流連處、利名易薄。回頭謝、冶葉倡條,便入漁釣樂。

——周邦彥《一寸金》

在他的記憶裡,山城睦州自是美豔得勝似仙境。極目遠眺,可以看到海天相連處的雲蒸霞蔚,與初升的太陽合成一幅輝煌璀璨的娟好圖景;俯瞰下方,則又可見草木蔥郁,晴風過處,彷彿青色的山腳於眼底輕輕搖曳,怎不讓人心曠神怡?

江上的鳧鷖總是在自由自在地飛翔,夜潮漸落時,更可以看到岸上逐漸顯露出來的沙痕。還有那遠處的疏林之外,每至黃昏,觸目所及之處,總是炊煙一點,裊裊升起,更有津渡參差,氣象寥廓。

那時那刻,眼前飛掠的鳧鷖和依依的炊煙總會讓他想起自己拘束無奈的生活,不禁感嘆著自己終日辛苦奔走、漂泊京華的無奈。曾經,他也想過要像漁父那樣,在渚蒲汀柳之間,瀟灑度日,雖有風雨之苦,卻不失心性的完整與自由,可面對現實,這些願望也只能在夢中實現,以前的約定亦終究無法踐行。然而,那確實是個山清水秀的好地方,不僅能愉悅他疲憊的雙眼,徘徊在那一風一景下流連,終使他心下頓悟,名利之念亦隨之煙消雲消。

6. 嘆事逐孤鴻盡去

他知道，睦州是東漢著名隱士嚴光的歸隱之處，而聞名天下的勝景嚴子陵釣臺就在其境內的桐廬縣。嚴光，字子陵，與漢光武帝劉秀同學，劉秀做了皇帝後，曾請他入朝為官，但雪胎梅骨的他卻堅決拒絕出仕，寧可選擇在鄉里隱居耕釣。後人有感他的事蹟，就以他來命名當地山水，如嚴山、嚴子陵釣臺、嚴陵瀨等。

北宋政治家范仲淹在睦州時，曾撰寫了著名的《嚴先生祠堂記》，盛贊嚴子陵的雪操冰心可以「使貪夫廉，懦夫立，是大有功於名教也。」而那會，面對睦州的山山水水，寫下《一寸金》詞時，周邦彥自是思緒萬千，既有江山的感發，又有前賢的感召，這讓他決意要與從前那些浮華奢靡的日子作別，更不願再與那些鶯鶯燕燕繼續周旋下去。是啊，東隅已逝，桑榆未晚，漁釣生涯，心樂神適，捨此不往，更欲何之？

但那個時候，無論是外部條件，還是自身原因，都不允許他棄了官職，縱情於山水之間。而今，獲得提舉南京鴻慶宮這樣的閒職，不正好可以攜家眷遠赴睦州，遂了他經年的一段心願嗎？

屈指算來，離開睦州，已有九個年頭，他著實是想念那個世外桃源般的清明世界了。那裡，有山有水；那裡，有花有果；那裡，有聖人佳麗；那裡，有海浪潮聲；那裡，有疏林梟鷺……此時再不攜容霜前往，去過一種只有他和她的明媚日子，去享受一份只有他和她的溫馨暖心，更待何時？

悄郊原帶郭，行路永、客去車塵漠漠。斜陽映山落，斂餘紅猶戀，孤城闌角。凌波步弱，過短亭、何用素約。有流鶯勸我，重解繡鞍，緩引春酌。

不記歸時早暮，上馬誰扶，醒眠朱閣。驚飆動幕，扶殘醉，繞紅藥。嘆西園已是，花深無地，東風何事又惡？任流光過卻，猶喜洞天自樂。

—— 周邦彥《瑞鶴仙》

第四章　月‧滿西樓

「悄郊原帶郭，行路永、客去車塵漠漠。」有容霜相伴，在睦州的日子，他著實是過得歡快愜意的，終日裡不是與她花前月下、吟詩賦文，便是和一幫志同道和的文朋高談闊論、飲酒作樂，每一天都活得瀟瀟灑灑、有滋有味，彷彿人生中除了與嫣若、婉宜那段新婚燕爾的嫵媚時光，便是這段日子才活出了真正的味道。

那一日黃昏時分，與朋友歡會之後，他起身送客出城。放眼望去，睦州城郊原廣闊、圍城如帶，正春光爛漫。客人登車，踏上漫漫旅程，只留下漠漠車塵，於他眼前久久不散。嘆，不知何年何月，才能再若今日這般，與友人把盞盡歡、高歌一曲，心裡不禁添了絲愁緒，只好輕輕安慰著自己，天下沒有不散的筵席。送走了舊客，新朋自會從遠方來，又有什麼好惆悵的？

「斜陽映山落，斂餘紅猶戀，孤城闌角。」客人的馬車漸漸遠去，漸漸消失在他的目光所及之處。凝眸處，如血的夕陽似落而未落，餘暉映照著遠處的山巒，將最後一抹紅霞塗抹在孤城和欄角，似乎也和他一樣，對遠去的客人充滿無限留戀、依依不捨之情。

「凌波步弱，過短亭、何用素約。」任誰也沒有料到的是，就在他沉浸在別情離緒中久久無法釋懷之際，卻有佳人踩著細步，走過送客的短亭，緩緩朝他走來，眸中流露出無限風情，只一眼，便醉了他的天荒地老。要知道，這一年，他已是六十五歲的花甲老人了，居然還有韶華年紀的女子未經事先約好就來到他身邊大獻殷勤，怎不讓他春心蕩漾？

「有流鶯勸我，重解繡鞍，緩引春酌。」那女子不僅生得花容月貌，且話語溫婉，每一個舉手投足間都透著優雅嫻靜的氣質，更輕聲慢語地勸他不必憂愁，且把馬鞍取下，飲盡杯中之酒，把一切不如意都放下，只盡情感受生活的美好便是。這樣的女子實在是個不可多得的善解人意的嬌人兒，他又如何捨得駁了她的好意，自然是就著她一彎淺笑，盡情喝下她斟

6. 嘆事逐孤鴻盡去

滿的美酒了!

「不記歸時早暮,上馬誰扶,醒眠朱閣。」無聊之人,借酒色以消磨,自然是一喝就醉。酒醒後,連是什麼時候被人送回家都記不起來了,更記不得是誰人扶他上馬,又是如何把他送回家的,只知道醒來後便睡在自家的朱閣小樓裡,而緊緊守在床邊的卻是他的愛妻容霜。

是那個美貌的風情女子送他回來的嗎?望著痴情守候在床畔的妻子容霜,他什麼也沒問,容霜也當作什麼都沒發生,只是跟他閒聊著家長裡短,問些知冷知熱的貼心話,倒也沒有其他。然而,他心裡卻按捺不住地想著那個萍水相逢的女子,她的眼神,她嘴角微微漾起的笑意,無不讓他甜醉了心。

到底,是不是她送他回家來的?如若是,怎麼也不叫醒他留句話?唉,終不過只是一場露水緣分,是不是她已然不重要了,重要的是在這風燭殘年,他居然還能在睦州這樣偏遠的小城遭遇如此艷事,自是喜出望外,又哪裡管得了那麼許多?

只是,那女子究竟是良家女,還是倡樓歌妓?為什麼,送他回來之前未曾為他留下關於她身世的隻言片語?難道她就不想他酒醒後再去將她重新尋覓嗎?想著她、念著她,他心裡升起淡淡的愁緒,然而倒也沒有太多的失望。

自己已是風燭殘年,即使知道那女子是誰又能如何,難不成還能將她納為妾室嗎?這次攜容霜來睦州避世,不就是想徹底遠離那些鶯鶯燕燕,只珍重容霜一人,只為她歡笑至死嗎?那麼,就不要再想著那些露水情緣,只珍惜眼前人才是他最該做的事啊!

「驚飆動幕,扶殘醉,繞紅藥。」正跟容霜歡快地閒聊著,屋外卻陡地颳起了大風,吹得屋內的簾幕不停地搖擺。這樣的大風,猜想西園裡他為

第四章　月‧滿西樓

容霜親手栽下的芍藥都要被它吹落了吧？

那可是容霜平日最喜歡的花兒，他可不能就這樣眼睜睜看著它們凋零於肆虐的勁風下的。於是，顧不上宿酒未醒，更顧不上容霜苦口婆心的勸阻，愣是披了衣裳起身，急匆匆趕至西園，勉力走到花欄前，繞著它一步一步地轉著圈，只想把這邪惡的飆風通通趕出西園。

「嘆西園已是，花深無地，東風何事又惡？」可是，他還是晚來了一步。放眼望去，西園已是落英繽紛、殘紅滿地，怎不讓人感嘆？然，時令已是如此，終是無可奈何，眼看著滿園的芍藥花將要凋殘殆盡，他只好在花前久久地徘徊著，憐取這最後的春紅。

嘆只嘆，花事已殘，這無情的東風為何這般橫暴，偏要將滿園春色徹底摧毀？要知道，它摧殘的不僅僅是一園的芍藥花，還有他對容霜的無限愛意。這數十年來，容霜自嫁給他後，就一直跟前跟後，且無怨無悔，從沒對他說過一句抱怨的話，哪怕是他沉陷於對別的女子深深的相思裡，她也沒表現過任何怨意，為什麼老天爺卻不肯留下他對她的一份心意，一份深深的愧意？

「任流光過卻，猶喜洞天自樂。」罷了，罷了！任憑他春光老去，任憑他風橫雨暴，又能奈他何？只要容霜還守在他身畔寸步不離，只要他和容霜依舊相偎相伴，只要這世間還有一個屬於他、屬於她的小小天地，他又有什麼不能知足的？只要還有容霜在，他便仍有一方洞天，便能保持心情的喜樂，這才是老天對他真正的恩賜啊！

睦州的生活，他與她舉案齊眉，攜手相伴，度過了一個又一個歡快無比的日子。然而，天妒英才，好景不長，這一年秋，也就是西元1120年，宋徽宗宣和二年十月，因受不了朝廷的長期剝削，青溪人方臘於青溪漆園率眾誓師起義，自稱「聖公」，定年號「永樂」，並設定官吏將帥，建立了

6. 嘆事逐孤鴻盡去

自己的政權。

漆園誓師以後，方臘率領起義軍同前來鎮壓的宋軍展開激戰，不斷擊敗宋軍，勢力迅速發展，並於同年十二月四日攻克睦州，隨後更攻下睦州所屬各縣城。這一下，本想於睦州與容霜安度晚年的周邦彥只好於倉皇中帶著家小從睦州跟隨逃難的人群逃往家鄉杭州。

可是，誰也沒想到的是，剛剛逃至杭州，驚魂甫定，方臘的起義軍便又迅速跟進，於十二月二十九日攻克了杭州。周邦彥還沒有安頓好家小，便又只好扶妻攜子，從杭州北上，渡江至揚州避難。甫至揚州，便有謠言傳來，說方臘的起義軍已經占領兩浙，即將進軍淮泗地區。

看來，揚州也是待不得了。可是，這個時候，又叫他要帶著家眷逃往何地？睦州和杭州是回不去了，揚州也不是久留之地。此刻，他已是無家可歸，最後痛定思痛，考慮到南京（今河南商丘）鴻慶宮的齋廳尚能安頓家小，於是，便於宣和三年正月，領著家人，取道天長，馬不停蹄地朝南京出發。

元豐初年，他也是經過天長北上入都的，那時的他，正翩翩年少，心中懷著對未來的美好期待；而今，他已是歲月無多，向著生命的終點蹣跚而行，卻為何，老天爺終是不肯給他和容霜這一對患難夫妻一片朗朗晴天？此時此刻，他不知還能說些什麼，還能向老天悵問些什麼，於是，只好枕著一懷落寞，於天長，寫下人生最後的絕響，那一闋抹著無限哀傷沉痛的《西平樂》詞。

稚柳蘇晴，故溪歇雨，川迴未覺春賒。駝褐寒侵，正憐初日，輕陰抵死須遮。嘆事逐孤鴻盡去，身與塘蒲共晚，爭知向此，征途迢遞，佇立塵沙。追念朱顏翠髮，曾到處、故地使人嗟。

道連三楚，天低四野，喬木依前，臨路敧斜。重慕想、東陵晦跡，彭

第四章　月‧滿西樓

> 澤歸來，左右琴書自樂，松菊相依，何況風流鬢未華。多謝故人，親馳鄭驛，時倒融尊，勸此淹留，共過芳時，翻令倦客思家。
>
> 　　　　　　　　　　　　──周邦彥《西平樂》

「稚柳蘇晴，故溪歇雨，川迥未覺春賒。駝褐寒侵，正憐初日，輕陰抵死須遮。」元豐二年，二十四歲的他取道天長，北上汴京，進入太學；宣和三年，六十六歲的他重遊故地，四十二年的風雲在他心間激盪翻湧，自是感慨無限，千言萬語，皆化作了一闋綿綿長調。

放眼望去，天氣由陰轉晴，柳樹柔嫩的枝條彷彿變得活躍起來，曾經到過的小溪在雨後也顯得格外清澈空靈。一切的一切，都無法讓人把眼前這個世界與正處於變亂中的兩浙鋒火聯繫起來。站在廣袤無垠的川原上，只感覺春天離自己似乎愈來愈近。只是，兩浙的老百姓正因戰亂而陷身於水深火熱之中，他們的春天，又會在何時到來？

想起兩浙兵鋒，雖然身上還穿著容霜為他特地用駝裘縫製的冬衣，但仍然感覺到寒氣逼人。凝眸處，初升的太陽照在身上，剛覺得有些暖意，偏偏那浮雲又拚命地把它遮住了，此情此景，讓他想到了很多很多，不由得不深深感嘆起世事多變、滄海桑田。

「嘆事逐孤鴻盡去，身與塘蒲共晚，爭知向此，征途迢遞，佇立塵沙。」只是，那些曾經讓他牽腸掛肚的種種事情，無論是是非得失，還是愛恨悲喜，似乎全都隨著孤鴻一起消失在天之盡頭，再也與自己無關了。垂垂老境之中，本懷著與容霜一起安度晚年的美好希望，可是誰又料到，因為方臘舉起起義的大旗，他又不得不拖家帶口地踏上這漫長的征途，佇立在這浮塵漫天的風沙之中呢！

「追念朱顏翠髮，曾到處、故地使人嗟。」憶往昔，那些紅顏黑髮、青春年少的時光，真是一去不復返。曾經，在這條無垠的路上，他懷著對媽

6. 嘆事逐孤鴻盡去

若的思念悠然走過，又懷著對婉宜的深愛溫柔而來；而今，還是在這條路上，故地重來，卻不得不讓他，在充滿無盡失落的感嘆裡悽悽惶惶地走。

俱往矣，一切都過去了。此時此刻，他只想緊攥著容霜的手，給她一份溫暖、一份明媚，撫去她眼角為他殘留的所有憂傷與憂鬱。卻為何，老天爺偏偏不能理會他的心意，不肯再給他一個向她贖罪的機會？他明白，自己已經時日無多，如果再不給他機會，恐怕這輩子，他都要背負辜負她的罪名，到最後，只剩下黯然赴黃泉的份了。

「道連三楚，天低四野，喬木依前，臨路攲斜。」眼前的道路，連通三楚，四野天宇低垂，高大的樹木傾斜著生長在路邊，一切的一切，都和從前看到的一樣。可悲的是，他已不是四十餘年前的英俊模樣了，也沒了往昔那份玉樹臨風的姿態，怎不讓人心生惆悵？

「重慕想、東陵晦跡，彭澤歸來，左右琴書自樂，松菊相依，何況風流鬢未華。」那時的他兩鬢正青，如果當初便肯拋卻功名利祿，帶著嫣若或是婉宜去過那種琴書自樂、松菊相依的隱士生活，該有多好啊！

那時的嫣若正嬌俏嫵媚、那時的婉宜正韶華年紀，自是風情萬種、自是傾國傾城。可是，便因為他的一片進取心，卻害得自己不能長年累月地相伴在愛妻身側，而讓她們經年生活在悲苦的情緒中，最終落得憂鬱而終的淒涼結局，怎不叫他悔恨連連？如果，如果再給他一次選擇的機會，他一定會好好珍惜她們，只是，現在再說這些又有何用？

「多謝故人，親馳鄭驛，時倒融尊，勸此淹留，共過芳時，翻令倦客思家。」在天長的日子，因有昔日故交對他及家人的熱情款待，倒也不至於過得十分寂寞。從揚州來的時候，故人不僅親自派車馬接他們前往家中安住，並設下豐盛的酒筵為他們接風洗塵，更勸他們就留在這裡，一起度過這美好的春天再走不遲。

第四章　月・滿西樓

　　這溫暖的情意自然令他心生感動，然而，也正由於這份真摯的暖情，更讓他這個天涯倦客加倍思念起遠方的家鄉來。他知道，這一去，山高水長，以他六十六歲高齡之人，想要再回去看一看、望一望，怕是再也沒有可能了。只是，這世間，又有誰知道他這一份繾綣之情？

　　友人的盛情，令他無所適從。然而，他並不想過多討擾他人，很快便又帶著家人踏上了北去的路途。也許是奔波勞頓的緣故，也許是心傷了再也不願醒來，剛剛在南京鴻慶宮安頓下來，他便帶著對容霜的愧疚之情，於齋廳溘然長逝了。五月，朝廷贈其為宣奉大夫，遺骸亦被運回故里，葬在杭州南蕩山，與其叔父周邠的墳墓緊緊相鄰。

　　俱往矣。一個時代，一個詞客的時代，終於隨著他的悽然離世，倉然收尾。一千年後，佇立西子湖畔，面對那縷金錯彩、雕梁畫棟的亭臺樓閣，懸想周邦彥風起雲湧、落魄飄泊的一生，我不禁心懷惆悵，滿眼迷茫。

　　神思飄忽間，腦海裡不知怎地竟浮現出這樣的場景 ── 小雨正淅淅瀝瀝地下著，一處開滿薔薇的江南院落裡不見任何人影，幾隻從遠處飛來的鳥雀也停止了歌唱，靜靜地躲在廊簷間梳理著被雨水打溼的羽毛。除此之外，便是什麼也不見。

　　千山萬水，行盡江南。我知道，他所鍾情的，依舊是江南的風、江南的花、江南的雪、江南的月，和那些江南女子水湄雲生的笑顏。落花飛絮，往事如風，青春裡，所有的遇見，都是美麗的。溫暖，亦總會在不經意間，叩響彼此的心門，留下深深的印痕。我想，那時的他一定是明白的，一切，都是宿命，所以情緣才會牽引著兩顆熾熱的心，在無際的紅塵裡交會，融合成似水般的柔情，演繹一段段纏綿悱惻、耐人尋味的故事。

　　儘管那些故事早已變得滄桑斑駁，但我依然懂得，曾今，她們的出

6. 嘆事逐孤鴻盡去

現，讓幸福擁有了絢爛的色彩，如流光，掠過他塵封的世界。於是，彼此才可以安然地依靠，在一起朝迎晨曦、暮送斜陽，相儒以沫地，攜手走過每一天，每一個角落。那時那刻，她們那如花的笑顏、淺淺的酒窩、曼妙的身姿，早已經是他心中的春暖花開，只是世俗的阻隔，卻將彼此的距離拉遠，終換得淚沾鸞鏡、朱顏憔悴。

然，這又怪得了誰、怨得了誰呢？紅塵中，那些個溫香軟玉的日子裡，他也想可以安守一隅，靜靜守侯著她們，給她們無盡的溫柔，把她們輕放在心頭。然後，細細地回味，每一個，她們或從容、或哀傷走過的瞬間。只是，天給的苦、給的災，無人能改，轉身後，那般的柔情似水，便已輾轉成了一紙泛黃的憔悴，而他，或是她，卻早已不再。

林花兒謝了，連心也埋。他日春燕歸來，身何在？回首間，夜，寂靜著漫長；雨，不停地落下；思念，卻在那燈火闌珊處久久飄蕩……

完

周邦彥——宋代詞宗的風月餘痕：

葉上初陽乾宿雨、水面清圓，一一風荷舉；一笑相逢蓬海路，人間風月如塵土

作　　　者	吳俁陽
發 行 人	黃振庭
出 版 者	複刻文化事業有限公司
發 行 者	崧燁文化事業有限公司
E - m a i l	sonbookservice@gmail.com
粉 絲 頁	https://www.facebook.com/sonbookss/
網　　　址	https://sonbook.net/
地　　　址	台北市中正區重慶南路一段 61 號 8 樓 8F., No.61, Sec. 1, Chongqing S. Rd., Zhongzheng Dist., Taipei City 100, Taiwan
電　　　話	(02)2370-3310
傳　　　真	(02)2388-1990
印　　　刷	京峯數位服務有限公司
律師顧問	廣華律師事務所 張珮琦律師

國家圖書館出版品預行編目資料

周邦彥——宋代詞宗的風月餘痕：葉上初陽乾宿雨、水面清圓，一一風荷舉；一笑相逢蓬海路，人間風月如塵土 / 吳俁陽 著. -- 第一版. -- 臺北市：複刻文化事業有限公司，2025.01
面；　公分
POD 版
ISBN 978-626-7620-83-0(平裝)
1.CST: (宋) 周邦彥 2.CST: 宋詞 3.CST: 詞論
852.4516　　　　113020624

-版權聲明

本書版權為淞博數字科技所有授權崧燁文化事業有限公司獨家發行電子書及紙本書。若有其他相關權利及授權需求請與本公司聯繫。

未經書面許可，不得複製、發行。

定　　　價：450 元
發行日期：2025 年 01 月第一版
◎本書以 POD 印製

電子書購買

爽讀 APP　　　臉書